"广西一流学科·中国语言文学"经费资助成果

信仰的诗意及存在的复归

丁来先 ∷ 著

中国社会科学出版社

图书在版编目（CIP）数据

信仰的诗意及存在的复归/丁来先著 . —北京；
中国社会科学出版社，2019.3
ISBN 978 - 7 - 5203 - 4076 - 2

Ⅰ.①信…　Ⅱ.①丁…　Ⅲ.①诗歌理论—研究　Ⅳ.①I052

中国版本图书馆 CIP 数据核字（2019）第 032357 号

出 版 人	赵剑英	
责任编辑	郭晓鸿	
特约编辑	王　潇	
责任校对	冯英爽	
责任印制	戴　宽	

出　　版	中国社会科学出版社
社　　址	北京鼓楼西大街甲 158 号
邮　　编	100720
网　　址	http://www.csspw.cn
发 行 部	010 - 84083685
门 市 部	010 - 84029450
经　　销	新华书店及其他书店

印刷装订	北京君升印刷有限公司
版　　次	2019 年 3 月第 1 版
印　　次	2019 年 3 月第 1 次印刷

开　　本	710×1000　1/16
印　　张	24
插　　页	2
字　　数	320 千字
定　　价	99.00 元

凡购买中国社会科学出版社图书，如有质量问题请与本社营销中心联系调换
电话：010 - 84083683

目　　录

导论　信仰的诗意及存在的复归

人类的思想尤其要关注自身的命运（包括内在精神的走向）。在这个包含多种可能性的时代，人类的命运似乎又一次处在分岔口上。过去谈论人的本质只注重其与自然—动物世界的不同。未来思考人的本质需要增加一个新的坐标，即人与未来智能机器人的区分。技术革命以让人目不暇接的方式日新月异，并推动人类社会向前，这在人工智能方面更有明显的体现。人与大自然之间原初的融于一体的和谐均衡状态早已被打破。现代人类似乎已经进入了一个发展的快车道，愈益加速的自我独立进化正在进行之中。人们现在也以不同的方式眺望未来之人，未来的人将不同于现代人。未来人身上及意识里或许会有更多的陌生的"异质元素"（比如"机器成分"等）。如果单向地沿着这个方向进化下去，差不多人的内涵将会发生本质意义上的改变，差不多等于消灭了完整和谐的与神性交感的活生生的人——使人失去真正的深层基础及丰富的深邃意识，并使人变成不再能感受价值与意义的"准怪物"。以前人之为人的标志（人的特别之处）主要是通过人与自然（尤其是动物）的本质区别来标识的，未来人之为人的本质（人的特别之处）可能更会通过人与智能机器人的本质区别来标识。智能机器人的世界完全是人的某一局部（知性理性）畸形倾向的发展，没有基于神性—人（或天—人）合一的整体感，没有任何基于超越的宗教意识，没有基于整体的价值观念。智能机器人基于数字化、大数据以及各种新兴的生物科学、材料科学等。正因为如此，它在精确、规范、速度及效率方面、展示出了强大的自然力量。智能机器人眼里的世界没有精神基础（尤其没有深层精神基础及深度价值体验），就是纯粹的数字世界及物理的世界，是人基于知性理性的世界。在智能机器人眼里，人和其是同类，失去了存在的生动性、精神的深厚性，也是一堆数字符号或自然性的分子原子堆积，没有我们将要说到的神性基础、灵魂性、超越性。这个世界和我们曾经信奉的古老的信仰真理渐行渐远。人的存在的复归就是在某种程度上向着古老真理的复归，就是要恢复人身上的"神性"及与神性相关的自然，恢复其与人的关联，也即恢复人的存在的自然的深邃精神的本质，恢复人与深邃根基的感应、沟通与联系。

一　东西方古老的经典与古老真理传统

中国古代南朝梁的文论家刘勰在《文心雕龙·情采》中说："贲象穷白，贵乎反本。"追根溯源，这个思想来自中国最古老的经典之一的《易经》，是《易·贲》中的卦辞："上九，白贲，无咎。象曰：白贲无咎，上得志也。"在笔者看来，刘勰的这句话不仅是在谈论最具品位的艺术创造，其对人的整体存在的韵味而言依旧具有核心指导作用。要获得最具韵味（或意味）的人的整体存在（或艺术作品），人们常常需要（在有意或无意之中）回归最初本源（或本原）的明澈里，回归到最初的存在的源头之处。可以说，《易经》的这一思想是在呼唤人的整体存在的复归。这种复归意味着人的存在的"内明"性（佛教、印度教等），或存在的本真、无蔽与澄明（海德格尔语）。儒家也很懂得回归存在源头的重要性。在《论语·学而》中曾子曰："慎终追远，民德归厚矣。"这个"终"与"远"其实也指向存在源头的明澈之处（或本原）。人应该与存在源头的真理沟通，并向存在源头的那份本真靠近。这种思路（或思想）是各种古老经典的古老真理所要表达的。或许也是基于同样的思考与向往，现代德国哲学家雅斯贝尔斯深情地说：

"我是在有意去寻觅古老真理中度过一生的。"①

古老的真理最核心内涵就是信仰；古老的真理主要就是信仰的真理。不同于各种基于知性理性的科学技术，对具有内在感的人文性学科来说，古老的精神真理或许更为可靠，而这种古老的精神真理常常就深藏在那些古老的最有影响力的经典中，这些古老经典中的核心精神也更值得信赖：其所传达的思想像一面飘扬的旗帜，历经数千年风雨而不倒。具体地说，这面古老的精神旗帜历经各种制度、各种思想潮流与历史变故依然高高地飘扬，飘扬在各种文化的内在的精神天空里，飘扬在人们的深层的心灵、灵魂里。在经历几百年的现代化运动之后，目前又有一种明显的回归传统价值的文化潜流，但什么才算是真正意义的传统价值与精神？或者说真正的传统价值与精神究竟在哪里？对这个问题，大部分回归文化传统的倡导者缺乏真正意义上的理解，他们局限于对传统的表面的阐释（比如历史性、时间性方面，以及历史中的表象生活）。其实，真正传统的核心精神在东西方最古老的已经被人类心灵检验过的经典里，在这些古老经典的共同共通的价值取向里。这些古老经典对人自身的局限有着深刻的理解与把握，在此基础上试图让人和世界整体精神建立起深刻联系，感受广阔的联结感，希望借此使人的存在被一种深邃的精神生气灌注，并使人存在于"意味深长""充实美好"的文化世界里，存在于"咏而归"的生命境界里。一句话，是为了让人的整体存在依然具有谜一样的韵味、色彩与生机，这种韵味、色彩与生机为人的深层存在所必需，削弱这种韵味、色彩

———————

① ［德］维尔纳·叔斯勒：《雅斯贝尔斯》，鲁路译，中国人民大学出版社2008年版，第147页。

与生机，人的生活立刻就变得苍白、干瘪、空洞。

东西方文化精神的最内核是相同的，其核心都显示出古老真理的内核。东西方几千年的文化历程也表明：人的存在难以摆脱古老经典中所传达的核心精神的影响。如果从近几百年来才发展起来的知性（理性）角度看，似乎这些古老精神早该落伍，但其就是保持了强大的影响力。其中的秘密，那些仅拥有知性（理性）头脑的人是永远不可能理解的。如果我们把视野放大些看，把人放置在大宇宙背景里，再从内在的与灵魂相关的内在意义体验角度看，古老的核心精神历久弥新、越发为内在心灵所倚重的秘密或许就能获得解答。《周易》被古人称为中国的"万经之源"或"万经之始"，其也是中国传统中最正宗最古老精神"天人合一"思想之最早的源头。《周易·乾·文言》中说："夫大人者，与天地合其德，与日月合其明，与四时合其序，与鬼神合其吉凶。先天而天弗违，后天而奉天时。"据传孔子为《周易》之《象传》写过如下句子："天行健……君子以厚德载物。"这是要君子领会并模仿天之核心精神。《周易》也影响了中国先哲老子，他所著《道德经》也被誉为"万经之王"，其第二十五章说："人法地，地法天，天法道，道法自然。"这些经典中的古老的核心思想，就像天空中的星辰一样，用隐蔽的语言告知后人：人的有价值的存在不能封闭在狭隘的自身里，更智慧也更有价值的存在需要遵循能超越人自身局限的自然大道，这里的自然之道主要不是指天之物理之道，而是指天之深处的精神之道。这可以说是古代中国最古老最正宗的文化传统精神，也是儒道两家的可以交集的核心思想，所以，儒家尊列《周易》在"群经之首"，道家则尊列它在"三玄之冠"。儒家的天命思想也与此相关。中国的这一古老的传统精神告诉人们：天道（或天心）就是人道（人心），天道（天心）是人道（人心）的核心与基础，真正的精神（心）超乎人而与深邃之天道密切相关。或许正因为如此，庄子才愿"独与天地精神往来"（《庄子·天下》第三十三），并因此使自己的存在达到与天地无碍相通的"天地境界"。

我们这个时代的主流倾向就是有意无意地遗忘天之精神——这种天之精神，东西方其他文化也称为"世界灵魂"（在中国也被称为"天心"）。遗忘天心（或天道）也会让人有意无意地遗忘"人心"（或人道），因为"天心"（或天道）是"人心"（人道）的基础与核心，失去与天心（天道）感应之人心（人道），就是局限的封闭于自身的人造之心（或人造之道），而人造之心（之道）是缺乏深邃的精神感的。我们这个时代由于在精神方面人为化现象严重，使各种各样似是而非的伪精神流行于世。如果依照道家与儒家的"天人合一"的思想精髓去理解，所谓的伪精神，伪就伪在过分的人本或人为化，以及建立在这种人为化基础上的"理性化""意识形态化"等。因为失去了天之依托，伪精神不可能被更为深邃的生命存在普遍持久地迷恋，也不可能被活生生的心灵真正感受与体验到，也根本不可能成为人类普遍持久的精神渴望，更不可能让活生生的心灵获得持久的满足。种种伪精神和我们真切的内在存在关联不大。伪精神在人的心中缺乏普遍的深邃之根，也缺乏单纯完整的精神性信仰的支撑。伪精神常常以似是而非的复杂面目出现。在人类的内在的文明世界里，伪精神意味着过分人本或人为，也意味着不太明智的自负。

"伪"字从词源学角度看本来就是过分人为之意，在过分人为状态中，是不会有真正精神可体验的。在当代条件下，伪精神经常与知识化、科技化、数字化、欲望化、复杂化、碎片化等联系在一起。现代人的各种知识的累积与储存常常会伤及存在的单纯，现代人的各种理性思维分析（各种算计）也伤及了存在的明净，现代人的各种纯感性的享乐欲望更是把人带入撕裂状态。从多个角度来看，人类自身满足欲望的理性能力越强，精神性体验反而会一天天地或一代一代地衰退。从精神体验的视角看，我们现代人的生活哪怕和近代人生活相比都有本末倒置之嫌；现代人似乎只是抓住了一些看起来很光亮肤浅的现象，而实际上现代人却渐渐失去了人的存在的精华部分。对真正精神体验的冷漠与麻木也是我们这个时代的特征之一。

从人类古老经典所传达的核心精神（这也包括中国古老经典中所传达的核心精神等）来看，理想的生命存在状态不会来自有限的封闭性人类自身，即不会来自过分人为的那一面，真正的精神性存在状态通常会通向一个更辽阔更深邃的源泉，人在与其发生连接时，会感受体验到那个精神源泉中难以言明的宽广深邃的奥秘，这个源泉世界经常被中西思想家以各种名词概念称谓，称为"理念（原型）"（柏拉图主义经典的思想基础）、"上帝"（《圣经》的思想基础）、"真主"（《古兰经》的思想基础）、"天"（儒家经典的思想基础）、"道"（道家经典的思想基础）、"梵"（印度教经典的思想基础）等。渴望思慕深邃的精神源泉是人类心灵中普遍的律（也就是圣经中保罗说的"心中的律"），这也被中世纪伟大哲学家阿奎那称为"自然之律"。如果我们从狭隘的文化视野中解脱出来，放眼整个人类内在文化的发生发展，从更大范围的人类内在文化传统（比如东西方的古代文化及现代信仰型文化等）来看，更多时候这个宽广深邃的精神源泉世界被称为"神"或"神性"，以区别于有限之自然（性）或人（性）之作为。

只要稍稍留意一下东西方的文化历史，就可知道：东西方的最古老最有影响力的经典所传达的核心精神，也是各个文化传统的核心精神，对这个传统的核心精神，我们可以用如下的一个简单的公式化结构概括之，即真正的精神存在状态——也是理想的生命存在状态——就是进入神性—人（或神性—人性）的对应、感应、顺应与合一的信仰存在结构（这种信仰存在结构也是东方的天人合一、梵我合一的核心思想的简括表达），这也是真正意义上的精神性存在结构。从世界各地的人类内在文化发生史（尤其是与哲学宗教相关的历史）来看，人类最古老最具影响力的经典所表达的精神传统差不多都反对过分的人为性，并坚定地站在超越人的"神"

"神性"（上帝或天、梵、道等）一边。只是随着人类的知性理性能力（尤其是与科技理性相关的能力）的增强，人类的自负感产生并渐渐膨胀，相应地也渐渐忽视了人类古老有影响力的深邃精神传统。所谓过分人为，从哲学角度看，就是过分依赖并突出了人自身的力量，而没有意识到人类多方面局限性，没有更多遵循永恒广阔的天之道（或神、梵之道等），没有让自身存在更多地感应、顺应并融汇于深邃的上天之心。

古老的经典对人自身的局限性认识得很透彻。以《圣经·传道书》为例。其对人自身的根性与局限认识得很清楚，在 1 章 2 节中传道者说："虚空的虚空，虚空的虚空，凡事都是虚空。"在 1 章 3 节则说："人一切的劳碌，就是他在日光之下的劳碌，有甚么益处呢。……万事令人厌烦……日光之下并无新事。"《圣经·传道书》3 章 1 节与 11 节分别说：

> 凡事都有定期，天下万物都有定时。
>
> 神造万物，各按其时成为美好；又将永生安置在世人心里。然而，神从始至终的作为，人不能参透。

从人类最古老最有影响力的经典所传达的精神视角来看，人的精神性智慧（不同于现在被高扬的知性分析能力）就体现在能参透万事万物背后的神性作为，在人的虚己中超越人类自身的局限，进入神性—人（或神性—人性）对应、感应、顺应与合一的信仰存在结构，这也才是真正地进入精神性存在状态。最接近人的最聪明的高等动物（如黑猩猩等）与遥远未来的先进智能机器人进入不了这种存在状态，这是人的深邃心灵性的重要标志，也是人之为人的最重要标志。人类文化中最古老最有影响力的经典所传达的精神性传统之所以倡导人进入这种存在状态，或许就是因为这种存在结构抓住了人的最深邃的根性。中国传统中的这个天之面被更多文化称为"神"或"神性"，也就是说在人类最有影响力的古老经典传统看来，人只有努力进入神性—人对应、感应、顺应与合一的信仰存在结构，才会有真正意义上的精神发生。但这种真正意义上的精神体验常常也会深陷两难困境，根本原因在于人的现象之我是有限的，无限的灵魂之我又试图去追寻无限永恒之生命，要寻找感受那广阔深邃之精神圣泉。

最古老最有影响力的经典希望与天之精神核心相联结，希望精神中心被深切地体验到。这种体验是富有价值深度的，也是活生生的、富有生机的，是充满光亮感的，尤其对丰富敏锐的心灵来说更是如此。一切伟大的人文性思想家的思想，之所以说他的思想伟大，也是因为他的思想是富有价值深度的，活生生的，充满生机的、富有光亮感的。当那些传达了鲜活思想的语言划过我们的心头时，我们的内心常常会弥漫着单纯、光明、澄澈，充实、丰盈与意义感。那些不能让我们体验到存在的生机与光亮的所谓的人文思想是干枯的，那些所谓的思想通常是被乔装打扮起来的，通常也是没有多少价值的思想，那些不能让我们的存在（心灵）体验意义、充实、丰盈的所谓人文思想家都是假思想家。这一标准尤其适合于以内在精神的弘扬为核心的人文性学科。我们以最古老最有影响力的经典为重要的价值参照点，以能否真正帮助人类改善提高存在体验，使人获得多方面的生机与意义来衡量一种思想学说的价值，我们也以此来衡量他是否真的是思想家，或是否真的是人类精神方面的智者或先知。人的价值并不在于像原子物件式地存在——就像现在大多数人的存在式样——而在于如何像被精灵充满似的深广地活着！在人类最古老最有影响力的经典看来，信仰—存在是超越性的让人难以忘怀的理想存在，这种超越性使人存在于妙处难与君说的语言、形象、情境与氛围里。

最古老经典所传达的精神是能普遍持久深入人心的精神，这些经典告知人们：尽力去除过分的人为化因素，去除其中的过分人为的计划、设定与建造。东西方古老经典差不多都倡导人们进入神性—人信仰型存在结构。这是一条广阔深邃的、能被普遍领会认可的真正传统精神路线，这条传统精神性路线我们也可将之简单地概括为：信仰—存在—诗意的路线，这也是一条和我们的深切体验联系在一起的路线，也是符合心灵理性的路线，也是一条通往单纯与敬畏的路，也是一条单纯敬畏基础上的融合交汇之路。传统的各种形而上学（知性形而上学）试图从哲学概念上接近存在的根基（无限王国），各种高级的文明化了的宗教则试图从生命实践（宗教情感、宗教经验等）上触摸存在之秘密。两者看起来有很大的差别，但其最核心的精华之处事实上可以有机地交汇在一起。信仰—存在—诗意路线就是一条交汇路线，也是将这两条历史悠久并具有精神实践性的思想路线交汇融合在一起的路线。在信仰—存在—诗意之路上，人的存在是有价值充满光辉的存在，这种存在被具有永恒感无限感的背景照亮，也被心灵的自由之光点燃。整个人类文化也应围绕让人的存在有价值有意义这个核心点来发展，应让人的存在变成具有深刻诗意性的，也应让每一个生命细节都因精神的照亮变得值得回忆、回味。信仰—存在基础上的自由或许是这一切的核心与基础。当代人的存在方向偏离了人类最古老最有影响力的经典精神的教诲，这势必会犯存在的大方向问题。古往今来几乎一切伟大的思想家都希望人的存在是觉醒的自由的，都希望苦难重重的人世变得自在自由一些。只是各个思想家的着眼点略有不同。那些伟大的思想家们通常也具有伟大善良的精神动机。

　　从最有影响的古老的经典所表达的精神来看，神性—人对应、感应、顺应与合一的信仰存在结构决定了人的存在的基础与根本，也决定了这种精神性存在的基本性质，进入这一信仰型存在结构，人的存在更具有精神的气息，这是召唤与被召唤、启示与被启示之间的关系，召唤启示者是神性（或神性—精神原型，这个后面论述），被召唤启示者是在内心深处拥有神性（神性—精神原型）的人，他们身怀原型精神渴望，富有灵魂感。在这种召唤启示结构中，人的形象更具有理想的精神性光辉。所谓的诗意（或富有内在灵性的美），从本质上讲，也是由这样或那样的信仰之光带来的。如下一些有点玄的问题实际上都和这种信仰相关："人的内心深处普遍的持久的渴望是什么？循着内心之路走向遥远的尽头，会找到什么?"
"人类的生活有无价值高低之别？如果有，这种价值的最根本性的根基在
哪里？我们这个时代失去最多遗忘最多的同时又是人们最珍贵的精神价值
是什么?""人作为短暂的有限的微弱的个体，其存在的精华究竟在哪里?"

　　所有这些问题的核心其实是相同的。对这些问题，每种文化每个人答
案不尽相同。诗意生活是价值生活的集中体现之一。但讲到诗意，更多人
可能自然地会联想到优美的自然情境，联想到存在的最美妙时刻或时段，
那里有他经过岁月的洗礼却仍然难以忘怀的体验。纯自然情境很难称得上
真正诗意情境，相比之下，富有诗意的美妙体验与时刻（或时段或时节）
通常是被某种信仰之光照亮并具有了和谐的灵魂意味，那通常也是最富有
诗意的时刻（或时段或时节），那通常也是纯真的寂静的具有超越性的完
整和谐的诗意性存在情境。诗意体验我们都经历过，其常常"悠然心会，
妙处难与君说"（张孝祥《念奴娇·过洞庭》），我们之所以迷恋诗意及其
诗意性的感觉、形象、氛围与情境，是因为其给人们带来了价值感受，带
来扩展的饱满的充实的澄明的提升的感受，其使人的存在价值与意义得以
集中体现，这种存在情境是人类美好精神的显现，也是存在的精华部分，
是人类存在感受与体验方面的最让人迷恋并难以忘怀的部分。归根结底所
谓精神是能被人的存在切切实实体验到、感受到，这种精神能提升人的灵
魂或扩展人的存在根基。而且，一切所谓的精神也都必须在人类存在的
活生生的直觉性体验中得以显露、得以验证。诗意是一种真纯存在的
显露。

　　人类古老的真理是偏价值的真理，或者说是基于价值体验的真理。人
类的内心深处存有一个深邃古老并历久弥新的"律"，这个内心之律也是
最"自然之律"，这是人类心灵中的共同共通的普遍之道，折射出人类心
灵的深邃普遍而持久的渴望，其背后又折射出人类对更有价值感的生活的
向往，或者说是对更能让人体验到持久美好感的生活的向往。人类更有价

值感的存在不会封闭于自身——不是各种过分人为化的"伪"之存在——而是去除各种虚浮之"伪"后的面向神性之存在，也就是进入了神性—人信仰存在结构中的存在。

关于人的价值存在，有以下三层意思。

（1）更有价值感的存在是有信仰的内在存在。这个信仰肯定和传统的带有巫术色彩的信仰不同。传统宗教信仰中的一些核心说法（死后的天堂、各种超自然的神迹等），对现代人（现代理性者）而言肯定不再适合。新的有价值的信仰必须超越传统宗教中的种种说教，并摆脱其中的迷信色调，注重宗教信仰的内在性、人间性，注重现实的富有精神价值感的存在体验。我们可以在吸收东西方有价值的宗教哲学思想养料的基础上，创建以此世为核心的信仰—存在—诗意路线，并在此信仰之光的指导下充分理解感受诗意体验。

（2）更有价值的存在是充满超验与统一感的存在。美好生活肯定不是物质主义占据主导地位的生活，也肯定不是信奉科学技术纯理性主义者所能领悟的生活，也不是那些道德说教者所能领会的、更有价值感的生活。而是一种以精神为基调的生活，一种以精神为生命核心的生活，这种所谓的精神具有完整、统一的特点，换句话说，具有价值感的生活是完整的具有统一感的生活。所谓的诗意就是最原初的完整与和谐以某种方式映照在人的存在（包括内心）中，也就是信仰—存在—诗意。

（3）更有价值的存在也是富有信仰感的诗意存在，也即响应神性召唤并与之交感的存在状态，这也是更圆满完善和谐的富有意义感的深度价值体验状态。人类存在的精神精华究竟蕴含在哪里？还有作为人类精神精华体现的精华性存在体验蕴含在什么地方？蕴含在人类的炽热的感性欲望里？蕴含在人类的以现代科技为代表的理性里？自然不是。人类存在的精神精华究竟蕴含在哪些地方呢？人类存在的精神精华蕴含在人的最内在最超验的存在状态里，蕴含在迄今为止人类的那些具有永恒基础的富有价值感的信仰里，以及随着这种信仰而来的富有诗意的存在状态里。诗意体验以内在的精神智慧为基础。所谓有价值的精神信仰主要出现在人类文明的那些有代表性的宗教的精神核心中，尤其出现在这些宗教中的那些具有神圣感的先知们的存在方式及其言论里，出现在这些宗教信仰的核心的关键的精神向往与精神表达里。

我们这里所说的神性，与天心（或梵性、道性）之含义大体相同，指向存在本身之根性，指向一个深邃的精神原点，也指向人的存在的深处，指向人的纯粹绝对的那一面。

"现实的、活生生的个人，每一个个别的人都有绝对的、神性的意义。"①

"神性在上帝那里是永恒的现实，而人只能达到它、获得它，在此神性之于人只是可能性，只是渴望。人的我在可能性上是绝对的，在现实中是渺小的。"②

这就涉及东西方思想中关键中的关键：对丰富的神性观念的深邃的领悟，或者说对神性的深刻而丰富的理解。在东西方的古代人看来，所谓神性就是一个永恒不朽能创造的精神核心，也是自由之精神本体，无限之精神本体、空静之精神本体、圣洁、气韵之精神本体、这个始基性的精神中心持久地隐蔽地召唤启示人心，也是人类的灵魂向往的共同的精神核心，每个个体就像一个微型的碎片，就像一个微型的精神接收器，在主动排除掉种种干扰后，可以接受来自精神中心的那深邃的微妙的韵味与气息。这个精神中心存在于自然大宇宙之深处与人类小宇宙之深处。这也是人类各种精神渴望背后的共同共通的精神韵味的发散本体。神性会以不同的神秘的面孔显露，在不同文化中的呈现也是不同的。人类这种神秘的更有价值的精神向往被各种文化中各种经典文化形式所表达。古往今来的那些最伟

---

① ［俄］索洛维也夫：《神人类讲座》，张百春译，华夏出版社1999年版，第17页。
② 同上书，第23页。

大的文学艺术作品似乎也说明了这一点。那些被以最高的言辞赞美的文学艺术作品都包含着一种潜能：一个常常能满足人类潜在的深层之梦的潜能，其所表达的精神倾向、主题与旋律和那些高级的精神哲学（形而上哲学）、高级的文明化了的宗教精神表达没有什么本质的不同。在人类存在的渴望的最深处，文学艺术与哲学、宗教常常是一致的，在源头处也是一体的、无差别的。

由此看来，真正的信仰—存在谱写造就的精神韵味和诗意韵味在本质上相同相通，可以说真正的信仰—存在本身就会散发出特别的诗意。诗意常常是由信仰—存在谱写造就而成。从信仰—存在—诗意的路线看，真正存在本身就意味着信仰，同时也意味着诗意。反过来说，核心的诗意韵味也来自真纯的信仰，或来自一种特别的信仰性存在。信仰—存在的精神核心就是神性。与神性交融于一体的存在是更有价值的存在，包含着神性的向往也是更有精神价值的向往，而更有价值的神性向往常常集中体现在人类对神性—精神原型的隐蔽渴望中，包括对基于"一"的本原精神渴望中。哲学家雅斯贝尔斯说：

> 人不断地渴望"一"，因为人渴望实质上的统一，这种统一才是存在与永恒。……人意识到不朽，而不朽不是说换一种形态继续存活下去，而是指在永恒中泯灭了时间的状态。①

人类存在的精华体现在存在的那份特别的统一感之中。人类存在本身是悲剧性存在，人的存在本身就意味着有限性、分裂性。人类存在是短暂的、断裂的，碎片化的、从根本上说是缺少永恒感与统一感，缺少那份单纯之一，缺少不朽。我们是时间中的存在，是空间中的存在。时间与空间两个方向给我们划定了渺小的生命本质。我们的生命本质是虚无的。佛教

---

① ［德］卡尔·雅斯贝尔斯等：《哲学与信仰》，鲁路译，人民出版社2010年版，第9页。

说的"性空"就是这个意思。性空也就是无常，没有稳固常在的根性。但在人类的悲剧状态中却也蕴含了我们深邃的伟大的精神向往。任何一种分散、有限、躁动、混沌与分裂的状态都意味着缺乏存在的圆满。

古老经典中的核心精神倡导人们进入神性—人对应、感应、顺应与合一的精神性存在结构，这也就意味着人的存在有限性、分裂性的某种克服。具有神性—精神原型性存在体验是人类存在的最深邃也是伟大的目的。这个目的蕴含在人类存在整体的隐蔽倾向里，隐含在人类存在的仿佛是无意识的深处。就这一点来看，真正的宗教信仰的精神最内核差不多都是富有诗意的（宗教的精神核心处常常也就是诗意的核心处，禅宗就是一例），真正的诗意也必然趋向或接近宗教信仰的高度。在信仰—存在—诗意之路线中，最经常也最通俗易懂的是蕴含于自然之神性—人的对应、感应、顺应与合一的存在结构，在这种存在结构里，人从大自然之中感受到了无限、永恒、神圣、辽远与宁静，人融化在辽阔深邃的自然里……这个时刻被认为是最有价值的存在时刻（所谓的天人合一便是如此）。被永恒照亮的那个时间，被无限浸透的当儿，被丰富的宁静笼罩的时段……会被认为是最有价值感的生命时刻，也是最充实最有意义感的时刻，也是最澄明敞亮更能让人体验美好的瞬间。如果一个女人在生命中的某一时段变成了你的女神，那也是因为你从她身上感受到了神性之光。

传统的宗教信仰因为其自身的某些弊端处在衰落中，现时代的各种改革了的宗教也依旧没能够找到有效的出路，经常也深陷某种类精神贫困的窘境里。传统的与各种改革了的宗教信仰之所以依旧处在精神贫困的窘境里，常常就是因为这些宗教信仰忽略了信仰者自身的自由、完整与和谐，也就是没能基本尊重人的存在的统一性与和谐性，并因此抑制了人的或潜在或明显的天赋——感性天赋、理性天赋等，抑制了人的基于理性天赋的思想的自由。任何信仰都要尊重人自身的完整与和谐，能否建立一个尊重人的感性天赋、理性天赋与宗教天赋的新型的信仰形式，关键也在这里。

信仰—存在—诗意之路线是人类历史上各种伟大的文明化了的宗教精神的继承者、吸收者，并试图把这些伟大的宗教精神的精华予以创造性地吸收！信仰—存在—诗意的路线是人类传统宗教精神精华的某种展现，是人类古老真理的继承者，虽然在展现方式上有所不同。信仰—存在—诗意的路线是寻求更有价值存在的路线，寻求把人性的多重性在美妙的感受中统一起来。信仰—存在—诗意路线寻求通过自由、完整、和谐自然的方式使人的存在走向单纯、无限、永恒，走向寂静、温暖、圣洁与生机，并渴求那隐蔽的神性之光照亮人自己的存在之路。

二　存在、信仰概念

首先需要说明的是存在概念，这是特别的存在主义意义上的存在，而不是一般传统本体论意义上的存在。我们所用的"存在"概念汲取了现代存在论思想家（海德格尔、蒂里希等）的思想养料：真正的存在是超越的概念，并和人的真实深邃的体验交融在一起。这个概念无法用基于知性的理性去定义，无法用更高或更低概念来描述它，但它在人的体验中又是自明的，也即自明地显现于特别存在者的领悟中。为了弄清这个"存在"，只能通过特别存在者来揭示特别的"存在"，只能从特别存在者中显现出来、流露出来。这就是海德格尔的思路。他认为人们可以从一种特殊的存在者入手来考察"存在"。这种特殊的存在者就是此在（Dasein），而此在（Dasein）是对自身的存在有所领会、体验的存在者，人就是一种此在，也就是一种特殊的有所领会并体验着的存在者。我们这里所用的"存在"，更多情况下指向特别的存在者——领会、体验存在之存在者，具体地说也就是指人自身，即人对自身背后的存在的特别的领会、体验，存在者是领悟、体验存在的存在者。

我们一直还未认出该从哪一境域出发来把握和确定存在的意义。但这种通常而模糊的存在之领悟是一种实际情形。……我们将能够弄清楚：变得晦暗的或尚未照亮的存在之领悟意指什么？有哪些方式可能或必然使存在的意义变得晦暗，可能或必然阻碍鲜明地照亮存在的意义？……存在者的存在本身不"是"一种存在者。哲学领悟存在问题的第一步在于不，"不叙述历史"，也就是说，不要靠把一个存在者引回到它所由来的另一个存在者来规定存在者之为存在者，仿佛存在具有某种可能的存在者的性质似的。①

领会同现身一样原始地构成此之在，现身向来有其领会。领会又总是带有情绪的领会。既然我们将有情绪的领会阐释为存在论的基本环节，那也就表明我们将这种现象领会为此在存在的基本样式。

……"存在在世界之中"本身是展开了的，而其展开状态曾被称为"领会"。在对"为其故"的领会之中，深藏于这种领会的意蕴是一同展开了的。领会的展开状态作为"为其故"的展开状态以及意蕴的展开状态同样原始地涉及整个在世。②

存在的意义就是时间，即流逝与发生。对他来说，没有常驻不动的理想的存在。③

这是海德格尔早期的关于存在的思想，这种对存在领会是在纯时间中展开的。本书所用存在概念也都更偏重个体深度存在的领悟，偏重个体深

---

① ［德］海德格尔：《海德格尔的存在哲学》，孙周兴等译，九州出版社 2004 年版，第7—8 页。
② ［德］海德格尔：《海德格尔的存在哲学》，唐译编译，吉林出版集团有限公司 2013 年版，第60 页。
③ ［德］吕迪格尔·萨弗兰斯基：《海德格尔传》，靳希平译，商务印书馆 1999 年版，第295 页。

度体验中的自明的真理，这里的个体不是理智型个体，而是偏重感情层面的体验的、感受的个体，也和偏重整体社会与历史层面上的叙述性存在形成对照，即不重叙述存在的社会的或个人层面上的历史，而是偏重个人的、独立自主和内在主观经验。我们所用的"存在"一词与海德格尔的后期思想更为接近，而与一般无神论存在主义哲学家的"存在"有质的不同的方面。存在者对存在的领会与洞悉是多方面的，这多方面的领会与洞悉有的看起来真切，实质是虚假的，属于被遮蔽性的，有的则是对"真正的存在"的领会。海德格尔的后期思想也倾向于存在的超时间性，存在的原初性（神性）。我们进而还认为，存在是指存在者背后待领会、体验的存在本身，或本原性存在，或"原在"，这个本原性存在本身我们将之称为神（同保罗·蒂里希思想），存在本身之纯存在性即为神性，即原在性或太初性，其拓展的形式是神性—精神原型，这一具有根本性的纯存在性（原在性或太初性）通过存在者敞开的（虚己等）信仰（或启示）体验显现、在场。

"最近的存在主义已经以一种深刻而又彻底的方式与'虚无相遇'（库恩语），它或多或少地用非存在代替了存在本身，它赋予非存在一种肯定性……在存在主义当中，没有任何战胜这种威胁的途径。"[1]

"在海德格尔的后期著作中，'神圣者'这个概念占据了重要地位，'思想家称之为存在，诗人则称之为神圣者'……'神'被他用作尘世的人的反义词……随着这种思想上的急转，人从一个'虚无的占位者'变为存在的守护者和牧人。也就是说，在虚无中，通过虚无，人体验到存在……虚无是存在的面纱。"[2]

---

　　[1]　［美］保罗·蒂里希：《蒂里希选集》，何光沪选编，上海三联书店1999年版，第1112页。

　　[2]　［德］汉斯·约阿西姆·施杜里希：《世界哲学史》，吕叔君译，广西师范大学出版社2017年版，第585页。

信仰的诗意及存在的复归

我们这里所说的存在，偏重人通过虚无领会到的存在的另一个方向的内涵，即其与神性信仰相关方面的内涵，并由此复归了存在的最传统最古典的含义，这也就获得了和存在主义者们（萨特，海德格尔前期）所用的存在的不同含义，并和海德格尔的转变后的后期思想中存在含义接近，也和被称为神学存在主义者保罗·蒂里希的存在概念（上帝—神就是存在本身）相似，集中表达了存在的原在性、原初性的一面。

> 按照巴门尼德的论点，万物皆一，一即天下之实是，因此事物之异于实是，也即异于一者，不会存在。①
>
> 存在的本质是出于原初统一之中的认识和被认识，换言之，即觉在，照亮状态。②
>
> 个体人可以不朽的，是对整个宇宙的"万象归一"的渴求。③
>
> 它是存在，像存在的含义本身一样，是存在的意义，……一切妨碍实现存在之完满性的东西配不上成为存在。④

俄罗斯的哲学传统基于其东正教信仰，差不多把人的真正的存在与意义存在等同，而意义存在就是内心指向最初最高完满性的存在。这和古希腊、东方印度与中国的观点相似。"梵我一如""天人合一"的存在才是真正的存在。人的个体真正存在具有原初性，就是对原初的一种意识，是意识到领会到源头的整一与完满，能与之在体验中交融、合一当然更加完满。这即是信仰—存在。这也是海德格尔后期著作中所流露出的思想，也

---

① 参见［古希腊］亚里士多德：《形而上学》，吴寿彭译，商务印书馆1959年版，第51页。
② ［德］K. 拉纳：《圣言的倾听者》，朱雁冰译，生活·读书·新知三联书店1994年版，第40页。
③ ［印度］室利·阿罗频多：《神圣的人生引论》，秦林译，光明日报出版社2010年版，第3页。
④ ［俄］尼古拉·洛斯基：《存在与价值》，张雅平译，华东师范大学出版社2015年版，第42—43页。

即他所说的"被遗忘了的存在"那一面，存在即是对被遗忘了的真正的存在的领会、体验，是"存在者之无蔽状态"①。真正的存在偏重的是更为特别的领会体验方向，即存在者对于存在本身之纯存在（神性）的领会与体验方向，或信仰方向，或者说这种领会、领悟与体验中内含着神性，是与纯存在性（原在，或神性）含义相关的方向，包括意义性、价值感等相关的本质方面，与无信仰根基的那些无意义性、虚无性、偶然性与现象性方面的体验则不属于纯存在性（而属于非存在），也不属于存在者的敞开的无蔽状态。基于信仰体验，其潜在的丰富的有神性的意义性构成了我们这里的"存在"含义的基石。存在的核心意味与内涵是敞开性的，通向神性—精神原型及体验，与一种特别性神性信仰相关。存在的核心精华就是一种特殊的精神性信仰体验，这个精神性信仰体验具有和谐的圆满的完整的精神韵味，我们常可把这种韵味描述为"诗意"或"富有诗意的"。

东方的印度教（《奥义书》等）、道教（《道德经》等）与西方的巴门尼德主义者都认为任何存在都本于一，人的个体存在也是如此。对于人而言，自然物质性、社会集体性（正常人性）、表层意识（人为理性等）会遮蔽真实存在并使存在变得虚假。在新柏拉图主义者普罗提诺那里，纯粹的太一流溢的最远界限就是物质，这也是存在与非存在的界限，在他这里如同在柏拉图那里一样，人的真正存在就是不受物质过多干扰，就是内在感的复归与上升：

> 与流溢同步的是一种回应性的归复。每个事物都渴望回到太一，回到它所从之溢出的那个丰满的存在。……整个归复的过程是一种渴望的活动，这种渴望在沉思中得到滋生和表达。真实的沉思进入归复，而不纯的沉思只导向其外产生的某物。②

---

① ［德］马丁·海德格尔：《林中路》，孙周兴译，上海译文出版社 2014 年版，第 264 页。
② ［英］安德鲁·洛思：《神学的灵泉》，游冠辉译，中国致公出版社 2001 年版，第 53 页。

同印度《奥义书》的"梵我一如"核心思想一致，普罗提诺的这个向上的归复过程同时也是内在化归复过程，太一也在人的灵魂深处。这种灵魂的上升，同海德格尔的后期思想命题"实存向更多存在的上升"相似。①人作为灵性生命与其他存在物不同，没被物质性遮蔽的本真的觉知之人，他通过单纯性的领会能意识到自己的存在"本于一"，无蔽的真理意识也在其中。对人而言，这种意识到、领会到存在根基的意识及体验使其摆脱了自然物质性、社会集体性与表层意识的羁绊，并使自己成为真正的存在。当然，东西方关于这个"一"有不同的称谓，"太一""理念""原型""神""上帝""道""梵"等。总之"一"代表心灵（或灵魂）信仰的基础、根据或原点。这也是信仰—存在—诗意路线的理论依据。

任何存在主义，只要从存在的非理性出发，都会不可避免地走向信仰主义，而使"自为存在"上升到"自在存在"的渴求，则纯然是对"人向上帝复归"这个宗教主题的哲学复述。②

真正的存在就是一种复归，就是能领会到、意识到自己"本于一"之精神性源头，意识体验到纯存在性或原在性或太初性。这个关于存在的思路与现象学大师胡塞尔的现象学关键命题正好相对应。胡塞尔认为存在就是被意识到或存在就是被强大意向所投射，"对象的全部存在正是来源于我之意向性"。③显而易见，这里所谓的存在是和人的主观性领会体验纠结在一起的。胡塞尔晚年提出的"生活世界"，也是需要提供意义的"生活世界"。所以，他所谈的生活世界主要还是基于体验的"意识生活的世

---

① 参见［德］吕迪格尔·萨弗兰斯基《海德格尔传》，靳希平译，商务印书馆 1999 年版，第 507 页。

② ［波兰］耶日·科萨克：《存在主义的大师们》，王念宁译，中央编译出版社 2003 年版，第 72 页。

③ 参见［德］胡塞尔《形式逻辑与先验逻辑》，李幼蒸译，中国人民大学出版社 2012 年版，第 200 页。

界"、是"纯粹主观的东西"①。信仰—存在，恰恰符合他说的那些现象原则，信仰就是一种强大的归于""一""的心灵意向性。可以说，现象学理论与信仰—存在—诗意路线是相融合的。真纯的存在的领会与体验常常是从强大的意向性——精神性信仰——中获得的。没有面向神性（原型精神或精神原型等）的强大的意向性——信仰——也就没有真正意义上的存在的领悟与体验，也就算不上真正意义上的存在（常常也就是虚假的存在）。所以通常说的信仰主义与真正意义上的存在主义在精神实质处是一致的。这个思路也与晚期海德格尔的诗意地呼唤神性的思考相似，也与那些宗教存在主义思想家思路在方向上大体相同。与存在纯存在性对应的是非存在概念，非存在代表着对存在的否定性力量，代表一种否定性的虚无。美国哲学家保罗·蒂里希说：

> 存在在其自身之内就含有非存在，这种非存在是作为神的生命过程中永恒存在又被永恒克服的东西而存在的。每一所是之物的基础不是一种没有运动与生成的僵死的同一性，而是一种活生生的创造行为。它创造性地肯定自己，永恒地克服着它自身内的非存在。这样，它就成为每一个有限存在物的自我肯定的模式与存在勇气的源泉。②

印度的《奥义书》说：

> 将我从不存在带往存在！

这里，不存在指死亡，存在指永生。③

俄罗斯哲学家弗兰克说：

---

①　［德］胡塞尔：《欧洲科学的危机与超越论的现象学》，王炳文译，商务印书馆 2001 年版，第 399 页。

②　［美］保罗·蒂里希：《蒂里希选集》，何光沪选编，上海三联书店 1999 年版，第 175 页。

③　［印度］《奥义书》，黄宝生译，商务印书馆 2012 年版，第 26 页。

存在作为一个整体，在创造着自身。①

存在的整体性与原初性归根结底来自对存在本身的参与，或者说来自与至高存在的联系与沟通。《奥义书》称"梵"为伟大的存在或至高存在。② 绝对至高存在代表的原初太一与神，其具有无限性、绝对性与永恒性，是人的存在的意义的源泉。非存在代表的是物质、物质性、相对性、时空性、有限性与虚无，以及相关的无意义性，也可以说存在与非存在代表的是实在性与虚无性、必然性与偶然性、本质性与现象性等，现实存在本身常常具有两面性，视点与意向点不同，存在体验就有所不同。基于信靠神性的信仰，体验点自然就落在了前一方面。神、上帝就是"作为存在的存在"（亚里士多德语），就是"超存在"（埃克哈特语），就是"存在本身"（保罗·蒂里希语），"存在是大全"（雅斯贝尔斯语），上帝是"神圣存在"（约翰·麦奎利语）。神性（纯存在性、原在性或太初性）是人的存在的深层依据。人的真正的存在状态就是面向整全统一的神性而在，通过神（存在本身、超存在）或神性（纯存在性、原在性或太初性）—人的对应、感应、顺应与合一肯定自身，人从人格中心发出的面向、接受、顺应神性（纯存在性、原在性或太初性）并渴望与之合一强大意向本身就是信仰。人的真正的存在就是这种信仰—存在。所谓信仰就是一种强大普遍而持久的精神意向性，面向神（存在本身、超存在）、神性（纯存在性、原在性或太初性）而在。这种强大的精神意向性是从人格中心发出的。保罗·蒂里希说：

　　信仰作为终极关怀乃是整个人格的活动。它发生于个人生活的中心，包括人生的所有方面。信仰是人类心灵最核心的活动，它不是人

---

① ［俄］瓦·瓦·津科夫斯基：《俄罗斯哲学史》下卷，张冰译，人民出版社 2013 年版，第 456 页。

② 参见［印度］《奥义书》，黄宝生译，商务印书馆 2012 年版，第 47 页。

整个存在的某个特殊部分或特殊功能的运作，这些特殊的部分与功能都统一于信仰活动中了；但信仰也不是所有这些作用的总和。它超越了每一个特殊的作用，也超越了所有这些特殊作用的总和，同时又自动地对所有这些特殊的作用具有决定性的作用。……信仰作为一种整个人格的活动，离开了无意识成分在人格结构中的参与，是不可想象的；这些无意识成分始终出现在信仰里，并在很大的程度上决定了信仰的内容。但另一方面，信仰是一种有意识的活动，而无意识成分只有在超越自己，进入了一个人的人格中心时，才有可能参与信仰的创造过程。[1]

信仰就是揭示看不见的事物。[2]

信仰的本质是存在者面向神性—精神原型的敞开，是从人的存在中心或人格中心发出的；信仰也是一种内在的有中心的完整的感情体验，是从存在（或人格）中心产生内的感情力量。东西方真正意义上的人文经典差不多都不是面向人的局部的头脑，而是面向人类的渴求意义的心灵。所谓看不见的事物就是指纯粹的存在本身（神），或神性—纯存在性，其拓展形式是神性—精神原型。所谓人格主义也与这种超越性的信仰相关，因为真正意义上的人格代表拥有中心、原初及其完整，代表拥有统一的具有自己深邃精神源泉的整体。存在的真正富有价值的（也是富有诗意的）内涵植根于信仰，以及信仰带来的充实和谐灵魂的复归，包括心灵中有意义性与带有不朽感的希望方向，沿着这个方向思考，在不太严格的意义上，信仰—存在—诗意，是人的真正存在链条上的三个本质相同的点，也可以说是一条道路上的最亲密的精神伙伴。信仰—存在—诗意路线的三个点的

---

[1]　胡景钟、张庆熊主编：《西方宗教哲学文选》，上海人民出版社 2002 年版，第 413—414 页。

[2]　［俄］尼·别尔嘉耶夫：《自由的哲学》，董友译，广西师范大学出版社 2001 年版，第 31 页。

共同核心就是面向神性而在，即进入神性—人（或神性—人性）的基本的信仰存在结构。关于神性内涵，这里也有其特别的指向，面向神性而在的那个"神性"，也是各种形而上学、各大文明化宗教所渴望所探寻的。具体地说，面向神性而在就是感应、顺应神性—精神原型，寻求与之相遇、交感甚至合一。这既是一种内在生命的交流实践，也与外在的显现实践相关。这种信仰—存在能给人带来多重的宁静的、生机的、澄明的、温暖的、有意义的、充实的、美好的感受。再重复一次，信仰—存在—诗意，是一条线上的三个点，是实质相同的三个点——是通向精神原乡的精神体验方面的最亲密伙伴。

可以看出，我们上面所讲的存在概念包括存在本身（及纯存在性、原在性等）及人的存在两个方面。人的真正存在是对存在本身（纯存在性、原在性等）的敞开及其体验。关于人的存在，就其体验内涵看，我们吸收了一些存在主义哲学家所描述的存在含义。据《海德格尔——思想之路》的作者说，海德格尔 17 岁时，从一个神父那里借到布伦坦诺的《亚里士多德所说的存在的多重意义》一书，对存在意义的问题产生兴趣。海德格尔也声称他所有的著作只关心唯一一个问题——存在的问题。他认为各种意向性则根植于"存在"，即作为"自我和世界之间的领域"，它是一切意义的源始发生。在他这里，意识现象学成为存在论现象学。由于意识总是有指向的意识，所以在海德格尔看来，情绪比意识更加根本，情绪总是摆在那里，在意向产生之前就不断地向人袭来，并决定着意向的指向。烦、畏、好奇、两可等情绪以何种原因归属于存在或者世界之境域的敞开性。①

所有可以思考的都被它包含：缺失和圆满，理念和感官印象，情感和思想——我们生活的全体。逻辑的存在（Ens Logicum）是一个先验的理

---

① 参见［德］克劳斯·黑尔德：《世界现象学》，倪梁康等译，生活·读书·新知三联书店2003 年版，第108 页。

念，一个先验的（transcendens）、一个超（trans）范畴的概念。它是"意义世界"，我们在其中生活，它具有我们的存在，它是包容了主体和世界的源始共属性的全体。①

> 歌唱即此在。……这里"此在"（Dasein）一词，是在"在场"（Anwesen）这一传统意义上作为"存在"（Sein）的同义词来使用的，吟唱，真正去道说世界此在。是从整体的世界牵引的美妙方面去道说，而且只是道说这种美妙。吟唱意味着：归到存在者本身的区域中去。这一区域作为语言之本质乃是存在本身。歌唱意味着：在在场者本身中在场，意味着此在。……在真理中吟唱……它是神灵、是风。……是这种神圣的气息已经在我们周围吹拂……②
>
> 不妙之为不妙引我们追踪美妙事情。美妙事情暗示着招呼神圣者。神圣者联结着神性。神性将神引近。③

我们这里论述的存在，其内涵蕴藏在信仰—存在—诗意路线上，这和海德格尔后期思想较为接近，和保罗·蒂里希为代表的存在主义神学的思考也有可交叠可交融之处。据此，存在就更多涉及人的内在的深度价值体验（包括诗意性存在情绪），涉及人的强大的意向性——信仰体验，涉及人的精神创造性的源泉，涉及人的根本的灵魂奥义，也涉及对人的存在的价值理解，而所谓价值理解常常系之于人们对神性的理解，对神性的理解常常又系之于人的存在的深切的灵魂体验，灵魂、神性、诗意常常一同显现，也一同消失。从东西方古老的视野看，人有一颗充满奥义感的灵魂，或者说真正的人的存在充满了灵魂的奥义。所谓灵魂奥义指向人类心灵的

---

① ［法］登克尔、［德］甘德、［德］察博罗夫斯基：《海德格尔与其思想的开端》，靳希平等译，商务印书馆 2009 年版，第 274 页。

② ［德］马丁·海德格尔：《林中路》，孙周兴译，上海译文出版社 2014 年版，第 304—305 页。

③ 同上书，第 307 页。

最根本、最深层次（也是最深奥的部分），也可以说涉及人类心灵最终极的微妙的根基部分。从信仰—存在—诗意路线来看，人的存在根本——更有价值的存在——在人的意义世界里，在人的存在向内返归与向上超越的方向中，而不管是向内返归还是向上超越最终都会触及作为基础与核心的神性，或神性—精神原型。以任何方式谈论神性都需以内在强大的意向性——灵魂之我的出现为前提。神性不是理性、理智、各种科学、各种技术手段探讨的对象，而是灵魂的感应与领悟的对象。神性、灵魂、诗意一同在有价值的深度体验中显露。这种基于神性感悟的美妙常常也是难以言说的，最适合让灵魂在默默无言中倾听，但人们常常又不得不以某种方式言说。这种具有美妙感的诗意代表的是人类心灵的内在和谐声音，代表的是人类存在的灵魂的秘密，代表的是人类存在对更高价值的向往。

三　广义的诗意内涵

诗意一词最初只和诗或写诗读诗（尽管诗的类别也是广泛的）的感受相关。最早的史诗是用叙事诗的形式完成的，并和口口相传的口头诗歌有着密切关系。最初诗意只是指人们从阅读（或创造）一流好诗中得到的那种感受，但在东西方人类文明的古典时期，诗这种文学文体在人类的精神生活中具有重要位置（《诗经》是中国传统文化的五经之一；亚里士多德专门写了《诗学》；等等），中国儒家最大代表孔子就有"兴于诗"之说。因此，后来经过人类历史的慢慢演化，只与诗相关的诗意这个词的应用领域就被扩大，渐渐被用来描述、称谓和读一流诗歌一样的"家族相似"性的感受与体验，一种具有特别精神韵味的存在体验与感受（及其形象、气氛、情境等），这种感受与体验具有和谐圆满完善的性质（海德格尔倡导"诗意地栖居"就是一明证）。后来的人们依然用"诗意"描述、称谓与诗歌创造、欣赏相关的文学感受，也用诗意一词来描述、称谓具有"家族相似"性的那些精神性的情感情绪团，一种和谐的圆满完善的感受与体验（及其形象、气氛、情境等），一种基于和谐圆满完善的有价值的深度体验。诗意一词的用法在不少情况下，就变成了类比性（或比喻性的）的，用来形容或描述人的其他的特别富有精神性韵味的存在状态。

　　诗意一词用法后来被扩大，应用范围也更广了，其核心内涵就和人的内在灵魂状态—信仰具有了更多的相关性，即与从人格中心发出的面向神性的意向性相关，代表完整、内在和谐的灵魂的向往状态。在我们这里所谓诗意更偏重指向诗意应用范围扩大后的含义，就是指人与神性交流交感的那种富有价值深度的体验，也意味着特别的真诚的精神信仰，而特别真诚的信仰本身也意味着特别的诗意。可以看出，广义的诗意更多是比喻性的说法，或类比性说法，也可以说是象征性的说法，用其描述、称谓美妙和谐圆满完善的精神性体验与感觉（及其形象、气氛、情境等）。可以说，诗意这个词所表达（描述）的那种美妙和谐圆满完善感觉，代表人类存在神性渴望与灵魂方向。这和诗意的最初的意思也能相融，即人们读一流古典诗时（富有神性的史诗）的感觉与体验，或仿佛从一流古典诗之中散发出来的给人带来心灵满足的精神性韵味。由此延伸开来，人被特别的精神韵味笼罩时，那种难以言明的美妙和谐圆满完善的精神性感觉、体验、氛围、情境、气氛及形象可被称为"诗意的"。

　　诗作为形容词修饰语与作为被形容的中心词"意"相一致。从纯词源学的角度看，"意"字从心从音，合起来表示发自内心深处的声音，或发自内心深处的音乐。这也是诗意之"意"的最核心含义之一：发自或来自内心深处的那种特别的声音，也可引申为超自然超理性超感官的，来自灵魂深处的声音或旋律。这个灵魂深处声音的承载者可以是人，也可以指自然等。二是同本义相近的，意指有意味的、观念的，同英文 meaning；idea相对。"心之所谓意。"——《春秋繁露·循天之道》。从直观上讲，诗意之"意"就是隐藏在诗的深处的声音或韵味，或隐藏在诗的精神深处的那种微妙的精神的或灵魂的旋律、那种包含着内涵的意味，那种基于这种精神意味的胸怀、态度与神情等等。诗意之意就是指心的深处的微妙和谐的声音，诗意就是诗的深处与中心发出的和谐的灵魂的回声，如果缺乏圆满完善深广的和谐的核心、缺乏单纯宁静而无限的心灵主旨，缺乏光亮圣洁澄明的基础，自然也就无所谓诗意，对这种常常隐藏在诗的深处的韵味，我们常常只能"悠然心会，妙处难与君说"。"欲辩已忘言"，或"难以言喻"。而广义的诗意本质上与存在本身之纯存在性相通，与神性—精神原型相通。所谓内心的声音与旋律就是基于这种相通的灵魂的声音与旋律，这不同于自然感官发出各种声音，也不同于社会意识形态，也不同于心灵表层（理性意识）发出的。富有诗意的事物、形象、氛围与情境来自人的存在整体的超越性的心灵投射。

诗意这个广义的类比性的用词，最初意味着读一流诗歌时所激发起的感觉、体验及精神韵味。真正一流诗人所创造的一流诗歌也是对存在本身之纯存在性（神性）召唤的微妙深沉的回应。这种回应常常具有难以言喻的特点。诗意之所以获得广义的指称用法，同诗在人类历史上的地位与作用是分不开的。人类文明各种关于诗的阅读、创造历史久远悠长，诗的类型也繁多庞杂，但都用一种特定的文体形式来表达。这种文体也一直被奉为源远流长的文学中的正宗。对于这种与特定文体相关的诗的精神实质，历史上的诗论家们也有各种定义法。中国古代文论对这种狭义的文体的概括性评论是很丰富的。《毛诗序》说："诗者，志之所之也。在心为志，发言为诗。"严羽《沧浪诗话》说："诗者，吟咏性情也。"张舜民《跋百之诗画》中说："诗是无形画，画是有形诗。"姜夔《白石道人诗说》以为"守法度曰诗"。最好也是最玄奥的表达是清代刘熙载《艺概》中所说的："诗者，天地之心。"

应用范围扩大后的诗意概念是比喻性用法，着眼于人之存在中的特定的精神性感觉与体验，或特定的精神性形象、情境、气氛与氛围，这种形象、情境、氛围、气氛、感觉与体验与作为狭义文体的诗歌唤起的精神性形象、情境、氛围、气氛、感觉与体验相同或相通。这是指人的存在中所感受与体验的一种特别的精神性韵味，即人对存在本身之纯存在性（神性）召唤的微妙和谐的回应。人的存在中的圆满的完善的灵魂和谐与和声，及其所造就的美妙澄明的感觉都是诗的，或富有诗意的。一切触发了人类存在的这种圆满完善美妙感觉的事物、形象、情境、氛围等，也都可以用诗一般的称谓之，比如诗一般的风景，诗一般的国度，诗一般的语言，诗一般的年华，诗一般的时代……也可用诗意来描述我们心灵所体验过的充实的、有意义的、澄明的、美好的、神圣的、宁静的、和谐的感觉、感受（或体验）、形象、情境、氛围、气氛等。通常这种内在存在的感觉（或体验）、形象、情境与氛围的造就与对存在的神性本原的信仰相关，或者说那份特别的感觉与体验是由对存在的神性本原的内在信仰带来的。

因此，诗意作为一种特别的精神性韵味，其本质与对神性的想象、理解、领悟与洞悉相关联，本质上是人进入神性—人（或神性—人性）信仰型存在结构后才真正实现的，正是这种信仰带来与神性的交流、交感，带来深层的精神韵味，带来内在的圆满、完善、和谐体验。这种信仰型精神存在结构打开了人类存在的多层次的精神体验的空间，打开了人类存在多层次精神维度中神秘深层的一面。诗意的基础与核心不是自然的感官经验或体验，即不是单纯的自然之我的经验，诗意的基础与核心也不是社会化的功利性经验或体验，即不是单纯功利社会化之我的经验。诗意的核心与基础也不是来自表层意识经验——包括一般的基于知性的理性经验在内，或基于道德政治等意识形态经验，等等。

诗意指向人类存在之核心实践（体验）的精华，指向人的有价值的深度体验，指向人的最内在的并渴望超验的灵魂，这种灵魂及其氛围、形象、情境常常就是由神性—人（或神性—人性）对应、感应、顺应与合一的信仰型存在结构带来的，换句话说，所谓诗意常常就是由神性—人（或神性—人性）对应、感应、顺应与合一的精神性存在结构创造出来的，失去了这一基本的精神性存在结构，失去了基于此的有价值的深度体验，哪里还会有真正内在的灵魂的声音呢，又哪里会有真正的所谓的诗意呢。你内心隐蔽着的灵魂的声音及隐在的精神韵味很像一流诗歌深处发出的（还有本质相同的家族相似性体验）。这种隐蔽着的内心声音也是最真实的。对灵魂之我而言，它比一般的自然物质、比一般的欲望更真实，也比我们的社会性的交往，比我们的技术性操作更真实。这种声音存在于我们整体存在的深处，也是我们的整体存在所希望的，也是我们整体存在所渴慕的。作为人的存在的一个方面，单纯指向感官的形象或事物不可能是富有诗意的。过于感性的形象不可能是诗意的。作为人的存在的一个方面，单纯指向理性的形象或事物不可能是富有诗意的，哪怕是所谓的哲理诗也不能算富有诗意的。作为人的存在的内在方面，简单指向我们宗教情怀的形象与事物不可能是富有诗意的，这些形象与事物往往和神性（存在本身之纯存在性）无关。那些直接表现宗教题材的艺术也不是富有诗意的。

诗意体验是人的有价值的深度体验，是人内在的和谐灵魂的旋律，也是人对存在本身之纯存在性（神性、原在性或太初性）召唤的隐蔽、微妙回应的显现，也是人类信仰—存在的精神精华（包括最内在最超验化的存在状态及体验）的浓缩，是神性—人（或神性—人性）对应、感应、顺应与合一的信仰存在结构产生的精神精华之一，散发出单纯、旷远、清寂、宁静、澄明、温暖、圣洁、气韵等精神性气息。诗意就是人与神性交感相通时产生的特别精神性韵味，这也是能满足我们灵魂深处渴求的情感韵味，这种富有精神韵味的音乐是由更为伟大的琴师（神性—精神原型）直接启示、引领、参与下被演奏出来（帕斯卡尔、莱布尼兹等有类似观点），如果说这是件更宏大的诗歌作品，那它也是由更为伟大琴师（神性—精神原型）启示、引领、参与下演奏出的交响诗作品。

从存在的整体圆满完善和谐的角度看，这个世界就是一首由伟大的琴师直接启示、引领、参与并演奏出来的交响诗——按照音乐的方式使各种元素（神人天地）发生共振，发出了难以辨认的具有大美特性（庄子等）的和声（天地人协和一致时共同发出的和声——海德格尔的观点）。这部宏伟的诗歌大作品里面有许多我们的感官可以感知的要素——物质性的方面，有许多我们理性可以把握的——思想及生命性的方面，也有我们内心可以感触的——内在精神性方面，更有只有我们的灵魂才能触及的更为深邃的方面——超验性的方面（即指向神性或存在本身之纯存在性）。整体世界的深处有吸引着我们的像谜一样的未知，这谜一样的未知对我们的渴求充实、意义、澄明、圆满、完善、美好的心灵开放，对我们的丰富的想象力开放，对我们的试图变得圆满、生机勃勃的情感世界开放。自然如此，社会如此，人的个体人生如此，艺术作品更是如此。这些富有诗意的情境或事物指向人的敞开的整体存在、指向人的通向存在本原的心灵或灵魂，这些能够唤起我们诗意体验的存在也满足了人们的无意识深处的神性—精神原型的渴望。信仰—存在—诗意路线中的精神是深邃的、隐蔽的，也是最真实的。

诗意作为一种特别的精神性韵味及体验，其主要是对存在本身之纯存在性（神性）的信仰谱写造就的，是特别的信仰—存在散发出的特别精神性韵味及感受、体验（关联着特别的形象、情境等）。诗意常常是由信仰—存在谱写造就而成。从信仰—存在—诗意路线来看，存在本身之纯存在性（神性）在人的虚己的信仰中呈现，这种呈现本身同时也意味着诗意。反过来说，诗意韵味就来自一种特别的信仰性存在。从信仰—存在—诗意精神视角看，包围着人的世界本身就是一部宏大的包含着精神主题（或神性—精神原型）交响诗。有几本宏大的折射了神性—精神原型的交响诗集需要我们全身心地阅读或聆听，需要我们全身心地去想象、感悟与洞悉。首先是大自然这部敞开的交响诗集,人就处在这部交响诗集中,是其中的一个微弱的音符。但这个音符却能反映折射整部自然交响诗所指向的核心精神及精神基础。其次是社会这部敞开的交响诗集,人也处在这部交响诗集中。人是其中的一个微弱的音符,但这个音符也能反映折射整部社会交响诗所指向的核心精神与基础。再次是个体这部敞开的交响诗集,人的心或灵魂就处在这部交响诗集中,是这部交响诗的核心、基础。最后是艺术作品这部敞开的交响诗集。人的心或灵魂自然处在这部交响诗集中,而且是这部交响诗集的核心精神与精神基础。

四　孔子的"大和"信仰及精神皈依

　　孔子是中国标志性的古代伟人,谈论中国文化(尤其是传统文化)避不开孔子。他的伟大自然是在思想方面。他影响了长达两千多年的古代中国,现在似乎又开始影响现代中国。孔子的思想精华在和信仰相关的精神方面,即对世界之"大和"的信奉。他的其他思想都是建立在这一信仰的前提之下。他的"礼乐""仁爱"等思想是否真的给中国人带来精神生机,这依旧是个未知数。但孔子的思想之中存在着能给人带来精神生机的潜能,这个潜能在日益复杂化、日益物欲化的社会里能更好地发挥作用,他思想中的诗意方向,他的思想中的具有现实感的宗教信仰方向,是最具精神活力的部分。可惜的是历代封建统治阶级没有心思也没意愿挖掘他思想中的这一面,他们出于功利的实用的动机,把他思想中的有利于巩固权力的方面进行梳妆打扮,使之更有利于他们统治,而富有精神感的诗意的方面被有意忽略,势利的实用的功利方面却被发扬光大了。

　　孔子最有价值的思想是他对"大和"信仰,以及对如何才能顺从"大和"的那些思考。他心目中的"大和"具有本原性精神性质。他对"大和"的领悟、想象、理解、洞悉充满了信仰色彩，而且他的这份信仰是富有诗意的，可以说，孔子思想的独到之处恰恰就在于其以"大和"为基础的诗意性方面。"和"潜含着哲学与宗教本体论的色彩。他也是中国文明的最突出的以"大和"（或太和）思想为基础的诗意性宗教的倡导者。对此方向，他的记载于文字的论述并不是很多，但其思想综合体系潜含着的这一方向较为明显。《论语·学而》说："礼之用，和为贵。先王之道，斯为美。小大由之，有所不行。知和而和，不以礼节之，亦不可行也。"在孔子的心中，"和"是人之为人的标志，也是人之存在完整与和谐的标志。他认为人需活在诗乐之中，需要活在具有诗乐色彩的精神象征体系——礼之中。如果没有能体现"和"之精神的井然有序的礼之秩序，光有诗与乐也是不行的。

孔子说："子曰：兴于诗，立于礼，成于乐。子曰：民可使由之，不可使知之。"（《论语·泰伯》）。中国古代的孔子是活生生的，像每个普通人一样有许多个不同的侧面。当他说兴于诗成于乐之时，他是个敏感的审美者与诗人，是富有诗意的人。孔子当然还有其他的侧面，比如迂腐暮气、势利、精神奴性一面，还有偶尔显露出来的施虐、残酷，以及谄媚倾向，以及轻视女人的大男子主义的一面等，这些都是让现代人不太喜欢的。但孔子失势之时，他内心显露出坚定的精神信仰，他的天真的幻想家及狂热的审美者的一面顽强地显露出来。此时，他内心生活丰富并具有高度的精神性人格，是一位对本体之"大和"的信仰者，是富有诗意的思考者、栖居者。他对"和"的狂热信仰、崇拜与迷恋集中体现在他对包含了"大和"思想的音乐的陶醉里。

《论语·述而》中说："子在齐闻韶，三月不知肉味，曰：'不图为乐之至于斯也。'"为啥孔子闻韶乐后会三月不知肉味？朱熹集注："盖心一于是，而不及乎他也。"作为雅乐韶乐的那些旋律、和声在他的灵魂里萦绕着、回荡着。那三个月里，他的灵魂丰实、饱满、深邃而宽广，他的整个存在充实、神圣而丰盈。他不再活在肉体之中，不再活在以物质为基础的感官之乐（以肉为基础引发的快乐）中，因而感官刺激及满足等失去了它平日中的效力。当人存在的整体被某种灵性包围时，以物质为基础的感官就会失去其平日里的功用。物质之所以重要，归根结底还是因为人有肉身，人常常不得不活在肉体里，活在肉体里就会很自然地追求肉欲的满足。换句话说，肉欲之所以重要归根结底是因为我们的身体就是肉做的，是血肉之躯。这里所谓的肉味不单是吃的意义上的，这里的肉代表平日里以肉欲满足为核心的自然感官之乐。不知肉味意味着孔子不再活在肉身里，或者说弃绝了各种感官诱惑。

哲学家克尔凯郭尔说：精神信仰以感性的弃绝为前提。如果人的信仰是一种真诚的内在信仰，这种所谓的弃绝（虚己）一定是自觉自愿的，那应该是忘我性的，即忘却现象感性之我的种种羁绊，唯有如此，才可称为信仰。有些伟大的精神性存在（或人格）似乎天生的不能从感性生活中获得真正的存在美妙感。对属于感性的肉体、肉身（身体）与肉味的某种程度的忘我（或弃绝）意味着精神上（灵魂中）的某种坚信，也凸显了存在的神圣性。事实上肉体也是世界宗教思想史思考的一个重要议题。肉欲的满足是能给人类存在带来某些享乐，但拉长一些时间，从更本质处观察，其带来的更多的是痛苦与负担。既然与肉欲相对的灵性（或神性）那么有价值，为什么人们不去追求灵性（或神性）呢？问题在于：整体存在中的那份基于灵性（或神性）的神圣的丰盈是难以达到的，这种境界的稳定出现常常需要人持久的修行与精神努力。肉欲之乐相对而言比较容易实现（男人花钱逛妓院，去餐馆吃一顿肉等）。肉欲之满足相对便捷，相对更容易实现，但这种便捷而容易实现的满足也有致命的弱点：片段瞬间快乐追逐后的空虚，以及长此以往后的精神的绝望，其缺乏精神上的根基性与持久性，缺乏具有永恒基础的使人整个存在充实、丰盈、有意义、美妙、澄明的那份微妙的感觉与体验。在肉欲的满足背后潜伏着种种莫名的对存在整体的灵性损害，肉欲这种基于部分刺激的满足常常也以牺牲整体存在的精神性感觉为代价：人的灵魂深处的那份莫名的向往及其实现，人的灵魂的那份模糊的渴望及其满足常常同时被淹没了。在孔子看来，人的理想的生命境界不可能通过活在肉身中的方式实现（需要"吾丧我"，《庄子·齐物论》），不可能通过局部的感性感官来达成，而只可能在人的存在的整体和谐之中显露，人的整体存在的理想境界也不可能基于这种部分性的感官刺激之乐。

在孔子看来，人的生命理想的真正实现和人的存在整体的充实、意义感与丰盈相关。这也是为啥孔子会提出"成于乐"的道理之所在。这里"乐"和诗和礼一样，是能使灵魂获得满足的承载着大精神的象征物或象征艺术品。在真正的乐之中人与一种纯粹精神（基于一之精神）建立联系、沟通、联合。在乐中完成的是人的整体存在的那份美好的感觉与体验，在乐中完成的是人的非分裂的和谐之自我，是内心和谐的完美的人（当然也是富有诗意的人）。在孔子的思想深处，完美的存在境界是忘我（或无我，或忘现象之我）的境界，这种存在境界常常在聆听音乐似的情境中得以实现。在世俗的以肉欲的满足为核心的种种行为中（享乐主义等）是不可能实现这种生命的理想的。能对抗世俗的以肉欲享乐为核心追求的就是那种心念于一处的忘我（"吾丧我"之境）、"无欲观妙"之境（《老子》第一章）的精神境界。在肯定忘我（或无我，忘现象之我）之生命态度上，各种文化各种宗教似乎是相同的，但在如何才能达到这种无我或忘我的境界上，不同的文化、不同的宗教、不同的哲学，其看法就有了很大不同。在孔子看来，仅靠人自身的努力（比如佛教的那种基于思或悟的觉醒方式）常常也是无法实现的，因为人毕竟还是生物性、社会性的存在，肉欲及社会风俗对其制约甚强。要达到忘我（或无我，忘现象之我）那种富有精神价值的存在境界，需要上天的召唤与帮助，需要人的现实性努力、营造，需要天为与自为的合二为一，这样才能达到以忘我（或无我，忘现象之我）为核心特征的天人合一之境（也是《老子》"无欲观妙"之境），这种境界是天地神人共同发挥作用的结果，包含了神性的天之为是基础、中心与依据。《论语·先进》记述说："莫春者，春服既成，冠者五六人，童子六七人，浴乎沂，风乎舞雩，咏而归。"在一年里最美好的时节，在大自然温暖的怀抱里，祭神祷告与神交流之后，带着对神性的领悟与渴望一边吟唱一边回归故乡。这就是"咏而归"的存在境界。

"咏而归"的境界是"大和"信仰的更为具体的体现，是精神的整一与和谐境界，是天地神人和谐共振后产生的结果。这也是所谓的孔子与曾点的内心志向，实际上，这也是孔子诗意性宗教的体现。过去的学界对曾点之志有各种解读，但解读得过于狭隘。自汉代以来，学界就产生了分歧，大体可分为游乐说、雩祭说两类。雩祭说与游乐说各有所长，一则肃穆庄严、为民祈福，一则闲逸洒脱、乐道自适。学界之所以对此看法不一，根源就在于孔子本人就是一个具有多面性的人物，就是一个具有多重性格的存在，并具有丰富、复杂多面的思想方向。无论是闲逸的解释还是庄严肃穆的解释，都有一定的依据。但隐逸出世只是孔子思想的一个侧面，将"风乎舞雩"解读成游乐说、出世说，都没能真正理解孔子的思想，"咏而归"是孔子超越性精神的核心。这个"归"我们可以做进一步的想象与领悟，将之理解为存在的整个过程，理解为对死亡的那份坦然。而"咏"和兴于诗的"诗"，和成于乐的"乐"紧密联系在一起。"咏而归"代表了人的存在在富有诗意的审美中的最后完成。

在孔子的理想里，完美的存在境界包含哪些要素呢？有对神性的向往（天）、有包含着大地元素的（河流、风等）大自然的环境、有信仰相同的社会群体（兄弟、同志），还有自由放松的个体与具有精神性的艺术，这些要素的共同作用造就了存在的完美。这同现代德国哲学家海德格尔所说的天地神人四重整体也大致相同。"成于乐"的时刻也就是这些生命要素和谐相融的时刻，也就是人的整体存在发出和声之时，同样也是灵魂发出和声之时。一个人，如果他的整体存在发出了和谐的和声，一个人，如果他的心灵（或灵魂）发出了多声部的和声，他的神情姿态说话的语言等也会充满了基于和声散发出来的气息。这种存在就是从诗一样的存在状态开始，以音乐一样的存在状态终了。人的存在的完美之境最终得以在"乐"中完成。孔子和释迦牟尼的人格理想有着很大的不同。孔子心目中的这种存在状态就是诗意存在的典范，也是人之为人所应追求的。孔子的信仰性诗意也体现在这里，这种诗意将人从单一的分散的局部的状态中解脱了出来，使人的多重性重新获得了统一，不同于单纯以礼为核心的带有世俗性色彩的存在。孔子提出了"兴于诗，成于乐"的思想，实际上是这种天地人心大和之宗教性思想的一种延伸。这种带有宗教色彩的"大和"具有本体论意味，不是存在于说教与条规里，而是与直观的、生动的、深邃的体验融合在一起。人格的完成也与融入于大和之中有关。诗意地存在就是相融于根本性精神本体，并领悟感受本体精神之大和，诗意就是与本体"大和"照面、相伴，并由此产生和谐宁静的社会性存在感受。

唐代诗圣杜甫《赠花卿》中有一名句："此曲只应天上有，人间能得几回闻。"天上与人间的区别就在天上的那份隐藏着的神性里，就在天上的那份神圣感里。天之所在，在作为信仰者、审美家的孔子心目中，差不多就等于世界高级文明宗教所赞美所向往的神圣存在，天之所在（蕴含着神性）是信仰基础，是人的忘我的陶醉存在的神圣基础，这种向神圣之天敞开，并被其清润的存在状态是人的至高的存在境界，这也是人之为人的标志，是人的理想形象的展现。"兴于诗，成于乐"这句话的精神实质就是强调人的存在的理想，也就是人作为人，其整体存在应该是和谐的（神圣是基础）。作为天上与人类内心融合状态之折射的诗与乐则是人类文化多重和谐的代表与标志。人的生命应该从多重的和谐开始，也以多重的和谐终结，天人之和是基础。完整的非分裂非分割的和谐应贯穿生命的始终。这里所谓整体存在的多重和谐也是指非分裂、非异化、非扭曲的人的存在及其心灵（或灵魂）。"和"、和谐等是中国哲学、宗教与文化精神的精髓。但对"和"本身以及如何实现"和"的问题，中国传统哲学与文化并未认识得很清楚。主要是对"大和"的最核心与最基础问题认识得不够透彻，尤其是对心灵（或灵魂）的微妙的和声认识得不够透彻。

真正意义上的所谓诗意不是一般意义上写诗作画，也不是在某个地点吟风弄月，赏花游园（这只是一般大众肤浅的表象），或一场关于风花雪月的故事。真正的诗意也和通常意义上的诗人诗作关联不大，尤其是在诗人与诗意相分离的现代情形下更是如此。真正的诗意是信仰意义上的，与被信仰照亮的内在灵魂沁润了的形象、画面、情境相关，这种被内在灵魂沁润的情境体现了诗意存在。诗意存在与世俗性存在在存在方向上有着本质不同，诗意存在是以完整的和谐的方式存在，是和声式的存在。但若无较为牢固的坚定的精神性信仰，整体的和谐性存在也无法支持。诗意存在的基础是远比感性或理性更为宽广深邃的神性。诗意是人整体存在深处的和声发出的精神性韵味与感觉，是整体存在的和声学，也可以说是心灵的和谐和声学，诗意是整体存在及其心灵深邃的微妙的和声，也是灵魂深邃的微妙的和声。在这种整体存在及心灵和声的深处静静地矗立着内在信仰，即对某种神性方向的确信、仰望与信赖。诗意散发出的精神性韵味也代表一种精神性旨趣，代表人的存在的精神面貌，代表着精神性人格的完成，也代表了一种精神性方向。从信仰—诗意的角度来看，信仰的缺失差不多也意味着人的心灵失去了基本的方向，差不多意味着人的心灵的扭曲、失衡与分裂，差不多意味着人性的扭曲、失衡与分裂，也差不多意味着精神的贫困与苍白。

子曰："一箪食，一瓢饮，在陋巷，人不堪其忧，回也不改其乐。贤哉回也！"《论语·雍也第六》

人的精神性信仰在困厄困顿之境中方能更好地显现。在困厄困顿之时保持生命的喜悦与乐观向上之姿态，那是富有基于信仰的灵魂色彩的，也是富有诗意的。为什么在困厄的生存状态下依然可以这么快乐呢？因为灵魂深处的精神性方向依旧坚定，因为灵魂深处的精神存在的基础依旧扎实，对孔子而言就是对天之神性的信仰依旧坚定，对基于大和的天之德的坚信与赞同。天之德就是基于神性的和之德，或者说天之德的核心与基础就是神性，天地人及内心的多重和谐之德的基础是神性。孔子的信仰是富有诗意的，是宗教般的（尽管孔子不愿谈人格意义上的鬼神）。这是孔子的宇宙论（尽管这种宇宙论是不系统不完善的），也是孔子存在论的基础。从儒家存在论的角度看，谈论诗意差不多等于谈论人的整体存在的和谐及其发出的和声，尤其是心灵的和谐及其和声，也差不多等于谈论天地人的整体性的精神上默契关系，同时这也意味着心灵或灵魂的一种基于确信、坚韧与美感的修行，这种建立在觉悟性基础上的修行常常让信仰者进入整体存在的上升之途，进入灵魂的上升之途。在这条上升之途上，我们整体存在渐渐变得和谐并逐步从动物性需求中解脱出来，从与动物性需求有关的物质事物开始，向生命的、社会的、精神的境界跃升，达到一种真正的精神性超越，超越了人的动物性与社会性一面，超越了人的一般精神性的一面，最后达到空灵的超然物外的超验之境。

孔子的信仰在某种意义上讲也具有泛神论性质。孔子信奉的这个神就是最本体的和谐之神，这个"和神"与天同义，与自然同一。这个具有本体意味的"和神"似乎只是维系之神（类似印度的毗湿奴）。这个维系（或养育）之神像个精通天地和声手法的伟大的琴师，弹奏天地人之和谐音乐，维系着（或养育着）宇宙的有条不紊的秩序、美丽、匀称与简约。这是孔子的或许是未曾直接言明的想象世界。从某个严格的角度看，他的这个想象没有达到真正意义上的宗教高度，从现代文明哲学意义上讲，他的信仰具有中庸或中道色彩。

孔子的思维方法是现象学意义上的，从直观上洞悉呈现于他意识中的万象，精神性本质就在人的直观中显现，他不去追溯世界万物最初的原点（或一）或存在之存在，不去追溯包容一切的始基（万物的始基起源，万物根据），对最初的原点也不做较为完整深刻的思考与论述。他本人似乎也只想做个精通和声的类维系（或养育）之神，想做个弹拨社会和谐之乐的琴师，维护社会有序和谐运转，并使之发出和谐之声。或许正因为如此，他过于关注人置身于其中的人类社会存在形式（社会秩序及其和谐等），对人类社会之和的思考占据了他的绝大部分精力。礼的依据是和，仁的依据也是和，智诚忠恕信义等的倡导都是为了和。他所倡导的一切美德几乎都是从社会之和的角度出发的。在他看来，每个人只要按照他的礼乐构想行事，就可做到虚己忘我，就可使自身存在充实而富有灵魂感，就可实现"咏而归"似的生活，就可兴于诗，成于乐，但前提之一是立于礼（礼是他心目中神圣的精神秩序的象征体，是一种富有现实感的精神性秩序，或者说是一种表达神圣精神秩序的一种语言，从大的宏观视野来看，其性质同诗与乐的语言一样，礼只是多了更多的现实性的外观或外表，对比一下就可理解：在基督教与伊斯兰教中，大自然就是一本神圣的书，都只是神圣者的启示性语言的一种），即进入他所构想并精心弹奏的这个社会交响诗中。这就是孔子的大和信仰、诗意性宗教，及精神皈依的想象。由于他相对忽视个人的独特性，个体的独特价值，所以他所希望建立的这个充满神圣精神秩序的社会，这个充满诗意感的大和之延伸的社会是有不少问题的。他没能建立真正以神性（或神性—精神原型）为核心的本体论的根基、基础与支柱，也就无法真正深入个体的活生生的内心深处。

五　价值体验现象学与信仰诗意学

出于理性科学研究的需要，科学理性意识与价值意识日渐分离，这也是被这个时代所着重强调的。基于此，意识的不偏不倚的中立状态被认为是研究的最理想状态。但这种所谓的科学态度放在研究与人的存在相关的领域就会带来一系列问题。因为人的实际存在不是孤立的，而是完整的生动的丰富的深邃的存在。只要人心深处的那种精神珍视感，以及有所偏重的珍贵的体验与感觉依旧存在，价值体验现象也就无处不在，对那种让人（人心、灵魂）珍视与珍贵的价值体验，人们常常无法予以清晰地理性确认，也无法做到理性科学意义上的客观、精确、规范。

> 对于大多数行为，完全没有必要清晰地辨认它们的价值，只要意识到价值，甚至是在潜意识中感觉到价值就足够了……是通过感觉而实际体验价值……一切与追求存在之完满有关的东西，不论是这一目标的一个内容，一个手段抑或一种阻碍，都不会使活动者处于漠不关心的状态，而是会变成对他极富有感染力的体验。①

人们经常性地通过存在直觉实际地体验价值，但真正意义上的价值体验不会只是停留在意识表层，而是真真切切地与深邃的"精神本质"相关。价值体验现象是超现象的，并通向存在的深层，与最根本的基础相关，属于个体的内在的超越性的体验。价值体验、有价值的深度体验与灵魂、神性、诗意一同显现。这是价值体验现象学的核心思想之一。而所谓深层的精神本质事关内在的活生生的丰富的"信仰"，即强大的从人格中心发出的那种真实意向性，这常常也是在潜意识里发生的趋势性情感，在这种趋势性精神里，有着深邃的精神秘密：心灵中心隐蔽地响应着神性—精神原型发出隐蔽的召唤，人的能够感受到的丰富而深邃的体验其实就是对那种隐蔽召唤的回应。海德格尔在《诗人何为》中说，在贫乏的时代。

---

① ［俄］尼古拉·洛斯基：《存在与价值》，张雅平译，华东师范大学出版社 2015 年版，第148—150 页。

信仰的诗意及存在的复归

各种神性的光辉已经黯淡，失去了踪迹，而诗人是神性的召唤者。① 其实更准确些说，以深度价值体验为本体，并具有内在感的诗人是神性—精神原型被召唤者（或被启示者），是神性—精神原型的敏感的呼应者或响应者，也是神性—精神原型的感应者、顺应者并渴望与其合一者。信仰—存在强化了精神的内在"意向性"，但这种意向性并不完全代表个体精神愿望的主动性，在更大程度上，神性—精神原型与个体是召唤与被召唤的精神意向性，那种召唤也可以说是"类启示""启示"或"天启"。在类比的意义上，也可以说，那是神性—精神原型发出的隐蔽的精神波被精神敏感者接收到。神性显现出来的展开含义就是多位的精神原型。在这种精神原型的召唤启示下，属于精神性事物（或事情）的精神本质则被激发、被照亮，并欣然敞亮其内在面目，从而使个体进入真正意义上的体验，即有价值的深度体验。这样体验着价值的个体是价值体验现象学的起点与终点。在人类日渐摆脱传统意义上的种属生存危机之后，个体及个体体验（尤其是深度价值体验）是文化的核心焦点。进入 21 世纪之后，还试图用黑格尔式整体的历史演进来理解个体体验，或用干枯的抽象的苍白的概念体系及实证材料去规范这种感受，或试图用现代数据与智能体系去把握活生生的存在本质，那都无异于缘木求鱼。海德格尔说：

> 现象学的真理乃是超越的真理。②

在海德格尔看来，现象学不是思辨，不是思想的构造，而是"拆除隐蔽物"，让东西"显摆出来"，让人"观看"的工作。被揭示显摆出来的是意识的意向性结构。海德格尔把这一点指为现象学

---

① ［德］马丁·海德格尔：《林中路》，孙周兴译，上海译文出版社 2014 年版，第 257—261 页。

② ［德］马丁·海德格尔：《存在与时间》，陈嘉映等译，生活·读书·新知三联书店 1999 年版，第 45 页。

的最重要发现。①

价值体验现象学的真理就是把关于世界的林林总总的真理，就是把人的本质存在——还原为活生生的价值体验（以富有深度的价值性情感为核心），并通过活生生的富有价值感的体验实现生命的自我完成、实现个体的不断超越，这实质是存在个体直接直观精神源泉、核心与本质的体验。只有个体的超越性的存在——被神性—精神原型引领、照亮的存在——才算是真正体验了存在，也才算是真正的存在。一流的古典诗人被神性召唤（或启示）时的存在状态是存在的样板或模范，这也是海德格尔隐藏着的思想核心之一。由此引申出价值体验的现象学原理（也是价值体验本体论原理）。真正的价值体验属于被神性—精神原型召唤启示的体验，属于深度的灵魂之我的体验，这不同于现象之我的那些表象的焦虑性、分裂性的单向体验，也即真正的价值体验不同于基于自然的感官体验，不同于社会化的功利性体验、也不同于基于表层意识的虚假体验。真正的价值体验来自神性—精神原型，并有自己信仰的标志。德国哲学家、价值现象学创立者舍勒在《形式主义与先天主义》这篇文章中也是基于体验，提出了自己的关于价值的看法：

> 一个对于整个价值王国来说特殊的秩序在于：价值在相互关系中具有一个"级序"，根据这个级序，一个价值要比另一个价值"更高"或者"更低"……一个价值的更高状态本质上只是在偏好之中才"被给予"。②

价值越是延续，它们也就"越高"，与此相同，它们在"延展性"和

---

① 参见［德］吕迪格尔·萨弗兰斯基《海德格尔传》，靳希平译，商务印书馆1999年版，第118页。

② 冯平主编：《现代西方价值哲学经典：心灵主义路向》，北京师范大学出版社2009年版，第230页。

可分性方面参与得越少，它们也就越高；其次还相同的是，它们通过其他价值"被奠基得"越少，它们也就越高；再次还相同的是，与对它们的感受相联结的"满足"越深，它们也就越高；最后还相同的是，对它们的感受与在"感受"与"偏好"的特定本质载体设定上所具有的相对性越少，它们也就越高。①

从舍勒的思想视角来看，从以下几个方面我们可以看出体验的价值品质，这是价值体验现象学的基础思想。倾向性——指向什么和由什么引起的。体验是指向感官的、一般社会性的、表层意识的还是神性—精神原型的。这可以说是由信仰—存在的意向性转化而来的。持续性——可以不断地延续，而不间断，不是断断续续的，时进时停的。不可分性——被体验的情感的不可分性，即不被分成几个方向或几个部分，不是原子化的、碎片化的体验。持久性（或稳定性）——不是短暂的转瞬即逝的体验，而是具有心灵性的持久感的体验。满足之深度——不同于一般的感官的满足或一般的精神满足，具有品质的价值体验给人的灵魂带来深度的满足。所有深度满足常常触及人对世界甚至整个宇宙的感知。②

价值体验现象学把复杂的人的存在的真理向内还原，还原为活生生的具有普遍感的体验，也可以说，这是以人的体验为核心为本体，或以人的富有价值的深度体验为本体，价值体验现象学也是关乎价值体验的本体论。但毕竟人的存在体验的呈现现象是丰富多彩的，常常也是难以言明辨识的。价值体验既具有深刻深邃的本质性，又有现象的丰富多彩的呈现，这种体验的性质常常也是难以用清晰的理性辨明的，但只要我们仔细地敏锐地内省，我们依旧可以发现其依稀可辨的基础与根基。《海德格尔传》作者在谈到胡塞尔的现象学时，说：

---

① 冯平主编：《现代西方价值哲学经典：心灵主义路向》，北京师范大学出版社 2009 年版，第 233 页。

② 同上书，第 233—239 页。

他坚持不懈地最后的基础和确定性，甚至企图寻找上帝的确定性。在他的哲学生涯开始之时，他曾说过，要"通过严格的哲学科学来发现一条通向上帝和真正生活的道路。"①

价值的体验现象（虽然具有不确定性）事实上都关乎普遍性、持久性、有效性，由此也就关乎体验的根基与依据，否则，这种体验就只是偶然的、随意的个体意义上的体验。由此出发，价值体验也才有可能变成一种"学"，即以普遍有效性为其基础。最高序列的价值体验通常不会来自人的现象之我——自然人性之我，客观社会化之我，表层意识之我等，最高序列的价值体验——单纯整一感，永恒感、无限感、创造感，深邃的空静感、温暖感、圣洁感、内在生机感等——来自人的灵魂之我，来自世界存在的最深处，即来自神性—精神原型，而这种价值根基在胡塞尔那里就是上帝—"先验自我"或上帝—"纯粹主体"，在我们这里就是神性—精神原型——灵魂之我（或纯粹之我），也即神性—精神原型内在于人之后的那个自我，这个被神性—精神原型内在化之我也就变成"灵魂之我"或"纯粹之我"。或许就是因为这个隐蔽的价值基础的引导，历史上那些真正影响了人类心灵的书籍，常常就是表达了对神性的向往与崇敬的种类，并帮助人们建立了强大的对神性的心灵意向性，也因此给人带来超越性的觉醒的自由体验，这也被认为是有价值的体验。中国的《周易》与印度的《奥义书》，阿拉伯的《古兰经》，源自古希伯来文化的《圣经》、柏拉图的《理想国》分别成为中国、印度与西方文化的宗教、哲学与文化的最大的精神源泉与基础。② 这些书的核心思想就是要引领人类超越局限的自我，

_____

① 参见［德］吕迪格尔·萨弗兰斯基《海德格尔传》，靳希平译，商务印书馆1999年版，第113页。

② 参见《解放日报》2007年9月29日。

去体验真正深刻精神价值。在现代有些人看来，这些书大概都属于不可解的玄学甚至巫书。事实上，这些书的核心思想正是源自人类几千年的内在的存在经验或体验，正是对几千年的人的内在存在经验或体验的天才总结。这些经验与体验的核心也正是走在信仰—存在—诗意之路的人们所寻求的。

从人类几千年的文化历史来看，有两个大的文化方向最有力量，一个代表的是过去的传统的内在的精神力量，即以传统信仰文化与神圣价值观为核心的宗教，这个方向的影响与力量的根基来自人的有些神秘的内在心灵的渴望与需要，这也代表人的存在整体的精神向往、价值与意义渴求，这是一个带有神秘渴求的精神性方向。但随着这个时代的变化，由于各种外在的遮蔽因素的明显的增长，这个内在的心灵方向的力量与影响有些减弱、衰落，但仍然保持着顽强的精神生命力，毕竟人类依旧渴望体验精神意义与存在价值。一个代表的是现代或有可能的未来的力量，即以现代科技文化与理性思想为核心的科学，这个方向的力量根基来自人的属世的生存与发展，来自人的存在中的片面的局部需要，来自人的某种理性求真愿望（弄清事实及其证据），这通常是基于局部理性、物质外明的需要（大脑与身体的需要等）。在这两大力量——信仰—宗教与理性—科学之间，信仰诗意学明显站在基于内明的精神一边，即更倾向于站在人的信仰—宗教性满足的方面。看起来确凿的事实及事实的堆砌，理性及科学观念不能解决人类存在深处的精神问题，不能解决具有奥秘感的灵魂的奥义，也不能导致整体存在诗意的发生，甚至不能给人类带来深层的精神意义，而没有充满奥秘感的灵魂、没有了存在的诗意（或意义、价值等），也就大大削减了人类存在的最有价值的部分。这些正是价值体验现象学的关注重点。从以价值体验为本体的视点来看，信仰—存在的方向关乎人的微妙的灵魂，其更为注重整体存在与内在心灵的基于和谐的梦想、意义体验等，人类存在或精神的精华更多地蕴含在人类的这份信仰—宗教性向往里。

　　那些真正关注人的内在的哲学也是如此，包括存在主义的一些流派。"存在主义"这个名词就是由法国哲学家马塞尔提出的，他把与人的宗教天赋相对的上帝理解为"绝对的你"，与绝对的你成为最亲密和最可靠的朋友的经验就是宗教经验（或信仰经验）。他的宗教存在主义的主要任务就是展现人的存在经验，比如"揭示含蓄的经验"等，这种所谓"含蓄的经验"本质上就是信仰经验，这种信仰经验不仅信奉宗教的人有，而且所有的人都有。含蓄的信仰经验构成了我的属于私人的"存在之秘密"①。马塞尔的所谓存在主义经验同我们的信仰—存在—诗意路线上的体验或感受相似，本质上就是一种面向神性而在的经验，或者说是面向神性显现出来的展开式——精神原型——的经验，包括空静、光明、温暖、气韵、单纯、永恒、无限与创造的经验。这种纯真的存在经验是建立在信仰意识基础上的，是一种通过直觉的"体验"或"反省"而达到神秘之境的经验。信仰—存在—诗意之路上的存在经验是诗意性的，是一种含蓄的经验，但这种不可言说的含蓄性在东方的文化语境里，被更加突出地言说出来，并具有东方的空灵、旷远与宁静色调。

　　神性—精神原型是精神价值的根基、中心与方向。信仰—诗意体验也是最重要的价值体验——即能给灵魂带来深度满足的体验，因而信仰诗意学可以说就属于价值体验现象学，是价值体验现象学的一个方向，也是以深度价值体验为本体的研究方向。信仰诗意学的真理就是超越的真理，是基于信仰—存在—诗意路线的超越性的真理，是进入神性—人对应、感应、顺应与合一（融合）的信仰存在结构而带来的超越性真理。信仰诗意学注重吸纳人类文明史上信仰—宗教这个方向的体验精华，注意研究神性—人或神性—人性信仰存在结构，及其给人带来的特别的存在体验。信

_____

　　① 参见［波兰］耶日·科萨克《存在主义的大师们》，王念宁译，中央编译出版社2003年版，第73—75页。

仰诗意学以神性—精神原型为存在与认识的导向，注重来自神性—精神原型的启示与召唤，注重由此而来的内在存在的和谐。过分压抑人类的感性天赋，或明显违背人类理性的部分，是信仰诗意学所反对的。信仰诗意下的存在就是在神性光辉（或神性之灯塔）指引下的个体存在，信奉的是神性—精神原型光辉指引下的个体的圆满存在。信仰诗意学颂扬深邃的神性之光的引导、启示与指引，但以不压抑人的感性与理性为参照点。信仰诗意学研究并倡导以完整的和谐的方式感应神性，及其显现出来的展开式：精神原型，研究并倡导神性、感性与理性的完整统一及和谐融合。信仰—存在—诗意路线上的信仰主要是一种基于价值感情的内在精神力量，也就是通过富有神性的感情力量引导存在。

信仰诗意学也以富有深度的价值体验为本体，也是价值体验现象本体论，关乎深度的个体价值体验（重点不在整体的客观的社会历史层面运动，不在个体与社会历史的客观的关联面），并认为人类最有价值感的精华就蕴含在"富有神性的存在体验里"，蕴含在受神性—精神原型引导的个体存在的历史里，也即在人的最内在最超验的存在状态里，或者说蕴含在迄今为止的人类的那些有价值的信仰里。所谓有价值的精神信仰主要出现在人类文明的那些有代表性的信仰—宗教中，尤其出现在这些宗教中的那些具有神圣感的先知们的存在及其言论里，出现在这些信仰—宗教的核心的关键的精神向往与精神表达里。这也是一种理想精神的表达。信仰—存在—诗意路线试图更为集中更为完整更为和谐地表达那些信仰—宗教的核心而关键的精神向往。信仰诗意学更多依靠的是我们心灵的想象力、直觉力、洞悉力，领悟力、思辨力。这个在古印度被称为"内明"（五类学科全称五明处，即声明、工巧明、医方明、因明和内明），研究内明的学说就被称为内明学，这种内明被佛教等称为"般若"智慧。

信仰诗意学属于价值体验现象学，具有内在的超验的方向。如果把其和一般的美学相比，其就是美学中的最内在最内核的部分，是可以屏息谛听的内在美学部分，也是美学的最具有精神内涵的方向。按照近代以来日渐成气候的现代文化语境，审美主要涉及感性之维，这个维度是以感官为基础的偏外在的看或听，而诗意主要是内在地倾听或看（用内在的耳朵、内在的眼睛）。据此，信仰—诗意超乎感性之维，指向人的存在的超越的方向，指向以超越为基础的天地神人的和谐之维，在这多重的和谐之维中，神性—精神原型是支点、支柱、基础，感性表象只有与神性—精神原型融合才会具有精神感。但随着美与审美的边界的不断拓展，美与审美的边界不断外移，美与日常的世俗性存在的界限也就变得越来越模糊。一句话，美与世俗性存在有了更多的关联，而且越来越成为世俗世界的一个部分。

信仰诗意学和偏感性方式的美学有着明显的不同，与日渐偏向世俗性存在的感性美学更有本质的区别，也可以说，信仰诗意学是更为内在的超越的美学，是具有明显超验性特征的美学。信仰诗意学是对信仰—存在—诗意路线的理论性概括与总结，也是对神性—人对应、感应、顺应与合一的信仰存在结构，以及精神存在状态的理论性的描述与总结。这涉及对存在的精神本原的洞察，这一洞察涉及人类的基本的精神性存在结构，涉及人类的具有本体感的经验，一方面，信仰性存在创造了真正的诗意之基础、核心、依据，另一方面诗意也创造了真正的属于"存在"的力量。信仰诗意意味着进入神性—人性的对应、感应、顺应与合一的信仰存在结构，获得神性的支撑，具有了灵魂感，具有神圣的韵味与意义，而一般意义上的审美是没有这个方向的内涵的，尤其是在后现代的语境下，一般意义上的美更缺少这个方向的含义。信仰—诗意和现代人口中的漂亮、感性吸引力之类的词的含义差别较大。总体上来看，所谓的美学日渐偏向感性之维，信仰诗意学则偏重以神性为根基的灵魂之维（缺乏神圣感的灵魂很难被称为灵魂）。如果说感性形式在美学中的位置突出，那么基于神性—精神原型的灵魂感则在信仰诗意学中处于首要地位。

信仰的诗意及存在的复归

　　信仰诗意学属于价值体验现象学，以深度价值体验为本体，并具有内在心灵的实践功能，也可以说是具有实践性的修行学，可以和东方（印度与中国）的种种具有很强实践性的修行体系融合起来——比如瑜伽、禅修等，这在东方的文化传统中表现得更为明显，也可以与西方的各种神圣仪式与祈祷实践融合起来。信仰—存在—诗意路线能给人的存在带来改变，力图通过这种修行体系与神圣仪式让人的存在具有内在感、神圣感。在信仰—存在—诗意之精神路线之下，人增进了整体存在的精神性向往。信仰—存在—诗意路线也激发了人类存在的精神性热情（包括对宁静生命的向往），激发人们追寻充实的有意义感的生活，并去体验神圣感降临于内心时的既丰富又单纯的感觉，去感受个体的自由自在的空旷空灵的生命。信仰—存在—诗意路线是为了使人的整体存在趋于美妙的和谐，是为了使人的内心获得盎然的生机，是为了让人的存在摆脱僵硬、机械与分裂，并试图使人的存在走出苍白、贫乏、空虚、无聊的精神性死亡征象的围困与笼罩。

　　信仰诗意学，甚至也可以换成信仰—诗意人类学，其主要任务就是研究神性—精神原型，研究神性—人的对应、感应、顺应与合一的信仰型基本存在结构，研究这种存在结构中的深邃的精神性，这种存在结构也是信仰—存在—诗意路线的基础。信仰诗意学需要研究神性—人的存在结构中的各种有精神价值的体验，及神性—精神原型对人的存在的最高精神指引，唤起人们的神性—精神原型意识，开启人们内心中存在的那份神性—精神原型向往，并以此对抗人的存在中日渐明显的已被数字化、智能化（机器性等）的倾向性。在未来的进化路线中，这种数字化、智能化等倾向或许会从根本上改变人的本来很丰富的内涵。人类存在深处的神性—精神原型被人类近三四百年的现代文明（以科学实证精神与数字化精确为代表）遮蔽得过深过久，甚至快被人遗忘了。信仰诗意学（或信仰—诗意人类学）的主要愿景就是要以超越有限人性的方式呼唤、促进人的存在的复归，即更多地在灵魂深处向神性—精神原型回归，并希望世界整体存在深处的神性—精神原型灯塔发出的神性光辉能更多指引人的存在，希望让人的存在成为神性光辉指引下的自由丰富的个体存在，渴望让人的存在复归于神性—精神原型之光辉的光照之下。

第一章　神性—人信仰存在结构及神性—精神原型

第一节　神性—人信仰存在结构及对存在核心之领悟

人的内心深处普遍持久的隐蔽的渴望是什么？换句话说，循着深邃的内心之路走向隐蔽的尽头，会发现什么找到什么？顺着人类古老文化相对普遍的语言表达，循着古老的精神传统线索去想象去理解去追寻，一个关键词"神性"一定会闪现在我们的视野里，沿着人类古老的精神传统之路向深处走去，"神性"这个词或许就是我们最后找到的。自人类文明诞生以来，尽管历经了各种文化盛衰起伏的变迁，但人类寻找神（或神性）的冲动与愿望似乎一直没有中断过。人类之所以这么孜孜以求看似无形无影之事，就是因为神性意味着人的存在深处的核心精神真理，意味着心灵的普遍的稳定的持久的喜悦、充实与安慰。人的存在的最隐秘最核心精神要旨，不在自然之欲的满足方向上，不是社会化的来来往往的方向上，也不会来自表面的那些意识，精神要旨来自存在的最深处的一种隐秘的渴求，追寻并满足这种渴求就能带给存在以普遍持久的喜悦与快乐。人的存在似乎也像一个隐蔽的接收遥远精神体的接收器，普遍隐蔽的渴求似乎就对应着宇宙的中心精神，或者说精神性核心。这个中心精神或精神性核心，也是使存在得以存在的存在。

　　我们经常用"神"或"神性"称谓之。通常说的永恒、无限、单纯、光明及寂静等都是神性的面孔，或者说是神性的面孔呈现之一。正因为如此，神性—人（或神性—人性）的对应、感应、顺应与合一的信仰存在结构似乎也构成了人的真正存在的精神支撑。自文明人类诞生以来，不同地域分别产生了几大古老的关乎人的精神性存在结构的理解与想象传统。这些古老的精神（或文化）传统的核心体现在一个看起来简单的对应模式之中，也即神性—人的看起来简单又复杂的对应模式。神性—人（神性—人性）的对应模式也可以说是人的精神性信仰—存在的最基本结构，这一模式或存在的基本结构，有时也被描述为大灵魂（神我，宇宙之魂，或神性）与小灵魂（灵魂个我，蕴含神性之小我）的对应、感应、顺应与合一的存在形式。这种天心与人心（或灵魂）的对应、感应、顺应与合一的信仰存在结构使人具有了精神的内在性与超越性，正是这种内在与超越性使人变成了具有灵魂性的存在，并由此获得了富有灵性的稳定的持久的充实与快乐。

　　自人类精神性文化产生以来，那些真正的精神智慧者或智者普遍受到高度尊重（孔子、老子、释迦牟尼、耶稣等），而这些人通常重视来自自然存在深处的神（或神性）的启示，或者说重视来自世界存在深处的神（或神性）微妙地传达出来的内在真理。这些内在的真理是人的存在的深邃精神的源头，也是人的存在的精神实质。虽然人的现实存在具有多重性，既是丰富的纷乱的虚空的也是单纯的深邃的统一的，丰富、纷乱又虚空的常常是现象之我，单纯深邃的又统一的是超现象的本质之我，人的存在就是丰富纷乱呈现的现象之我与深邃统一的超现象的本质之我的交融，人的现象与超现象两个方向的交融使人就具有了难以言说的多重性。超现象也意味着超乎感性及表层理性局限的包围。常常也只有在超现象的存在状态中，人才能回归伟大而深邃的精神源头。

自从世界创造以来，上帝的形象虽不可见，但他的永恒权力和神性，很明显地体现在他所创造的万物上。（《圣经·罗马书》1：19—20）

追求这个隐蔽的超现象的精神性源头（存在之存在，或存在本身），成了人的存在的最隐蔽的也是最持久的动力。那些超现象的精神源头，我们这里用神性—精神原型来表达。这些超隐蔽的精神核心或原型也成了人类文化的隐蔽的持久的动力。在人类世界的古代的以及现代的文化中，这个隐蔽的超现象的方向、核心与源头被称为神或神性，这些神或神性本质，其显现出来的展开式就是多位的精神原型。信神或相信神性是人类从远古到今天的普遍的文化现象，虽然对神或神性的理解不同。在古老人类的各种文明中，神或神性一词也普遍被使用。世界上各个古老的文明型文化差不多都有对神的信仰，并有聆听神的教诲感受神的垂爱、旨意与庇佑倾向。这种倾向代表了人的超现象之我的深邃而隐蔽的愿望。

一 神性—人信仰存在结构与中希印传统

1. 神性—人信仰存在结构与古希腊传统

在古希腊高度发达的文化中，谈论神与神性是很普遍的，归根结底这与他们的生命直感密不可分。敏锐的古希腊人不可能遗失他们存在中的神性方向。古希腊哲学家历史学家色诺芬曾写过《回忆苏格拉底》一书。整个回忆录谈得最多的就是敬神的问题，这也是色诺芬回忆录的主题。他在其中说：雅典人起诉苏格拉底并据以处死他的罪状主要有两条：引进新神和败坏青年。色诺芬在回忆录第一卷第一章中首先驳斥了第一条罪状。他说苏格拉底经常向诸神献祭，他的守护神并非新神；第二章驳斥了对苏格拉底败坏青年的指控；第三、第四章继续叙述苏格拉底如何敬拜诸神。从他的叙述中我们也可以看到，他们所说的神，已不是荷马史诗中的那种与人同形同性的拟人神，而是那统治着整个宇宙，给万物以存在和秩序的最高力量。

色诺芬得出结论说：苏格拉底不仅没有像起诉书所指控的不尊敬诸神，而且明显地比别人更崇拜诸神。《回忆苏格拉底》一书中记载了大量苏格拉底要求门人敬神的教导：如果你不是期待看到神的形象，而是以看到神的作为就敬畏和尊崇他们为满足，你就会知道我所说的都是真话。要想一想，神明自己已经把这一点指示我们了。因为别的神在把好东西赐给我们的时候都不是以明显可见的方式把它们赐给我们的，唯有那位安排和维系着整个宇宙的神（一切美好善良的东西都在这个宇宙里头），他使宇宙永远保持完整无损、纯洁无瑕、永不衰老、适于为人类服务，宇宙服从着神比思想还快，而且毫无误失。这位神本身是由于他的伟大作为而显示出来的，但他管理宇宙的形象却是我们看不到的。

神就这样被设想为一种最高的存在力量。苏格拉底从本体论的角度说明了最高的神明或智慧，它存在于宇宙万物之中，或者说，它是宇宙万物赖以存在和发展的最终依据，而作为宇宙之一部分的人类，在本体存在中已分有了这种智慧。

> 宇宙间事物的秩然有序，表明它是超自然造化的产物……正如精神统治着身体，同样，神明的造化也统治着宇宙。①

神明并不以仅仅照顾人的身体为满足，更要紧的，是他们在人里面放置了一个灵魂，即他的最重要的部分。……有什么别的动物的灵魂能够理解到有使万物秩然有序的神明存在着呢？②

---

① ［古希腊］色诺芬：《回忆苏格拉底》，吴永泉译，商务印书馆1984年版，第30页。
② 同上书，第34页。

信仰的诗意及存在的复归

　　苏格拉底关于神的论述引出后来人们的各种各样的理解：有关于"理性之神"的说法，即隐蔽的宇宙逻各斯或规律，对应的是人的理性与各种科学发现。但也有人认为从苏格拉底的这些言谈的核心来看，神及神性似乎更多的指向"灵魂之神"，即阿那克萨戈拉意义上的"努斯"（或灵魂）。还有人从中发现"德性之神"。后来他的学生柏拉图在其著作的多处论及的上帝、神或不朽的灵魂。在《蒂迈欧篇》专门论述了上帝（或神）作为创造者的永恒性，及其创造宇宙的过程。在《斐多篇》中柏拉图专门论灵魂的不朽的段落似乎也是对阿那克萨戈拉的灵魂的解释："凡是灵魂都是不朽的，因为凡是永远自动的都是不朽的"，① 宇宙之魂具有不朽性，这也即是宇宙深处的那种神秘的富有创造性的精神本原，也就是不朽之神或上帝，英国著名学者泰勒认为：

　　　　但照古希腊人的思想，"不朽"或"不毁"经常和"神"的意思差不多，并包含了不生不灭的观念……柏拉图本人在《伊壁鸠鲁篇》所使用的名称，较好地指了出来，篇中说主题是"苏格拉底关于灵魂的讲话"。全部谈话直接重要的目的，是通过坚决主张人类灵魂的神性和"对神的摹拟"…… ②

　　古希腊的这个神的含义与东方印度的"梵"或中国的"道"有近似之处，其对应的是人的存在中纯粹完整微妙深邃的灵魂，也就是说宇宙中存在着作为精神本原的神秘的神或"努斯"（或灵魂），人的存在中也蕴含着感应并追求这种大灵魂的小灵魂。这里的神性也相当于不朽性或永恒性。这种对神性的追求给人带来巨大的精神性感触，也常常使人陷入灵魂的某种"迷狂"（柏拉图语）。人之所以那么执着就是因为人类灵魂深处潜含着

---

① 《柏拉图文艺对话集》，朱光潜译，人民文学出版社1983年版，第119页。
② ［英］A. E. 泰勒：《柏拉图——生平及其著作》，谢随知等译，山东人民出版社1990年版，第254—255页。

回归家园的神性，这个思想在《斐多篇》关于"灵魂不朽"的论述中表述得比较清晰。柏拉图在《斐多篇》中说：

> 当灵魂用自身考察时，它进入那个纯粹、永存、不朽、不变的领域，灵魂独立自存时与那里的事物本性相近，它总是与它们待在一起，也能够这样做，不再迷路，而是保持着相同的状态，接触着具有相同性质的事物，灵魂的这种体验被称作智慧吗？①

> 灵魂以这种状态走向与它自己相似的不可见者、神圣者、不朽者、智慧者，到达那里时它是快乐的，它摆脱了自己的困惑、无知、恐惧、激情和人的其他毛病，像那些加入秘仪者所说的那样，真正地与众神一道度过余下的时光。我们要这样说，克贝，还是采用别的说法？②

关于这一段杨绛的翻译是：

> 假如灵魂是处于这个状态，这纯洁、不可见的灵魂离开了人世，就到了那不可见、神圣、不朽、智慧的世界上。灵魂到了那里，就在幸福中生存，脱离了人间的谬误、愚昧、惧怕、疯狂的热情，以及人间的一切罪恶，如同得道者说的那样，永远和神灵住在一起了。齐贝，这不是我们相信的吗？③

> 柏拉图所关切的便是灵魂对其真正家园的寻求。④

这意味着灵魂与理念之间有一种亲缘关系，就是说它们属于同一种类，因为具有同样的本性。因此，从某种意义上说，灵魂探寻关于

---

① ［古希腊］柏拉图：《柏拉图全集1》，王晓朝译，人民出版社2015年版，第74页。
② 同上书，第76页。
③ 参见［古希腊］柏拉图：《斐多篇》，杨绛译，生活·读书·新知三联书店2015年版。
④ ［英］安德鲁·洛思：《神学的灵泉》，游冠辉译，中国致公出版社2001年版，第7页。

型相的知识其实就是它归向家园。灵魂从本质上就是神圣的，并因此寻求返回到那神圣领域中去。它在沉思中——沉思存在、真理、美和善之中——来实现这一使命。①

结合《斐多篇》前后多处关于人的"灵魂不朽"的论述，就能看出柏拉图所表达的意思是：人的灵魂是纯净不朽的，来自（或对应）一个精神纯粹的天上的家园，那里没有我们肉体之羁绊，没有地上的这个世界的任何的污秽和丑陋，只有纯净、纯洁、永恒和不朽。灵魂离开（或失去对应）了遥远的纯粹的神圣的家园，寄居一个有形有限的肉体，存在于这个由肉身组成的世界，在地上的这个世界里，灵魂暂时遗忘了自己的那个神性之根，也忘记了天上的那个中心精神，即遥远家乡的一切。人的一生就是不断寻找那中心精神（或原型精神），那是和纯粹灵魂相对应性精神——神性（或神灵），在这一过程里，每当人（小灵魂）在这个感性世上看到、听到或感受到富有和谐感的灵魂事物时，就会油然升起来自故园的那似曾相识的纯净、神圣与不朽，一种特别的情感体验——富有诗意的美好的神圣感觉就会被唤醒。这也是在精神上回归灵魂家园回返远方家乡的过程。② 但在人的存在的路途中，人常常是迷失的，被人自身的那些非灵魂的方向弄得迷失，陷入由感性、社会性、表层意识组成的迷宫里。

迷宫，犹如人生长路，一经踏上，人类就会迷失方向，不久将无力返回原路或确定前行方向。他是流浪者，不知身在何处，直到撞上等在那里吞噬他的神。③

---

① ［英］安德鲁·洛思《神学的灵泉》，游冠辉译，中国致公出版社2001年版，第3页。
② 参见［英］安德鲁·洛思《神学的灵泉》，游冠辉译，中国致公出版社2001年版，第1页。
③ ［法］西蒙娜·薇依：《柏拉图对话中的神》，吴雅凌译，华夏出版社2012年版，第42页。

离开了对神性的追寻，或缺少了对神性的感应顺应及合一的愿望，人从精神上就会迷失就会陷入存在的混乱，其存在就会变得不真实。这种观点差不多也是东西方古代思想家的共同看法。那么怎样使人的存在变得更具有精神实在性呢？答案是：要进入神性—人对应、感应、顺应与合一的信仰存在结构，只有这样人才能从种种虚假的幻象般的感性的迷失中走出。从柏拉图的关于"灵魂不朽"思想论述中就可以看出，他认为，真正的富有灵魂感的不迷失的存在就是进入神性—人（或神性—人性）的对应、感应、顺应与合一的存在结构，换个说法就是进入大灵魂（梵、天心、宇宙之魂，或神性）对应小灵魂（人心、灵魂小我，蕴含神性）的对应感应存在结构。在关于纯粹的灵魂的遥远的深层感应的论述上，古希腊与古印度、古中国的思想（天人合一）似乎是近似的。古罗马哲学家西塞罗在其著名的《论神性》一书中也说：

> 宇宙本身事实上就是神，或者是神灵的一种流溢。①

这与新柏拉图主义者普罗提诺的基于太一的流溢说是一致的。灵魂时时渴望着复归，同时向上复归的过程也是灵魂内在化的过程，这在新柏拉图主义者那里体现得更为明显。与神（或宇宙之神、大灵魂）的对应的另一方是人的富有灵魂的存在。要想复归灵魂性，感受宇宙之魂或宇宙中渗透着的神性，人就必须摆脱人的多重现象之我（包括肉体之我、社会化之我、表层意识的我等）的羁绊，让灵魂之我的一面显现出来。承接柏拉图、新柏拉图主义者关于灵魂的这一传统，后来西方文化中的基督教传统在基本思路上与柏拉图的想法相似。在西方的哲学家看来，甚至作为基督教核心支柱的耶稣本人的宗教意识也与此相近：

---

① ［古罗马］西塞罗：《论神性》，石敏敏译，商务印书馆 2012 年版，第 114 页。

耶稣的自我意识就是：他原来是一位神，暂时采用了人的身体，也许还有一个人的灵魂，但同时还对他早先的情况保持着一种清楚的回忆。①

中世纪的德国哲学家、神学家埃克哈特后来也说：

> 灵魂以其最高的力量去触及上帝；它由此就得以使自己去模仿上帝……如果灵魂以其正确的认识上帝去触及到上帝，那么灵魂跟上帝，在形象上和在同等性上，就都是完全一致的。②

> 上帝进到灵魂的最内里与最高处，当我说"最内里"时，我也是指"最高处"；而当我说"最高处"时，我也是指灵魂的"最内里"。在灵魂的最内里和灵魂的最高处：我认为这两者是在同一个"太一里面的"。③

受基督教影响很大的法国哲学家帕斯卡尔也强调人的存在中的内在灵魂，他用的是"心灵理性"一词，并同德国神秘派哲学一起在西方形成了另一种传统。他说：

> 人心有其理智，那是理智所根本不认识的……感受到上帝的乃是人心，而非理智。而这就是信仰：上帝是人心可感受的，而非理智可感受的。④

这些思想也基本上代表了西方文化的精神核心，即基督教文化的核心，也即另一种基于心灵信仰的传统，西方文化的这个以柏拉图与圣经为

---

① 〔德〕大卫·费里德里希·施特劳斯：《耶稣传》，吴永泉译，商务印书馆1981年版，第275页。
② 〔德〕埃克哈特：《埃克哈特大师文集》，荣震华译，商务印书馆2010年版，第322页。
③ 同上书，第406页。
④ 〔法〕帕斯卡尔：《思想录》，何兆武译，商务印书馆1985年版，第130页。

代表的传统本质上属于古老的神性—人对应、感应、顺应与合一的信仰型存在传统。这种信仰型存在结构也意味着：人只有摆脱现象之我（自然的、社会的、表层意识的）的缠绕，拥有纯粹、神圣、不朽的内心，他才能感应纯粹、神圣、不朽的神性。心（或灵魂）如果因种种物欲性、功利性杂质遮蔽而变得不纯粹，那么神圣、不朽的神性也就不会真正显现。只是在帕斯卡尔这里的"神"或"神性"变成了基督教的上帝了而已。

2. 神性—人信仰存在结构与古印度传统

古印度是人类思想的发源地之一，有许多影响全世界的思想典籍，尤其是古印度的吠陀经，其在印度教徒眼里是至高无上的经典。其篇幅要超过《圣经》的六倍之多。《吠陀本集》包括四个部分《梨俱吠陀》《婆摩吠陀》《夜柔吠陀》《阿闼婆吠陀》，每一部吠陀又包括四个部分：颂歌、婆罗门书，森林书、奥义书（即秘密教义）。

"这些文献被印度教徒视为经典，这就是说，这些经典是基于神的启示写成的，是神圣不可侵犯的真理。"①

古老印度最正宗的传统宗教与哲学核心就是"梵我一如"。这和我们这里所说的神性—人或神性—人性对应、感应、顺应与合一的信仰存在结构是一致的。我们的另一个表述，信仰—存在—诗意路线也从东方的古老的传统思想汲取了有益的营养。信仰—诗意中的存在本质上属于古老东方追寻的神性—人或神性—人性对应、感应、顺应与合一信仰型基本存在结构，是面向神性敞开的灵魂性存在，是以灵魂之我面向本原神性并感应这种神性而在。神性既是宇宙之大我——梵，神性也潜存于小我之中，并因为这个神性使存在者成为灵魂之我。本原神性（梵）对应的是人的灵魂之我。信仰—存在—诗意及体验就是在和谐之中面向神性感应神性的体验。

① ［德］汉斯·约阿西姆·施杜里希：《世界哲学史》，吕叔君译，广西师范大学出版社2017年版，第18页。

古代人类各文明化了的几大文化，大多以无独一人格之形式谈论这种神或神性，其代表了世界万物的依据、核心、原因、基础，也被描述为最富有创造力的最高精神。但在信仰独一人格神的基督教与伊斯兰教看来，这种谈论神的方式无异于对神或神性的直接否定，或者说这是在否定神学意义上的来谈论神或神性的。在古埃及、古希腊、古印度以及古代中国的神及神性，常常代表着宇宙存在的本原性，原型精神，或精神性原型。这和古希腊柏拉图及柏拉图主义者思想是吻合的。柏拉图认为存在着普遍的精神理念（原型精神）及其深藏在人心中的精神种子。这些精神原型通过人们的回忆可以被人们忆起。在古老的东方——印度——这种神（及精神原型）人对应性的谈论特征更是明显。

古印度的婆罗门教以谈论宇宙主宰者的方式谈论"梵"。梵也即神，或神我，梵性也就是神性。在从古至今的印度文化中，这个梵性普遍被当作神性理解。"梵"是宇宙万物赖以存在和发展的最终依据。只不过印度哲学与宗教谈论的神都不是独一的人格神，而是本体性的具有创造力的精神之母体，也就是富有创造力的宇宙之大我，这个具有创造力的精神母体（大我）也蕴藏在小我之中，是小我之深处的大我（神我，梵等），作为宇宙本体的梵与作为人的主宰体的阿特曼（Atman）在本性上是同一的。对这种同一性的理解，形成了"无差别不二论""差别不二论"以及"纯粹不二论"的学说。但不管是"无差别不二论""差别不二论"还是"纯粹不二论"，也都说明梵与阿特曼本质上的同一性。"梵即我，我即梵，此之为奥义，深密不可言说。""总上而言，大致有二：（一）梵与我均为世界之原质；（二）梵即我，我即梵。因其均为原质，故包举一切，无内无外，无生无死，不可见闻，不可探索。"①

吠檀多派著名哲学家乔荼波陀把梵我关系解释为最高我（神我）与个

---

① 参见汤用彤《印度哲学史略》，上海世纪出版集团2006年版，第18页。

我的同一，最高我即梵，也是神我，而个我则为相对的或经验的实在。虽然个我在形相上与最高我不同，但其本性并无二致。乔荼波陀曾用一个比喻说，个我如瓶中的虚空，最高我则是没有限制的大虚空，当瓶被击碎后，最高我与个我也就融而为一了。梵我原本是同一的，但由于人的无明（无知），对尘世生活的贪恋，以及受业报规律的束缚，他们就常被视作两种不同的存在。乔荼波陀的学生、吠檀多哲学最著名的代表人物商羯罗把梵区分为上梵和下梵，上梵无属性、无差别、无限制，下梵则是有属性、有差别、有限制的。但是他又认为，下梵不过是主观化了的上梵，即梵本身是唯一不二的，既无差别、内外、部分，亦无属性、运动、变化。下梵的产生纯粹出自于人的"下知"，是这种低级认识赋予统一而永恒的梵以种种属性、形相。梵所以呈现为现象世界，那是摩耶的创造。摩耶在吠陀中意味着幻力作用，在奥义书中则被引申为无明。宇宙间万事万物皆在大梵中，大梵也体现在万事万物中。在彼为此，在此为彼，彼此为一，万物一体。由一到万，推至无穷，最终还归于一。梵与我的相通是本质上（或本体上）在实质处在深邃处，彼此存在着隐秘的联系与沟通，梵我相通不是在现象界，换句话说不是通过现象体现出来的。人只有生活在纯粹的本体里（纯精神纯灵魂状态中等），在不受干扰的宁静之中才能达到梵我合一。①

　　古老的《奥义书》的中心思想是"认识你的大我"，但含义比特尔斐的神谕"认识你自己"要更为深刻。《奥义书》中"认识你的大我"意思有二，一是了解你的真正自我（它潜存于你的小我之中），二是在最高的和永恒的大我即唯一者（它潜在于整个世界里）中找到

———————

① 参见孙晶《印度吠檀多哲学史》上卷，中国社会科学出版社 2013 年版。

你的真正自我并了解它。①

内在小我之"大我"、至高之大我（神我、梵等）本性相同。这个思想是古老的东方思维的精华与核心部分——天人对应（大小宇宙对应）思想成了东方的各种精神信仰的核心及其背景。"梵我一如""天心即人心"（或天人合一）有内外两层意思、内外两个源头：一个是指作为大宇宙（大我或神我）之魂、之本原、之支撑、依据、原因的神性，一个是指小宇宙——人类存在的最内在方面——灵魂之核心、之本原、之支撑的神性，这个神性是蕴藏在小我之中的大我之性。大宇宙之魂、之本原、之支撑、依据、原因的神性与小宇宙——灵魂之核心、之本原、之支撑的神性性质在本质上具有无差别的同一性（即大我与小我的具有精神实质上的同一性）。小我与大我相互感应，并在某种奥秘中沟通联系。内在于人类的最内在存在——灵魂之我、内在神性——也具有本体感——用我们的话来说叫内在的神性—精神原型，用印度宗教哲学的术语来说，梵性既存在于大我之"一"中，也蕴含在小我的深邃的"一"的本质里，是太一之大精神本体的显现。

梵我，即为神我，梵性，在古印度文献中也经常被理解为"神性"。古印度吠陀（Veda）是指印度上古的"吠陀文献"，其原意是"知识"，即关于人类造神过程及创造神话的心理过程的知识，换句话说也就是谈论神性的知识。现在世界各地的文化中也依然沿用"神"或"神性""神明"来描述超越自然超越人性的那种精神性的源泉与力量。现代量子物理科学也从某个角度为上述古印度的这些思想提供了佐证。现代量子物理学界有一种观点认为：堆论意识或原意识（proto - consciousness）是宇宙的基本性质之一，大爆炸一开始就存在。我们的大脑只是意识的接收器与

---

① ［英］麦克斯·缪勒：《宗教的起源与发展》，金泽译，上海人民出版社1989年版，第224页。

放大器。

　　3. 神性—人信仰存在结构与古中国传统

　　国内不少著名学者（如北大学者张世英等）认为，中国传统哲学与宗教的核心就是天人合一，这一哲学传统与西方的主客二分的哲学传统大不相同。"天人合一"思想的核心就是认为人应该顺应天，并追求与天的合一，在这一点上连儒家的代表孔子也不例外。这个天也代表着神明，即是有神明之天。天观念与神性观念是连在一起的。在古老的中国传统中也有神及神性观念。英国哲学家人类学家麦克斯·缪勒在《宗教学导论》"注释与例证"部分专门写了一节"中国人对神的称呼"①。据一些学者考证，"上帝"这个概念，本来是中国本土宗教的概念，在商朝的甲骨文里，"上帝"已经存在了。殷墟甲骨文中，称之为"帝"或"上帝"。一直到清朝结束，"上帝"祭拜一直是君王朝廷的宗教传统。② 中国传统的五行，都有自己的神。金、木、水、火、土，古人给每一行都安排了一个神。金神蓐收、木神句芒、水神玄冥、火神祝融、土神后土。古老的中国也被称为神州，即"昔在神州，以神仙之道教化天下"之地。皇帝称为天子，而这里的天就有神明的含义，意味着皇帝的至高权力出于神授，天子甚至也可理解为神子。中国普通用语中也有举头三尺有神明之说。儒家是中国古代最有影响的学派。但"儒"最初的本来含义就是指求雨之师，即是向天上的神明祈祷祷告者，是古代负责与神明沟通的祭师。中国道家哲学家王弼曾说："圣人茂于人者神明也，同于人者五情也"（《三国志·钟会传》注引何劭《王弼传》），这就是说圣人的精神性标志在超肉身超自然之情的面向神性维度里。这里神或神性在天上，面向天的方向。天上的神、神明或神性常常是不可见、不可言、不可触及的，但人的灵魂之我能够感受到天之

---

　　① 参见［英］麦克斯·缪勒《宗教学导论》，陈观胜、李培茱译，上海人民出版社 2010年版。

　　② 参见杨鹏著《"上帝在中国"源流考》，书海出版社 2014 年版。

神明的存在，他是超自然、超社会化、超一般理性的神性存在。关于这种本原性精神及特性，从古至今人们一直试图通过各种方式言说之。不可见的深藏着的神性也一直在召唤人的内在的存在——灵魂之我。神或神性在人类早期的几大古代文明里普遍使用。古印度、古埃及、古希腊、古希伯来、古中国等文化中对神或神性的谈论与信仰（包括神话）就是这种呼唤的最好证明，包括古代的一些小型的遗留文化——比如玛雅文化——都在谈论神或神性。我们这里之所以用"神性"这个词，而不是梵性、佛性、道性之类，其原因就在于此。"神""神性""神明"在人类的各个古代文明中差不多已经被普遍使用。

神在中国文化传统中相当于有灵有德之"天"，神性也就是天之性、天之理。因此在中国传统中的神人模式差不多就是天人对应模式，也可以说是"天人合一"模式。"天人合一"是易学中的一个重要概念。《周易·乾·文言》说："夫大人者与天地合其德，与日月合其明，与四时合其序，与鬼神合其吉凶，先天而天弗违，后天而奉天时。"人天感应或人天对应是儒家、道家的核心思想之一。理解天人对应或"天人合一"模式的关键在理解天心与人心的对应关系，以及天人感应的内在机理。《礼记·表记》中说："殷人尊神，率民以事神。"殷人把神（"帝"或"天帝"）看成是天地万物的主宰，万事都要求卜于神，以测吉凶祸福。这种天人关系实际上是神人关系，在中国文化传统中一直有"天心人心"之说，天心即是人心，人心即是天心。

《孟子·尽心上》："万物皆备于我矣。反身而诚，乐莫大焉。""尽其心者，知其性也；知其性则知天矣。"人的存在的根性在于人心，故尽心则能知性，而人性乃"天之所与我者"（《孟子·告子上》），所以天人是合一的，天心与人心是相互感应并相通的。汉代的董仲舒则认为："人之（为）人本于天。"（《春秋繁露·为人者天》）"天、地、阴、阳、木、水、土、金、火、九，与人而十者，天之数毕也。"（《春秋繁露·天地阳阴》）

在他看来，"人本于天"之"天"，是包含"天、地、阴、阳、木、水、土、金、火、人"等"十者"的自然之天。"喜怒之气，哀乐之心，与人相副。以类合之，天人一也。"（《春秋繁露·阳明义》）所以这种以人为副本之"天"，不过是具有人的意志的自然全体。

万物指万物之理，即后来宋明理学所说的天理，这句说的就是"我"之存在深处有万物之核心之依据之关键之天理，但这个我不是以肉为外表的现象之我，而是"心之我"，人们要理解万物之核心之天理需要做的就是脱去层层遮盖心之上的现象之我，灭去人欲，并诚心面对"我"之深处，即那个心之我，脱去表面的现象之我后，剩下心之我，而"心即是天理"。《礼记·乐记》说道："人化物也者，灭天理而穷人欲者也。于是有悖逆诈伪之心，有淫泆作乱之事。"二程说："人心私欲、故危殆。道心天理、故精微。灭私欲则天理明矣。"（《二程遗书》卷二十四）。朱熹也据此提出相反命题，即所谓的"存天理、灭人欲"（《朱子语类》卷十二）。陆王心学强调理不在心外，心即是理。王阳明继承和发展了程颢的"仁者以天地万物为一体"的思想。陆九渊说："宇宙就是吾心，吾心就是宇宙。"（《陆九渊集》卷三十六），换句话说，我心就是天心，天心就是我心。这个天心与人心有着对应的感应关系。王阳明说要"存天理，去人欲"，这个一存一去的过程就是层层脱去以人欲为核心的现象之我，回归纯粹的灵魂之我（与天心对应的心）的过程，也就是通过人为修养达致人心与天心的对应感应过程。中国传统中的道教更是经常谈到天人感应、天人同构、或天人合一。道教由于受到庄子的"同于大通"学说的影响，也有"我通天地，天地通我"之说。

二　对神性之多种理解、表达及神性—精神原型

在悠久的人类文化传统中，各个地域各个历史时期的宗教，及那些最深刻思想家们差不多都喜欢谈论一种本质性存在（或存在力量），这是可

见世界背后的那种根本性的存在，也即使世界能够存在（创世）的存在。各种文化各个思想家关于这种存在的领悟、想象、命名也不相同。但在不太严格的意义上，综合各种文化相对普遍的适用性，人们大体上似乎更愿称之为"神"或"神性"。但每一个历史时期所谈论的神性内涵也有所不同。古希腊最伟大的哲学家柏拉图在其后期著作《蒂迈欧篇》中论及了创世与宇宙的生成，并极富天才地提出了"世界灵魂"及永恒的精神性原型之说，他的这个精神原型是上帝创造有形世界的依据，也是有形世界需要模仿的精神价值依据。可以说，他的这个富有灵魂性的精神原型就是神性的显现，或者这个原型就可叫神性—精神原型。在柏拉图看来，有形世界中的物质、时间、空间等只是这个永恒的精神原型的影像。影像世界被那个永恒的精神原型所主宰，并追寻那个精神原型，借此确立自己的价值。

> 他创造的灵魂在起源和优越性上都先于和优于物体，灵魂是统治者与主宰。……造物主按自己的意愿造就灵魂以后，就在灵魂之中构造有形体的宇宙，并把两者放在一起，中心对中心。①

> 当造生了它的父亲看到了它……十分喜悦；因为喜悦，他就思忖着把这个摹本，造的更像那原型。因此，鉴于那原型是一个永恒的生物……为那留止于一的永恒造了依数运行的永恒影像，这个影像我们称之为时间。②

东西方古代的文明人类对自然背后的神圣精神有着深刻的领会。古代的那些伟大思想家差不多一致认为宇宙中有着人难以领会的奥秘，这种源头的精神奥秘超乎人的感性感觉与知性理解力（在古代西方有柏拉图主

---

① ［古希腊］柏拉图：《柏拉图全集 3》，王晓朝译，人民出版社 2015 年版，第 285—287 页。
② 同上书，第 288 页。

义、斯多亚学派等，在古代东方的印度与中国都是如此看法）。在整个俄罗斯近现代的哲学传统中，"索菲亚思想"或"索菲亚学"占据了主流地位，这个思想流派的核心之一就是强调"万物一体"以及"世界灵魂"。美国哲学家爱默生被称为"美国精神之父"，他把这个源头性精神称为"超灵"，或宇宙的"共同的灵魂"（或共同的心），对这个奥秘的源头——超灵与共同的灵魂，或存在本身，东西方文化就用了众多的不同概念名词称谓之。但用"神"或"神性"来称谓这个超存在（或超绝的共同的灵魂）似乎频率更高。古代思想家的那些用法差不多就是美国超验主义者爱默生意义上的。柏拉图意义上的神或神性就是具有永恒不变性的，也是具有完满性的"理念"，或叫永恒的精神原型。物质世界只是这个原型世界的摹本与影子。奥古斯丁在《上帝之城》中谈到柏拉图学派时说：

> 他们清楚地认识到神不是物质……除此之外，他们还认识到，凡是可变的东西都不是最高的神。①

其他的古代学派也有相似的看法。

> 斯多亚学派，把神设想为内在于物质世界，仿佛是赋予物质世界以灵魂的逻各斯。②

> 不是一个具体的神明，不是一个超人的人格，只是事物内含的神圣性质，宇宙的根本就是精神性这种结构，乃是超绝主义者的对象。③

这里所谓神性是柏拉图意义上的，是超绝主义意义上的，也是《奥义书》意义上的，也中国道家意义上的，也是西方基督教的否定神学意义上

---

① ［德］潘能伯格：《神学与哲学》，李秋零译，商务印书馆 2013 年版，第 40 页。
② 同上书，第 39 页。
③ ［美］威廉·詹姆斯：《宗教经验之种种》，唐钺译，商务印书馆 2002 年版，第 29 页。

的，当然也可以说是爱默生意义上的。神或神性代表的是超绝的至高的精神存在，是具体存在者之精神原型，这种神性—精神原型存在于自然大我及个体小我之深处，作为一种根本性的力量创造并支撑着存在。对世界深处的这种奥秘（或精神性存在本身），如果人类用虔诚的谦卑的心去倾听，或用心去触摸领悟，或许能够领会其核心。但如果硬要用只适用局部存在物的科学方式理解、判断，甚至把这种科学当作唯一的依据与真理，那必然会在整体方向上造成谬误、陷入迷途。《圣经·罗马书》1 章 20 节说：

> 自从造天地以来，神的永能和神性是明明可知的，虽是眼不能见，但藉着所造之物就可以晓得，叫人无可推诿。

透过万事万物显露出来的神秘的神性，我们也可以称之为"宇宙的隐蔽之魂"。如前所述，古希腊、古印度一直有宇宙之魂的思想，建立在这种宇宙之魂基础上的信仰—宗教有时被称为自然神论或泛神论等：神与神性蕴含在整体的大自然之中。众所周知，近现代一大批科学家持自然神论思想，这其中包括意大利自然科学家、哲学家布鲁诺、英国天体物理科学家牛顿等，他们都是"宇宙灵魂"论的支持者。现代伟大的物理学家爱因斯坦也认可这一思想，并将之称为"宇宙宗教"，他也认可斯宾诺莎意义上的自然神论，即神存在于整体的自然事物之中。他不相信具有人格式（Personal）的神或上帝。爱因斯坦一直对宇宙宗教表现出相当的尊重，他本人用了"宇宙宗教感情"来描述自己的深厚精神渴望，认为宗教和科学、艺术在根本点上是同源的。他的神或神性含义更接近古老的东西方的无人格神的内涵。

现代科学的发展似乎也提供了一些佐证式的依据，尽管存在最深处的精神性奥秘（神或神性的存在）不需要科学式的证明，因为神或神性不是一般意义上的存在者，不是一般意义上的科学的对象，不是局部的物理物质性存在，而是整体自然深处的精神奥秘，是超越性的精神源头或源泉或存在，其超乎人的一般的有局限的科学认知。事实上，立足于存在本身的信仰反而是科学理性的根基与前提，没有对宇宙的精神奥义及和谐美丽秩序的惊叹与信仰，没有对宇宙背后深藏着的神性的预设，那么人们的科学探索将失去巨大的精神性动机及意义。自然深处的奥秘——神或神性存在（神性—精神原型）——反而可以兼容那些最重大的科学发现——现代宇宙学的一些重大发现（"大爆炸奇点""宇宙微调"等）。宇宙大爆炸后宇宙运行的恢宏壮丽与精巧细腻似乎也为存在精神性奥秘提供了科学意义的依据。这些新的宇宙学发现似乎也证明了古代先知们天才般的虔诚敏锐的直觉。世界存在不是像表面呈现的那样简单，现象背后深藏着无形无影的神秘精神力量。现代量子物理科学也从某个角度为这些思想提供了佐证。现代量子物理学界有一种观点认为：堆论意识或原意识（proto – consciousness）是宇宙的基本性质之一，大爆炸的一开始就存在。我们的大脑只是这个原意识的接收器与放大器。

最新的关于宇宙构成的发现似乎也说明了看不见力量的存在。所谓暗物质暗能量就可理解为事物背后的看不见的大的精神性力量，既然无影无形看不见，那与其叫暗物质暗能量不如叫"暗精神"，或许叫"潜精神""隐精神"更为准确。这种暗精神（或潜精神）连科学仪器也探测不到，与普通的物质形同陌路，也不是由普通的分子原子构成，这种暗精神不参与电磁相互作用，无法通过电磁波的观测进行研究，不与电磁力产生作用。暗能量是驱动宇宙运动的一种能量。它和暗物质都不会吸收光、反射光或者辐射光，所以人类无法直接使用现有的技术进行观测。宇宙中的大多数是暗物质和暗能量。在宇宙中，我们已知的各类物质仅构成了宇宙物质总量的5%，其余的95%分别由暗能量和暗物质构成。暗物质的总能量比物质的总能量要大5倍或5倍以上。明暗物质所占的质量约为1比6。在某种意义上讲，可以叫这个为超物质、超能量，或者叫超精神。这种超精神可能就是可见的万物隐蔽的原因，也可以形象些说：这是神的最隐蔽的足迹。关于神性，正如德国哲学家马丁·布伯说，是全部人类词语中含义最深远的。在古希腊的智者亚里士多德看来，神性之所以含义最为深远，就因为：

神原被认为是万物的原因，也被认为是世间第一原理。①

神性精神性含义最为深远，就因为其涉及世界的精神源头及人类存在的精神奥秘，这种奥秘人们难以觅其踪迹。"汝当明白，世上会动会变之事物必有神的足迹。"（古印度《自在奥义书》）神的足迹也常体现在人的隐蔽的依恋、向往与憧憬中。这个神或"神性"用现代思想家的说法就是存在本身，原在性，其常常不是显现为实在的对象性的"有"，而是显现为作为对象基础的"无"，不可知，不可见，也难以用语言描述，也无法用理性手段证明具体的合理的特性。这个神性作为万物的原因与始基，也以"无"的形式体现出来。中国魏晋时期道家代表人物王弼提出"圣人体无"。古体字中的"无"字本来就有神明之意。

神或神性具有更为重要的本体精神意义。对神性或神的具体理解、想象，各个时代各个地域各不相同，并由此造成了各种歧异与模糊，尽管如此，我们只要仔细思考并内在地分辨，就可发现：各个时代各种文化地域的关于神（神性）的核心内涵大体相同，但用来描述神或神的本质特性的代用词却有很大的差别。人类不同的文化体系创造出了名异而实同的关于神性的称谓。下面的这些称谓正是那个本原存在（有些存在主义者将之称为存在本身）的比喻性与象征性的表达。

上帝或真主——上帝（或真主）是全部人类词语中含义最深远的。上帝（或真主）的深远本性（或神性）体现在全知全能、真善美之本体等方面。上帝（或真主）在万物存在之前，在时间、空间存在之前就已存在，

---

① 参见［古希腊］亚里士多德《形而上学》，吴寿彭译，商务印书馆 1959 年版，第 6 页。

神性超越了时间和空间，不受物质性的现象和躯体的影响；神性不受任何必然事物的制约，不受地方和活动的牵连。上帝（或真主）的属性不会因时空的变化而变化、增减、更新。神性本体是永恒不变的。神性不受任何被造物的牵连，也不会由任何被造物构成。

梵与梵性——在古今印度，梵是他们的所有语汇中含义最深广的。梵是至高神，是唯一者，是最高的原人。梵性就是神性。而且这个梵或梵性遍布在整个宇宙之中。"在太初，这个世界只有梵。它是唯一者。"① 印度至高梵不可知，不可见，也无法证明其合理性。至高梵是自然宇宙的创造者、养育者与毁灭者。至高梵本体清寂静。

道或天——这是中国式神性内涵。中国古代的天具有神或神性的内涵。连基督教圣经都说：太初有道，道与神同在，道就是神。虽然这个道与中国道家的道有区别。但在含义的核心处是相似的，都是作为万物的创造者与源泉来描述的。中国道家的道本来也就是以无为基础为发源地之神性。中国传统中的天不是物理性的，而是具有神明居于其间的天，代表的是自然的精神基础与核心。

佛或佛性——佛，意思是"觉者"。佛性也意味着觉悟，觉知法性之空与无我。佛性也是对无常缘起现象的直观与亲证，这代表佛教的觉醒、觉知以及解脱，意味着亲证佛性，贪嗔痴尽，烦恼永尽，意味着涅槃寂净，觉者于其中只见法性，不见于我，只见法性常恒清净。

最后是现代存在论哲学家的表达。神等同于存在本身，神性代表存在本身之纯存在性或原在性或太初性，代表自然背后的中心精神特性。存在本身之纯存在性会显露为精神原型（精神之最根本性的永恒范本与模型）。借鉴了海德格尔哲学思路，哲学家保罗·蒂里希等倾向把神（上帝）理解为存在本身，似乎也倾向把神性理解为存在本身之纯在性（或原在性或太

---

① ［印度］《奥义书》，黄宝生译，商务印书馆 2012 年版，第 29 页。

初性)。一般的富有诗意者（诗人等）则倾向用"神圣者"或"神性"（海德格尔后期思想的中心）来称呼之。我们这里理解的神性含义接近存在论哲学家（海德格尔的后期思想、蒂里希等）的用法，也接近东方印度、中国与古希腊的最早用法，即含有"空无""存在之存在"（亚里士多德）及世界存在之最根本中心与基础的内涵，这也更接近柏拉图主义学派的思想。柏拉图在后期著述《蒂迈欧篇》中重点谈及世界背后的"永恒的原型"，这些原型是神性之展开式显现。可感觉的世界就凭着这个永恒的精神原型，变成一个具有灵魂与精神的生气勃勃的存在。我们这里吸收了现代哲学家海德格尔等存在主义哲学的思想以及柏拉图学派的天才般的领悟，把神性理解为一种纯存在性（对应神—存在本身），即最根本最纯粹最原初的存在本身特性，把柏拉图的永恒精神原型理解为神性—精神原型。神性（最根本最纯粹最原初的存在本身之根性）与各种精神原型在本质上是一体的，但具有一体多位的显露。

所有这些关于神性的称谓都表示其超越的特性，即超越时空超越物质的特性，即不同于自然物质、人类现象性存在等各种派生属性或特性。神性是对最原初的最本体的精神存在性质及其属性的描述。对神性的内容的描述无法客观化，也无法赋予其精确性，神性不是知识的对象与内容。人的存在中的神性通过深度的存在体验显现出来，或者说在我们的深刻存在体验中显现，这种显现在基督教与印度教中被称为"启示"。我们对神性的领悟与洞悉是启示性质的。信仰—存在—诗意之路线是强调启示型的路线。启示常常就发生于进入神性—人性对应、感应、顺应与合一的信仰存在结构之后。在某种意义上可以说，信仰—存在—诗意路线就意味着灵魂之我与神性之光照面交流、同住同往。神性需要我们用内在的精神性眼睛发现或用内在耳朵去倾听，发现或倾听神性不可能用肉体的感官，只能用灵魂之眼去凝视，用灵魂之耳去倾听。凝视倾听存在深处的神性发出的隐蔽回声，或者说倾听存在深处的富有神性意蕴的声音。

西方基督教历史上的否定神学的思路与我们关于神性—精神原型（精神之最根本性的永恒范本与模型）的理解与领悟是吻合的。古罗马时期的斐洛被称为"否定神学之父"。但"神秘主义否定神学"却是以古罗马尼撒的格里高利（Gregory of Nyssae）和中世纪狄奥尼修斯最为著名，他们均强调上帝不可知和不可名言的特征。化名为狄奥尼修斯的哲学家，其有《论上帝之名》《神秘的神学》等五部著作流传至今。在《论上帝之名》一书中，他提出了一个著名的否定性命题：神作为"永恒的无"。他是"否定神学"最著名的阐述者，在他的"否定神学"中，灵魂逃离一切的被造物，在黑暗中与不可知的上帝合二为一。其后的德国哲学家埃克哈特与苏索又提出了上帝不可命名、上帝是无、上帝是"实存的思"等否定性命题。日本学者铃木大拙把传统的德意志"无"之神秘思想与禅宗的"空"联系在一起，说东方佛教的"空"与西方神学的"无"是一回事。受德国传统神秘派影响极深的现代哲学家海德格尔，也与东方哲学道家与佛家的思想有些关联，这也被现代学者不间断地挖掘与研究。因此可以看出，否定神学与东方思想的内在关联。

这种否定意义上的神性，和印度教的梵性、佛教的佛、中国道家的"道性"相差不多。神性作为存在本身特性，作为一种精神本体和人的深层灵魂具有同一性，也和人的存在深处的灵魂的细微感应相对。如果失去了与之相对应的灵魂，仅凭表层意识（幻力作用下的幻象意识）哪里还有能感应神性的影子呢，哪里还有随之而来的肯定性的描述呢。基督教历史中的所谓否定神学（Negative Theology）的路线也就是指向这一点：任何基于理性的肯定性的谓词都不适合表述神（或神性），我们只能用象征性的词汇（或概念）描述神（或神性），以确保上帝的超越性、神秘性、纯洁性与无限性，神（或神性）不仅是理性不可认识的，也是理性词语不可言说的，而且超越于不可认识、不可言说。人只能在神秘的无知之中体验上帝，在神秘的无知之中与上帝的暗示性言说结合。

信仰的诗意及存在的复归

　　否定神学主张对神或神性存在不作直接性的精确的基于理性的说明与论证，但可以通过我们内在的灵魂体验（价值体验）予以亲证，神或神性作为存在本身（根性），超出有限的人的认识能力和理解范围，人自身不可能真正或完全弄清上帝的本质及特性。否定对神或神性的任何人为的理性的阐发与界定，强调神或神性本身的不可道、不可触及、不可认知、不可言状、不可界说和解释。否定神学主要否定的是作为实在（实体）的上帝与神，但并未否定神具有第一因、超越性、单纯性、永恒性、无限性、创造性、光照性、圣洁性、空静性与气韵性等本原神性，在这个意义上讲，否定神学的观点与古老东方的思路较为接近（古希腊传统中也有这种思想），与印度教对"梵"的领悟，与中国道家对"道"的描述有近似之处。在否定神学与东方思想的共同的意义上，本原神性的内涵既可做否定的理解，也可做一些肯定性描述。

　　神性作为存在本身的纯粹根性（纯存在性），和单纯、永恒、无限、创造、空静、光照、圣洁、气韵本为一体，超绝时空而又无所不在，是各种各样的精神性启示、精神性显现的根本源泉。神性虽然不可直接触及，但他可以被受造物（尤其是特定的存在者——人）领悟、体验（尤其显现于有价值的深度体验里），并且其处处都有自己隐蔽意愿和目的的显露，也通过人的纯粹本真的精神憧憬、渴念流露出其既神秘又真实的端倪，并经常表现出超自然、超社会、超理性的神奇神秘的一面。也可以说，神性是人的存在深处的无形的难以言说的支撑着我们灵魂的力量。这种力量真实地存在于我们的存在深处（或心灵深处），通过无遮蔽的深度体验，我们能够鲜明地感觉到，这或许就是一种无形无影的种子似的暗精神力量，但这种看不见的无形无影的精神力量却真实地存在着，通过人的纯粹本真的精神表现显露出来，并感染人的心灵。

　　耶和华说："……人若看到我就不能存活。"（《圣经·出埃及记》

33 章 17—20 节）

　　你能测透上帝的内情吗？（《圣经·约伯记》11 章 7 节）

　　没有人见过上帝，如果我们彼此相爱，上帝就在我们里面，他的爱心就完美地体现在我们中间。（《圣经·约翰一书》4 章 12 节）

神性—精神原型（精神之最根本性的永恒范本与模型）存在于世界存在的深处，也代表了人的存在的最高精神价值及方向，代表了人的存在的核心及基础。对于神性—精神原型，不同文化语境中的人们用不同的词语进行描述（实际上很难描述，关于这一点中国的老子也说了），但又必须用一些词语接近之、触摸之。所以最后差不多用的都是比喻性与象征性词汇及说法（东西方也有两种不同的基于此的信仰—诗意及诗意体验体系）。到底哪一个词语更适合现代人呢？比之梵性、佛性、道性，相对来说神性较为明白晓畅，和物性、人性的对比感也更鲜明更强烈些。所以笔者认为神性的说法更能表达现代人内心的声音。感应（被召唤）基于永恒与绝对的神圣者（或神性）是西方的信仰—存在—诗意路线及体验之路。那个代表本原的神圣者闪烁着最原初最深邃最神圣的精神光芒，这也是人的存在的精神性支柱特性。神性代表本原、本体与终极性方向，具有源泉性的特别的光泽，对人来说也散发着神秘的光辉。神性也是和自然物性、人性相对的方面、方向。神性由于其本原性、至高性、终极性特性，也是克服物性、人性局限性的神秘的精神力量，是物性、人性的中心、方向、基础，也对人性发出了永恒而隐蔽的召唤，也可以说这是深藏在人性之中的修复性、方向性力量，或基础性力量，是人性深处的最根本性的精神存在力量。

神性—精神原型（精神之最根本性的永恒范本与模型）蕴藏在古往今来的人们的宗教性（形而上）渴望与宗教性（形而上）憧憬里。这里具有人们对本原性的神性（精神原型，或原型精神、最高价值）的领悟、想象、理解与洞悉，其对人类的体验异常重要。倾听神性—精神原型的召唤，并与之沟通、联系或联合，是人类有意无意之中孜孜以求的，因为这常常决定了人类存在的价值与意义。对神性—精神原型的领悟、想象、理解与洞悉，集中体现在那些对高级宗教经验（宗教体验、宗教情怀等）的描述性词汇里。这些词汇描述（或类比、象征性表达）世界与精神的本源、源头、价值核心，也描述（或类比、象征性表达）个体之我的精神价值的核心。在描述那种超越一般存在现象的神性—人对应、感应、顺应与合一存在结构中的精神存在时，人们经常用一些特别具有宗教感的词汇。这种神性—人信仰存在结构也是信仰—存在—诗意路线的根基，也是诗意体验的最根基性最深厚的源泉。

三　神性—人信仰存在结构与人的多重性

前面已经说过，最有影响力的古老经典（包括古希腊、古印度、古中国的经典）所表达的核心精神之一就是：人的存在真正精神性植根于神性—人（或神性—人性）对应、感应、顺应与合一的信仰型存在结构。这一基本存在结构也被说成大灵魂（宇宙大我、梵、道或神性）与小灵魂（灵魂小我，蕴含神性）的对应、感应、顺应与合一的存在形式，这种天心人心（或灵魂）的对应、感应、顺应与合一的信仰型存在结构，也产生出具有精神性（或灵魂性质）的我，灵魂之我超越了现象之我的有限物质性，超越了有限时空，超越了有限的社会性，也超越了一般表现意识。东方文化的哲学与宗教核心及根源就蕴藏在这个看起来简单的对应性存在结构中。这一存在结构同时涉及人的多重之我，或者说人的存在的多重性。古印度从古老的《吠陀》（包括《奥义书》）、《薄伽梵歌》到后来的吠檀多哲学，所坚持的一个基本思想就是人有多重之我，其中有"神我""至上之我""大我"实质，还有与之对应的"自性"之我，"小我""私我"等。前者属于本质之我，后者属于现象之我。这是古印度最正宗的传统思想（虽然后来的佛教宣传"万法无我"与之相对）。整体经验之我的呈现常常具有多重的复杂性，这也是他们思考人的存在时的支柱性观点：

> 吠檀多之根本宗义，为梵我合一。……此梵此我本来是一。各人之自我非梵之一部，亦非梵之转变，完全即彼常住不可分之大梵。但经验未显此项同一性。其所表现为名色之多性、之复杂性。个人自我为其一部，而有赖于生长坏灭之身体。①

在中国的道家看来，为了感应认识"天启"，并与这个根本性的"大我"之道融合，人就需要忘却另一重的我，需要行"虚己""坐忘"之道与之配合。这事实上也就是强调脱去多重现象之我的羁绊。

西方文化的思路也大体相似。从古希腊早期思想家们开始，他们就把人之我分成两个部分，物质的（或肉体的）与灵魂的。物质部分是易逝的，只有灵魂是不朽的部分，其中也包括绝对者（绝对精神）与异己者（客观世界）的思想。柏拉图在《阿克拜第Ⅰ》《斐多篇》等著述里集中阐述了灵魂不朽的思想。柏拉图在《阿克拜第Ⅰ》中借托苏格拉底说：

> 苏：那么好吧，让我们来看看我们用什么办法来发现自我存在者，这会为发现我们自己的存在提供契机，而没有这点我们就不能认识自己的存在。……苏：但是我们是否可以说，这身体与灵魂的结合支配着身体，因而人就是两者的结合？……但是人既不是其身体，也不是身体与灵魂的结合，那么要么人就没有真实的存在，要么人就是灵魂。②

后来的整个西方的哲学思想差不多都受到这种两分法的影响。整个基

---

① 参见汤用彤《印度哲学史略》，上海世纪出版集团 2006 年版，第 146 页。
② 胡景钟、张庆熊主编：《西方宗教哲学文选》，上海人民出版社 2002 年版，第 148—150 页。

督教文化的信仰与思想根基就是建立在这种划分上的，其对后世的影响是巨大的。法国哲学家帕斯卡尔整个《思想录》的基调，就是认可人的存在复杂性，同时也一直肯定人之"心"（或心灵）的核心精神作用，坚信人需要"用心"（或灵魂）领会的信仰方向是人的本质部分。二十世纪初德国著名哲学家舍勒曾写过《论人的理念》，也从不同的角度阐述了人的存在的多层与繁复。但作为具有宗教情怀的哲学家，他无法想象人的其他现象表现具有形而上学的本体地位，他凭着内心的直觉并坚信，人之为人在于人与生俱有潜在的面向神性方面。在陈列了不同思想家多种关于人的定义——自然人、理智人、语言人、使用工具的人等——之后，他通过现象学分析，提出了自己对于人的理解，认为人本质上是宗教性的人，一位寻神（或神性）者，人以祈祷的超越意向和姿态，寻求神及其神性，以神或神性为样板，面向神性而在，不断地生长超越并完成自己。"可能成为'神人'和'超人'——路德早就创造了这个词——唯有回顾'神人'和'超人'才能成为人"①。现代存在主义哲学家海德格尔在《给 P. 理查森的信》中，特别谈到了他翻译过的亚里士多德的一句话："存在者（就其存在来说）是以多重方式显现出来的。"②

古希腊柏拉图、亚里士多德、古今印度教（包括吠檀多学派）、古中国的关于我之思想的论述已清晰而全面，近现代思想家、哲学家帕斯卡尔、舍勒、海德格尔等对人的思考更加明确。据此，笔者欲把海德格尔翻译过的亚里士多德上面这句阐释为：人是多重之我支撑下的存在，或者说人是以多重之我方式显现出来的存在。但这个多重存在的核心，或者说这个存在的本体面是信仰式的，面向超越性的神性开放。人多重存在的精神核心是向着神性敞开的，是面向神性而在的。这样，人的多重之我包括有

---

① 参见［德］舍勒《舍勒选集》，刘小枫选编，上海三联书店 1999 年版，第 1281—1302 页。

② 熊伟主编：《存在主义资料选辑》，商务印书馆 1997 年版，第 189 页。

限之我与无限之我（或灵魂之我），现象之我与本质之我（或纯粹之我），世俗之我与神圣之我（或神性之我）等。有限之我、现象之我、世俗之我又可根据存在的显现方式再细化细分，即可细分为自然之我、社会化之我、一般表层意识的我（包括一般的理性之我）等。在后现代时代也出现了所谓后现代之我之说，而所谓后现代之我也大多属于现象之我，这个思想强调我之"不确定性""非中心性""非整体性""非连续性"等，一句话，现象经验之我是我之存在的现象现实基础。人的存在的这多重之我错综复杂地交融在一起，但与信仰—存在—诗意路线紧密相连的我，更多属于灵魂之我，也就是进入了神性—人（或神性—人性）对应、感应、顺应与合一信仰存在结构中的我，这种精神性存在结构使我成为纯粹之我，即面向神性而在，使我成为真正纯粹之我。

　　细分起来，作为存在者的人的多重之我呈现为以下几个层次或几个侧面。

　　一是人的自然现象之我。自然之我属于部分（或局部）之我，也是有限的现象之我，也是"我"的重要的基础部分，这是"我"的可见的可感的可触的部分，包括物理之我，化学之我、生物之我、生理之我，完整的肉体之我。这个自然之我对应物理物质之自然。人的存在的物理变化、化学变化、生理变化等都对应着自然物理的、化学的、生物的、生理的变化。受制于这个自然之我，我们得到的是各种各样的自然物质性的经验。进一步延伸，得到的还有自然丛林经验：丛林世界的竞争性、残酷性与危险性让每个自然物种都只想着一个问题：活着、生存，繁衍，而要生存就必须使自己强大，做一个强者，在竞争中处于有利的位置，并学会适应，适应各种自然环境。自然丛林中的弱者最后都很难逃掉被吃掉被损害的命运。社会达尔文主义认为人类社会本质上依旧是弱肉强食、适者生存的世界。在地球之自然丛林世界里的这种规律与法则，同更大的星际世界一样。质量小的星球就被质量大的星球所吞没，质量小的星系也被质量大的星系吞没。伴随着种种精神性信仰的衰落，人的肉身之我越来越被重视，而且重视程度越来越高。随着灵魂日渐被遮蔽及其影响力的跌落，这个世界上越来越多的人倾向用自然身体作桥梁——去触摸感受世界，用自然身体理解、判断世界，也用自然身体欲望的满足与否来衡量世界的价值高低与否。自然现象之我视原始肉体欲望为真实，欲望的满足也成了自然现象之我的核心追求。

为了欲望的满足，就需要有各种形式的占有，并以自然现象之我的面目占有，尤其是占有物质性的空间或空间性物质。美国学者埃里希·弗罗姆曾写过《占有还是存在》一书。① 他区分了"存在"与"占有"的概念。"存在"和"占有"是两种基本的生存方式，是两种不同的性格结构，其中占主导地位的一种决定着一个人的全部思想、感情和行为。在"占有"这一生存方式中，我同世界的关系乃是一种占有和所有的关系，在这种关系中，我就是每一个人、每一样东西，包括我自己在内，都成为我的财产（"我"异化成"我的"）。"消费"是一种占有形式，也是"商品过剩的社会中"最重要的占有形式。消费可以减轻人的恐惧心理，因为消费掉的东西不会被别人拿走，但是这迫使我越来越多地去消费，因为一度消费了的东西不能永远满足我的要求。现代的消费公式是：我所占有的和所消费的东西，即是我的生存。

现代潮流中的身体关注也是对人的自然现象之我的关注，这也包括与此相关的自然欲望的关注。从更高的视野来看，人的自然之我（或肉体之我）虽然是人的存在的基础，虽然是人的无法忽视的方面，但这个基础毕竟非常脆弱、非常软弱。真正的精神价值不可能封闭于这个有限基础里。在《圣经》中也有说法："那么所有的肉体都将一齐灭亡，人将回归尘土。"（《圣经·约伯记》34 章 14—16 节）"一切肉体都如同青草，它的美

---

① 参见［美］埃里希·弗洛姆《占有还是存在》，李穆等译，世界图书出版公司 2014年版。

丽就像田野里的花，草会干枯，花将凋谢……"（《圣经·以赛亚书》40章6—8节）。东方的佛教对人的色身看得更是深刻，佛经《大智度论》《摩可止观》甚至还描画了人死后的九个阶段，称之为"九相"，说明人的肉身之虚幻之空无。这个自然色身在活着的时候可以获得一些自然经验，但这些自然的经验不管是哪种类别，其本质上都是虚空的有限的经验，包括各种外在的感官经验，或者说肉体经验，各种肉体欲望的满足或不满足的经验，包括痛苦的或快乐的，紧张的或松弛的，衰老的或死亡的经验等。

二是人的社会化现象之我。以群体为核心的社会之我属于部分（或局部）之我，这个我通常是世俗之我的一部分，通常会有外在化、模式化、规范化、同质化、科技化、齐一化等趋势。这也是有限的现象之我，是客观的社会物质生产方式中的我，社会经济的、政治的、法律的、道德的、意识形态的关系中的我，社会的日常交往中的我，以及各种文化的、政治的、法律的道德制度中的我，各种文化社会礼仪仪式中的我，各种道德戒律中的我，等等。偏社会道德戒律遵守的我也属于社会之我。这也是缺乏个性的同质化的我，原子化的我，是社会集体人格的体现，这一人格通常带着社会集体面具。这个社会化之我也是一些思想流派最为关注的，这个层面的关注者重视人的社会性本能，及社会性本能所带来的种种社会化的方面。作为一种群居动物，人无法否认其社会性、社会化的一面，但从人的存在与原初的关联来看，从人的存在的最为根本的心灵感受角度看，让人失去存在内在性与超越性的社会化的方面，依旧属于局部性的现象之我或有限之我。随着其与各种日新月异的科技的结合，人的社会性存在也愈益复杂化，与此同时，与人的社会性相关的一面对人的存在的遮蔽也愈益严重，并常常因此造成对灵魂之我的遗忘。

三是人的表层意识现象之我（停留在表层意识中的我）。这是活在局限的被表层经验（以知性的理性经验为核心）欺骗中的我。为了进入神性—人的信仰存在结构，进入真正意义上的信仰—存在—诗意路线，这个我也需要被克服、被超越。表层意识之我也属于部分（或局部）之我，是有限的现象之我，是停留在一般的表层意识中的我，包括遵循世俗的常识之我，一般理性之我、只关注局部的科技之我、一般的精神之我等。一般的理性之我，包括人的能够运用理智的那些能力，人的运用形成概念，并进行判断、分析、综合、比较、推理、计算等方面的能力。崇尚各种自然科学以及技术改进之我。一般的拥有道德理性与实践理性的我也属于一般的精神之我。随着人的意识的愈益现代化与复杂化，与人的表层意识相关的方面对人的存在的遮蔽也愈益严重，即人们常常追寻表面的那些片面的"意识影像"，并因为这种表面的意识行为造成对真正的存在的遗忘。

未来人的生活及社会智能化倾向会越来越明显。在现代的（及未来的）以智能化为基础的世界里，智能机器人差不多也成了人的局部的表层意识现象之我（知性之我）的一种延伸。这一方向也使我们人类面临很大的危险。因为智能机器人的世界完全是人的某一局部畸形倾向的发展，没有任何基于整体超越的宗教意识的观念，但基于大数据，它精确、规范、速度又是如此惊人，力量如此强大。机器人眼里的世界就是纯粹的数字世界及物理的世界，是人的基于知性的理性的世界，在机器人眼里，人就是一堆数字符号或自然性的分子原子堆积而成，没有下面我们将要说到的灵魂性、超越性。

印度古老典籍《薄伽梵歌》第二章七十一中唱道：

> 彼尽捐其欲念兮，
>
> 行其无所愿望，
>
> 无我所而无我执兮，
>
> 入宁定以徜徉。

关于人的各种现象之我，埃克哈特大师说：

如果我想要真正认识存在，那么，我必须是在那存在原本所在的地方……而不是在它业已被分割开来的地方，也即在被造物里去，认识它。①

四是人的灵魂本质之我（或通向无限之我，或纯粹之我等）。这是响应、呼应（倾听）神性、顺从神性、期望与神性合一之我，也是具有整体统一感的我。从一般的有形的自然的或社会功利的视点来看，你甚至可以说这是"无我"——佛教所着重谈论追求的"无我"。这是从自然化、社会化、表层意识之"自我"中超越出来的我，或者用德国哲学家苏索的话来说，这就是对多重现象之我的某种"自弃"，这位哲学家《论真理》一文谈论的核心就是"自弃"，换句话说，纯粹灵魂（或精神）的真理就是"自弃"现象之我的真理。②

处于顺从中的人，从他的"自我"中摆脱了出来，抛弃了属他的一切，这时，上帝就必定会在必要的时候进入……在真正的顺从中，没有什么"我要这样那样"或"我要这个那个"，有的只是完完全全地放弃你的一切。……一颗纯净的心灵，不受任何东西的迷惑，也不受任何东西的牵连，从不追求自身的利益，遇事从不想到满足自己，反之，完完全全沉浸在上帝的旨意之中，彻底抛弃属于自己的一切。③

灵魂之我是净化之我，是纯净的精神之我，是专注神性—精神原型之我，是外在的客观性、异己性消失的我，也是隐藏在小我之中的"大我"，是各种看得见的我之深处的隐蔽之我，是具有整体存在感的我，是超越作为部分之我——自然之我、社会化之我、一般表层意识之我——的我。需

---

① ［德］埃克哈特：《埃克哈特大师文集》，荣震华译，商务印书馆2010年版，第363页。
② 参见［德］苏索《论永恒的智慧》，林克译，华夏出版社2004年版，第33—57页。
③ ［德］埃克哈特：《埃克哈特大师文集》，荣震华译，商务印书馆2010年版，第3—5页。

要指出的是：诗意、神性、灵魂之我与深度价值体验一同显现，灵魂就显现在人的存在的有价值的深度体验里。从正常的理性视点看，人的灵魂之我是无形之我而不是有形之我。这个通向神性—精神原型的无形无影之我当然不在我们的自然肉身里，任何医学的生物解剖都不可能找到灵魂部分，也不在我们的社会性自我里，也不在我们的一般的表层意识性自我（包括知性自我）里。人的灵魂之我（也是无形无影之我）存在于人的存在整体的深层的精神向往、渴望及体验里，存在于人的最内在存在的深处，但这个深藏着的难以捕捉难以言传的灵魂之我却支撑着人之精神性存在，在我们生命深处默默引导着我们的心灵方向，也可以说默默引导着人的存在深处的精神向往、方向、渴望。这个似乎无影无形的灵魂之我也是古代各类文明化了的宗教信仰最为关注的，这个灵魂之我就是古印度婆罗门教哲学所谈的"小我"之深处的大我，这是和神性之大我对应的我，是隐蔽着的被神性召唤，并渴望神性照耀引领的我，是渴求与神性发生交感交流的我。没有这个存在深处的灵魂之我，就无法理解神性（或大我）。

我们以任何方式谈论神性—精神原型都必须以这个灵魂之我与之对应，否则神性就无法想象、理解。没有这个灵魂之我的存在（虚己坐忘之存在），我们将无法领悟、洞悉任何真正的神性。换句话说，正是因为神性—精神原型或其象征性表达呈现在我们的心灵之中，才让我们的心灵成为单纯的永恒的深邃的宽阔的自由的灵魂，也才能在某种神秘之中对应、感应、顺应神性（及其精神原型）并与之合一。用自然之我无法触及神性，用社会之我无法触及神性，用表层意识之我无法触及神性，能够触及神性的唯独只有深藏在整体存在深处的灵魂之我。用人的灵魂之我仰望、倾听、触及深邃神性—精神原型之心灵实践被称为"信仰"。用自然之我触及没有神性的精神对象，用社会之我触及没有神性的精神对象，用表层意识之我触及没有神性的精神对象，这都不能算是真正意义上的信仰，只有用脱去重重现象之我的灵魂之我忠于具有本原性的精神本体（在各个文化中的上帝、梵、天、道等所代表的神性—精神原型），才算得上真正意义上的精神信仰。

《奥义书》中说：

> 若汝辈者，有何神力？余可驱去大地上一切诸物。①

在人的现象之我中呈现的一切就属于大地上的诸物，包括我之自然部分、社会化部分、表层意识部分。人常常被局限（或束缚）于自然之我、社会之我或表层意识之我，但人的存在不管模式化地停留在哪个局部的现象之我里，久了都将自然而然地形成单面人，而且不管是哪个方向的单面人都属于真正存在的遗忘者，都是深邃纯粹之灵魂的遗忘者，也都是遗忘灵魂之我者。这种遗忘造成的后果是人的存在的各种各样的"空心"，或形成各种各样的"空心人"，并因为这种"缺心"造成存在的无意义感、空虚感、荒诞感。灵魂之我面对神性—原型精神敞开，感应、顺应神性，并期望与神性合一，灵魂之我与人的内在神性一体两面地存在于人的存在深处，并通过人的深度的有价值的体验显现或显露，灵魂之我与神性不可能显露于人的存在的那些外在的世俗的表面，也不可能显露于人的存在中的表面的肤浅感受，灵魂之我与人的内在神性总是在同一时刻静悄悄地显露出来，神性—精神原型与纯粹的深邃和谐的灵魂是一体两面深藏于人之存在的整体里，或人的存在深处。

《奥义书》中说：

> 知道这至高的梵，他便成为梵。②

---

① 参见汤用彤《印度哲学史略》，上海世纪出版集团2006年版，第23页。
② ［印度］《奥义书》，黄宝生译，商务印书馆2012年版，第304页。

信仰的诗意及存在的复归

灵魂之我、神性、诗意一同显现。哪里有纯粹的灵魂之我，哪里就有神性（或神性—精神原型），哪里也就有真正的诗意，哪里失去了神性，哪里也就失去了纯粹的灵魂之我，哪里也就无真纯的诗意。灵魂之我蕴藏在人的存在的整体里，蕴藏在人的内在存在的深处。灵魂之我与神性显现在有价值的深度体验里，显现在以下的特别时刻中——被神性—精神原型召唤，与其交感、相遇的时刻——显现在我们从精神黑暗与混沌走向光亮与光明的时刻，显现在我们内心最为忘我的时刻，显现在我们存在的最宁静的当儿，显现在我们内心从冰冷处过渡到温暖的时刻，显现在我们存在的最神圣最圣洁的时刻，显现在我们冲出自己的局限被永恒的感觉包围的时刻，显现在我们冲出分散分解的围困，被一种纯粹的单纯浸透的时刻，显现在我们遗忘自身通往无限的感觉里，显现在我们被本体的精神气韵充满的时刻。在这些时刻里，人有了深度的充满价值感的精神性体验，人的灵魂之我感觉丰盈、饱满、充实、澄明、美好，有内在的精神生机，有意义感、并在那份存在的光亮与宁静里感受着通往单纯永恒的无尽精神喜悦。

人类必须清楚地认识到某种重要的真理：这种真理将使他的眼界更为开阔，这一真理正是《奥义书》说"领悟你自己的灵魂"时所思考的，或者换句话说，即在每个人的内心亲证一种伟大的、统一的原则。我们一切利己主义冲动，一切自私的欲望，都使我们灵魂的真实景象模糊不清，因为它们只表现出我们自身狭小的自我。当我们具有清醒的灵魂时，我们才能发现内在的本质，它超越我们的自我并与万物有着非常亲密的关系。……同样，当我们的灵魂被分离束缚在自我的狭小的范围内时，就会失去它的意义，因为灵魂的真正本质是统一，只有使我们的灵魂与他人的灵魂统一起来，才能发现灵魂的真理，才有灵魂的快乐。①

　　根据《奥义书》的教导，通向宇宙意识、神的意识的关键在于灵魂意识，舍弃自我去领悟我们的灵魂是亲证最高解脱的第一步，我们必须绝对地确信，我们的本质是精神。②

　　信仰—存在—诗意路线就是一条内心确信（或信靠）路线，确信人的存在的精神性本质，确信最终的神性（或内在化之灵魂）光芒能给人带来更高的精神性价值及真切性感受。信仰—存在—诗意路线意味着适度忘却自然之我，社会化之我、一般意识中的我（包括知性之我等），专注于灵魂之我的那份隐蔽的普遍的本原性精神渴求（单纯、永恒、无限、空静、光明、圣洁等），专注于能满足这份渴求的神性—精神原型（比喻性及象征性表达：上帝、梵、道、天等）。真正的信仰者就是以灵魂之我面向神性而在者。海德格尔所说的存在的遗忘本质上就是灵魂的遗忘（根据他的后期思想的某些表达），也就是灵魂之我的被忽视、被遮蔽、被遗忘，被自然之我、社会化之我、一般意识之我（包括知性之我）的种种追求与关切所遮蔽、所忽视、所遗忘。所谓信仰—诗意属于以灵魂之我面向神性而在产生的精神性韵味、气氛、情境、形象。

　　关于灵魂之我与神性之关联，东西方的思想表述有所不同。西方最伟大的宗教改革家、神学家、思想家之一加尔文在《基督教要义》③ 表达了这样一种关键性思想：人的智慧分两个部分或两个方向：认识神（神性——笔者注）和认识我们自己。两者之间有着千丝万缕的联系，很难确定谁先谁后，谁是因或谁是果。认识更深处的自我催逼人寻求神，而且引

---

① ［印度］拉宾德拉纳特·泰戈尔：《人生的亲证》，宫静译，商务印书馆2007年版，第17—18页。

② 同上书，第19页。

③ 参见［法］加尔文《基督教要义》，钱曜诚译，生活·读书·新知三联书店2010年版，第3—5页。

领他找到神。另一方面，不认识神（或神性——笔者注），就不能认识更深处的自己。加尔文这里说的不认识自己是指不能认识更深刻的富有灵魂的自己。古希腊哲学家苏格拉底认为，人的最重要的事情就是认识自己（其实苏格拉底也强调认识神），加尔文与他的不同点在于：人的首要事情是认识神（神性），这样才能认识更深处的灵魂之我。他的思想同古印度《奥义书》似乎更为一致，《奥义书》把认识神称为：认识你小我中的大我，这是更深刻地认识你自己的一种方式。

四　对存在核心之领悟及静态垂直化体验

人类似乎有两种基本突出的思维方式，一种叫历史的也是强调过程的。具有社会的或个人历史感的，或者叫历史主义思想（过程主义思想）。一种叫非历史的，具有开放的静态的性质，或者叫静态开放主义。但现时代各种各样的历史主义颇为流行，经由黑格尔的"绝对理念进入自然与社会历史的运动"系统化论述后，各种历史性思维及历史过程主义思想更是得到空前广泛的传播。似乎这已经成为社会科学思维的定型标本。但在东西方最古老的思想大家那里——古希腊、古印度及中国道家佛家等——动态的历史过程主义并不是主要真理的形式，"让神性进入动态的自然与社会历史运动"在古代思想家那里，并不占据主流，也并不是人类存在的理想形式。不像现代人偏重各种物质的或精神性偶像，偏重社会历史层面的视野，古代人的存在理想是个体自身的精神性拯救（尽管自我拯救的方式不同），这种拯救常常更具有直接的垂直的内在性、超验性，即直接性关注个体存在对存在局限性的克服，关注个体存在的内在自由与觉醒，并通过深切的个体的深度精神体验得到确认（或叫亲证）。由此，人们重视对与人内在灵魂相关的存在核心的领悟，重视存在向着精神起源处的原初方向的复归，这是静态的垂直的也有些隐蔽的体验形式，同时也是存在的敞开（或开放）形式。为此，他们注重存在的无蔽（内明）与敞开，注重忘我的全身心的倾听，希望与更大更深邃更本体的精神世界的连接与沟通。这其中自然有个人的历史过程性（历时过程性），但却很少注重整体层面的社会历史过程性。归根结底，一切所谓的精神性自由（拯救、觉醒或觉知）都垂直地落在活生生的个体身上。

这种对存在核心之领悟带有鲜明的个体主义色彩（虽然也存在个体体验的历史性、过程性），而且明显淡化社会的历史的整体主义思想。这种和人的存在体验密切相关的存在复归，最典型的体现就是追寻静态的垂直的"与神性合一"。如前所述，在古希腊的思想家柏拉图那里人类理想的生活就是"与神类似"（也即与理念—精神原型沟通联结交融），在古代印度那里人类理想的生活就"与梵合一"（也即与梵—精神原型沟通联结交融），在古代中国那里，人类理想的生活就是"天人合一"［也即与天道（天心）—精神原型沟通联结交融］。换句话说，在东西方古代思想家看来，人类的最根本的理想生活就是存在的复归，也就是和超越自然、社会、表层意识的神性—精神原型发生连接、沟通、对应、感应、顺应、最后合一与交融。

"与神类似"的要求在柏拉图那里多次出现。例如柏拉图在《国家篇》最后一章写道："能与神类似的人，将不会被诸神忽视。"……而且还在柏拉图主义的"与神类似"的意义上被定义为不断地向神接近。①

柏拉图在他的很多说法中指出，存在物有抽象的形式，这些形式在神界中，柏拉图有时把它们叫做"神圣的模型"……这些模型既不毁灭也不腐朽，而是会永生下去。而要变腐朽的，则是那些被产生出

---

① ［德］潘能伯格：《神学与哲学》，李秋零译，商务印书馆2013年版，第52—53页。

来的存在物。①

各种文化所说的神性指向存在本身之纯存在性，这是最根本最纯粹最原初的存在本身特性。神性—精神原型（精神之最根本性的永恒范本与模型）被领悟为人的存在之核心与基础，与之联结、沟通、合一也成了人的存在复归的核心，换句话说，人之精神存在的核心并不在人自身，而在超越人的神性—精神原型方向。向人的存在核心的复归就意味着以某种方式与神性感应、沟通、交融、合一。但柏拉图形而上理念思想（或神圣的精神原型）和西方后来的人格神明不同。我们这里把柏拉图主义者（与印度教主义者，儒家道家信奉者相一致）的关于理念的思考与各大核心文明宗教对神性的领悟与洞悉相交融，也就使理念—神圣的精神原型（或原型精神）变成为神性—精神原型，也可以说，我们这里是用各大文明宗教对神、神性的思考（或领悟）改造了柏拉图主义者（与印度教主义者、儒家道家信奉者相一致）的理念论，或者说我们是用柏拉图主义者的理念论改造了各种宗教对神、神性的理解、想象与洞悉。神性—精神原型这个核心概念创造性地吸收融合了三个方向的思想：柏拉图主义的理念论加各文明宗教神性论加现代存在哲学的存在论。柏拉图把事物背后的精神共相命名为理念或绝对理念。"理念"一词差不多属于柏拉图、柏拉图主义者专用的哲学术语。这个术语有时候也翻译成理式，相，型相、形式、意式、通式等。但对人的真切存在而言，究竟有哪些真正本质性的理念（或精神原型）呢？我们这里立足于人的存在的深刻的价值体验，通过对各种宗教中的神性论述的领悟弥补柏拉图未曾明说的。普遍的富有生机的精神性理念论是柏拉图哲学的核心，是他研究一切哲学问题的出发点，也只有理念（精神原型）才是真正真实的存在，它独立于人们的认识和事物之外，构

---

① 阿尔法拉比：《柏拉图的哲学》，程志敏译，华东师范大学出版社 2010 年版，第 135—136 页。

成了一个客观独立存在的精神原型世界，任何个别事物只是这个精神原型的"分有"或接收。它们之所以真正的存在，是因为它们分享或接收了精神原型，是精神原型（理念）的"影子"，是"分有""接收"精神原型（理念）的结果，人的存在深处则包含了感应这一精神性理念的种子（或接收器）。这一精神原型（理念）绝对实在。只有精神原型（理念）是真实存在的不变的，是绝对完满的、纯粹的，是具体事物追求的目标，也是真理的标准，事物真实性的评判视距离精神原型（理念）的远近而定。离之越近沟通感应越多者越真实，反之则越虚幻。后来的海德格尔关于真实与虚假的存在论述，在思路上与柏拉图主义者相近。

有元一或最根本之理念或通式或原型①，这个最根本的元一的原型是神性—纯在性（太初性或原在性，存在本身）最根本的显现，换句话说，神性显现为最根本最本初的精神通式或原型。

我们每天沉思的课题就是圣诗，它被认为是全部吠陀的集中体现。由于它的帮助，我们才尝试着去认识人的灵魂意识和宇宙是根本统一的，我们才学会去理解这种统一是由永恒的精神结合而成。②

原型一词最早是犹太人斐洛谈到人身的"上帝形象"时使用的。它也曾在伊里奈乌的著作中出现，如："世界的创造者并没有按照自身来直接造物，而是按照自身以外的原型来仿造的"……原型这个词就是柏拉图哲学中的形式（即理式）。为了我们的目的，这个词既适宜又有益，因为它向我们指出了这些集体无意识的内容。③

---

① 参见［古希腊］亚里士多德《形而上学》，吴寿彭译，商务印书馆1959年版，第18、6页。
② ［印度］拉宾德拉纳特·泰戈尔：《人生的亲证》，宫静译，商务印书馆2007年版，第7页。
③ ［瑞］荣格：《心理学与文学》，冯川、苏克译，生活·读书·新知三联书店1987年版，第53页。

可以看出，荣格的原型理论实际上是西方传统神性—精神原型论的一种新的翻版与延续。在西方哲学与宗教思想历史中，那些神学家、哲学家经常谈论神性，他们谈论的神性常常就是经过翻版的"精神原型""上帝形象""理式"（或理念），这也是我们所说的神性—精神原型（或原型精神）的西方思想的来源之一。

使原初（太初）存在成为存在的是存在本身（神），存在本身之纯存在性显现出来的展开式为神性—精神原型（精神之最根本性的永恒范本与模型），是一体多位的神性—精神原型。从神性—纯存在性的内里看是一体，从精神原型之呈现看是多位。这是本书的核心思想之一，也是全书最重要的思想支柱。我们这里所说的神性—精神原型（及神性—人的信仰存在结构）充分吸收了东方传统的悠久丰富思考内容，即印度思想传统中关于梵性、梵我一如，及中国思想传统中关于道性、天之性、天人合一的思想。万事万物（存在者）背后的是存在本身，万事万物之中都蕴含着那个存在本身显现出来的展开式——神性—精神原型——简称"原型"。那个本体的精神之型也就成了万事万物的本源或"原型"，也成了最初的精神性源泉。荣格上面所说的原型，其范围局限于一般的心理层面，即已经沉淀到人的集体无意识深处那些重要的精神性力量，其在无意识中支配着人的存在直觉，支配着包括宗教感在内的人的种种精神性潜能。这些最原始的精神性原型也成了人的存在中的最真实的本我力量。

我们这里所说的神性—精神原型更加哲学化，具有更广更高的概括力，直接受启于各种宗教对于神或神性的理解、想象、洞悉。相比柏拉图主义者的哲学化的宽泛的理念论，神性—精神原型与人的存在的深度体验（宗教性体验、神性体验等）更加密切。历史上的那些关于神的种种观念与理解，也可以看作关于神性—精神原型的观念与理解。我们这里的神性—精神原型的更为具体的观念直接来自各大文明宗教中的神性领悟与洞悉。任何一种（尤其是几大文明宗教）有持久影响力的宗教（或形而上思想）背后都有精神原型（或原型精神）支撑。真正的精神原型也蕴藏在古往今来的人们的神性（形而上）渴望与神性（形而上）憧憬里。在古代印度人看来，人的核心灵魂意识和宇宙的核心灵魂从根本上说是统一或同一的。在人的灵魂深处的神性—精神原型，在宇宙的灵魂深处也同样具有。这也即是天人合一或梵人合一的信仰型存在结构。我们中国传统中的"天理""天心"之说，其实说的也是宇宙的基本之魂—精神原型，我们也可以在人的存在深处——人的灵魂意识中——发现踪迹。关于神性—精神原型与人的关系，俄罗斯哲学家卡尔萨文的一段话或许对我们有所启示，他说：

> 神性与造物—人的关联，不在神性之外，而就在神性自身中。……人的全部存在都具有宗教性，我们身上的一切都处在与上帝的一定的对立和与上帝的一定的统一中。①

这里的上帝一词我们也可换为"天""梵"或"道"。理解神性与人的这种对立又统一的关系是理解信仰—存在—诗意路线的关键，也是准确理解神性—人的对应、感应、顺应与合一交融关系的关键。可以说，在否定了人格神（尤其是否定了行动与知性意志意义上的全知全能的人格上帝）之后谈论神性，常常就意味着在谈论存在本身，或谈论整全统一的宇宙之魂，即宇宙的统一性精神或灵魂，也即谈论宇宙之魂显现面。神性—精神原型，也在人的存在深处（古印度的梵性或灵魂秘密），是人的灵魂深处的那份隐蔽的顽强的持久的也是微妙的向往与渴望背后之基础，也即人的存在深处的灵魂原型的显现——这也是人的内在神性。人的灵魂是神性显现在人的内在中的部分，也是最能显示精神宇宙的秘密的部分，是一

---

① ［俄］瓦·瓦·津科夫斯基：《俄罗斯哲学史》下卷，张冰译，人民出版社 2013 年版，第 446 页。

切之一，也是一之一切。

"由于'人即宇宙'，所以在人的秘密里，包含着宇宙的秘密。"①

这也是古印度整个《吠陀》（包括《奥义书》）的核心思想之一，即梵我之关系。在非人格的意义上（尤其是非行动与非知性意志意义上的全知全能神）谈论神性常常也意味着在谈论一种纯存在性或深邃的绝对精神，或者意味着在谈论神性之一体多位的最原初最纯粹的精神原型。我们这里所论及的神性—精神原型比文化人类学与文学批评中那种原型理论要广阔得多，也深邃得多。原型（archetype）一词由希腊文 arche（原初）和 typo（形式）组成。狭义的原型理论最初和人类学宗教学有密切的关系，常常是对原始的巫术、风俗、信仰、宗教仪式之异同比较及其心理研究。比如爱德华·泰勒的《原始文化》，弗雷泽的《金枝》、列维·布留尔的《原始思维》等著作就是如此。后来原型理论被用于文学研究与文学批评中，以加拿大文学批评家弗莱为代表。这种批评力图发现文学作品中反复（或重复）出现的种种意象、叙事结构和人物类型，并试图找出它们背后的基本形式（特别是神话原型），其也广泛应用于对作品的分析、阐释和评价。对原型理论真正产生影响的是荣格的相关研究，即和人类集体无意识相关方面的研究。或许是过于拘泥于心理的治疗实践，荣格关于人类原始"心象"或"原型"的阐释及其分类显得有些狭窄——比如过于注重两性男女方面，阿尼玛，阿尼姆斯原型——并因此限制了他的视野。

神性—精神原型（精神之最根本性的永恒范本与模型）显露、体现在人类成千上万年的文化与精神实践中。人类的无意识深处深藏了起源更为久远的精神性倾向及其积淀（小我之中的梵——大我的种子）。神性—精神原型是存在本身之纯存在性或原在性的显现，是人的存在深处的最纯粹

① ［俄］瓦·瓦·津科夫斯基：《俄罗斯哲学史》下卷，张冰译，人民出版社 2013 年版，第 447 页。

精神形式，也可以说是人类存在深处的一种具有神秘感的超精神。这个基础精神（超精神）形式和宇宙之魂（或宇宙潜精神）神秘地遥相对应、感应（人天感应），或许这就像印度奥义书中所说的，是同一种宇宙精神（梵）的不同呈现（梵我一如），或许在人的存在深处的精神原型只是宇宙深处的神性—精神原型（宇宙灵魂）的隐蔽的精神接收器，这个隐蔽的精神接收器和人的存在深处的灵魂紧密联系在一起。神性—精神性原型也是最原初最原始的精神实在，其展露了人的灵魂的秘密与奥义，也展露了宇宙之魂的秘密与奥义。只要我们稍稍敏感些就会发现：精神原型在人类数千上万年的各种文化活动、各种宗教精神实践中流露得异常明显。神性—精神性原型深藏于我们的日常存在的隐蔽渴望、憧憬与下意识的向往里。

信仰—存在—诗意路线，其核心就蕴含在神性—人或神性—人性的信仰存在结构里，就蕴含在神性—精神原型—人的信仰型存在结构里，也即蕴含在最原初最纯粹的精神实在——单纯、无限、永恒、创造、空静、光明、圣洁、气韵之精神原型—人的信仰存在结构里。换句话说，神性—精神原型—人的对应、感应、顺应与合一交融关系，构成了信仰—存在—诗意路线的核心，这个信仰体验的过程也就是真正存在的过程，也是被诗意笼罩的过程，也是人渐渐脱离现象之我那几个方面——自然之我、社会化之我，一般表层意识——的过程，同时也是人回归灵魂之我并与神性—精神原型（或原型精神）对应、感应、顺应、合一交融的过程。多位一体的神性—精神原型似乎是牵引着纯粹之我（或灵魂）的潜在的无形无影的精神性暗能量，或者也可叫作推动人的灵魂之我的暗精神。

神性—精神原型（精神之最根本性的永恒范本与模型）是超越被创造被养育的自然物质的，也是超越时间与空间的。神性—原型精神在与人性的对照中更加明显地显现出来。这些精神原型，神性的显现出来的展开式，用基督教的神学观念来说，就是"太一"之神性的多个位格，或多种呈现。我们这里所列的精神原型Ⅰ偏重形而上本原与起源意义上的肯定性

神性—原型论述，偏重神性"一"之特性的肯定性论述，偏重揭示神性
"一"之超自然、超时空的本体性、原初性（原在性或太初性），突出其与
存在者（或存在对象）与自然物理特性之不同，突出纯存在性及给人的存
在体验带来的影响。精神原型Ⅱ偏重的是宗教性描述、类比与宗教精神象
征意义上的论述，偏重的是以自然物理意象为基础的象征描述，以及其所
表达出来的精神本体性、纯存在性、原初性（原在性或太初性），以及给
人的深度存在体验带来的精神性影响。但精神原型Ⅰ与精神原型Ⅱ两者，
其核心是一体的，是一个整体，很难作出严格区分。多位一体的神性—原
型精神引领着人的内在存在方向，并成为信仰—存在—诗意路线的关键。
神性—精神原型是引领人的整个内在存在的神秘精神。

第二节　神性—纯存在性及精神原型Ⅰ

使世界得以存在（使存在）的是存在本身（或曰神），存在本身之纯
存在性显现出来的展开式为神性—精神原型（精神之最根本性的永恒范本
与模型），是一体多位的神性—精神原型。从神性—纯存在性的内里看是
一体，从精神原型之呈现看是多位。神是纯存在本身，神性是纯存在性
（或原在性或太初性），神性最原初地显现为精神原型（精神之最根本的永
恒模本与模范）。神性—精神原型是多位一体的精神性存在，在比喻的意
义上也是神之隐蔽的难以言说的属性，或神之隐蔽的难以言说的最原初显
现的理念。在否定神学看来，上帝的精神性形象就是不可言说、难以言说
的。但人们又必须以某种肯定性的方式言说。在《论隐蔽的上帝》一书
中，德国哲学家库萨的尼古拉说：

> 上帝本身，他是不可言说的真理……凡是我所知道的都不是上
> 帝，凡是我概括的都不与上帝相似，毋宁说上帝超越了这些东

西。……凡是被称道的事物都是渺小的。没有人能把握上帝之大，他始终是不可言说的。……他是一切可称道的事物的依据……上帝既不是无，不是不存在，也不是既存在又不存在，而是存在与不存在的一切本原的源泉和起源。①

关于神性与精神原型的关系，现代美国哲学家保罗·蒂里希如下的话给我们以启示：

它们（指柏拉图意义上的理念——引者注）本身依赖于上帝（此处可理解为神性——引者注）的内在创造性；它们不独立于上帝，而是位于上天之龛中，作为他的创造活动的模型。本质的存在之力属于神圣生命，它们扎根于其中，为他所创造，而他是"通过他自身"而存在的一切。②

精神原型（精神之最根本的永恒模本与模范）是神性（存在本身之纯存在性，或原在性或太初性）的显现；神性（存在本身之纯存在性，或原在性或太初性）内在于精神原型。我们依据东西方文化最古老经典的核心思想、依据现代存在论理论可以这样来言说：神是存在本身，是纯存在，神性是纯存在性（或原在性），神性—精神原型是一体多位的纯精神存在，是最原始最原初的精神实在，是精神的最原初的始基，是精神的源泉，其内在于大宇宙（世界）与小宇宙（人）的存在深处。我们下面所列之精神原型，从外面看是多位，有多重显现。从神性本质的内里来看又是一体，是本质相同的一体。神性显现为单纯、无限、永恒、创造之精神原型。这些本体性理念都不属于理性（或知性）思维之对象性范畴，而是超越自然

————————

① ［德］库萨的尼古拉：《论隐蔽的上帝》，李秋零译，商务印书馆2012年版，第4—7页。
② ［美］保罗·蒂里希：《蒂里希选集》，何光沪选编，上海三联书店1999年版，第1195页。

之物理时空的，毋宁说其更是人的内在灵魂在超越性经验中的精神性体验对象，其显现于人的有价值的深度体验里，或深度价值体验里——不属于知性或理性范畴，更多属于超越性灵魂中的内在超验的体验性质。

一　神性显现为单纯之原型

神性（存在本身之纯存在性、原在性或太初性）显现为"一"或单纯（《道德经》四十二章把其称为"道生一"）。"一"之单纯是神性的一种显现出来的展开式。任何具体的存在物（或有限之物，对象物）都会受分裂分离分散分解之力的推动，最终也难以避免被分裂分离分散分解之命运，但透过事物的这种分裂分离分散分解现象，我们会发现另一种神秘的存在力量：凝聚、整一的力量，也是保持自身同一、延续的力量，那是存在本身（神）或存在本身之纯存在性（神性）所具有的本体力量。唯有存在本身（神）或存在本身之纯存在性（神性），可保持自身富有创造性的同一性、单纯性，保持自身的富有变化中的统一性、整一性。这种同一性（统一性、整一性）被概括为"一"，或叫最高的单纯性。东西方思想家差不多都着迷于对"一"之单纯的思考，虽然对这个"一"的理解、说法不同。

在西方，从古希腊开始，"一"差不多就是上帝（神性）的代名词。后来的基督教文化中的上帝和古希腊的上帝含义虽然不同，但其作为"一"的本性与本质不变。"一"代表了未被分裂分散分离分解的单一性与单一原则，也代表了存在的原初与单纯，神性—精神原型中的神性首先就是"一"性，和有限存在物的多元或繁多（或杂呈）相对照相对应。中西方不少哲学家对此也做过专门的思考。比如中国的老子与德国的莱布尼茨。在德国哲学家莱布尼茨看来，上帝就代表着最原初也是最高的单纯性（即最原初的不可分的精神实体或最原初的具有统一性的单子）。德国哲学家谢林在《自然哲学导论箴言录》等书中多次谈到上帝的单纯性及其纯粹单纯的自我肯定。在中世纪初伟大的哲学家、神学家奥古斯丁看来："神必然是不变的，也是单纯的。"① 本体的精神性单一与单纯具有精神原型的意义。神性内涵的内核之一就是单纯，或者说神性—精神原型的根本显现之一就是超乎万有之上的单纯，这是至高的精神性单纯，是最初的单纯之精神本体。单纯的精神原型意味着最初的一，最初也存在于万事万物之外。万事万物本身属于物质的一部分，万事万物本身只是受造物。单纯意味着万有之前的最初的一性，意味着唯一性、同一性、不可分性、内在延续性。东西方在这一点上是一致的。印度《奥义书》强调"一"，老子的《道德经》强调"一"，西方文化最内核的精神传统同样如此，《圣经》就强调"一"。19世纪中后期德国哲学家，"青年新黑格尔派"代表人物大卫·费里德里希·施特劳斯在《耶稣传》中说：

> 因为神既然是最可能的完善，是万物的最高原因，他只能是不可分的一。②

在印度的《奥义书》中称梵为"唯一性"，唯一性也就是不可分割的单纯性。或许正是从同样的角度出发，中世纪德国哲学家苏索在《论真理》一文中特别谈到了"上帝的单纯性"并称之为"一"或"最高单纯"。

> 万物之上有某个东西，它是第一的和最单纯的，在它之前什么也不存在。……另一方面，如果人们想言说某个东西，无论它多么高深，超出一切的理解，人们需给它一个名字。这种静谧的单纯本质……③

---

① 转引自［德］潘能伯格《神学与哲学》，李秋零译，商务印书馆2013年版，第40页。
② ［德］大卫·费里德里希·施特劳斯：《耶稣传》，吴永泉译，商务印书馆1981年版，第249页。
③ ［德］苏索：《论永恒的智慧》，林克译，华夏出版社2004年版，第35页。

首先，单纯之原型是存在本身（神）纯存在性（神性）的呈现，表现本己于"一"的存在状态，也是精神本质与存在（实存）的统一。对人的存在而言，单纯性意味着人以某种和谐的方式达到与绝对的合一，并克服了有限物非存在力量带来的混沌性、繁杂性、分散性、无序性。

从我们所理解的神性—单纯之原型视角来看，单纯与单一也可被理解为深潜于内在世界与人的内在存在根本性的精神原型。进入神性—人（或神性—人性）对应、感应、顺应与合一的信仰存在结构等于进入以单纯为核心的存在状态。这是一种精神性的信仰状态。道家把这种精神性信仰状态称为"守一"或"守道"。在很大的程度上，所谓信仰—存在状态也就是进入神性—人（或神性—人性）对应、感应、顺应与合一的存在模式，并在内心深处触摸、融汇于单纯之精神原型。单一单纯之精神性原型是支配人的内在存在的最深厚的精神原型。在某种意义上讲，所谓宗教信仰就是单纯信仰，即对某种单一（或一）与纯粹的信仰。信仰神性就是信仰纯粹的具有绝对精神性的单纯，神性—单纯之原型是超乎一般单纯之最高精神原型，其不是自然的物质性的物理意义上的，而是超乎自然超乎物质的。这种最高精神单纯也不在看得见、摸得着的时间与空间里，而在内在于超越物质性时空的灵魂里。神性代表了最本体最深邃宽广自由丰富同时又具有绝对感的单纯。中国古代典籍《黄帝十六经》说：

> 一者，道其本也，胡为而无长凡有所失，莫能守一。……抱凡守一，与天地同极，乃可知天地之祸福。（马王堆帛书《黄帝十六经·成法》）

德国哲学家埃克哈特大师说：

> 正是由于上帝是这个"一"，所以他创造出他在被造物里面和在

神性里面所做的一切。我还说：只有上帝才具有一统。上帝独具的特征就是一统。……上帝，作为"一"，应有尽有，而上帝的本性就在于此，灵魂的福乐也是在于上帝是"一"，它是灵魂的光彩所在。①

我确实认为，凡是我们在某个被造物那里所寻找到的，全都是阴影，全都是夜晚。即使是最高天使的光，不管有多么高，却都没有照亮到灵魂。只要不是那最初的光，那就全都是黑暗，全都是夜晚。②

上帝所是的光，是没有任何杂质的；不可能有任何的掺杂。……他（圣保罗—引者注）用什么也看不见表明他见到了属神的"无"。③

具有本体感的单一与单纯具有神性意义，或者说具有绝对性的单纯之中蕴含着深刻的神性。这种单纯是具有绝对性与绝对感的单纯，是具有唯一性唯一感的单纯，具有不可分性的单纯，而不是一般的通俗意义上的单纯。通常说的神就具有绝对的唯一的单一单纯性质，这是神的本质特性之一。单纯性与绝对性、唯一性、原初性、不可分性相融在一起。单纯就是不可分、不分裂、不复杂、不异化等。单纯与最初的原初性交融。新柏拉图主义者普罗提诺的太一说其实说的也是这个。普罗提诺讲神圣的三位一体，即太一、精神、灵魂的一体。太一的本性是化育万物，但太一并非万物中的一个，太一不是任何一种。太一自身独立而统一，太一无形，先于形在，就像先于运动和静止一样。

德国哲学家莱布尼茨的单子论是他的整个思想的基础，在他的思想里，单子是非物质的精神实体，他认为精神实体不具有形体，因而是单纯的、不可分的。由于单子没有部分，是不可分的，因此，它不能以自然的方式，通过各个部分的结合而产生，或通过分解而消灭。在莱布尼茨的思

---

① ［德］埃克哈特：《埃克哈特大师文集》，荣震华译，商务印书馆2010年版，第263页。
② 同上书，第368页。
③ 同上书，第372页。

信仰的诗意及存在的复归

想中，上帝代表最高也最原初的单纯：

> 唯有上帝才是原初统一性或最初实体，所有被造的或派生出来的单子都是他的产物。①

> 天使的本性，如若不是惟独只认识上帝，那就行使不了什么力量，实施不了什么行为。除了上帝之外，还有什么，它一无所知。②

其次，单纯性与绝对性、专一性、纯洁性等联系在一起。

中国道家之"守一""守道"也就意味着守护好原初的单纯，守住原初之道，守住原初的同一性，不让其发生多元性、繁杂性的变化，意味着守护好最初的单纯的精神之光，让其照耀自己的单纯的存在之途，意味着守护好最初的单纯纯洁的精神信念，不让其发生分裂与过于激烈的运动。信仰本身就有单纯性、专一性与忠诚性特点；任何一种精神性信仰具有了这种特点就可以说具有了神性—精神原型色彩，就能带给人们有价值的充实的有意义的精神性体验。精神单纯就是没有多重性，不带繁杂的多重面具，没有相对性、不确定性、有条件性，也没有多样性。单纯中的绝对则是无条件的，确定的。绝对的正义与公平，绝对的单纯与神圣，绝对的善良、绝对的美等。信仰—诗意体验中散发出一种绝对而单纯的气息。没有具体条件的限制，不受地点与时间的干扰。那些充满信仰—诗意色彩的爱情常常是充满绝对感的爱情，单纯、深邃而迷人。动人的爱情中的美大多来源于此。相对的变化的爱、相对的变化的善与相对变化的美则缺少神性气息。充满绝对气息的爱就是不管发生多少不利的变化，那份爱依旧在那里，至善、至美、至真，单纯如一永久不变。

---

① ［德］谢林：《近代哲学史》，先刚译，北京大学出版社2016年版，第61页。
② 《埃克哈特大师文集》，荣震华译，商务印书馆2010年版，第260页。

第一章 神性—人信仰存在结构及神性—精神原型

只有一位神，一个人信仰一位神，一位唯一的神，其生活与信仰诸多神祇的生活相比，是面目全新的。只有将精力集中在唯一性上，才能为生存的抉择提供现实的基础。无限的王国最终是一盘散沙。通过缺乏唯一性作基础，神圣的东西也会丧失其绝对性。人始终有一个问题，即他是否赢得了唯一性作为自己生活的基础。这在几天和几千年前是一样的。①

单纯性、唯一性意味着精神最初原型性。神性—单纯之精神原型对人具有最终决定性的、限定性的和原型的意义，当代美国哲学家汉斯·昆就是这么认为的。神性意识也与人奥秘的单纯的心灵体验相对应。追求基于单纯单一是人类的最深邃最具有奥秘感的天性之一。有一个美国哲学家写过一本书叫《与无限者一致》，这与《效法耶稣》之类的书籍在精神实质上是相同的，代表人类心灵对单纯之神性的那份深切的向往与渴慕。神、上帝、梵、佛、道等也成了世界思想与文化史词汇中的最具深意的词汇，这些词汇所代表的方向也就是心灵之单纯方向，这种富有神性感的单纯追求也成了诗意体验之母，成了诗意信仰的最重要的依据之一。基于神性的单纯单一意识也是人类的最为深邃最难以理喻的意识，这也是人类的普遍意识之一。神性—单纯之精神原型体验是生命意义、生命充实、生命澄明与美好的基础与精神源泉，体现的也是人类对自身的不容分散分裂分解之命运的终极性关注。单纯之信仰发生在我们心灵的最深邃的区域。单纯之神性意识发生在我们的难以意识到的潜意识深处，这个区域是我们渴望单纯单一之神性的心理根基。通常带有宗教色彩的经验（包括诗意信仰）都与无意识深处的渴望有着紧密联系。

上帝不是知识的对象，它不可阐述得令所有人信服，这是一再表

①［德］卡尔·雅斯贝尔斯等：《哲学与信仰》，鲁路译，人民出版社 2010 年版，第 295 页。

现出来的情况。同时，上帝也不是感性经验的对象，它不可洞察，不可直观，而只可信仰。这种信仰从哪里来？它原本不是来自尘世经验的局限性，而是来自人的自由。人若当真意识到自己的自由，就会同时确信上帝。自由与上帝是不可分的。①

现代社会是一个加速多变的、现实的社会，也是一个单纯性日益消失的社会。未来的社会状态的变化速率或许更大。因为社会不断地加速变动，我们也被强调要适应不断变化的时代面貌。为此，我们常常着意让自己的性格性情与精神适应各种非本质性各种现象的变化，弄得人的内在精神世界像变色龙一样不断更换颜色。在这种变来变去的时代背景下，去哪里遭遇单纯之神性呢，或者说去哪里体验和单纯之中的神性照面带来的意义感、深度价值感呢？这是一个内在精神问题。现代社会就是一个神性（单纯单一）日渐被覆盖的社会。我们只能从那些不具有神性感的事物与活动中感受有限的相对意义感。但在人们的内心里，还是如《圣经·诗篇》25 章 21 节所说："愿纯全、正直保守我。"纯全在这里就可理解为心灵（或精神）的整一与单纯。

二　神性显现为无限之原型

神性（存在本身之纯存在性、原在性或太初性）显现为无限：无限是神性展开式显现。任何具体的存在物（或存在对象）都会受到自身时间空间性的制约，最终难以避免被基于时空意象的非存在的力量所制约。唯有存在本身（神）或存在本身之纯存在性（神性），可不受有限物质时空的干扰，可保持自身的不断超越的无限性，保持自身富有变化的不受影响的无限性。东方文化的神性内核似乎更与存在之深邃深沉的无限观念紧密相

①　[德]卡尔·雅斯贝尔斯等：《哲学与信仰》，鲁路译，人民出版社 2010 年版，第 289—290 页。

连，并在东方人的无意识深处形成了根深蒂固的神性—无限之精神原型，
这种神性观念及其内核在古老的印度体现得最为明显；在古老的印度文化
中，无限观念无处不在。西方一些哲学家——比如斯宾诺莎、谢林
等——也经常论及无限性。他在《上帝是什么》一章中也试图说明上帝的
无限广延性，或者认为上帝本身就意味着无限实体。

"每一个实体都是在它的自类之中无限地完善的，……在上帝的无限
悟性中……"①

无限性代表物质时空的界限的消失（尤其是有限空间感觉的消失）。
20世纪的英国神学家坎普贝尔认为：上帝就是存在于宇宙的每个原子中的
无限精神，是一切纷繁多样之中的统一性②。这是从哲学或神学方面揭示
了人类的无限之原型意识。如果从直觉性的宗教体验出发，神性之精神内
核与无限的联系会显现得更加明显。英国哲学家、人类学家麦克斯·缪勒
在《宗教的起源与发展》一书中所论述的核心观念就是"无限"。他在此
书中以印度文化为主要依据，详细考察了"无限观念"的起源与发展，并
认为宗教就是领悟无限的主观才能。

> 我认为我们作为有感觉的人永远会和无限相联。这种永远的联系
> 是一种合情合理的基础，有了这个基础，无限才得以在后来成为对人
> 而言是能够存在和业已存在的东西，无论它是作为幻象还是现象。我
> 认为在此也像其他地方一样，没有先行的观念，不可能有合法的概
> 念，而这种先行观念对所有没有被传统术语蒙蔽双眼的人，也像白天

---

① ［荷兰］斯宾诺莎：《简论上帝、人及其心灵健康》，顾寿观译，商务印书馆1999年版，
第23—24页。
② 参见［美］约翰·麦奎利《二十世纪宗教思想》，高师宁、何光沪译，上海人民出版社
1989年版，第35页。

一样清楚明了。①

那些深沉的精神性人格通常能敏感地领会到无限之精神原型的召唤。人们之所以在存在与意识深处经常和无限发生关联，是因为"无限观念"是存在本身之纯存在性（神性）的显现，是神性—精神原型之一体多位的呈现。神性—无限精神原型则是存在本身的一个侧面，体现的也是人的心象中的偏重超越空间的方向，这也是至高的精神性存在本身之无限，是存在本身之存在性—无限之精神本体。无限的精神原型，其关键性意象是超空间尽管也包含超时间意象，超越于物质的空间之外。空间本身也属于物质的一部分，空间本身就是受造物。东方的印度似乎更重视无限性，换句话说，无限之精神原型似乎在东方古印度人灵魂深处印记更深。进入神性—人（或神性—人性）对应、感应、顺应与合一的具有无限感的信仰存在结构也等于进入以无限向往为核心的精神状态。在很大的程度上，所谓信仰—存在状态就是进入神—人（或神性—人性）对应、感应、顺应与合一的具有无限感的存在模式，并在内心深处触摸、融汇于无限之精神原型。无限延伸出辽阔、旷远、无边无际之心象或精神性意象。这种似乎与空间意识有更多牵挂的无限之精神性原型也是支配人的内在存在的最深厚的原型之一。神性代表的是纯粹的精神性无限感，是无限之精神原型。无限感并不是自然的物质性的物理意义上的，而是超自然超物质的。无限感也不在看得见摸得着的时间与空间里，而存在于超越物质性时空的灵魂感觉与体验里。最本体最深邃宽广的丰富的无限里蕴含着深刻的神性。

我国内蒙古有一首民歌，歌名叫《旷野》：

慢慢旷野青青草

---

① ［英］麦克斯·缪勒：《宗教的起源与发展》，金泽译，上海人民出版社1989年版，第32页。

大地与蓝天映照

在那夏日炎炎的旷野上

孤独的布谷鸟向天歌唱

　　东方人的灵魂深处似乎更为迷恋存在的无限感。无限意味着空间时间界限的消失（尤指空间界限）。中国传统重视天人合一（印度是梵我一如）后的无限性，天的意象就偏重超空间方向。《旷野》和陈子昂的那首"念天地之悠悠、独怆然而泪下"有异曲同工之妙。在天地之间展开人类的思想与感情的抒发，在仿佛通向无限的背景下书写人类特别的存在。信仰—诗意中的肯定性神性意味着无限：本原性的无限存在以及在人的最内在的存在深处——灵魂——折射出（或感应出，或被召唤出）的无限意识。世界各地的早期文化似乎也都迷恋神性之无限。当然，在古老的印度这一点表现得更为明显。古老的印度宗教与哲学特别重视被视为人类存在的高级意识——无限意识。为了发展通向无限的更高的意识（智慧），幻相（摩耶）的存在也是必需的，它是达到这个目的的必要媒介。为了这个纯无限智慧（无限思想），所有的七个进化和内化阶段都经过修炼渐渐产生。获得通向无限的高级意识时，人们也就知道了整个造物界皆是幻相，是大无。一切的存在，一切的运动，一切的事件皆是梦幻与幻觉，事实上什么都不曾发生，什么也都没有在发生，什么都不将发生。唯有神性—无限存在本身是真实的。当深刻的灵魂亲证自己时，他觉知到被他留在身后的整个幻相世界。在被神性—无限之精神原型启示的时刻，那颗灵魂就意识到更真实的真理，同时也获得对整个造物界都是虚幻的意识。那颗深刻的灵魂同时证悟到：

　　我是无限意识，我是无限无意识。

　　无限意识来自存在本身，或存在本身之纯存在性，是对无限存在的意识。存在本身之纯存在性显现出来的展开式即神性—无限之精神原型。无限是神之根本性属性，无限意识是对神性—存在本身之意识。通过信仰人们可以把握存在的无限性的一面。人类最内在的存在深处——灵魂——也蕴藏着神性之无限性，也折射本原神性存在之无限性方面，或者说人类最内在的存在深处——灵魂就包含着通向本原存在的无限性方面，其间有一种神秘的感应关系。海德格尔所说的神性的缺失也意味着无限性的缺失。被囚禁于封闭的有限性，没有通向无限性感觉的诗意不能算是真正意义上的诗意。现时代的所谓诗意（或新诗意）大多缺少神性之无限性根基，包括缺少通向无限性的方向及精神依据。在纯粹信仰缺失的时代，神性之无限性感觉也会相应地缺失。神性之无限性支柱对诗意的意义也弱于以往。神性之无限性支柱的倒塌对整个诗意大厦造成了致命的危害。

在信仰—存在—诗意路线之中，富有诗意的情境似乎具有超乎有限的空间（其实也超乎有限时间），向着无限之境延伸的基调。李商隐的"夕阳无限好，只是近黄昏"，这让人滋生出淡淡伤感之意的意境就具有无限的气息。中国南宋词人张孝祥写的《念奴娇·过洞庭》具有一种基于天人合一的无限感。气势磅礴的辞句，开阔豪迈的胸襟，唱出了词人对宇宙人生的深刻领悟。大自然的宁静、澄澈令词人陶醉，巍然挺立于天地之间，融入大自然的无限之中，成为宇宙的一个领悟中心，进入了天人合一的超然境界，一切红尘中的焦虑与烦恼也随之烟消云散。据说，晚清名士王闿运读了《念奴娇·过洞庭》后，甚至发出了这样的赞叹："飘飘有凌云之气，觉东坡《水调》犹有尘心。"如果失去了面向神性（无限性）开放的大门，如果失去了神性（无限性）的支柱，就会失去终极的精神性动力，那信仰诗意、诗意信仰、诗意体验就不能给人带来任何神秘感、神圣感（庄严感、崇高感等），就会变为与神秘的精神性激情无关的类似物。美不再动人（尤其不再能撼动人的基于无限感的精神性激情），善不再感人。

无限感是人层层脱去自然之我、社会化之我、表层意识的我之后的灵魂之我的意识，或者说是多重现象之我"自弃"之后的意识，这也是灵魂之我与久远深邃的宇宙意识统一后产生的意识，或者说这是统一的宇宙意识。现象之我是狭隘的封闭的。把自己困在有限世界是对深邃精神的一种伤害，敞开通向无限世界的大门对灵魂极其重要。各种唯物主义的理论大厦差不多都欠缺这个最重要的基础性的支柱，各种唯物主义的缺陷恰恰就和这一支柱的失去相关。在通向无限这个层面的诗意性信仰或信仰性诗意，就其体验来看有时是激荡的崇高型的，也常常是优美的静观式的。在这个层面上诗意学常常也就是面向神性的诗学。信仰诗意学在某种意义上也就是面向神性的诗学，本质也就是有限之人以某种和谐的方式与无限发生交感。

无限意味着超越时空（意象上偏于超空间）的自由，意味着不受各种各样的时间空间约束的自由。灵魂之我之所以是灵魂之我，就在于这个我之存在中的自由与无限的维度，这是不同于人的有限之我（有限意象）的方面，人的存在中的这种自由、无限一面经常突破有限之我的种种束缚，体现出超人性的神性之维。美国哲学家保罗·蒂里希对人的定义就是有限的自由。自由代表人有通往无限的可能性，代表了人身上具有的神性，或者说这是人的存在中的通向神性的方向。

> 它是能够超越被给定者，无限地超越被给定者的那种存在物。原则上没有任何被给定的事物是人不能超越的。①

信仰—存在—诗意路线下的存在意味着超越被给定者——时间空间，意味着建立在超时间空间基础上的价值精神，对超时间空间性的价值存在而言，分享与感受无限是生命中的最重要的事情之一。最美好、美妙、充实、澄明、有意义的时刻就是神性—无限之精神原型召唤（或启示）的时

---

① ［美］保罗·蒂里希：《蒂里希选集》，何光沪选编，上海三联书店1999年版，第90页。

刻，就是分享与感受无限的时刻。这也是人的短暂存在最值得期盼的事情，被无限召唤，分享与感受无限就是分享与感受神性。各个时代的各种类型的浪漫主义者（包括各种富有诗意的浪漫主义的变体）都很注重这一点，都注重超越暂时的偶然的变动的存在现象，面对无限的精神的光照，都更愿意被那种宽阔深邃的无限之光所引领。

神性—无限之精神原型是诗意体验之母，在那些包含着无限的感觉与体验里，我们总能发现浓厚的诗意。诗意是灵魂的和声，在这个多声部的和声旋律里，无限之神性是基础，没有这种神性感，那种叫"诗意"的体验或许还会发生，但缺少深厚广阔深邃的一面，那就难以散发出真正叩动人内心的美妙旋律，也难以打动人的难以捉摸的灵魂，就像现代男女之间的那种感情，你依然可以称之为"爱情"，但这种爱情和美好的古典时期的爱情相比，明显地缺失了以无限精神感为基础的诗意内涵。

三　神性显现为永恒之原型

神性（存在本身之纯存在性、原在性或太初性）显现为永恒；永恒是神性的一种显现出来的展开式。任何具体的存在物（或短暂存在者）都会受到自身时间性的制约，最终难以避免被基于时间的非存在力量销毁的命运，唯有存在本身（神）或存在本身之纯存在性（神性），可保持自身超越的不朽性、永恒性，保持自身富有变化的不受短暂性影响的永恒性（或不朽性）。比之东方的古印度人对超越空间意象之无限方向的精神向往（折射出东方文化的超空间意识）的偏重，古希腊人更加重视神性内核中超越时间的方向（折射出西方文化更注重超时间意识），即存在的永恒的不朽的方面。在柏拉图的一系列伟大的哲学对话中，所谓神性就代表了永恒与不朽，换句话说，在古希腊那些宗教家、哲学家的意识与视野中，永恒与不朽是神性的最内核层。

型相的领域是一个神圣的世界。型相实际比神话传说中的诸神更具有神性的特征：永恒与不朽。①

但照古希腊人的思想，"不朽"或"不毁"经常和"神"的意思差不多，并包含了不生不灭的观念。②

永恒性（不朽）是神性的核心显现之一，而在我们这里，神性—精神原型的重要显现之一是其超越时间之流的永恒性，永恒（不朽）意味着超越不断变动的时间之流的侵袭。神及神性代表存在本身及纯存在性。神性—永恒精神原型则是存在本身的显现面，体现的是人的灵魂心象中的超时间方向，这是至高的精神性存在本身之永恒，是存在本身—永恒之精神本体。永恒之精神原型，其关键性意象就是超时间，超越于时间之外。时间本身属于物质的一部分，时间本身就是受造物，为存在本身所造。永恒意味着时间之流所产生的影响的消失。

中世纪德国哲学家苏索在《论真理》一文中特别谈到了"永恒原型"：

青年：永恒真理，造物在上帝之中的永恒之中的情况曾经怎样？
答：它们在那里正像在其永恒的原型之中。青年：什么是原型？真理：原型是它的形体中的永恒的本质。③

永恒的原型可被理解为深潜于世界与人的内在存在的不朽精神。进入神性—人（或神性—人性）对应、感应、顺应与合一的信仰存在结构也等于进入以永恒向往为核心的信仰状态。在很大的程度上，所谓信仰—存在状态也就是进入神—人或神性—人性对应、感应、顺应与合一的精神存在模式，并融汇于永恒之原型。西方文化源头的古希腊人似乎更重视不朽性

---

① ［英］安德鲁·洛思：《神学的灵泉》，游冠辉译，中国致公出版社 2001 年版，第 3 页。
② ［英］A. E. 泰勒：《柏拉图——生平及其著作》，谢随知等译，山东人民出版社 1990 年版，第 254 页。
③ ［德］苏索：《论永恒的智慧》，林克译，华夏出版社 2004 年版，第 38 页。

或永恒性，换句话说，永恒（不朽）之精神原型似乎在西方古希腊人的灵魂深处印记更深。由不朽（或永恒）延伸出永久、永远、常在、凝定静止之心象或意象。与时间意识有关联的永恒之精神性原型是支配人的内在存在的最深厚的原型之一。神性是存在本身之纯存在性，代表的是纯粹的精神性永恒，是永恒之原型精神。永恒性（或不朽）不是自然物质性的物理意义上的，而是超自然超物质的。这种永恒（不朽）也不在看得见摸得着的时间与空间里，而存在于超越物质性时空的灵魂的体验与感觉里。最本体之永恒或许最能代表神性—精神原型。神性—永恒之精神原型也通过大自然的众多景象普遍启示自己，隐藏又敞开着自己给人类洞悉、领悟、理解、想象。

神性—永恒之原型的启示结果之一就是让人领悟到超时间性。伟大的宗教改革家加尔文所著的《基督教要义》被誉为思想最杰出、影响力最深的一本基督教教科书。在这本书里，加尔文说：当我们观看这个宇宙之后，我们就思想神的一个特性，就是永恒不朽。这永恒不朽的特质，使得万物得以被创造。……让这宇宙来教导我们有关神的事，只要我们不愚钝麻木而致眼瞎，这宇宙就真能教导我们，使我们看到这大光。①

> 在整个哲学史中，时间是与永恒性相对立的非存在、非价值的符号。……时间没有别的意义，只是向死存在。在时间中，有一种根本性的失望。②

永恒意味着时间影响的消失。信仰—存在—诗意路线下的存在意味着寻求超越时间，意味着建立在超越时间基础上的价值精神，对这种超越时

---

① 参见［法］加尔文《基督教要义》：钱曜诚译，生活·读书·新知三联书店 2010 年版，第 21—22 页。

② ［法］艾玛纽埃尔·勒维纳斯：《上帝、死亡与时间》，余中先译，生活·读书·新知三联书店 1997 年版，第 195 页。

间的价值存在而言，被神性—永恒之精神原型召唤，并触摸、分享与感受永恒是生命中的最重要的事情之一。最美好、美妙、充实、澄明、有意义的时刻就是被永恒召唤，并分享与感受永恒的时刻。这也是人短暂的存在最值得期盼的事情。被永恒之光点亮，分享与感受永恒就是与神性交流。各个时代的各种类型的浪漫主义者（包括各种富有诗意的浪漫主义的变体）都很注重这一点，即超越暂时的偶然的变动的存在现象，面对永恒的精神光照，也都更愿意被那份永恒之光所引领。

"永恒的女性引领我们向前！"——歌德

"美的事物就是永恒的喜悦。"——济慈

神性—永恒之精神原型是诗意体验之母，在那些包含着永恒气息的形象、情境、氛围、韵味及体验里，我们总能发现浓厚的诗意，电影《泰坦尼克号》主题曲，就是以充满永恒色彩的爱为内容的《我心永恒》。诗意常常就是对永恒呼唤的某种回应或响应，就是以某种完整和谐的方式分享永恒，以完整和谐的方式和永恒生动形象地照面。和永恒气息阻隔，就意味着没有深层的诗意感。真正意义上的诗意连接并显露永恒，诗意之中或隐或现地散发出基于永恒的动人气息。永恒意味着不受时间侵袭的常在。时间的潮水无法浸泡并使永恒事物变色变质。作为感知者，你能感受到，你仿佛置身于其中，置身于永恒旋律的包围之中。你忘却了生命的短暂、忘却了生命的秋天落叶一样的性质，你感受了基于凝定的宁静永远的基调。这些感受之所以会发生，是因为永恒意味着一种不会消亡的存在（尤其是指精神性存在）。存在不会消亡。你的心灵面向神性，并且处在敞开状态，那种凝定的宁静的气息就会流泻进来。可以说，面向永恒是人类存在的最重要的价值姿态，面向永恒是人获得价值和意义的重要的精神方式。

体验精神性本体中的那份永恒性是人类存在价值的核心之一。永恒色彩或永恒的旋律遥远而玄奥吗？一点儿也不。永恒的色彩与旋律就在你生命的最近之处，就在你内心深深的渴望里，就蕴藏在你的无意识区域的那个深邃的面里，甚至就在你日常生活背后的点点滴滴里。宇宙深处与人的内在世界的深处蕴含着永恒的基质，人们每时每刻都在和永恒照面与纠缠，只是因为缺乏精神性的深邃的直觉与敏感，只是由于我们被重重的现象之我遮蔽，我们常常忽视了这一精神性本体。那些具有高度精神性敏感的智者却能觉察领悟这种大的精神无处不在，并超越了一般意义上的真、善、美，直达于它们的源头之处，直达那单纯单一之境，这种单一单纯之境，常常也被命名为"神圣"之境、涅槃之境等，在这种境界里充满了永恒与绝对的存在感而不受时间侵袭。

神性—永恒之精神原型是人类存在深处的精神性背景，是层层脱去自然之我、社会化之我、表层意识的我之后灵魂之我的意识、感觉或体验，或者说是多重现象之我"自弃"之后的意识或体验，这也是灵魂之我产生久远深邃统一的宇宙意识后的意识，或者说这就是一种统一的宇宙意识。现象之我是狭隘的，时时和时间性纠缠，永恒感则包含了超物质时间的性质。富有诗意的美与善全都会散发出永恒气息，我们能从中感受到时间的静止与凝定不动。在某种程度上可以说，信仰—诗意就是以某种和谐的方式感受到永恒，与永恒发生了精神上或灵魂上的连接。除了传统的各种宗教之外，我们现代人在信仰—存在实践中，最常见的也是最朴实的方式是通过大自然触摸、分享与感受永恒。这是人的存在内在渴求的体现。这在中国人的信仰—存在实践中流露得最为明显。

从基督教的视点来看，大自然就是神性的普遍启示之一。由此，人们大多以自然为对象领悟永恒。大自然的深处就蕴含着神性—永恒之精神原型，大自然中的神性包括了大自然之中所具有的永恒性的精神气质。你在辽阔无垠大海的深处，在广袤的无边草原深处，在沙漠里，大峡谷之中，你都能感受到一种不朽的韵味与色调，尤其是在大自然的辽远、广阔、寂静的形象中，这种永恒的精神气质会更加明显地显露出来。传统中国文化的主流（儒家为核心）没有真正意义上的宗教信仰，但传统中国人的通向永恒渴求的窗口不会就此关闭。传统中国人就直接面对环抱着传统中国人的大自然：通过种种大自然的形象来感受富有神性的永恒精神，或者可以说是通过大自然来感受潜在的永恒之神，大自然成了启示传统中国人神性的最生动的教科书。为此，德国哲学家莱布尼茨曾写过《论中国人的自然神学》一文。

中国文化传统中对月亮的崇拜也近乎宗教。传统中国人通过这个特定的自然形象感受永恒，表达中国人对月亮的重视与向往。中国传统中的最重要的节日之一——中秋节——也与月亮有着很深的关系。传统中国的中秋节在很大的程度上意味着对月亮的崇拜与歌颂。这是一年一度的与代表永恒之形象的月亮交流沟通的特别日子，是通过大自然象征——月亮——参与自然的深邃、神圣与永恒。对月亮的崇拜与歌颂也成了中华民族重要的心性之一。有人以《山海经》中的关于"日"的故事证明中华民族也属于最早的太阳崇拜的民族。这种说法有些牵强。在《山海经》中的"日"不算是完全的正面形象，更不用说是崇拜的对象了。后羿嫌太阳太多，就一连射下了九个，和老婆嫦娥一起遭贬成为凡人，最后又一起飞到月亮上去。射太阳英雄神话的潜台词是："月亮才是美好的值得向往之地。"

古埃及人、古印度人、古希腊人都是崇拜太阳的。为此，他们都有专门的用于祭祀与崇拜太阳的活动神殿与神庙，以此象征性地与永恒发生连接。古印度人自称为"太阳的子孙"，明治维新后的日本人，抛弃了月亮崇拜的传统，改为太阳崇拜，并改阴历为阳历，把他们的天皇视为"太阳神的儿子"，并在国旗上安放了一轮红日。古老的似乎是永在的月亮成为传统中国人精神对话的对象，通过仰望月亮似乎是永恒的形象来表达我们潜在的那份永恒渴望。那轮圆月几乎成了中国人的渴求永恒的内在精神的象征性表达，似乎永远都在半空中缓缓行走的皎洁的圆月，已经成为中国人心中的永恒、圆满、和谐与美好的形象暗示。世界上没有哪个民族对月亮有着如此多的迷恋与深情。这是中国式信仰—诗意的重要组成部分。大自然的代表——月亮——有着太多正面的精神含义与情感表达。

同时，人类通过文学艺术倾听永恒的召唤，分享与感受永恒。这也是人的存在内在渴求的体现。真正一流的古典的能流传百世的经典作品通常是具有永恒感的作品。在这些作品里散发了永恒的气息与韵味。所谓永恒气息实际上是指其包含着更多的原初的单纯的和谐与整一，包含了更多的来自最高价值的精神性光芒，那份具有永恒感的精神光芒打动了我们的心坎。创造这些文学艺术作品的人在创造时的精神状态就像他们正在去"朝圣"的路上，他们是以一个朝圣者的心态去创造的。朝圣实际上可理解为人的存在面对永恒的谦卑态度。

人类存在的现象之我——外在的表层面——一直在变化着，但人类存在的内在的深邃的方面——灵魂之我——差不多一直是静止不动的，这种几乎不变的灵魂渴望蕴藏在我们的无意识深处。为什么我们现在看千年前经典大师们——诗人们哲人们等——的著作还是会有心灵的共鸣呢？几千年以来，人类的科技、人类的理性不断地向前发展，早已不是千年前的样子，但人整体的深邃的存在及最内核的心灵却依旧如此，实际上变化并不太大，人类的心灵似乎永远处在古典时期，并没有因为时代的这种繁复的演进改变多少。其原因就在我们这里反复复述的神性—精神原型里。一流的古典艺术之所以现在还有这么大的影响力，就是因为那是千百年前人类领悟神性—永恒之精神原型的结果，并由于这种被召唤与领悟使其心灵变得伟大，又由于这份心灵的伟大而产生了伟大创造。以古典音乐为例，现代人创造不出几百年前艺术家们创造出的音乐作品，因为现时代人的心灵被遮蔽得太多，缺少了那份深邃的神性领悟，缺少了精神上的那份单纯性、无限性、永恒性、神圣性，缺少了神圣的敬畏的敬仰的精神态度。从技法上看，古典音乐的基础是非常简单的！艺术中永恒也包括一些富有宗教感的艺术性的仪式。

四　神性显现为创造之原型

神性（存在本身之纯存在性、原在性或太初性）显现为创造；本体性创造是神性的展开式显现。任何具体的存在物（或短暂存在者）都会受到其自身的种种制约，最终难以显现自身源源不断地从无到有的力量，唯有存在本身（神）或存在本身之纯存在性（神性），可保持自身的不断超越的创造性，保持自身的富有变化的从无到有，并维系自身指引存在的创造性力量。神性—创造之原型是存在物的创始之力量，也是使存在物从无到有的本原力量，是本体的创造之根，也是精神性创造的本体与源头，其体现的是超时空的创造性无中生有之能量（或力量），也是至高的创造之源之本，是创造之精神存在本身。神性显现之一就是神性（纯存在性）—创造之精神原型，其关键性意象是原初的从无到有，产生、流泻、从虚无混沌到简约、和谐、美丽与秩序，创造之原型作为创造的最初源头，其超越于时间空间之外。美国哲学家保罗·蒂里希在《系统神学》"作为创造的上帝"一节中写道：

> 上帝曾经创造了世界，在此刻他正在具有创造性，他将要创造性地完成他的目的……我们必须谈论起源的创造、维持的创造、指引的创造。①

时间空间本身属于物质的一部分，时间空间本身就是受造物，或者说被创造之物。《圣经·创世记》1 章 1 节说：起初，神创造天地。创造是神的最初特性。创造也最能体现神性，创造也是最重要的精神原型之一。进

---

① ［美］保罗·蒂里希：《蒂里希选集》，何光沪选编，上海三联书店 1999 年版，第 1192—1193 页。

信仰的诗意及存在的复归

入神性—人（或神性—人性）对应、感应、顺应与合一的信仰存在结构等于进入分有分享以创造为核心的存在（信仰）状态。在很大的程度上，所谓信仰—存在状态就是进入人—神（或神性—人性）对应、感应、顺应与合一的存在模式，并在内心深处触摸、融汇于创造之原型。创造之精神性原型也是支配人的内在存在的最深厚的原型之一。神性代表存在本身之纯存在性。神性—创造精神原型则是存在本身的一个显现面，是存在本身—创造之精神本体，是创造之精神原型，其不是自然的物质性的物理意义上的创造。这种神性—创造精神透过看得见摸得着的物质、时间与空间显现，但其本质蕴藏在超越物质性时空的灵魂里。神性—存在本身就代表了最本体最深邃宽广的自由的丰富的创造精神。有关宇宙的神秘起源，各种宗教传统已形成许多神话与解说，论及宇宙来源的神话通常也被称为创造论。

印度的梵天（虽然不具有最原在性）也是一位创造之神。这些创造（造物）神话里的神，是一个有为而又有个性的造物主，每以族谱的形式来说明天地的创造。美索不达米亚、埃及、中国都有这类的创造论。如中国盘古开天辟地的神话中，以盘古为"首出御世者"。《道德经》中所谓"道生一，一生二，二生三，三生万物"也蕴含着创造的过程。《易经》有所谓"太极生两仪，两仪生四象，四象生八卦"之说，从中也都能看出神性之创造论的思想。现时代思想流派中也有"创造神学"一说，认为神性借着创造得以显现。德国哲学家莫尔特曼写了《创造中的上帝》一书，分十一章，从不同的角度论述了创造的意义①。创造论在基督教神学思想中有举足轻重的地位。"创造"是神之根本属性的外显与流露，也体现了神对他造物的爱，也表明造物与造物主之间的关系，神借他的创造性的话

---

① ［德］莫尔特曼：《创造中的上帝》，陂仁莲等译，生活·读书·新知三联书店 2002 年版。

语、行动和直接的介入，创造了这个井然有序的美丽简约的世界。按照基督教的说法，创造主依旧对这个世界进行养育、维系和更新，不断地给万物带来新的景象与生机。

蕴含着神秘原在性的创造之神奇，这是神性的最重要属性之一。创造的最初的源泉究竟在哪里？使万事万物存在的第一因或第一推动者是谁？是什么一种精神性力量使世界从无到有？并演绎出万千的变化多端而又秩序井然的世界（星系）？人们常常称让世界从无到有的精神性力量为神。这个神的意思是使万物从无到有的造物主，他是万事万物的最初的推动者与创造者。最能显示流露神性的是最深邃的充满奥秘感的创造，创造的奥秘是神性的最耀眼的显现面；神性代表最初的最伟大的从虚无中创造出实有。这也是神性之最伟大的显现。神性代表了推动创造的最神秘的力量，崇拜神性等于崇拜深邃伟大的从无到有的显露，就等于崇拜从无到有背后的深邃神秘的伟大的精神性存在。

有许多传统的文明宗教（基督教、伊斯兰教、印度教等）持神创论思想，也即神从虚无中创造世界——创造出富有生命的世界的观点。这里创造意味着神性对虚无、无序、死寂、混沌的征服，意味着在虚无之中建造，建造起和谐的秩序与简约美丽的韵律，这里的所谓虚无本身意味着空虚、混沌、无序与黑暗。用现代术语来说就是：真正的创造意味着神对消噬生命物理学意义上的熵的征服。神性代表着征服熵的生命、秩序、美丽、光明、圣洁、生机之力量。基督教传统神学主张上帝"从虚无创造"。这意味着：不是用原来就存在着的质料制造；创造在时间上有一个开端。自奥古斯丁接受从虚无创造和"时间存在于创造之内"而不是"创造发生于时间之内"以来，从虚无中的创造说便在基督教神学中居于主流。从否定神学与东方的视点来看，空无比实有更靠近神性之创造性本原，崇拜无、静、寂、空比崇拜万物实有之现象更具有精神意义。大自然之中的各种物质性呈现（日月星辰等）只是神性推动之结果，是神性的质料与载体，是流露神性的材料、现象与工具。《圣经》号召人们崇拜神性，而不是崇拜神性之显现工具与质料。显而易见，犹太教《圣经》的崇拜观，不同于各种原始宗教中的对有形之自然的崇拜。据《圣经》记载，在 3500 年前，上帝就借摩西，写下诫命：

> 又恐怕你向天举目观看，见耶和华你的神为天下万民所摆列的日月星，就是天上的万象，自己便被勾引敬拜侍奉它。（《申命记》4 章 19 节）

> （不可）去侍奉敬拜别的神，或拜日头，或拜月亮，或拜天象，是主不曾吩咐的。（《申命记》17 章 3 节）你（上帝）安置月亮为定节令。（诗 104 章 19 节）

《圣经·哥林多前书》中说：

> 我们只有一位神，就是父，万物都本于他，我们也归于他；并有一位主，就是耶稣基督，万物都是借着它有的，我们也是借着它有的。

《圣经·路加福音》1 章 1—3 节也告诉我们：

> 太初有道，道与上帝同在，道就是上帝。道在太初与上帝同在；一切都是通过他所造，如果没有他，一切事物都不能被创造。

按照上面我们所引的保罗·蒂里希的思想：神性意义上的创造也包括后来的保存、维系、护理与养育。许多宗教也持上帝保存、维系、护理与养育说。这也是创造之精神原型的一种延伸项，即神性之原型精神创造之后依旧保存、维系、护理、养育创造的果实，即保存、维系、护理、养育万事万物的秩序与运行节律，所谓神定的节律反映的正是万事万物背后创造出的节律。

进入神性—人（或神性—人性）对应、感应、顺应与合一的信仰存在结构等于分享分有神性（或被启示、被召唤）为核心的创造状态。这一点在文学艺术家、科学家的富有灵感的创造中体现得更为明显。在那样一种看似迷狂的状态里，仿佛来自不可名状的深处的精神力量显现了出来。人分有神性和创造力的爆发是联系在一起的。与一般的动物相比，人身上的创造性体现得神奇神秘！人的创造性的侧面也最能体现自己的神性特征，也最符合圣经所说的：人是按照神的形象创造的，而神性之创造性侧面也是衡量人的价值的基础。换句话说，人之所以有存在价值，其主要体现之一就是人所拥有的创造性侧面，这一面显露了人所拥有的神性。人一方面在创造，另一方面也是在分有、汲取、传达神性。创造也包括闪光之精神启示。灵感的降临就是这种启示之一。这也意味着神性的光临。创造的行为之中充满了各种各样的启示。在《美国学者》一文里，爱默生说：

> 创造——创造——是一种神圣气质的明证。无论何种才具，一个人要是不创造，神的清纯的源泉就不归他所有。①

现代法国哲学家柏格森的一段话也有代表性，他说：

> 我一开始哲学思索，就立即会问我为什么存在；当我致力于考查把我和宇宙的其余部分联系起来的那个一致关系时，困难仅仅是推退后了，因为我想知道为什么宇宙存在；如果我把宇宙同支撑它和创造它的一种内在的或者超验的本原联系起来的话，那么我的思想只能片刻停留于这一本原；因为同样的问题被提出来了，这一次，其广度和普遍性达至极限：如何理解某物的存在，它从哪里来？……当一种创造的本原最终被视为事物的基础的时候，同一个问题立即涌现出来：

---

① ［美］爱默生：《爱默生随笔》，蒲隆译，上海译文出版社2010年版，第8—9页。

如何，为什么是这个本原存在着，而不是虚无？①

现代哲学家的代表人物法国哲学家柏格森受到新柏拉图主义普罗提诺学说的影响，认为宇宙的本质是一种精神性的"生命之流"，是一种盲目的、非理性的、永动不息不知疲倦的生命冲动，它永不间歇地冲动变化着、弥漫着，故称"绵延"。富有生命的事物向上冲，而较低的物质向下沉，二者的碰撞结合产生生物。在柏格森看来，上帝的本质就在于他是富有创造性的最原初的"生命之流"。

神奇的创造最能展现神性，创造是宇宙的原型精神之一。创造的对立面是虚无性的死寂、无序与混沌，而不是具有本体精神感的"清静空无"，创造未必就是我们人类习惯性想象中的动的形象，更富有神性的创造反而具有更多的静的意味与内涵。神性之创造常常在神秘的寂然中进行。神性之创造常常在神秘的宁静中发生。所有的单纯、永恒与无限性，所有的光亮、温暖、恩泽与充满气韵的生机都是在神秘的宁静的创造中完成的。创造就是从空无清静寂然之中产生万有。

第三节　神性—纯存在性及精神原型 II

关于神性与精神原型的关系，现代美国哲学家保罗·蒂里希如下的话给我们以启示：

> 它们（指柏拉图意义上的理念——引者注）本身依赖于上帝（此处可理解为神性——引者注）的内在创造性；它们不独立于上帝，而是位于上天之龛中，作为他的创造活动的模型。本质的存在之力属于神圣生命，它们扎根于其中，为他所创造，而他是"通过他自身"而

① 王理平：《差异与绵延》，人民出版社 2007 年版，第 167 页。

存在的一切。①

我们依据东西方文化最古老经典的核心思想，依据现代存在论理论这样来言说：使原初精神（世界支柱精神、中心精神）存在（使在）的是存在本身（或曰神），存在本身之纯存在性显现出来的展开式为神性—精神原型（精神之最根本性的永恒范本与模型），是一体多位的神性—精神原型。从神性—纯存在性的内里看是一体，从精神原型之呈现看是多位。神性是纯存在性（或原在性或太初性），神性—精神原型是一体多位的纯精神存在，是最原始最原初的精神实在，是精神的最原初的始基，是精神的源泉，其内在于大宇宙（世界）与小宇宙（人）的存在深处。我们下面所列之精神原型，从外面看，是多位，有多重显现。从神性本质的内里来看又是一体，是本质相同的一体。神性显现为空静、光明、圣洁、气韵之精神原型。这些本体性理念都不属于理性（或知性）思维之对象性范畴，而是超越自然之物理时空的，毋宁说其更是人的内在灵魂在超越性经验中的精神性体验对象——不属于知性或理性范畴，更多属于超越性的灵魂中的内在超验的体验性质。

一　神性显现为空静之原型

神性（存在本身之纯存在性、原在性或太初性）显现为本体之空无静；空无静是神性的展开式显现。任何具体的存在物（或短暂存在者）都会受到自身的制约，并处在变动之中，唯有存在本身（神）或存在本身之纯存在性（神性），可保持自身超越物质时空的本体的空（无）静。神性是指太初最根本的精神存在本身，而不是任何有形的实体性，这神性毋宁说是空（无）静本身。在这一点上东西方思想家的想象似乎是共同的，均

---

① ［美］保罗·蒂里希：《蒂里希选集》，何光沪选编，上海三联书店1999年版，第1195页。

认可空（无）静之本体的精神根基，或者也可以说均认可是空无静之本体的虚无性，这是万有存在的基础与依据。这个本体的空无之根基也是寂然宁静的。古代东方人似乎对此领会得更为深刻。之所以东西方会形成这个思想共识或共通的心灵向往，那是因为空（无）静是存在之核心的精神原型，其深入于世界存在与人的存在无意识深处。神性—精神原型的体现之一就是超乎万有之上的空（无）静之根基。这是至高的非物质的本体性的空（无）静，是空（无）静之精神本体。空（无）静之精神原型存在于万有之上、之先、之内。万事万物本身就属于有限物质（存在物）的一部分，万事万物本身就是受造物（存在物）。众所周知，佛教教义的核心中的核心是"空"，这是本体意义上的存在之空。佛性的根本是空性、静性。领会这个空静无之本体需要的是空智、静者与无智。日本学者铃木大拙把传统的德意志"无"之神秘思想与禅宗的"空"联系在一起，并说东方佛教的"空"与西方神学的"无"是一回事。事实上，在佛教诞生之前的印度古《奥义书》中就对这些有所阐发，对"空"就已有论说，虽然通常意义上的梵被视为"有"：

> "什么是世界的根源？"回答说："空。所有这些事物产生于空。又回归空，空优先于这一切。空是最后的归宿。"①

古代东方印度与中国人对"空"的领悟是深刻的，而"空"又和静寂无紧密联系在一起。印度佛教（包括中国化了的）和中国道家学说的基础就是"空静"，"佛""道"之本性也是空、无、静。中国的道家更是推崇静之本体，即所谓"归根曰静"。道家代表人物王弼认为"以无为本"在动、静关系上就是以"静"为本。他说："凡有起于虚，动起于静。故万物虽并动作，卒归于虚静，是物之极笃也。"（王弼《老子》十六章注）

---

① ［印度］《奥义书》，黄宝生译，商务印书馆 2012 年版，第 134 页。

"凡动息则静，静非对动者也；语息则默，默非对语者也。然则天地虽大，富有万物，雷动风行，运化万变，寂然至无，是其本矣。"（《周易·复卦》注）"静则全物之真，躁则犯物之性。"（王弼《老子》四十五章注）

　　进入神性—人（或神性—人性）对应、感应、顺应与合一的信仰存在结构常常就等于进入以空（无）静为核心的存在状态。在很大的程度上，所谓信仰—存在状态也就是进入神性—人（或神性—人性）对应、感应、顺应与合一的存在模式，并在内心深处触摸、融汇于空（无）静之精神原型。空静清寂无之精神性原型是支配人的内在存在的最深厚的原型，也可以说是人的灵魂意识中的古老原型。古代的东方文化之所以最富有精神感、灵魂感，就同对其神性—空（无）静之精神原型的领悟有关，或者说东方人的精神感、灵魂感就体现在东方人的对这一神性——空静清寂无精神原型——的向往与渴求里。在古老东方的那份神秘的纯净梦幻中，人的存在原始而本真，倾听存在深处的细微的也是持久的召唤，作为对这种召唤回应的结果是东方人更重视"静修""静定"。东方人感悟到了神性（存在本身显露出来的纯存在性）的最内核层：最纯粹最本体最深邃宽广的宁静与空灵。在现代东方的一些地方，比如中国西藏、内蒙古等地依然顽强地保留着那份原初的向往，并在大量的艺术作品中有明显流露。蒙古歌曲《雪山》曲调优美，蕴含着某种难以言说的忧伤，其中的歌词突出了对寂静怀念，并歌颂了永恒的纯粹的寂静：

　　　　凝望永恒的壮美 寂静的天籁

　　　　我渴望孤独的自由 向往极乐之爱

　　　　却在风中飘落

　　　　是什么让我悲伤 是什么让我心存幻想

　　　　喝下这杯酒我将沉睡

　　　　喝下这杯酒我将苏醒

> 我爱你 我的情人
> 你可知道就在天之际
> 寂静就是她的天堂
> 寂静就是她的天堂

　　神性是存在本身显露出来的纯存在性。但按照黑格尔的经典命题——纯存在也是纯粹的虚无——也可以说神性就纯粹的空静寂无本身，或者联结起来说就是神性—空无静之精神原型。这种纯粹的空静寂无不是自然的物质物理意义的，也不在看得见摸得着的时间与空间里。这是纯粹的本体寂静空无。换一个角度看，所谓神性就是本体的空性、无性、静性、清寂之性。东方的梵性佛性道性也基本如此理解。梵性即是清静、寂静，是清静寂静之本体。在佛教中所谓如来就是指：佛陀乘如实之道而来，即谓"如来"；也可译为"如去"，即乘真如之道而去达佛果涅槃。"如"是指佛陀的法身，遍满虚空，充塞法界，如如不动，"来"是指佛陀的应化之身，此"身"为救度众生"应化"而来。"如来"静动合一、法应不二，但细分析起来如之静更为根本。

　　奥地利诗人里尔克在《给青年人的十二封信》中多次谈到了"寂静"对诗歌创造的意义。他在长诗《杜伊诺哀歌》中也写道：

> 神的声音，远不是。但请听听长叹，
> 那从寂静中产生的、未被打断的信息。

　　神性、神之道来自本体的虚无，并从寂静中产生，这也是里尔克的一贯思想，他在那些书信中一再强调寂静对诗人创作的重要性。这一思考方向在东方的各种宗教哲学中显露得更加明显。中国古代文论家陆机在《文赋》中也说："课虚无以责有，叩寂寞而求音。"奥地利心理学家弗洛伊德曾谈起过死亡本能，实际上他说的也是人类灵魂深处蕴藏着的一种暗精神或精神性原型。他所谓的死亡本能就是要摧毁各种后来的秩序、回到前生命状态的那种死寂安宁的冲动。生命由无机物演化而成，个体的人的存在从黑暗、温暖而平静的子宫而来。睡眠与死亡的境界与人所来自的地方大体相似，所以生命一旦开始，另一种很隐蔽的意欲，即返回无机状态的沉寂宁静倾向也随之而生，这就是死亡本能的来源。从更为宏大的角度讲，推动了万事万物运动变化的最初的本原之性（大宇宙之魂）是什么？这个本原之性或许就如东方的宗教从人的存在的内在方面（小宇宙之魂）所领悟的那样——是无影无形的空、无、寂、清、静。这不是物理运动的缺失造成的空无寂清静，这是本体的空无寂清静，先于一切的自然的物质形式。这种空无寂清静蕴藏在万物之中。空无寂清静也成了人的存在的最深邃的基础，而且被东方的几乎各种宗教所推崇。

西方的宗教本质上也认可这一点。新柏拉图主义最著名的代表人物普罗提诺，以及受其影响的中世纪德国神秘主义哲学（埃克哈特、苏索等）也认为"太一"拥有本体意义上的空静性。我们可以做这样的猜测：清静空寂无或许就是存在本身的显露，或者也可以说，是最初的大宇宙之"一"的原型精神，清静空寂无是最基本的大小宇宙之魂，也是大小宇宙的核心与依据——拥有超越性之神性。这个基于空无寂清静的太一同时是一切但又不是一切。宇宙之初心"一"就是其根本之魂，宇宙初心"一"的流溢本身并不会造成自己本质的减损。从某个角度看，静空寂无也是万事万物（包括人类）的最遥远最深邃的精神性故乡。对这个神秘的遥远的深邃的精神性故乡，不同古代文明中的那些具有智慧的思想先知们进行了最大胆最富有想象力的假设。

古代的先知们能洞悉存在之更深层奥秘（包括天人两个方向——尤其是心灵深层的奥秘）。凭借着最智慧最神奇的想象，凭借着对人类存在深层经验的领悟，凭借着他们对人类心灵的深刻洞察，他们似乎能想象、领悟到世界最源头的最初情形，并以一种神秘的方式与之进行交流沟通。世界的最源头的情形的秘密就包含在古代（古希腊、古巴比伦、古印度、古代中国等）先知们的最深邃的领悟里，事实上也包含在人类的最深邃的心灵里。关于这本原之性（神性，存在本身），科学以及科学家似乎无法以任何人们熟知的科学方式企及，那是所有所谓的科学的界限，是所有人类的科学穷尽之处。关于这本原之性（神性，存在本身），反而那些孤独的具有坚定精神性信仰的并拥有大智慧的宗教先知们更有洞察力，他们几千年来的精神实践及其对存在与心灵奥义的发现证明了他们精神上的伟大。

人在彻底的寂静之中可以感受到灵魂的存在，或者说可以感受到灵魂依旧在那里。寂静之灵魂对应着世界的最初的源头。根据世界宗教文化史的丰富的资料，全世界最主要的宗教（尤其感谢东方的那些具有智慧的先知们）对造物主（上帝等）的想象来看，本原神性似乎还不是后来人们想象的上帝模样与属性（否定神学），即他先于世界性，世界存在的第一因，具有无限的创造力。上帝这个最本原的存在，接近虚无，换句话说上帝是那种深邃的近于无与空白的清澄、寂然与宁静。这是虚无也是黑格尔逻辑学的存在起点，这也是最原初的精神起点（或奇点）甚至可以把其称为"无"（或无象无形）或"空"。尽管这种"无"与"空"本身不是一般意义上的"无"与"空"，而是具有不可思议的巨大的超乎想象的创造性与创造力，是具有巨大的超乎想象力的创造性的"无"与"空"。中国道家、西方新柏拉图主义把其称为"无""太一"。

在古印度婆罗门教看来，大宇宙与小宇宙，大我与小我之间有一种神秘的精神感应，是统一的，无本质的差别，这个统一的无差别的精神性的核心点就是"本静"。这和中国传统中的"天人合一""天心即人心"，"万物与我并生，天地与我唯一"没有什么本质的差异。印度教认为梵之大我与个体之小我的本性都是"清净""寂静"。小我的心性是"明净"或"本寂"，大我之梵，梵语 Brahmā 音译词"梵摩""婆罗贺摩""梵览摩"，意思为"清净""寂静"。受吠陀教影响，在佛学唯识学中也有"心性本净，客尘所染"之说。禅宗也有"明心见性，见性成佛"的说法。在佛学理论中，"心性本净"（心性明净）和"心性本觉"有紧密的相关性。始觉就是心体之用，随缘而生，离染还净，心性照显。

> 由于所有的形象性直观在有所揭示时都恰恰有所蒙蔽，所以最为接近上帝的地方实是在无形象之中……虽然巴门尼德与柏拉图关于存在的思辨性思考，印度的神我—梵天思想，中国的"道"都在试图不经形象地把握那不可思议的超人格，纯粹的现实性、但就连这些思想也达不到自己想达到的。……在存在面前保持沉默……只有超越一切所思之物，才能达到这一深度，而这一深度是无法超越的……这是我们的庇身之所，但它不是什么处所，而是一片安宁……我们就领悟了存在的宁静。①

存在之最本原性特性就是虚无与宁静，也是最本原性清澄、寂然与无象无形的空白，及具有本原性的神秘的安宁。这是存在本身（原初存在）的最根本的根性。领悟、想象、理解与洞悉这源头本身就能给灵魂常常带来富有意义的满足感，反过来说，这满足本身也说明了灵魂之我与这源头有一种神秘的隐蔽的联系，尽管这联系的线索几乎无从被精确地确定。伊斯兰教的安拉具有清、真、寂、静的特性。我们读一些被称为有意境的有诗意的诗常常会被其中所蕴含着的宁静、清寂、空灵、悠远所打动。柳宗元有一首名诗《江雪》（千山鸟飞绝，万径人踪灭。孤舟蓑笠翁，独钓寒山雪）展现的就是空灵静远之境。你从中感受到打动你灵魂的那么一种淡远的、空灵的、寂静的精神况味。为什么这种空灵的宁静的旷远的清寂的

---

① ［德］卡尔·雅斯贝尔斯等：《哲学与信仰》，鲁路译，人民出版社 2010 年版，第292—293 页。

图景能够打动我们的那颗敏感的心灵？为什么我们不能从相反的情境中——那些喧闹的、纷扰的、热烈的图画——感受到存在的诗意？这就涉及我们上面所说的，神性—精神原型与灵魂之我的隐蔽的对应、感应、召唤与被召唤的关系。空静寂无清是精神原型，是神性的显现、对应灵魂之我的深层的隐蔽的渴望。

东方人的信仰—存在—诗意路线蕴含着东方人的灵魂的秘密。诗意之境和禅境、涅槃之境在本质上相似，表达了一种圆满的丰实的寂静。从这份寂静中也能产生绘画中所说的冲淡、淡远、悠远之感。这种禅境，语言很难抵达。禅境也是中国意境审美思想的一部分。在中国古代一些大师的绘画与诗词中，常常禅境与意境结合在一起。王维的诗歌最为典型。宋严羽《沧浪诗话·诗辨》中说：大抵禅道唯在妙悟，诗道亦在妙悟。中国佛教倡导无欲无求，通过断灭自我断灭欲求的方式达到涅槃之境（圆满的寂静），因而在中国佛教眼里的所谓的美根本上没有实相，常常呈现为远离尘嚣超凡脱俗（凡尘）的境相，这个境相具有不食人间烟火的空灵意味。领悟这种美需要一颗妙心与静心。佛教审美中洁白的莲花形象也能代表其着眼于相与境的空寂与自我的无染，莲花代表了超凡脱俗，和中国文化传统中崇尚出淤泥而不染的荷花，在诗意形象上相似。汉语成语中的"一尘不染"原本就是佛教诗意精神的体现，不染世俗凡尘中的一切，这种孤傲高远的精神境界充满理想主义，也具有纯净的诗意色彩。在某种意义上，我们可以说，佛教的理想主义其实更为纯粹，和我们经常谈论的世俗的理想主义不同。佛教的诗意观体现在各种佛教艺术门类中，包括诗歌、壁画、雕塑、音乐等。佛教与道教都强调"静"，虽然侧重点有所不同。

二　神性显现为光明之原型

神性（存在本身之纯存在性、原在性或太初性）显现为本体之光（火）；本体之光明与温暖是神性的一种展开式显现。存在本身（神或神性）可保持自身的不断超越的光明与温暖性。在东方古印度，天被称为特尤斯，意即光照者。① 在古希腊，在柏拉图《国家篇》第七卷里就有著名的洞穴比喻，其中的"柏拉图之光"就代表真善美的精神原型，可以说，分享这个原型就能给人带来精神之光，这个思想几乎左右了后来的西方整个思想与文化的历程。神性—精神原型显现之一就是超乎万有之上的光明，这是至高的非物质的精神性光明，是光明之精神本体。光明之精神原型存在于万有之上、之先、之内。万事万物本身属于物质的一部分，万事万物本身就是受造物，不具有真正的光明性。《圣经》中说："神就是光。"——《约翰一书》1 章 5 节。并用"荣光"表示父神（太 6：13），用"光辉"表示圣子基督（来 1 章 3 节），圣灵也可用"光明"表示。在弗 5：9 中有言："光明所结的果子"。有古卷就写作"圣灵所结的果子"。还有"神看光是好的"，"神就赐福他们"，等等。《古兰经》24：35 也说"真主是天地的光明"，这也成为苏菲派神光论的理论基础。古老的印度文献《奥义书》中说：将我从黑暗带往光明！这里，黑暗指死亡，光明指永生。

进入神性—人（或神性—人性）对应、感应、顺应与合一的信仰存在结构也等于进入以光明（温暖）向往为核心的存在状态。在很大的程度上，所谓信仰—存在状态也就是进入神性—人（或神性—人性）对应、感应、顺应与合一的存在模式，并在内心深处触摸、融汇于光明之精神原型。光明之精神性原型也是支配人的内在存在的最深厚的原型之一，也可以说是人的灵魂意识中的古老原型。不管在东方还是西方，神性都代表最纯粹最本体最深邃宽广的光亮、光明与温暖。神性之光意味着神圣的纯粹的精神之光，而不是自然的物质性的物理之光。这种光也不在看得见摸得

① 参见［英］麦克斯·缪勒：《宗教的起源与发展》，金泽译，上海人民出版社 1989 年版，第 193 页。

着的时间与空间里。意大利伟大作家但丁写了欧洲四大名著之一——长诗
《神曲》。其实"神曲"也可说是"光明的赞曲",也是对人的精神从黑暗
(地狱)走向"光"(天堂)的颂歌。其中写到了炼狱(又称净界),其共
有7级,加上净界山和地上乐园,共9层。生前犯有罪过,但程度较轻,
已经悔悟的灵魂,按人类7大罪过(傲慢、忌妒、愤怒、怠惰、贪财、贪
食、贪色),分别在这里修炼洗过,而后一层层升向完美光明之终点——
天堂。在净界山顶的地上乐园,维吉尔隐退,贝雅特丽切出现。他的这个
女主角也是引他走向光与光明的永恒的引路人。《天堂篇》中的"天堂"
就是"光明"的象征,在第三十三首里也有不少歌颂光的段落:

> 这双眼睛随即朝那永恒之光转去,
>
> 不该认为,有什么造物
>
> 曾把如此明晰的眼光送入那片光辉里。
>
> ……
>
> 浩瀚的恩泽啊,正是依靠它,
>
> ……
>
> 除非我的心灵被一道闪光所击中,
>
> 也只有在这闪光中,我心灵的宿愿才得以完成。
>
> ……
>
> 犹如车轮被均匀地推动,
>
> 正是这爱推动太阳和其他群星。

这里的光就是指具有神性的纯粹神圣的精神之光,是能给人的存在带
来精神温暖、光明与光亮的光。最能给人带来光亮感与温暖感的词汇与意
象有哪些?真善美、希望、理想、爱、自由、公平、正义、喜悦等。这些
词汇所表达的精神有一个总的根源:神性。神性与本体之光及温暖意象相
关。这样一种理解、洞悉和几千年来的东西方人的心灵体验紧密联系在一

起。神性就是本体的光明性，即本体的照亮、照明、温暖之性。我们在日常的用语里也常说诸如此类的话：那点亮存在与内心感觉的精神之光。本体之光的意象连接着原初神性。但神性是纯粹的精神之光，向着万物照射。在伊斯兰教中，这纯粹的造化之光第一个流泻，从而创造出"穆罕默德之光"。

神性—光明之原型是一种精神原型。人类最内在的存在——灵魂——深藏着的最大的秘密之一是对光亮与温暖的渴求。人的灵魂的秘密渴求对应着世界上的最原初的本原之光，这是理解神性的另一个观察点：神性即光之源、温暖之源。本原神性意味着其是所有的能使事物发热发亮的精神之光的本体，是所有精神之光的最原初的发热发亮的源头。根据《圣经·创世记》记载，上帝在黑暗和混沌中创造了光，接着才创造了天地、生物和人。光先于天地万物而生。在东方的佛教里，也有佛光之说。佛光（fó guāng）是指佛所带来的光明；谓佛像上空呈现的光焰；佛像表面的光泽。

从天体物理学的角度来看，光也是遍布整个宇宙的现象。光是宇宙的一种特性，光具有波粒二象性，在真空中传播速度为每秒约30万公里。宇宙中充满了恒星和星系辐射的弥漫光，这种宇宙雾实际上是很难看见的。可以说，光是宇宙中万事万物存在的背景，在137亿年前"宇宙大爆炸"（the Big Bang）后不久，宇宙就冷却到了足以允许原子形成的温度，随后原子聚积在一起产生了第一代恒星。自这些恒星被点燃之后，它们发出的光线就开始填充宇宙，产生了遍布宇宙的光辉。随后每一代的恒星都会为宇宙的光明添砖献瓦。但这最初的纯粹的光源出自哪里、具有什么性质，人们短时期还难以用科学说明。所知道的是精神之光是人的深层存在的背景。这种对光的渴求深藏在人的集体潜意识的深处。人的存在更加渴望的是纯粹的精神之光。

上帝也是一种光，而当上帝的光注入到灵魂里面去时，灵魂就与上帝合二为一，是光与光的合一。这样就称为信仰之光，这是一种属神的美德。而灵魂带着感官和各样力量所到达不了的地方，就由信仰携同到达。①

这个光，比太阳还要来得纯真与明亮，因为，它使事物得以摆脱掉形体性与时间性。②

埃克哈特还引述了狄奥尼修斯的话说：神是超存在、超生命和超光。③

从人的最内在存在——灵魂的隐蔽渴求看，神性代表了人类灵魂的隐蔽朝向之处——光明之源（本原）、温暖之源（本原），或者说光与温暖的来源之地。不同的宗教从不同的角度诉说了富有神性感的本原之光。本原神性也代表了本体之光，并照亮、照明了混沌、黑暗、驳杂、分散与异化中的世界。用什么去照明、照亮呢？自然用的是超自然的本原性精神，而不是一般意义上的自然的物理之光。神性是能给整个存在带来"明"的光。神性也是温暖之源。神性就是能给万物与人类带来温暖与光明的属性。神性是光明之源、温暖之源。本原神性是所有自然物的光之源泉，是光之本体与最原初之因。本原之光（精神性的光之本体）照亮了世界，也照亮了人类的那颗敏感的丰富的心灵。本原神性是最初的纯粹的精神之光，能够照明照亮温暖世界。宇宙为什么会有光之背景，那也是起因于世界被创造时最初的那种本原之光。人类存在的精神之光是这种本原之光的更加精妙更加神秘的折射。

从这个角度看，诗意信仰者就是向往光明之子，是憧憬光亮与温暖的忠实的儿子，这种向往尤其体现在那些诗人身上。诗人常常被称为普罗米修斯的忠实门徒。中国诗人艾青写过一首长诗《光的赞歌》：

---

① ［德］埃克哈特：《埃克哈特大师文集》，荣震华译，商务印书馆2010年版，第324页。
② 同上书，第342页。
③ ［德］埃克哈特：《埃克哈特大师文集》，荣震华译，商务印书馆2010年版，第370页。

　　　　光给我们以智慧

　　　　光给我们以想象

　　　　光给我们以热情

　　　　光帮助我们创造出不朽的形象

　　　　……

　　　　这种光洞察一切、

　　　　预见一切

　　　　可以透过肉体的躯壳

　　　　看见人的灵魂

　　　　看见一切事物的底蕴

　　　　……

　　这首诗事实上也是在诉说具有神性含义之光明与温暖之普遍功效。诗意信仰与诗意体验是人面向神性之光而在时精神性感应、体验。诗意的最终源泉或源头也在最初最高最深邃的精神之处，那里是光明之源、温暖之源，诗意体验的最坚实的根据不是来自人本身的感性或理性。对诗意的这种索源性领悟导致对最终精神实在性的领悟与肯定。所谓信仰与宗教倾向也就是相信这种终极性精神性源头，或对这种终极精神实在的关怀倾向。最初的精神性本原能照亮照明后来的由之产生的万物，包括被其创造的人。后来者（包括人）也只有不断地与最原初的精神本原交流、沟通，才能规避晦暗与冰冷，感受光明与温暖。

　　托尔斯泰在《我的信仰是什么》中说：

　　　　基督教的训示是一道闪亮璀璨的光芒，黑暗是不能覆盖住光芒的。光闪闪发亮时，没有不被光照射到的，没有人能反抗光，没有人不跟随着光。基督的训示会覆盖堕落生活者的迷惑，使其不能不跟随在基督的训示之后。这并不是和人类冲突，而是像物理学家所用的乙醚一样，渐渐渗透所有的人。①

> 我在城里没有看见任何殿堂，因为这里的殿堂就是耶和华上帝这万能者和羔羊耶稣。这座城不需要阳光、月亮或照明，因为上帝的荣耀就是光明，羔羊耶稣就是他的灯。靠着这城的明光。万国都在行走。（《圣经·启示录》21 章 22—27 节）

黑夜不会再有；他们不需要灯光或太阳，因为主上帝就是他们的光明，他们要进行统治，直到永远。（《圣经·启示录》22 章 3—5 节）

在西方的基督教文化中，神之城（或上帝之城）常常也被称为"太阳城"或"光明之城"。代表着纯全的光明与温暖。连哲学家康德也用光的意象说出下列名言：能照亮心灵的只有闪烁着星星的苍穹，以及我内心的道德律。西方文化中的光明之境或光明体验主要得因于人的存在与神性的感应、交流、联系，是神性中的无限、永恒、绝对、空静、圣洁等擦亮了人性的晦暗。在西方的文化语境中，明心之所以重要归根结底是因为人性有局限性，有罪性，有破碎性（或叫晦暗性，或昏暗性）。东方倡导通过自身之努力离执而净染。西方则是通过启示与被启示，召唤与被召唤使心变得明亮、清澈而清静。在西方文化语境里，诗意体验中的澄明感是神性降临带来的，是神性划过心头时带来的无限感、宽阔感、永恒感，完整感、纯粹感、单纯感等体验。这和人性处在晦暗性与破碎性状态中的体验截然不同。我们本来执着于尘土的晦暗的人性因为觉悟恢复其明净的本性，从而变得澄明，破碎的人性恢复了完整、单纯与单一。

在伊斯兰教文化史上，有一个著名的"苏菲主义"，其中就有一个照明论派。他们从本体的纯粹之光的角度理解真主，认为神就是本体的纯粹

---

① 张秀章、解灵芝选编：《托尔斯泰感悟录》，吉林人民出版社 2003 年版，第 176 页。

之光。苏菲主义思想受古希腊哲学、波斯原始宗教、哈拉智及伊本西那的影响，并在吸收这些理论的基础上形成了苏菲神秘主义理论。这个学派的主要代表人物波斯人苏哈·拉亚迪（1153—1191）的《照明的智慧》一书形成照明论主要思想。他就是从光与照明的角度来理解神性。这种照明论的基本思想是：光分为两种不同的类型，一类是纯精神的，可以称为"纯粹之光"或称"绝对之光"，它是真主的本质；由于它的光辉和不断地照明是人们视而不见的，主的本性即已表现它的存在，因而无定义，也无须证明其存在。另一类光是与黑暗形成鲜明对照的普通可见之光。这种光因"纯粹之光"的照明，它就有光明，缺乏它就是黑暗。按照这一思想，"纯粹之光"是宇宙的本原，宇宙万物由不同程度的光与暗组合而成，地上的物体受天体统治，天体受灵魂统治，灵魂受不同等级的天使统治，天使受纯粹之光统治。人认识世界不是为了参与世俗生活或改造世界，而是为了摆脱物质世界的枷锁，达到真知或真理。真知是达到对真主的本质的认识，先知的知识是一切知识的原型，照明不过是使已经潜在于人的灵魂中的知识再现。

真正的爱是纯粹的精神（温暖）之光的体现。进入神性—人（或神性—人性）对应、感应、顺应与合一的信仰存在结构里，意味着灵魂之我的呈现与在场，灵魂之我趋向神性的重要体现之一就是爱，这种爱自然不是感官之欲，而是一种精神与心灵之光。这种基于灵魂之我的爱的本质就是照明与照亮，就是刺破人的存在深处的混沌与黑暗，给人的存在带来光亮与温暖。神性是照亮照明与温暖之源，和万事万物（包括人类存在）的存在之根、存在之母、存在之源泉具有同一性。神性是一切黑暗冰冷得以发光温暖之最初原因，也是超越一般哲学与科学意义上的因果链之上的光明与温暖的最初因。人类感悟、阅读与体验神性常常就意味着从存在本原中发现并汲取光明与温暖的力量。可以说，一切有价值的精神启示与精神鼓舞也都是来自存在本原的照亮照明之结果。敞开心扉感受光亮与温暖也都是以某种方式与神性相遇。

火与火焰意象也与光亮、光明、照明、温暖相关，也和精神上的温暖有紧密的联系。世界好多古代思想家也把火作为世界起源的核心元素。人所谓的精神常常就呈现为类火焰状态。本原之光的神性的缺乏就会造成精神上的种种异化，造成冰冷、混沌、分散与黑暗。就像中国诗人顾城在《一代人》这首诗中所说的：

> 黑夜给了我黑色的眼睛
> 我却用它寻找光明

光亮温暖之源中的神性常常也通过冰冷、黑暗、混沌与分散、分裂等相反的方面体现、流露出来。透过冰冷、黑暗与混沌的展现表达人的灵魂对神性的渴望。在文学艺术创造中就有一个重要的写冰冷与黑暗的传统，也就是写人的存在中与神性相反的魔性的一面。可以说，西方的整个文学史差不多都是以魔性的呈现史为背景的。所谓恶魔也是坠落到人间的天使，主宰着黑暗势力，阻止人类和上帝沟通，无所不用其极。最有名的恶魔有以下几位：撒旦——"撒旦"，标准希伯来语原文为"对抗"，在基督教中代表敌对者、剧毒的光辉使者等意义。撒旦也是地狱之主宰，被看作是与光明力量相对的邪恶、黑暗之源，是与神敌对的堕落天使。传统撒旦教派则视撒旦为宇宙中最伟大的神，视他为黑暗知识的赐予者。传说有七大魔王，代表了七宗罪。这七宗罪也代表了人性黑暗的七个侧面。

"一位大师在另外一个地方说过：永恒的神性的那个不可见之光所在的隐蔽的黑暗是无从知晓的，以后也不会被知晓的。"①

文学艺术创造常常以展现人类的黑暗的生活为背景：要克服黑暗，首先要意识到与承认黑暗。有黑暗的时代或时段，在不同的时段也有多种表

---

① ［德］埃克哈特：《埃克哈特大师文集》，荣震华译，商务印书馆2010年版，第279页。

现。每个人的人生也都有被黑暗侵袭与笼罩的段落。对于这些黑暗的经历
（或黑色经历）通常人们是不愿意正视与回忆的，人们本能地试图避开黑
暗（或逃避黑暗的追踪），试图遗忘它，掩盖它或者用某种方式美化它。
面对与探索黑暗是一种勇气，也是文学艺术的需要。展现黑暗或许也是追
求光明的一种方式，而且在文学艺术中，黑暗常常比光明更显真实，就像
魔性常常看起来比神性更真实一样，黑暗展现得好也能震撼人心。种种忏
悔录式的文体也都包含着对这种黑暗生活的展现。可以说，宗教忏悔也是
这种试图穿透黑暗的一种形式。

三　神性显现为圣洁之原型

神性（存在本身之纯存在性、原在性或太初性）显现为本体之圣洁
（本体之圣水的洗涤）；本体之圣洁是神性的展开式显现。任何具体的存在
物（或短暂之物）都会受到自身物质时空性制约，最终难以避免被基于物
质的非存在的力量所侵染，唯有存在本身（神）或存在本身之纯存在性
（神性），可保持自身的不断超越的净化性，保持自身的不受物质特性侵染
的圣洁性。在东西方文化中似乎有一个共同普遍的精神性的母题：对本体
精神之水（圣水）以及被本体精神之水（圣水）洗涤清润后的圣洁之渴
望。中国道家是崇拜作为道之源的上善之水的，水也与道家的最高哲学范
畴"玄"紧密联系在一起，其也代表着包括精神在内的众妙之门。或许正
因为如此，老子才说："上善若水。"（《道德经》第八章）。在印度古老的
《奥义书》里，水是最先天地万物而生的，这不同于先天地万物产生光的
希伯来的《圣经》。"大森林奥义书"中说：

> 确实，在太初，这里空无一物……他赞颂，产生了水。……水是

颂诗，那些水凝聚产生大地。①

确实，在太初，只有水。这些水创造真实。真实是梵。梵创造生主，生主创造众天神。确实，众天神崇拜真实。②

对本体之水的崇拜实质上也是对本体精神之水洗涤后的圣洁的崇拜，也是对人的灵魂之我的灵魂纯净的崇拜。神性—精神原型显现之一是超乎物质性的圣洁，这是至高的精神性圣洁，是圣洁之精神本体。圣洁之精神原型，其关键性意象关联着神圣纯粹的精神之水，受这种纯粹的神圣之水沁润、沁洗，灵魂就会变得圣洁，也就不会受世俗的物质及物质欲望的沾染。物质本身就是受造物，是不纯粹的。在基督教文化圈内，上帝之城也被称为"圣洁之城"。进入神性—人（或神性—人性）对应、感应、顺应与合一的信仰存在结构等于进入以圣洁向往为核心的灵魂纯净状态。在很大的程度上，所谓信仰—存在状态也就是进入神性—人或神性—人性对应、感应、顺应与合一的存在结构里，并在内心深处触摸、融汇于圣洁之精神原型。在柏拉图的创世图谱中，水也是最核心的神圣元素之一，这是神圣的精神之水。圣洁之精神性原型也是支配人的内在存在的最深厚的原型之一，也可以说是人的灵魂意识中的古老原型。神性和纯粹的本体精神之水密切相关，这是精神性圣水，而不是物质性的物理之水，这种水也不在看得见摸得着的时间与空间里。这种纯粹之水延伸出最本体最深邃宽广的自由的丰富的圣洁与神圣。圣洁的精神原型在世界各大文化中也有普遍的显露。圣洁的精神原型和本体的精神之水相关。

在《圣经》中耶稣说："人若渴了，可以到我这里来喝。"（《约》7 章37 节）"人若喝我所赐之水就永远不渴。我所赐的水要在他里头成为泉源，

---

① ［印度］《奥义书》，黄宝生译，商务印书馆 2012 年版，第 18—19 页。
② 同上书，第 96—97 页。

直涌到永生。"(《约》4：14）水代表的是永恒纯粹的精神源头及真实，至高之真之善之美也像水一样。中国道家所说的上善就是具有永恒性具有神性之善，这个可以换一种说法就是神性如本体之水。神性之水是纯粹的本体精神之水，而不是自然的物质性的物理之水。神性如水的命题具有精神母体的意义，或者说具有精神原型的意义。至善和圣水的意象（或心象）联系在一起。纯粹之水在人的精神里具有最初的原型意义。和神性之水有关的一些德性被列入至善，包括神圣、圣洁等都出自与水相关的精神性原型。最能给人带来神圣感、圣洁感的词汇与意象有一个系列，这些意象背后差不多都有一个与水相关的精神性原型：经神圣之水之后的圣洁等意象。和这个精神性原型相关的还有清、澈、净、纯、白、不可亵渎等，即在精神（包括德性）上除去一切的污秽、污染与罪恶等，或与种种污秽、污染与罪恶隔开。这些和清、澈、净、纯、白有关的词汇所表达的精神可被概括为一个总的根源：神性—圣洁之原型。

这个理解、领悟与洞悉和几千年来的东西方人的心灵体验紧密联系在一起。从这个角度讲，神性就是本体之水，及神圣水之性，也即能从存在根本上进行沁润、清洁、洗涤之性。人最内在存在——灵魂——渴望本源之水的沁润，以及与这种沁润相关的纯洁与神圣。这种神性渴求也有自己的物理化学生物性根源。可能产生于人类早期的进化史。据说人类最早的祖先来自大海。人类的早期的文化诞生地似乎也与水（河流等）相关。这种对水的依赖与记忆产生了另一种神性象征——源泉之水——的进化根据。但我们这里说的本体之水是本体精神意义上的，神性意味着最原初的本原之泽、本原之圣水、最初的精神源泉及其神圣性、神秘性。在现在文化中也保留了大量的与水有关的神圣意象——比如白云怡意、清泉洗心的说法，即认为精神的清澈泉水可以洗去内心的杂念与污浊，清泉意象代表的是最原初最纯粹的精神，是纯粹的精神之水。纯粹的精神之水聚集而成的神性清泉。纯粹的精神之清泉才能洗心。

　　真正能洗心的清泉之水是纯之又纯的精神，或者说是富有神性的精神。最本原的神性就像最明亮最清澈之水。本原神性代表着其是所有的精神的最初的源泉，是精神之泉的本体，是所有精神之水的最原初的源头。在古埃及的创世神话中，最初的世间一片汪洋（Nun，努恩，混沌之水，形为双手托船的人），是一片混沌之水，也处于混沌状态。有些古老的宗教（东方印度）就直接想象神的本初状态是最初的清澈的原水，后来的整个造物界也都和最初的清澈的原水相关。这个看起来原始的象征表达也告诉人们：万事万物的圣洁、神圣性与神秘感都来自本原的神性之泉。本初状态的神性之水源，是透明的没有任何物质性污染的圣水，是清澈的没有杂质之原水，也象征着圣洁的精神性源泉，是最神奇的精神性之源，这个本原之泽静静地沁润万事万物，就像本原之光作为源光照亮万物一样，这最初源泉里的神性之水通过神秘的传递，沁润于万事万物之上也让万事万物具有了圣洁的潜质，也有了基于圣洁的神圣感，以及与这种神圣感相伴的神秘感。据说先知穆罕默德也说过：清洁是信仰的一半。伊斯兰教责成世人的宗教功修，其核心之一就是净化己身，完善自身。

　　光的核心功能是照亮照明及其所带来的温暖，与之相对的是黑暗与幽冥、混乱与芜杂及其所带来的冰冷。水是洗涤、沁润、恩泽，与之相对的是混浊、污染、罪性与下坠。世界各地宗教文化中的受洗仪式也说明了这点。以基督教的洗礼为例。神将各种各样的属灵的恩赐加给人们，使人们有能力担负起耶稣交给教会的大使命，并过上一个与神同行的生活。这奇妙的、由自然到超自然的经历被称为"圣灵的洗"或"圣灵充满"。"圣灵的洗礼"的最终依据依然是神性与水的源头上属性的连接与同一。俄罗斯传统的洗礼节前一天，将水放入教堂，之后进行隆重的祷告仪式，圣化后的水由圣人倒入桶中，将十字架浸入其中。洗礼节当天一般举行隆重的行进仪式，在祈祷后，信徒们用圣水洗去自己的罪恶，他们认为，圣水拥有神奇的力量。

　　神性—圣洁之原型是神性之一体多位的显现之一。在《圣经》中经常提到圣洁："上帝的殿堂是圣洁的，你们自己就是上帝的殿堂。"（哥林多前书 3 章 16—17 节）。"要以圣洁的装扮敬拜耶和华。"（《诗篇》29 章 2 节）"你们自己在一切行为上都要圣洁，正如经上所写的：'你们要圣洁，因为我是神圣的。'"（《彼得前书》1 章 15—16 节）"上帝召唤我们不是为了行污秽，而是圣洁。"（《帖撒罗尼迦前书》4 章 7 节）圣洁或洁白的种种象征都暗示着神性。天使的形象是最能说明这一点的。天使（英文 Angel，中文音译安琪儿，意译天仙（一般穆斯林译为天仙）源自（希腊文 angelos 使者），本义指上帝的使者，来自天上的使者，就具有神性的洁白的天使。

　　西方基督教中的天使是圣洁之神性的重要象征，也是纯洁的重要化身；天使是圣洁的"纯净体"。六翼天使用两个翅膀遮盖面庞，阻挡自己关注各种世俗世界里的事情，做到不看不听不闻。天使用两个翅膀遮盖身体与双脚，遮住肉体的世俗的部分，包括世俗的基于肉体的欲望。保持基于神圣的纯洁。天使的另外两个翅膀用来飞翔。天使本来就是神的使者，飞翔的翅膀也代表神圣，通常也飞往富有神性的神圣的方向。天使本来就代表了神圣的纯精神体，也是善之化身。

　　东方的佛教把莲花看成圣洁之花，以莲喻佛，莲花在佛教中具有重要的象征意义。因莲花洁白高雅代表着佛教的清净、圣洁，特别是以莲花出淤泥而不染，来比喻诸佛与菩萨出于世间而清净无染，象征佛与菩萨超脱红尘、六根的彻底清静，万法皆空；莲花在污染的环境中保持清白本性。在世间洁白的形象差不多都与人的圣洁之心象有关联。莲花又称为荷花，在中国古代，又名为芙蕖或芙蓉，生长在沼泽污泥之中。佛也意味着"净土"。在人的现实生活中，人们也经常以雪花为象征性意象，表达对圣洁的追求。雪之诗意来自雪的洁白与圣洁感在人心中留下的韵味。

　　法国诗人博纳富瓦写的《雪》有这么几句：

　　　　　她来自比道路更遥远的地方，

　　　　　她触摸草原，花朵的赭石色，

　　　　　凭这只用烟书写的手，

　　　　　她通过寂静战胜时间。

　　最美的诗句本身常常就像一片从天空中自然飘落的雪花，具有自然圣洁之本性。神圣的本质与远离尘世的圣洁密切相关，具体说来就是没有来自物质的混浊与污染，并被来自本原的神泉之水润泽过，已经没有了人间尘埃的包围。圣洁意味着被圣水洗去其自然的、物质的、人间尘土的种种沾染与侵害。最原初之水代表圣泽，圣泽及圣洁，这是非自然的、非物质的、非人间的，非世俗的。神性所唤起的是非人间俗物所具有的高远的精神性，圣洁、崇高、尊贵、庄严、不可亵渎感。

　　圣洁澄澈之神性与最纯粹的善（道德）之光泽有紧密的相关性。最纯粹的（善）道德的最大秘密与魅力也是圣洁之爱，换句话说，圣洁之爱是道德的最核心秘密。这不是建立在生物基础之上的狭隘的爱，而是一种宽厚的精神之爱，是精神光辉的映现，善（或道德光泽）常常就是圣洁的精神光泽的映现。

　　席勒的《欢乐颂》歌颂的就是一种基于圣洁的神性：

　　　　　欢乐女神，圣洁美丽

　　　　　灿烂光辉，照耀大地。

　　　　　我们怀着火一样的热情，

　　　　　来到你圣洁的殿堂里。

　　　　　你的威力，

　　　　　能把人类团结在一起，

　　　　　在你温柔的翅膀之下，

世界上所有的人都是兄弟

东方的佛家则说你要三业无染，使自己达到洁白空旷的境界。在佛教思想中身口意三业俱净无染是谓洁白的"德性"，说一个人德性好就意味着洁白、"无染"。这事实上也涉及神性与污染之关系，圣洁之原型要求精神上的纯洁、清澈、洁白、圣洁。身口意中的污泥、污染是与澄清、圣洁的对立的一面。对种种污染、污秽的隔离与祛除也是神性—圣洁之精神原型的要求。

四 神性显现为气韵之原型

神性（存在本身之纯存在性、原在性或太初性）显现为本体精神之气；本体之气韵是神性的显现出来的一精神原型。任何具体的存在物（或短暂存在者）都会受到自身有限性的制约，最终难以避免被基于时间的非存在力量销毁、失去被本体之精神气息灌注的命运，唯有存在本身（神）或存在本身之纯存在性（神性），可保持自身的不断超越的生机，保持自身的富有变化的不受短暂性影响基于本体的精神与生命气息。这种关于道之意义上的本体精神之气的思维，不仅在古代思想家中有之，在现代思想家中也大有人在。在《诗人何为》一文里，德国哲学家海德格尔引用了诗人里尔克及赫尔德尔的富有情感的话语：

在真理中吟唱，乃另一种气息。

此气息无所为，它是神灵、是风。

赫尔德尔在《人类历史哲学之观念》一书中写道："我们口中的一种气息变成世界的图画……在一丝流动的气息中，寄托着人性的一切……要不是这种神圣的气息已经在我们周围吹拂，要不是它已经像魔音一般回旋于我们的唇际，我们所有的人恐怕还在森林中游荡呢。"①

海德格尔这里所说的气不是物质性的，而是神灵相连的。神性内核与精神上的神圣之气韵密切相关。古代的东西方皆有这种看法。在古印度人的文化观念中，气息、呼吸等具有神性地位。"呼吸"一词在梵语中是"阿特曼"，暗示着梵性。在《奥义书》中也有对呼吸的信仰，并被认为是存在的真正原则。②"词根 as……它意为'存在'之前，意为'呼吸'。"③其实，西方的思想与文化经典《圣经·旧约》中造人的故事说明：人的泥土之形需要上帝的最后气息，否则人就不能成为人，否则人只是一堆感性的质料。在古印度《奥义书》中处处充满了对气息的讴歌。本来气息和人的存在精神生机相关，富有气韵的灵气。东西方思想经典中所说的气本质上是神圣的灵之气、与道合一之气。神圣的气韵也成了精神原型之一。东西方的经典似乎都认为灵韵之气最能给人的存在带来生机感、灵韵感，而且这些词汇也都与"呼吸"相关。这些和生机灵韵有关词汇所表达的精神又有一个总的根源：气韵之道。神性与这种本体之灵气及气韵的意象相关。

神性—气韵之原型是神性之显现出来的精神原型。神性是气韵之精神本体。气韵之精神原型，其关键性意象是植根于气道合一（或气神合一）的生机，也即超乎物质的精神性生机。物质本身就是受造物。进入神性—人（或神性—人性）对应、感应、顺应与合一的信仰存在结构也等于进入以气韵感受为核心的存在（或精神）状态。在很大的程度上，所谓信仰—存在状态也就是进入神性—人或神性—人性对应、感应、顺应与合一的存在模式，并在内心深处触摸、并融汇于气韵之精神原型。气韵之精神性原

---

① ［德］马丁·海德格尔：《林中路》，孙周兴译，上海译文出版社 2014 年版，第 305 页。

② 参见［英］麦克斯·缪勒《宗教的起源与发展》，金泽译，上海人民出版社 1989 年版，第 221 页。

③ 同上书，第 132 页。

型是支配人的内在存在的最深厚的原型之一，也可以说是人的灵魂意识中的古老原型。神性显现为纯粹精神之气，其不是自然的物质性的物理之气，这种气不在看得见摸得着的时间与空间里。这种纯粹之气代表了最本体最深邃宽广的自由的丰富的生机与气韵。亚里士多德说神与神性就是万物的原因与第一原理。从这个意义上讲，中国古代气本说中的"气"及特性，也是"神性"之显现，是神性具体的展开式。与道合一之本体气韵是神性层面上的，是神灵之气。

最具中国传统"气道合一"的思想至迟春秋时已经存在了，如范蠡论阴阳就包含着这样的思想。在《管子》"四篇"中，气和道这两个概念是通用的，时而曰气，时而曰道，气即道，道即气。"道，气也。保气则谓得道。"《养生服气经》明人王廷相则说："气即道，道即气，不得以离合论者。"（《雅述》上篇）直至清朝戴震也认为："阴阳五行，道之实体也。"（《孟子字义疏证》卷中）气道合一可谓中国传统哲学的一个主流概念。气同于道，本身是无，无为无形。气不是任何一种占据时空的有形器物，它细无内，大无外，是超时空的无形体存在。

这个想象、理解与洞悉更和几千年来东方人的心灵体验紧密联系在一起。从这个角度讲，神性就是本体之精神性气性，即使万物气韵生动之性。神性代表最原初的纯粹的气之本体，代表最原初的象征性呼吸，以及与气息相关的存在状态的显现，也表现为存在与心灵的基于神圣与神秘的生机。在希腊与拉丁语中，所谓精神与气息、呼吸或吸气有关。在世界各地的各国神话中，人的形象都和支撑者——气——相关，中国孟子所说的"浩然之气"也与精神本体的意义上的气之含义相关。但这个精神之气最深本质是什么？各种文化的理解在本质上是相同的，都植根于作为存在本身的神或道，都是在神性与道的意义上使用的。《圣经·旧约》中记载说：耶和华神用地上的尘土造人，将生气吹在他鼻孔里，他就成了有灵的活人，名叫亚当。耶和华神在东方的伊甸立了一个园子，把所造的人安置在那里。

除了气之道外，还有气之韵。许慎《说文解字》说："韵，和也。""韵"的本义就是音乐和谐的意思。形成万物之气还与音乐的隐蔽和谐相融在一起，构成了一幅潜在的充满大审美感的宏大图景。有"韵"之"气"，或有"气"之"韵"其实是自然万象整体周流的支撑。宗白华认为："气韵就是宇宙中鼓动万物的'气'的节奏和谐。"（《中国美学史中重要问题的初步探索》一文）"气韵"是宇宙间万事万物的内在的精神，是超时空超物理的宇宙之魂的体现形式。

与道合一之气就是与神性合一之气。万事万物的神秘气息都与这最初的神性之气相连相关，人的存在状态也与此相连相关，人的存在的精神意义状态也与此联系在一起。诗意体验中的富有神性的神秘气息甚至与屏息、静止的时刻相连，是基于神性的神秘呼吸与吸气的精神。诗意表现为气时也是充满灵动的，显露出富有生命气息的景象、形象、氛围或气氛等。中国古代也有精气说。精、气、神本是中国古代哲学中的概念，指向形成宇宙万物的原始根源，含有最基质元素的意思。诗意体验的核心在于富有神性意味的灵动的神秘的气息，所展现的不是物质之气，而是与神性相关的超物质的灵气，是富有生机的饱满的有活力的具有神秘感的精神状态。这种富有生机的精神状态甚至可移情于辽阔的自然与大地景象，形成富有生机的神秘的自然的富有情感的景致、形象与氛围。

神性—气韵之精神原型代表有形世界被灌注以无形之精神性生气，并营造出内在活跃的周流不息的运动着的形象，其也代表了整体世界背后的内在生命力量，这是富有超越性的富有精神气息的生命力量。这种力量是本体神性与内在气韵之融合，是隐藏在世界与人的存在深处的富有精神气息的生机勃勃的力量源泉。这一本质上的神性—精神性力量在俄罗斯的哲学中被称为具有永恒性"神性索菲亚"。其实在西方的基督教文化中，神性内涵也一直与本体之气的意象密不可分，这个气不是基于物质的物理之气，而是超物质的灵，精神之气，是气之精神性原型。

"灵的古希伯来语为 rouakh，原意是一种近于气的、轻的、无密度的、抓不住的东西，引申为从上帝吹来的风，来自上帝的生命恩赐。……活着的人是包含生命之气（灵）的肉体，生命之气来自上帝又将回到上帝。"①

第四节　神性—精神原型召唤及超越世俗疏离处境

中国传统宗教、哲学的思想核心是"天人合一"。这种具有整体感的思想渗透在文化的方方面面。我们前面已说过，传统中国哲学宗教中的天，不是物理之天，而是具有"心"之天，是具有深邃之心——神明之天，也是具有精神启示性与召唤力的天。甚至中国晚清著名学者刘熙载在谈论艺术时也认为"天"与"人"不可分，天与人是密切联系在一起的。在他《艺概》卷二《诗纬·含神雾》中曰："诗者，天地之心。"在第一部分"书概"又说："书与天为徒。"

但天人之间充满神秘感的深邃精神通道经常是关闭的。因为人常常陷入世俗性疏离处境里，经常为此被遮蔽，导致人的存在通往神性（天）的道路被堵塞，并由此缺少了内在的精神核心，也由此导致人的存在缺乏最核心最根本的精神实践（或心灵实践）——深度价值体验。这种缺乏内在精神核心的异化存在处境集中体现在神性（及精神原型）与人的非对应、非感应、非顺应、也无融合之趋向与追求，这是神性—精神原型（或天）与人的隔绝、分离与分裂状态（或疏离状态），这也使神性—精神原型对人失去了召唤性与启示性。这是人的存在的精神性堕落状态，也是对人的真正深层精神（灵魂）的毁灭性存在结构。这一异化存在结构有不同的显现表象，具体包括偶像崇拜形式、过分客观化物欲化、人格分裂等，这种

---

① 徐凤林：《俄罗斯宗教哲学》，北京大学出版社 2006 年版，第 249 页。

疏离状态造成人的整体形象的分裂与被奴役。存在的复归，意味着人的理想形象的恢复，意味着重新进入信仰—存在—诗意路线，或进入神性—人对应、感应、顺应、合一的信仰型存在结构。这种信仰存在结构也是信仰—存在—诗意路线的基本结构，在这种精神性存在结构里，人心面向神性敞开，神性—精神原型具有巨大的召唤力与启示性，人的现象之我与灵魂之我的关系发生质变，对神性—精神原型关切或面向神性而在的倾向增强。存在的复归意味着人的存在与神性—精神原型的隔绝、分离与分裂状态（或疏离状态）的克服与消除，意味着神性—精神原型恢复其原有的召唤力与启示性（天启），意味着神性—精神原型（天）与人之间（通过存在体验）神秘通道重又处于畅通状态。

一　神性—精神原型关切与偶像崇拜

中国传统宗教与哲学（道家、儒家）差不多都相信天启（或天的引领）。被天之隐蔽精神所召唤（天启，或感应天之召唤），在我们这里就是被神性—精神原型召唤与启示。这是人的基本的精神性存在状态，也意味着进入了神性—人（或神性—人性）的对应、感应、顺应与合一的信仰存在结构中。人的世俗性疏离处境，使人远离了（或严重偏离了）这一精神性的存在结构，并因为这种偏离，缺少了内在的精神核心，也缺乏对神性—精神原型的感应与关切。偶像崇拜是人的这种远离或偏离的体现，也是游离信仰存在结构的典型表现之一。偶像崇拜本质上就是人对有限的世俗之物的迷恋，这是一种以对世俗之物的崇拜为基础的伪信仰形式。在以种种世俗偶像为崇拜核心的世俗性存在结构里——尤其在当今的各种流行与时尚文化的大背景下——人们更为关注现象之我的种种需要与满足。基于此，人们就很容易陷入对有限现象与有限之物的迷狂，并以此代替了与存在根基的精神性沟通，代替了被神性—原型精神的启示与召唤的种种可能性，一句话缺少了神性—精神原型的关切。

现代美国哲学家埃里希·弗罗姆说：

要明白这一原则（即最高原则——引者注）在先知思想中的意义，就
必须考虑到另一个关键性因素，这个因素就是上帝与偶像或虚假的上帝之
间的区别。偶像是人创造的。如果上帝被当作一个偶像，当作人的一件作
品来崇拜，上帝也可以变成偶像。……偶像是东西，就是说他们是死
的。……与先知们指出的偶像崇拜的思想完全是一回事：一种物对自我的
征服，一种内在自我的丧失，以及一种由这种征服而产生的自我偏
见。……它们不叫太阳神或阿斯塔特，而叫作财产、权力、物质生产、消
费品、荣誉、声望以及其他近来人们所崇拜并接受其奴役的所有事物。①

世俗性疏离存在结构与流行的以物质为核心的文化时尚很难将人带入
到深沉广阔的存在状态里。真正深邃广阔的心灵状态来自信仰型存在结
构，进入这种基本的精神性存在结构后，人的存在的关切点就会发生变
化，在这个路线上，纯现象的与人性相关的那些关切减弱、退却，和本质
之我相关的神性关切的程度增强、向前。这是灵魂之我能够渐次显露的方
向，这也最能显示人的灵魂中深邃深沉的高贵的部分。面向神性而在或神
性关切，这是人的内在存在最重要方面，或者说是人的存在内在化（包括
超验化）的最重要方面。信仰—存在—诗意路线是存在的内在化（包括超
验化）的体现。神性—精神原型，包括本体的纯粹的精神之空静寂无、本
体的纯粹之光、本体的纯粹之水及圣洁、本体的纯粹之气及气韵，包括本
体的纯粹的单纯性、无限性、永恒性与创造性。神性—精神原型代表了世
界最广阔最辽远最深邃之魂（中国式说法：天地之心与人心的本质），代
表了世界的深邃之精神原型，这也是人的灵魂更为本原更为深邃的根基性
的方向、依据、核心与支撑。神性也是人最内在存在的精神的支撑、依

---

① ［美］埃里希·弗罗姆：《生命之爱》，王大鹏译，国际文化出版公司2001年版，第
154—155页。

据、核心与方向，是人的精神之根，也是人的存在的诗意之母，美好之母、意义之母。对神性—精神原型的关切就意味着进入神性—人（或神性—人性）的对应、感应、顺应与合一的精神性存在结构，这也就是进入存在的最内在的精神状态，这也成了人的内在存在中最深沉最重要的事情。神性—精神原型代表的是人的最重要最深邃的精神渴望或精神表达，更是信仰—存在—诗意路线中的存在的最有意义最美好的精神渴望与精神表达。

    每一事物，如其自身或自性是善的，则自己就是一个终极，而成为其他事物所由生成而存在的原因；为了某一终极或宗旨，这就将有所作为；有所作为方可见其动变。……万物同归于终极而复于本善，其他学术只是它的婢女。①

    由亚里士多德的视点来看，所谓终极关怀就是对最高实在的关怀，是对人的存在中对最高存在原因的关怀，也就是对最根本最原初最纯粹的精神存在本身的关怀，也就是对万物存在的精神根基的关怀，而神性代表万物最本原的基础支撑，也代表了精神创造或原初推动力。人属于万物中的一个小分子，但这个分子充分发展了自己的内在性，并能在深层充分感应宇宙的最深邃的灵性，感受宇宙精神性—人之间的同一性与隐蔽的联系。人的充分发展了的内在性的体现之一就表现在人能跳出现象之我，回归我之精神性核心，即灵魂之我。如前所述，这也是柏拉图的核心思想之一。对神性—精神原型的关切同时也就是对灵魂之我的关切，这种关切代表灵魂之我冲破现象之我——自然之我（肉体之我）、社会化之我、表层意识之我等——的重重遮蔽，重新记起、怀念、憧憬神性之自我。

    站在神性—人（或神性—人性）信仰存在结构的角度看，神性—精神原型召唤经常意味着对存在的最高精神源泉、存在的深邃根基的关切，这

---

① 参见［古希腊］亚里士多德《形而上学》，吴寿彭译，商务印书馆1959年版，第39页。

与所谓的终极关怀（保罗·蒂里希语）是一致的，在宗教与哲学上属于同一层次，常常本原性关怀也就是终极性关怀，也就是神性关切。这种神性关切（或本原性关怀、终极关怀）常常不是那么直接地明显地流露出来，而是蕴藏于人的存在深处的精神活动里，并常常以无意识的方式默默发生，也常常以无意识的方式发生影响，常常也通过种种超越性的形象密码与种种象征性文化语言来实现。人类深层的精神与生活常常就蕴藏在默默发生的无意识行为之中，人类也很自然地生活在那些潜含着神性关切（或终极关怀、本原关怀）的种种形象密码与文化象征语言里。这些蕴含着神性的符号性的密码与象征形式常常主宰了存在的意义、意味或韵味。换句话说，人类存在的意义、意味或韵味极其需要那些蕴含着神性的符号性的密码与象征。没有了这些真正意义上的精神符号，人的存在就会陷入空洞、无聊与虚假（无意义），就会造成真正存在的遗忘。对神性—精神原型的关切在西方的文化语境里，体现为对上帝（或其象征形式）的种种向往与效法。

> 思念上帝，便澄明了信仰。……信仰上帝意味着，生活并不来自尘世，而来自我们称之为超越之密码或象征那类现象的多重语言。我们信仰的上帝是遥远的上帝，隐秘的上帝，无从印证的上帝。信仰并不带有知识的可靠性，而只有生活实践中的确定性。①

俄国伟大作家托尔斯泰说：

> 如果我们过着漫无计划的享乐生活，我们就可以不需要上帝。但是想到我是从何处来到这个世上以及死后何处去的问题时，我不能不去探索送我来到世上和即将来迎接我的冥冥中的上帝。将我送来的这

---

① ［德］卡尔·雅斯贝尔斯等：《哲学与信仰》，鲁路译，人民出版社 2010 年版，第 294 页。

个世上的不可知之物，以及我又将回去的不可知的地方，这一切我不能不去认识。只有送我来到这个世界以及即将迎接我离去的不可知的主宰，才是我心中的神。①

对神性—精神原型的深邃关切常常以被启示与召唤的形式体现出来，这种被启示与召唤关系使人找到内在的纯粹的灵魂自我。本原性神性与宇宙的深邃之魂相同，指向世界存在的最本原的精神性基础，它也居于世界（或宇宙）的整体的深层，就如同它居于人类整体存在的最深层一样——作为小宇宙之灵魂的根基，居于人类灵魂的深层，并作为一种精神原型或本体作用于人的存在。神性—精神原型超乎自然（物理性宇宙）、超乎人性的那个方向，是人的存在深处的看不见的无形的深邃的精神力量。神性也是诗意（诗意体验）的看不见的深邃的精神性支柱。关于世界（或宇宙）与人的存在深处的深邃的大精神力量，你可以从不同的角度来领会，宗教的或者哲学的角度。

在神性—精神原型这个最原初最根本的层面上，人们经常谈论的美、善、真之关切，其差异与区分是很小的，或者说真、善与美具有更多的同一性。在神（或上帝）或神性的层面上，真、善与美同源同体。美几乎等于善与真，真善也几乎等于美。真善美在其源头之处是同一的。在世界上不少古老的文化传统中，也经常把美与善等同。在这个层面上，说你是善的，差不多等于说你是美的，说你是美的，差不多等于说你是善的。在中外人类的古代文化中（尤其在古代各大文化中），经常谈论一种最初的创造性的精神力量——神或神性。世界各地的古老的神话及其传说就是这种谈论的最直接的证明。在古希腊、在古印度、在古埃及、古巴比伦、古代中国等都在谈论神或神性。

---

① 张秀章、解灵芝选编：《托尔斯泰感悟录》，吉林人民出版社 2003 年版，第 177 页。

第一章　神性—人信仰存在结构及神性—精神原型

神性一词在我们这里就是指存在本身之纯存在性，这既有东方的"空静无"之含义，也有古希腊亚里士多德"存在之存在"的含义，更有柏拉图的精神原型内核。神性—精神原型在我们这里也指向人的存在的最内在的方面，即人的心灵深处的精神原型，是人的存在的精神支撑、依据、核心与方向。从柏拉图的视角来看，神性—精神原型关切是人的存在中最深沉最重要的事情，或者说人的存在中最重要的事情之一就是神性—精神原型关切，这是人的最内在的精神性深层关切，不同于人的各式各样的外在的世俗性关切，各种世俗性关切导致各种世俗性崇拜，世俗性崇拜最典型的形式就是对各种偶像的崇拜，即对各种各样的世俗性的偶像的崇尚、敬奉、甘拜下风、尊敬等。而神性—精神原型关切却超越了这种世俗性，是一种看起来无形但更为深邃更为深沉的关切，更事关人的灵魂之我的滋养、护卫及其后的生机，这是一种倾听式终极性的关切。

> 当所有的物质生活和精神生活，都和外部事物联系起来的时候，当只有描述物质规律的知识才被视作知识的时候，人的神圣本性通常会激发出一种悲哀……为什么人的意识最终会一如既往地反对外物崇拜，并以这样或那样的方式还原为对不可见事物的崇拜？……因为可见的事物是暂时的，而不可见的事物才是永恒的。①

> "我就找到了我灵魂所爱的"……只是它必须要跳过所有的被造物。②

这样一个从虚假实在中脱离出来，逐渐转向且日益熟悉真正实在的漫长过程，就是柏拉图所理解的灵魂上升的过程。③

---

① ［美］桑塔亚那：《人性与价值》，乐爱国、陈海明译，广东人民出版社 2003 年版，第211—212 页。
② ［德］埃克哈特：《埃克哈特大师文集》，荣震华译，商务印书馆 2010 年版，第 387 页。
③ ［英］安德鲁·洛思：《神学的灵泉》，游冠辉译，中国致公出版社 2001 年版，第 7 页。

按照柏拉图的思路，现象之我更加关心虚假实在。虚假实在集中体现于世俗的流行文化中，世俗的流行文化也更加关注现象之我的需要，这种需要体现为各种各样外在性"偶像崇拜"，代表的是人的自然之我（肉体之我）、社会化之我、表层意识之我的愿望、憧憬、追求与向往，是以自然之我、社会化之我、表层意识之我为中心的崇拜，其以社会化的权威为中心，以自然之我对货币金钱的崇拜为中心，这些都是属世的非神性的缺乏真正精神意义的崇拜形式。在这多种多样的外在性崇拜里，内在神性与灵魂之我被遗忘、忽视、遮蔽、挤压。人活在自然之欲、社会面具与表层意识里，并使人的存在失去最深的根基而变得虚假；人活在种种世俗性的文化表达里，忘却了灵魂的深沉的神圣渴求。存在的美好常常就在那份微妙的灵魂体验里。"偶像崇拜"属于世俗性的文化表达，在这种表达里人们将有限的具体事物当作最高的价值存在加以无限追求。"偶像崇拜"的现象往往表现于人们崇尚眼前的功利的东西，把金钱、地位、名誉看得高于一切。

神性—精神原型关切是灵魂之我的最纯粹最深沉的精神性体现，是对种种体现神性的精神性原型的关切，其超越了各种各样浮在表面的虚假的精神偶像，关注人的存在最内在的核心的方面，神性—精神原型关切经常体现在精神的内在启示（天启）里，那时那刻具有永恒感、无限感、神圣感的本原精神被领会。在异化的世俗性存在结构里，被造之物代替神性—精神原型之位置，各式各样的自然现象、社会现象——尤其是权威现象（政治与娱乐明星等）——代替了神性—精神原型，即代替了对单纯、永恒、无限、创造、光明、圣洁、空静、气韵之神性的关切，各式各样的事物诱惑代替了对神性深远的启示与召唤的渴求。这时更具精神实在性的灵魂之我就被遗忘了，并使人成为精神虚假的非本真的我。

以异化的世俗性存在结构为基础的流行文化本质上是张扬膨胀的现象之我的文化，这种文化通过各种偶像崇拜形式实现，这和神性—精神原型关切有着根本方向的不同。偶像崇拜是世俗性文化表达的典型体现之一，即属世关切的一种典型，其使人迈入物质、感官欲望、权力与名誉的陷阱，使人陷入终日追名逐利的烦恼之中。陷于"偶像崇拜"中之人会被种种世俗的、各种外在的事物牵引。久而久之，这种牵引也蒙蔽了真正的精神与灵魂需要，最后导致真正存在的遗忘（或灵魂之我的遗忘）。但真正的有信仰之人，作为世界大精神原型的一部分，作为大的精神秩序的一部分，是不可能完全忘却灵魂之我的要求的，也不可能单纯简单地活在种种泡沫般的表层现象里。失去了与大精神原型与大精神秩序的联系，人就会使自己的灵魂失去生机。为了让人真正从偶像式崇拜的生活表面中解脱出来，恢复存在的心灵性质（或灵魂性）及其支撑作用，就需要建立起神性—人的信仰存在结构，就需要和人的精神深层关联甚密的"神性关切"，即对人的存在最纯粹最深远最深邃的根基、依据、核心的关切。与之相对应，人的存在的最内在的方面——灵魂之我——的精神活力也将得到恢复。信仰—诗意中的存在就是面向神性感应神性的存在，也是对人的最内在的存在方面——精神原型及和谐精神秩序的信仰。信仰—诗意体现在对两个方向的神性—精神原型的关切上。

二　神性—精神原型召唤及灵魂皈依

在虚己中全心倾听神性—精神原型的召唤意味着灵魂之我的皈依。但异化的（与本质疏离的）世俗性存在结构意味着存在之内在核心实践的丧失，意味着存在的客观化、客体化、外在化、形式化、技术化、数据化等。这种异化的存在形式遮蔽了人的本质上的内在性，即本质上的精神与灵魂性质。精神—灵魂在哲学家雅斯贝尔斯的意义上就是触及"大全"，或者说领会"大全"。人一旦远离"大全"的根基，就很容易被抛向各种各样的外在化客观化技术化的感性对象。

精神是成为整体的意愿。①

精神是我们本质上的那个大全……精神可被客观化为感性形象。但这样一来，它便不是大全了。……大全诸方式是不可客观化的；凡客观化的，已然不是大全了。存在本身不可阐明，而只能借助各种方式"触及"。②

人的异化意味着内在灵魂的丧失，使人陷入世俗性存在结构，并具有明显的外在化客体化特征，或者说具有明显的向外的指向客体的倾向。随着人的世俗性存在结构的形成，人类文化中的内在于生命、内在于灵魂的内容与要素却越来越少，这就造成了文化整体的物质化、外在化、客体化、技术化、空心化、苍白化。文化的整体发展也越来越失衡。在一个外在的被抛的文化中，人们很难具有灵魂被触动的体验，很难感受到灵魂的美好，也很难被这种文化唤起持久的内在的生命激情。在有价值的文化中，内（灵魂方向）与外（世俗性方向）的均衡异常重要。一个具有内在感的文化尤其需要神性—精神原型关切，以及随着这种关切而来的神性之光的照耀——永恒的、无限的一面对人的存在激情的引领。这是人作为一种文化存在最需要的精神内核，只有这个精神内核才能给人类的心灵（或灵魂之我）带来最持久最深沉的精神性满足。任何一种高级的优秀文化都会发展这种富有诗意的美，以及发展追求拥有内在诗意的内在型文化，而不是把文化弄得越来越外向越来越外在，越来越形式化，越来越具有智能机械的色彩，而不是发展种种不太真实的"装门面"的表象文化（或面子文化）、缺乏内在感的工具性文化——高楼、铁路、技术等。"装门面文化"属于外在型文化、实用性的工具文化，其不能很好地和人类存在的真实的体验交融于一体。文化中的一切精妙的美好的方面——甚至包括爱

① 熊伟主编：《存在主义哲学资料选辑》，商务印书馆1997年版，第622页。
② ［德］维尔纳·叔斯勒：《雅斯贝尔斯》，鲁路译，中国人民大学出版社2008年版，第144—145页。

情——都和精神的最内核——神性方向的关切——联系在一起。

俄国哲学家别尔嘉耶夫说：

> 我们确定了，精神是主体，并在主体里被揭示。但是精神在客体化着，它向外抛，它在外部表现自己，在为了他者的存在中表现自己。精神社会地表现自己，精神在社会化。……精神不能不从自己走向它者，走向世界。精神进入世界，世界不仅仅是精神。这里开始了精神的悲剧。精神的悲剧在于，精神不能始终在自身中存在。……那么发生的就是精神与自己自身的异化，它走向客观性。①

与人的世俗性存在结构相反，神性—人信仰型（精神性）存在结构蕴含了信仰—存在—诗意路线。在这条路线中，人的灵魂之我面对精神原初原型而在。信仰—诗意的体验是内在的灵魂性体验，常常就是以和谐方式体验精神的原初同一性，也即体验神性—精神原型，这也是人的存在的一种灵魂皈依之路径，也是在和谐之中面向神性感应神性的体验，也是谛听人的存在深处——灵魂之我的和谐之音，也是聆听终极性神性对我们的隐秘的召唤，也是聆听种种精神性原型的隐蔽启示。精神性原型隐蔽地隐藏在人的存在深处，作为一种方向的力量、作为一种支持的力量作用于人的心灵。直接或间接地回应种种精神原型的隐蔽呼唤会让人的存在产生满足感、安慰感、归属感，以及精神上的皈依感。直接或间接地回应精神性原型的呼唤也意味着人的心灵超越了自然的、社会化的、一般意识的束缚，直达精神的深邃核心，直接与各种精神性的原型神秘相遇、交感。对神性—精神原型呼唤的回应区别于人的存在对自然的、社会化的、一般意识的关注与关怀。《世俗时代》的作者查尔斯·泰勒在其长篇著述的第 20 节

---

① ［俄］尼古拉·别尔嘉耶夫：《精神与实在》，张百春译，中国城市出版社 2002 年版，第51—52 页。

信仰的诗意及存在的复归

专门论述"皈依"：

> 我根据另一种假设，预见了另一个未来，这是与主流观点相对立
> 的。在我们的宗教生活中，我们是在响应一个超越的实在……这实在
> 出现于我们对我所称的圆满之某种模式的识别和承认之际，以及寻求
> 实现圆满之际，圆满之诸模式也被无求于外的人文主义和其它保持在
> 内在框架的人所承认，但他们认错了圆满，他们把圆满的关键特征拒
> 之门外。因此，我上面所描述的宗教的（重新）皈依之结构特征，即
> 一个人感到自己正打破狭隘的框架，而进入更广阔的领域，以全然不
> 同的方式理解事物，与实在是一致的。①

　　神性—精神原型的召唤、启示意味着灵魂的皈依。灵魂皈依的热望渗
透在人的存在各个方面，并常常左右了人的整体的存在基调。自然的物质
世界、社会的世俗世界及一般的意识世界不管其看起来是否宏大久远，常
常都只能是世俗文化的象征性表达，其很难使人的深层灵魂获得满足。自
然的物质世界、人类世俗活动所组成的日常文化世界等都缺少真正意义上
的神性，也缺乏精神原型意义。真正意义上的信仰，差不多都关乎灵魂之
我的纯粹的深邃的满足，信仰对象差不多都是能满足灵魂渴求的纯粹精神
体，或是这个纯粹精神体的文化象征。真正意义上的信仰差不多都会连接
着一个具有纯粹感的精神性原型，这个具有纯粹感的精神性原型是超自
然、超社会、超理性的。这个纯粹的精神性原型，在信仰者心中都具有终
极特性，具有神性、神圣性。

　　柏拉图认为灵魂是纯洁、不变、简单、看不见、连贯和永恒的。简单
指它不复杂——不是由许多部分组成。不变是指它保守时间的约束，与永

---

　　① ［加］查尔斯·泰勒：《世俗时代》，张容南等译，上海三联书店 2016 年版，第 882 页。

恒同义。连贯指整合为一，不可分成破碎的局部。①

西方文化的归属感更多着眼神性之神圣性，在此基础上的神秘性成为他们心灵归属与皈依的精神依据之一。以西方基督教为文化为背景的一些教堂艺术，就充满了永恒而纯净的气息，也给人的心灵带来安慰感、归属感。追思索源最高存在在东西方文化中都有传统，可以说这是人们的古老智慧之一，也是人类的精神想象力的体现。这其中就有人的心灵寻找归属、皈依的心理动机。信仰—存在—诗意路线是体验神性—精神原型的路线，也是与最高精神性存在的内在性联系路线。这一最高存在，我们用神性—精神原型描述之。在东西方的文化中，人们用与神性相关或相近的词来描述或称谓一种在无形之中支撑着我们的精神实在。

倾听神性—精神原型召唤体现了灵魂皈依愿望。这一皈依愿望与体验也是与神性（或梵、佛或道等）的团聚、会合与合一的显现。在古印度文化中，最早的梵指的是梵天大神，是独一无二，从一切混沌中自己产生、自己生长的，而后创造了宇宙万物。在印度的信仰里，整个可见的物质世界都源于这个本体之梵。物质世界只是幻象，最真实的是本体之梵。人的整个存在就是为了追寻这个本体之梵，并寻求与之会合、团聚与合一。古印度婆罗门教《奥义书》（伊莎奥义书、迦塔奥义书、剃发者奥义书、白骡奥义书、广林奥义书等）中的"梵我一如"或"梵我合一"就是他们信仰的核心。《剃发者奥义书》中说："认识那最高梵的人就变成梵。"《伊莎奥义书》中说："在认识到所有事物都是我（梵或大我）的人那里，在看到了这同一性的人那里，有什么迷悟与痛苦呢。"古印度婆罗门教的核心主张就是："梵"是宇宙现象的本体，或宇宙灵魂，或宇宙的精神核心，是宇宙之大我，人的生命现象为"我"，是小我，是个体灵魂，现象

---

① [美]费雷德·艾伦·沃尔夫：《精神的宇宙》，吕捷译，商务印书馆2005年版，第44页。

小我缺乏真正意义上的实在性，但这个小我的深处也蕴含着大我的潜在种子。这个小我只有和大梵合一，生命才会获得意义与价值。

由此，在古印度人看来，人类存在的精神使命（心灵使命）之一就是与本体的精神团聚、会合或合一，而这只有在与具有神性特征的精神原型相遇相交时，只有在存在的终极式情境里才能真正实现。即使人们在体验自然之时，也只有感受到自然背后的精神光辉——神性之时——那个自然才能真正给我们带来温暖感、澄明感、意义感，也才能让人体验到真正的精神上的满足、安慰与意义。对社会性的诗意性体验也是如此，只有基于神性的社会性情境才能使人真正地体验诗意。只有神性或包含着神性的事物才能给你的灵魂以真正的慰藉，只有具有神性—精神原型或其显露的事物或景象才是你精神的真正故乡。

东方式信仰—存在—诗意路线也是灵魂皈依的路线，这种皈依似乎有些偏重具有空灵感宁静感的情境意象。东方式灵魂皈依的表征是进入与梵与道与天合一后的空无清寂静之境，这也是东方人追求的精神归属之境。西方式灵魂皈依的表征是被启示。启示意味着上帝将他自己启示给人——他所创造的人。人对创造主的认识，对宇宙、世界的认识及对自己的认识，也是基于上帝的启示。根据神学思想家加尔文的看法：没有上帝的启示，人们对自己也不会有正确的认识。人们是越认识启示的神就越认识自己。他主动地将自己启示给人们，并透过常常是隐藏着的多义言语传递出来，在这份主动启示里，人们充分地看到上帝的爱。他启示的目的，是要与人们重新建立关系，为了救赎，救赎的目的是要人们与上帝和好，经历与他的合一。只有在神性显现的基督里，人们才能与上帝和好，并与神性重新团聚在一起。人们也才能得到圣灵内住，通过圣灵，人们才能够真正明白启示的奥秘，也才算走上灵魂皈依之路。

西方人的灵魂皈依之路与他们特有的神性关切、宗教情怀、宗教经验密切相关。他们对自我启示的神性（神圣者）有依赖感、敬畏感、神圣感。他们的神性关切、宗教经验就是对造物主——那个绝对者无限者——具有依赖感的经验，依赖感再加上被造感、敬畏感等。这种依赖、被造与敬畏之感造就了他们的特别的归属意识，造就了他们对存在的深远之根的强烈的皈依愿望。与此相关联，西方文化强调存在的个体性，或个体的存在体验。但这个体性是与神性互相联系着的个体性，没有神性（神性—精神原型）这一个方面，个体还不能算是具有个体性，个体是开放着的（或敞开的），对神性（神性—精神原型）敞开，对社会他人精神上的开放。

西方式诗意体验的核心就是基于这种神圣的信仰，这是与神或神性交流沟通后的归属或皈依的感受，或者说是分有了神性之后的体验与感受，这份诗意体验需要信仰的支撑，需要神性—精神原型的召唤、启示与支撑。当短暂有限之自我有一种升入永恒无限之境界的体验时，那就是富有诗意的。这是相对自我的绝对满足。当相对之自我有一种升入绝对之境界的体验时，那就是富有诗意的。当分裂分散之我获得整一单纯的满足感时，那就是富有诗意的。当混沌、无序之我获得光明、圣洁的体验时，那就是富有诗意的。当躁动之我升入仿佛是本体的宁静空灵之境时，那就是富有诗意的。

三　神性—精神原型召唤及诗意家园

异化的（与本质疏离的）世俗性存在结构意味着存在的物欲化、物质化、技术化，然而外在的以物欲为基础的文化不能触及人的灵魂，尤其不能触及并满足人的微妙的深邃的灵魂。外在的物欲性的文化只能满足我们的世俗性要求与心愿。在优秀的古典的具有精神感的传统文化中，内在的富有精神价值感的内容与要素较多，即宗教的、道德的、自然的、艺术的成分与元素占据主流，随着社会的外在化、物质化的发展，尤其是随着理性与科学技术的发展，文化中的外在元素越来越多——包括物质的、经济的、技术的、政治法律制度的、意识形态宣传的、市场的、管理的等——

信仰的诗意及存在的复归

这些文化要素常常外在于我们的精神生命，外在于我们最真实的情感体验，不能和我们的真实的生命或情感体验相融在一起，不能和我们的富有情感的想象、富有想象的感情——意义体验、价值体验、充实体验等生命高峰体验融于一体。

真正意义上的精神美好感是灵魂之我返归适合之精神之乡、之地、之家园的精神状态。文化越美好越能满足人的灵魂渴求，即满足人的灵魂之我的愿望。美好文化的标志之一就是它更多地满足了灵魂之我的那份隐蔽的憧憬，而不是仅仅满足我们有限之我的那些相对外在粗糙的需要。衡量一个文化精神价值的高与低、好与坏，就是看它在多大程度上激发并满足了灵魂之我的那份深邃微妙细致的隐蔽的同时也是最顽强的希求，而能让微妙的深邃的灵魂获得满足的恰恰就是神性—精神原型方向，这是神性—精神原型的启示与召唤之结果。基于此，我们可以说文化的美好方向、诗意方向和文化整体追求神性相关。真正意义上的文化就是用神性（及精神原型）超越并穿透有限之人性，以及超越并穿透建立在有限人性满足基础上的各种文化表达。

柏拉图所关切的便是灵魂对其真正家园的寻求。①

神性—精神原型的召唤与启示意味着对精神家园、诗意家园的寻找。通常所说的乡愁与家园意识常常也是灵魂之我的一种感触与渴念，常常体现了人的存在的灵魂奥义，也是人渴求神性的一种显露。在某种意义上讲，人存在的意义就是让身心处在自己的精神的家园里，在这个家园里，一切正面的美好的情绪似乎都会被拥有：宁静的、温暖的、光明的、纯洁的、欣喜的、充实的、澄明的、有意义的、通向无限与永恒的……人的存在目的往往就是找到这种美好的丰富的归属感。所谓灵魂奥义是指人类心

---

① ［英］安德鲁·洛思：《神学的灵泉》，游冠辉译，中国致公出版社2001年版，第7页。

灵的超自然、超社会、超理性部分的秘密，这也是心灵的最根本、最深层次的；也是最深奥的部分，甚至也可以说其涉及人类心灵最终极的微妙的根基部分。人存在的灵魂奥义之一就是对具有终极感的精神家园的那份无名的想象、憧憬与依恋，以及与此相关的或浓或淡的乡愁意识，不同形式的乡愁与家园意识表达正是灵魂微妙渴求的显露，其也最能从某一侧面体现诗意的本质。真正意义上的乡愁与家园意识与灵魂的秘密——神性—精神原型渴求——紧密联系在一起，真正意义上的灵魂状态意味着人处在神性—精神原型的隐蔽召唤里，换句话说，正是神性—精神原型关切体现了人类心灵的灵魂性质。真正具有精神意义的乡愁、家园的感觉也关乎灵魂深处的渴念。

倾听神性—精神原型的召唤与启示就意味灵魂之返乡，就意味着那颗心模糊或明确地希望返归适合灵魂之地。在心灵的家园里，在返归真正的精神故乡之途中，似乎一切的正面的美好的有意义的情绪都能被表达出来。真正意义上的乡愁具有绵绵不断的无尽的色彩，真正意义上的家园感也具有永不消逝的永恒意味。乡愁和对精神家园的牵挂、怀念与回归欲紧密联系在一起。诗意就是以某种和谐方式体验返回久远故乡的那种感觉、体验、情境与氛围。从本原性视角来看，所谓神性最后可追溯到世界的起源时，追溯到存在本身，而人类最深邃的精神故乡或许就在宇宙诞生前的那片神秘的寂然、宁静、清澄与空无之中。这种寂然、宁静、清澄与空无也是神性之依据，也是人的诗意体验的最深邃、最微妙的第一因，也是诗意得以产生的最深邃最微妙的不同于自然因果链的第一创造因。

　　诗人荷尔德林步入其诗人生涯以后，他的全部诗作都是还乡……
接近故乡就是接近万乐之源（接近极乐）。故乡最玄奥、最美丽之处
恰恰在于这种对本源的接近，绝非其他。所以，惟有在故乡才可亲近

本源，这乃是命中注定的。①

真正意义上的故乡、返乡或乡愁是神性意义上的，对应着灵魂之我的隐蔽渴望与寻求。在故乡、返乡与乡愁方面也有精神层次与境界的区分。真正意义上的精神乡愁是富有神性感的，是与人性弱点中的单纯的偶像依恋相对立的，虽然大部分所谓的乡愁是可以统一的，统一的基础是那些象征性偶像与神性显现的统一，那样故乡就变成了真正的超出单纯人性的神性光辉闪耀之地。只有神性光辉闪耀之地才配成为灵魂深处之乡愁对象。偶像式乡愁体现的是人性的基本局限。乡愁意识也基于永恒感的归属与皈依意识，乡愁意识也基于绝对感的归属与皈依意识，乡愁意识也是基于无限感的归属与皈依意识。

进入神性—人对应、感应、顺应与合一精神性存在结构，使神性与人性达到融合与统一，这是信仰—存在—诗意路线要实现的主旨。信仰—存在—诗意的路径意味着神性与人性的相遇的路径：神性—人的召唤与被召唤，及其交感，或显现为人对神性的分有。诗意感是神性与人的相遇、交感结果之一，也是神性的显露。富有神性的诗意才可算高级诗意。这一冲向精神源泉处的动力性精神也是神性召唤之结果。短暂者无法永恒，有限者无法无限，相对者无法绝对。这是生命的铁的事实。但在人的充满奥秘感的天性里，在人的那颗微妙的心灵里，在那份精神渴望的深处，人又试图打破这一铁律，并表现出超出一般人性渴望的神性—精神原型渴望：试图超越自然、社会、个体加给自己的限制，超越短暂、超越有限、超越相对、超越偶然的方面，去与永恒相遇、与无限照面，并回归到具有永恒、无限、绝对之精神之境里。这种相遇、分享、照面与回归欲经常表现在人的存在的深层经验里，表现在人们常常称之为"宗教般的"有价值的深

---

① ［德］海德格尔：《人，诗意地栖居：超译海德格尔》，郜元宝译，时代华文书局2017年版，第127页。

刻体验里，这种具有宗教般的体验从根本处也可称为富有诗意的。神性—精神原型召唤对应的是灵魂渴求，其蕴藏于人类存在的深处，其是对超出人类一般经验的那个方向憧憬、渴慕，这也是人的难以言明的深层精神性关切。人类经验（包括理性）有先天的局限与缺陷，人类经验（包括理性等）也难以抵达"超验"中的事物，但人类总是试图在一般的经验的层面对"超验"精神本体进行想象、体悟并进行各种各样的虚拟与重构。

在以信仰或宗教为支撑的文化中，人们经常从神性（上帝、真主、梵或神）源头处寻找精神性的归属，寻找那个能给人带来精神慰藉的深邃宽广的永恒无限的家园，以及真、美与善（或道德）等各种精神的依据，这也是富有灵魂意味的诗意家园。荷尔德林的诗歌《许贝利翁的命运之歌》表达的也是对拥有神性光芒的那个诗意家园的怀恋。

> 但是我们却失去了
> 栖息的家园
> 人性的崇高
> 盲目地一点点沉沦 消失
> 就象撞落在悬崖上的浪花
> 又无知地扑向另一个悬崖
> 年复一年 没有目的
> …… ……
> 我在神祇的怀抱里长大。

美好就是人的存在仿佛进入了久违的精神故乡的感觉。这种基于诗意的美好常常也给人带来或淡或浓的乡愁。女人身上的诗意之美也像能带我们进入故乡的一个飘动着的白色帆船。美国诗人爱伦·坡的《致海伦》：

　　　　海伦，你的美在我的眼里，

　　　　有如往日尼西亚的三桅船

　　　　船行在飘香的海上，悠悠地

　　　　把已倦于漂泊的困乏船员

　　　　送回到他故乡的海岸。

四　神性—精神原型召唤及完整人格

　　德国哲学家黑格尔在《美学》这部著作中，在谈论人物性格时曾表达过关于人的性格完整性的观点：每个人都是一个整体，本身就是一个完整的世界，每个人都是完满的有生气的人。① 可能在这里，黑格尔更多谈论的是富有现实性的性格。但从更为理想的精神性观点来看，没有伟大深邃精神的引领、召唤也就没有真正意义上的完整有生气的性格，也没有完整自由的人格。真正意义上完整人格的建立与神性—精神原型的引领密切相关；真正意义的完整人格具有深邃的精神含义。倾听神性—精神原型的召唤、启示需要人的存在深处的神性响应（或回应），通常所说的内在的神性经常体现为自由的完整的独立的精神性面貌。由此，也可以说，只有自由的完整的独立的精神人格面貌才能真正响应来自神性—精神原型的引领、召唤与启示。俄罗斯存在主义哲学家尼古拉·别尔嘉耶夫在《精神与实在》中说：

　　　　所有的宗教都信仰，在人身上都有神的因素。②

　　《圣经·创世记》1 章 27 节说：

———————————

　　① 参见［德］黑格尔《美学》第一卷，朱光潜译，商务印书馆 1997 年版，第 303 页。
　　② ［俄］尼古拉·别尔嘉耶夫：《精神与实在》，张百春译，中国城市出版社 2002 年版，第 206 页。

第一章 神性—人信仰存在结构及神性—精神原型

上帝就照着自己的形象造人，乃是照着他的形象造男造女。

美国哲学家蒂里希也认为：

> 如果人不再能够从中心、从整体中来行动……那他也就不再是真实意义上的人。他已被非人性化了；我们必须清楚地理解，非人性化的概念正是来源于这种不自由的现象……但问题在于：我们是否能够作为一个完整的人而做出反应。①

完整自由的人的形象、人格与他身上的神性因素交融在一起，与他能够自由地倾听神性—精神原型的启示与召唤联系在一起。人在各种世俗现实的分裂处境中常常是被遮蔽的，并因此变成被非精神性因素（方向）奴役之人，也变成了分裂分散之人。所谓昏昧的现实也可以理解为遮蔽了神性—精神原型召唤启示的可能性。反过来说，人也只有在听从神性—精神原型召唤时才能从那种昏昧的遮蔽中解放出来，才能成为真正的完整自由的精神性人格，同时也才能成为海德格尔意义上的诗人或诗意人。在他眼里所谓诗人（或诗意人）就是神性的召唤者，或者更准确些就是听从神性召唤者。在我们这里自由完整的富有诗性的人就是能被神性—精神原型所召唤启示者。在印度的《奥义书》中"梵"也是最高的"原人"。在这里，我们只是把神这一最高的"原人"理解想象为能动的"神性—精神原型"。

"正如巴特曾经说过的那样：'自上帝成为人以来，神学也就成为人学'，在这一语境中，上帝的形象的特质［作为构成与非人对立的、人的实存的人性（humamum）的根本决定］影响着整个上帝的启示的范围。"②

---

① ［美］保罗·蒂里希：《蒂里希选集》，何光沪选编，上海三联书店1999年版，第91页。
② ［美］雷·S. 安德森：《论成为人——神学人类学专论》，叶汀译，上海三联书店2012年版，第84页。

信仰的诗意及存在的复归

所谓信仰—诗意来自人的基本信仰存在结构，来自召唤与被召唤的存在结构。在我们这里，神性即最根本最原初最纯粹的存在本身之纯存在性，各种精神原型是其一体多位之显现。神性与精神原型在实质处具有同一性。根据我们前面所说的神性—人（或神性—人性）对应、感应、顺应与合一的信仰存在结构，信仰—存在—诗意路线中的诗意人可用以下简明形式表达：以完整和谐的方式对应、感应、顺应乃至与神性—精神原型合一者。

德国哲学家舍勒说："谁把握了一个人的爱的秩序，谁就把握了这个人"①。要笔者说：谁把握了一个人的基本信仰存在结构，谁就把握了一个人的中心人格。信仰型存在结构使人的存在更具有精神的气息，这里神性与人是召唤与被召唤、启示与被启示之间的关系，召唤启示者是神性—精神原型，被召唤启示者是憧憬渴望着的富有灵魂感之我。在这种召唤启示结构中，人的形象也更具有理想的精神性光辉，在这种存在结构中，人的形象是完整自由的人格形象，也是分有神性—精神原型的人。通常说的具有神性特质的人的形象就是对应、感应、顺应乃至与神性—精神原型融合为一的人。

所谓人格主义与这种超越性的信仰相关，因为真正意义上的人格代表拥有中心、原初及其完整，代表拥有统一的具有自己深邃精神源泉的整体。神性—精神原型是完整自由人格感受诗意的基础与核心，这个精神原型和人一起共同创造了诗意情境，这个神性—精神原型也成了诗意人的体验基础。与神性—精神原型相遇成为富有神性的那些人，他们感应、顺应、分享乃至与神性融合为一。按照我们前面对神性的理解、想象、领悟与洞悉，诗意人的形象就是那些与至高深邃之精神原型交融的人，或者说是那些感应、顺应、分有乃至与精神原型融合为一者。这些人属于富有神

---

① ［德］舍勒：《爱的秩序》，林克等译，北京师范大学出版社 2014 年版，第 92 页。

性者，也是具有极高精神价值者，也是被神性光辉笼罩之人，是从某种侧面彰显了神性—精神原型的人，这些人是真正意义上的精神型英雄，也是真正具有宽广深邃灵魂之人，甚至可以说这些人就是拥有深邃宽广的宇宙精神者。

因此，在我们这里，完整自由的精神性人格意味着：他是被神性—单纯之精神原型召唤启示的人。这是基督教、伊斯兰教、印度教、佛教、道家之理想的人的形象的核心内涵，这尤其体现在基督教的理想的人之形象中。单纯明净之人是单纯型的代表。完整自由的精神性人格意味着：他是被神性—无限之精神原型的启示召唤的人。各式各样的舒展的自由人都是无限精神的体现。他是被神性—永恒之原型精神启示召唤的人。他是被神性—创造之原型精神的启示召唤的人。这是基督教、伊斯兰教、印度教、佛教、道家等之理想的人的形象，尤其体现在基督教的理想的人之形象中，具有精神创造力之人是创造型的代表。莎士比亚、但丁属于创造型的文学艺术类代表。牛顿、爱因斯坦属于创造型的科学类代表。完整自由的精神性人格意味着：他是被神性—空静之精神原型的启示召唤者。这是拥有深邃灵魂的寂静者，是印度教、佛教、道家之理想的人的形象，伊斯兰教、基督教也持这种观点。宗教历史上的那些甘于寂静的伟大圣徒是空静型的代表人物。完整自由的人格意味着他是被神性—光明之精神原型的启示召唤者。这是基督教、伊斯兰教之理想的人的形象，尤其体现在基督教的理想的人之形象中，拥有深刻精神的博爱之人是光明温暖型的代表。耶稣是光明型的代表。完整自由的人格也意味着他是被神性—圣洁之原型精神的启示召唤者。这是基督教、伊斯兰教之理想的人的形象，尤其体现在基督教、伊斯兰教的理想的人之形象中，圣洁之人是圣洁型的代表。完整自由的精神性人格还是那些被神性—气韵之精神原型启示召唤者。这体现在各种宗教关于人格的理想论述之中。

第二章　神性—人信仰存在结构及存在之核心实践

　　神性—人信仰存在结构决定了存在核心实践的内在性、超越性，即人的存在之核心实践是内在性的超越性的。这种内在超越性存在实践在古印度文化里被称为"亲证"，即来自存在根处（梵，或佛）的证得，是存在之直接的体验、领悟并证明，不是通过各种中介性的概念、意识的转述、传输，不是经过中间者道听途说而来，不是通过中介性的理性意识得知的。既然亲证是来自对本体处的体悟、洞悉、体验，其自然也是人的智慧与内明的标志。这种存在之核心实践在传统中国文化里接近"得道""践仁""禅定""内圣"等深度价值体验，但在现代大多数中国人意识中，所谓实践和生活的内在经验（心灵实践）关联不大，更多属于外在的物质性的活动，是对象化的活动，以及在此基础上的客观化、理性化活动，其含义基础和使用各种工具的劳动意象不可分，这种客观的实践联结着主观与客观两头。这种外在客观的物质实践是本体，几乎决定了一切。在我们这里，内在的超越性的心灵实践与传统儒家的道德实践有相似之处，尤其与儒家的"内圣"实践有相似之处。真正有意义的所谓实践是存在之内在性超越性实践，是触摸神性—精神原型的心灵实践，其常常既是内在的也是超越性的，换句话说，真正有意义的存在实践指向内在的灵魂性活动，即与信仰相关的实践。从信仰的视点来看，人的真正存在（及生命）之核

心实践不是来自外部，而是来自内在的心灵活动，来自内在的内部生活体
验，来自有价值感的深度体验，这常常是与神性—精神原型信仰相关的有
价值的内在生命体验（灵魂体验），是内在性与超越性相统一的生命实践，
也即与生命直觉交融于一体的富有深度的精神价值体验。神性—人（或神
性—精神原型—人）信仰型存在结构，其实质就是肯定内在超越性的心灵
实践，肯定内在的生命的核心地位，肯定让人直接进入到存在（及生命）
中心的核心实践，而所谓存在（及生命）之核心实践就是与信仰相关的各
种富有价值感的存在体验。哲学家尼采是反基督教的，对基督教的神——
主耶稣——常常颇为不敬。但对耶稣的如下特点却大为肯定。在《上帝之
死（反基督）》一书中，他以赞美的口吻说：

> 在他唯一认知它的方式中的概念，"生活"体验最重要，反对任
> 何种类的文字、公式、法则、信仰、教条。他只说到最深处——一切
> 其余的，整个现实世界、整个自然、语言本身，对于他而言，只有符
> 号价值，即一种明喻的价值。①

在思想家尼采看来，能说到生命最深处的就是体验，或者说能说到存
在（及生命）的核心处就是体验，是深层的富有价值的存在体验（或经
验）。尽管尼采对价值的理解或许完全不同于耶稣。内在的超越性深度价
值体验本身就是存在与生命之核心实践（不同于纯理论空谈）。向深层进
入也必然会触及信仰之存在体验。"存在主义"这个名词就是由法国哲学
家马塞尔提出的，他把与人的宗教天赋相对应的上帝理解为"绝对的你"，
与绝对的你成为最亲密和最可靠的朋友的经验就是宗教（或信仰）经验。
他的宗教存在主义的主要任务就是展现人的存在经验，比如"揭示含蓄的
经验"等，这种"含蓄的经验"本质上就是信仰经验，这种信仰经验不仅

---

① 转引自黄应全《人世生存的肯定者》，河北大学出版社 1998 年版，第 120 页。

信奉宗教的人有，而且所有的人都有。含蓄的信仰经验构成了我的属于私人的"存在之秘密"，① 在他看来，存在主义经验是一种面向永恒、无限与绝对的经验。真正意义上的存在主义经验是建立在宗教意识基础上的，是一种通过直觉的"体验"或"反省"而达到神秘之境的经验。存在（及生命）之核心实践就是海德格尔所说的本真经验，是对"存在遗忘"的一种找寻，也是对"虚假存在"的克服，这种意义上的存在与生命实践自然是诗意性的，也是一种含蓄的经验，这种不可言说的含蓄性在东方的文化语境里，被更加突出地言说出来。

第一节　存在之核心实践及深层价值体验

一　超越虚无主义、对精神原型之敞开

人们经常谈论的所谓虚无，是指人的存在中的非存在（或有限性）的威胁，尤其体现在时间性方面。虚无常常意味着价值的失去，失去了稳固的永恒根基，尤其是失去了最高的精神价值根基与基础，并由此使存在失去了最坚实的依托，活在没有坚实价值根基所依托的深渊里，这种存在意象就是虚无的。能让人产生精神坚实感的体验，恰恰是虚无的反面，而最高精神价值标准植根在本原性的神性—精神原型里。失去了被更为本原的神性—精神原型的启示与召唤，陷入受种种非存在威胁的现实——自然的、社会的、表层意识的——遮蔽里，人就必然产生种种非存在感，必然被非存在感包围，也就必然陷入空虚与虚无的体验里。但对存在的虚无，在西方似乎也有不同的理解（或看法），也就是有不同的虚无观。尼采的

---

① 参见［波］耶日·科萨克《存在主义的大师们》，王念宁译，中央编译出版社 2003 年版，第 73—75 页。

虚无观就与众不同。他认为基督教的上帝观念（及其超感性观念）使人的活生生的感性存在陷入虚无。因为这些观念否定了现世的自然性价值，否定了现实的感性的生命力与入世的生存意志，属于消极性的虚无主义。他倡导积极的虚无主义，也即积极地肯定感性生命的价值观。海德格尔在《尼采的话"上帝死了"》一文中说：

> "上帝死了"，这句话意味着：超感性世界没有作用力了，它没有任何生命力了，形而上学终结了……这句话包含着以下断言：这种虚无展开自身，"虚无"在此意味着：一个超感性的约束性的世界的不在场。虚无主义，"一切客人中最可怕的客人"，就要到了。①

按照文明宗教（基督教、伊斯兰教等）与各种存在主义普遍一致的说法：人的实存本身是虚无的。《存在与时间》《存在与虚无》这两部存在主义的最著名的著作的标题就揭示了人的存在的虚弱性。正因为人的存在根基是虚无的（同时也是自由的），所以更需要一种克服虚无的精神力量。个体人的存在的虚无并不代表世界整体存在之根基的虚无，也并不代表超感性世界就此离去。相反，自由的同时也是虚无的人类需要超越虚无性，需要能克服虚无的伟大精神的指引，需要作为存在支撑的最高价值之光的照耀。人类世界各地的信仰型文化差不多一直坚持这种超越性。不少思想家（尼采等）反对这种可能导致感性生命力丧失的超越性引导，反对以超感性的最高价值去克服人的存在的虚无（或有限性）。但人类存在之路上一直潜伏着一个无形的精神陷阱（这也是人的存在本性缺陷所致）：落入内在存在的虚无主义或者说陷入精神空洞的虚无主义的困境。这是富有生机的人类需要时时刻刻面对的最根本的问题之一。在如何克服内在存在的

---

① ［德］马丁·海德格尔：《林中路》，孙周兴译，上海译文出版社 2014 年版，第 211—212 页。

虚无主义的问题上，世界各地的思想家们有不同的探索或答案。甚至对虚无主义本身也有不同的看法。海德格尔在《尼采的话"上帝死了"》一文中对尼采关于虚无主义的定义进行阐释道：

> "虚无主义意味着什么？……最高价值的自行贬黜。"……根据这则笔记来看，尼采把虚无主义理解为一个历史性的过程。他把这一过程解释为对以往最高价值的废黜。上帝、超感性世界（作为真实存在着的并且决定着一切的世界）、理想和理念，决定并包含着一切存在者（特别是人类生活）的目标和依据。于是那些最高价值就已经自行废黜了，最高价值的约束力量摇摇欲坠了……根据那至今仍在流行的意见，人们所理解的最高价值就是真、善、美。①

我们这里坚持认为：真正的精神生机与活力是内在的，由此坚持超感性的内在精神的超越路线。我们认为——与尼采的想法恰恰相反——要克服人的存在的虚无就不能在人类自身身上打转，更不能奠基于人类的自然感性之维。他所谓的积极的虚无主义也并不是克服存在虚无的正确道路。能克服虚无的最可行的方式就是走自由的真实的信仰之路，也即信仰—存在—诗意之路，这也是人类世界最古老的经典与最古老的精神传统所倡导的路线。这条路线的本质就是要解决如何与神性—精神原型的相交相遇相融问题，这是能给人带来意义体验（包括各种深度价值体验）的内在实践问题，不是空洞的理论问题，也是如何才能进入神性—人对应、感应、顺应与合一的信仰型存在结构的问题。换句话说，克服虚无之存在就是与神性相交相遇相融的存在，也可以说是被神性之光所指引的存在。与神性—精神原型相交相遇相融的过程就是忘却现象之我的过程，即忘却现象的各种功利之我，抵达纯粹的灵魂之我的过程，如果这也算虚无主义，那么，

---

① ［德］马丁·海德格尔：《林中路》，孙周兴译，上海译文出版社 2014 年版，第 216 页。

这才算是真正积极的虚无主义，才算是真正回归人的精神本质的过程。自由的忘却现象之我的过程是回归存在的核心与精神本原的过程，也是克服虚无的过程。在人类早期的各个古老的文化世界里，差不多都建造了许多超越人性通向神性的大门或者说窗口，也都欲超越人的现象之我（或有限之我）唤醒人的灵魂之我（或无限之我、纯粹之我），神性—精神原型与人的灵魂之我几乎一同显现。人的灵魂之我的呈现过程就是与神性相遇相交相融的过程，也是借助神性（纯存在性）超越现象之我（被非存在性威胁）并克服虚无的过程，这也是人类存在之核心实践，是基于内在化与超越性的心灵体验实践。在人类古老文化中的这种与神性沟通获得存在感的生命实践，差不多和人类进入文明时期的时间一样漫长——已有几千年甚至上万年。存在与生命的真正核心就来自这种真实的内在的生命实践，这一内在的切实的生命实践呈现在存在整体的各种富有灵魂性的情感感觉、情感感受与情感体验上。

> 非存在属于存在，存在若没有非存在则作不了生命的基础……通过肯定我们的存在，我们参与到存在本身所作的自我肯定之中。①

只有通过肯定存在本身才能超越虚无主义。美国著名思想家、文学家、诗人爱默生被称为"美国的孔子""美国文明之父"，可以说，他是美国思想的最典型代表。他极力倡导超验主义，他以他思想中的东方韵味启发了西方世界，同时亦挑战了西方传统的宗教思想。他提出的超验主义路线实质上也就是信仰—存在—诗意的路线，实质也就是让人进入神性—人性的信仰性存在结构。超验主义者强调万物本质上的统一，万物皆受"超灵"制约，人类灵魂与"超灵"一致。而他所谓的超灵就是指自然万物的

---

① ［美］保罗·蒂里希：《蒂里希选集》，何光沪选编，上海三联书店1999年版，第282—284页。

"共同的心"，或者说自然万物的"整体灵魂"。① 在爱默生看来，精神与智慧与自然与真理共存，这不是某个人可以拥有的，而是属于创造世界的那个整体灵魂或超灵，人类需要做的就是追求超灵—人合一的生命存在，而这个超灵作为整体的灵魂与共同的心，遍存于自然万物，也是宇宙的精神性本体。爱默生参照东方哲学，以超大的神性存在为核心，把神依赖转为神于心中（神内），其思想观点与东方古印度的印度教及中国的道家思想有颇多契合之处。

克服虚无意味着存在的敞开，并能倾听来自神性—精神原型的启示与召唤。这种启示与召唤可以和日常生活结合在一起。在东方的印度，日常的信仰—存在就具有浓厚的内在的诗意色彩。练瑜伽就是与神或神性相交相遇的过程。瑜伽一词就是由印度梵语 yug 或 yuj 而来，其含义为"一致""结合"或"和谐"。瑜伽就是一个通过一整套的可操作的身体运动体系去提升精神意识，乃至上达至高神圣之梵，也是借此帮助人类充分发挥内在的精神潜能的体系。在瑜伽的古典时期，静坐、冥想及苦行，是其修行的中心。只有通过苦行的修炼技术才可产生生理转化和精神体会的融合，并最终达到具有神圣感的精神境界——梵我合一的境地。在瑜伽的较为理想的境界里，练瑜伽者触摸到了精神的无限。

> 印度的瑜伽认为，透过高度专注与静心的过程，我们的意念确实能到达一种知识不再是知识，主体与客体合而为一的无限之境，那是一种不能言传、只能意会的存在状态。②

我们比过去任何时候都需要灵性力量挺身相助，我们一定能发掘这份深藏在我们内心的力量。先驱者展开冒险时也在受苦，经过一番披荆斩

---

① 参见［美］爱默生《爱默生随笔》，蒲隆译，上海译文出版社 2010 年版，第 151 页。
② ［印度］拉宾德拉纳特·泰戈尔：《人的宗教》，曾育慧译，湖南人民出版社 2017 年版，第 111 页。

棘，生命便提升到一个更高的层次，人也得以安歇。①

　　与神性相遇交感的过程也就是人的存在不断向内返归，或精神向上的超越的过程，与神性—精神原型相交相遇的过程，也是灵魂的一种敞开过程，也就是人从自然之我、社会化之我、一般的表层意识之我向灵魂之我的回归过程。人有多条与神性—精神原型相交相遇并受启示的路径与方式。有自然主义路径：通过对大自然的万千呈现，领悟自然背后的神性，与纯粹的神性相交相遇，并回归灵魂之我。有感性主义路径：通过感性（审美的）的陶醉，忘却现象自我，超越欲望的感性之我，再超感性境界中，抵达纯粹本质之我。这也是西方的狄奥尼索斯式的路径。有通过集体协作的方式，忘却自己，走上与神性相交相遇之途。超越社会化之我，在利他的理想的存在境界里，抵达纯粹的灵魂之我。有传统主义路径：通过回归传统的方式，过着谨守道德传统的生活，走上与神性相交相遇之途。超越一般的表层意识之我，在守一的存在境界里，抵达纯粹的灵魂之我。有寂静主义路径：通过回归存在的寂静，忘却躁动之我，走上与神性相交相遇之路。在远离各种纷扰的寂静之中，回归灵魂之我。有冥想主义路径：通过收视反听，进入冥想，走上与神性相遇之路。在冥想的物我混一的存在状态中，回归灵魂之我。有崇拜主义路径：通过祈祷与崇拜，进入至高者、神圣者，走上与神性相交相遇之路。在仰望至高者的存在中，回归灵魂之我。等等。

　　　抱凡守一，与天地同极，乃可知天地之祸福。（马王堆帛书《黄帝十六经·成法》）

　　存在（或生命）的真正核心来自真实的内在的生命实践，这一内在的

---

　　① ［印度］拉宾德拉纳特·泰戈尔：《人的宗教》，曾育慧译，湖南人民出版社2017年版，第93页。

切实的生命实践呈现在各种富有灵魂性感的情感感觉、情感感受与情感体验上。与神性—精神原型相交相遇就是内在存在的敞开，就是内在真实的生命实践的显露，这就意味着倾听来自神性—精神原型的启示与召唤，也意味着人的存在超越现象之我——自然之我、社会化之我、一般的表层意识的我——回归灵魂之我的过程，这是响应精神性原型的呼唤过程：一是响应本体的空静清寂无的召唤；二是响应本体的精神之光之火的召唤；三是响应本体的圣洁、洁白、清澈、无染的召唤；四是响应本体的气韵的召唤；五是响应本体的单纯性的召唤；六是响应本体的创造性的召唤；七是响应本体的无限性的召唤；八是响应本体的永恒性的召唤。还有响应以上八个方面的各种混合的形式的召唤。

二 神性—精神原型与真善美价值

从世界最古老文化——古希腊、古印度与古代中国等——核心经典的视野来看，神性与价值根基联系在一起。神明维度代表着超越人的最重要的价值方向，也代表着价值体验之方向之源泉。在我们这里，神性展开为神性—精神原型，也就是说价值、价值体验关乎神性—精神原型，关乎空静、光明、圣洁、气韵、单纯性、无限性、永恒性与创造等原型精神。这也体现在至真至善至美方向与维度里。至真、至善、至美本质上体现的就是神性—原型精神这个代表价值方向、依据的精神存在本身，这是真理、道德与美学寻求的最高精神目标，神性—精神原型代表了最根本的真、善与美，是真、善与美的来源、核心、本质与基础。这是具有神性的真、善与美。

真、善与美有着共同的最初的精神本质，即神性—精神原型，这是一个富有创造性的原初的精神存在本身。与至善交融就意味着与存在深处的神性相遇、感应与合一，在人的内心深处就自然渐渐形成善。善的维持与维系主要靠这种内在的信念，靠的是内在的"自律"，即内心的绝对的善根。神性—精神原型被深嵌于内心里，内在地指引着个体存在。真正的善就是神性—精神原型精神存在被置放在内心里，或内心深处，这是内化的神性或善，或者说是内化的神性—精神原型，也可以说善就是神性—精神原型在每个人内心中的回声，是神性—精神原型—人之间在内心里的对话。内心的这种神性经常表现出利他倾向，也会不断地拷问人，会使他灵魂不安，有罪恶感，内心动荡，有激烈的争战。所以善是个人的一种立足于神性—精神原型的信仰与修为，主要表现在内心灵魂深处，属于"走心"的善。这种内在的善（或道德）很难通过外在的律法、或外在的表演与装扮的手段达到，这种立足于灵魂的内在之善会给人的存在带来精神性光辉。相反，所谓罪性就是神性—精神原型的失去与被遮蔽，是和神性—精神原型相对相反的倾向。

信仰—存在—诗意路线中的存在是充满内在至善的存在，这种至善具有一种内在的精神性光辉，这种光辉来自内心与至善的交融，道德光辉就显现在至善的方向，体现在借着至善战胜世俗的感官方面。真正的善经常充满了无声的静默色彩，是内在灵魂的一部分。内心道德的苏醒与层次的提升常常和灵魂的被光照相关。在雨果的《悲惨世界》里，冉·阿让因偷了一块面包被判十九年苦役，出来后再次偷了大主教的银器。主教大人善意的谎言让冉·阿让感受到了来自神性的内心光辉。感于主教大人的恩惠，冉·阿让化名马德兰来到蒙特勒小城，从此洗心革面。这类展现至善影响的道德主题很真实，常常也可显露出基于信仰的诗意韵味。中国式道德观念常常偏向外在性，常常缺乏内在的感动力。

神性—精神原型体现在具有单纯、永恒与无限基础的至美方向与维度里，体现为至美或天地之大美。至美是神性—精神原型的精神折射或形象显现。印度诗人泰戈尔在一系列的诗集与散文诗集中都表现了自己追求神、等待神的心理过程，同时也是美与诗意的展现过程。他的宗教是"一个诗人的宗教"或"一个艺术家的宗教"，既不是一个正统的虔诚的人的宗教，也不是一个神学家的宗教。

"那是自我与无限合一的状态，同样也是一种难以言喻的境界。这些经验在印度都很普遍。我不否认这些经验的真实性，但希望读者们也相信其他人的证词，他们对某个'存在'怀着深刻的爱，那是一种和谐、一致、合一的巨大情感；这个存在容纳了所有人性的知识、意志和行动。那就是神，他不仅是所有真实的总合，更是穷尽过去与现在所有努力依然仰望的目标。"①

他在与爱因斯坦的对话中也说：

> 我的宗教就在与至高无上者的和解中，在人类普世的精神中，也在我的个体存在里。这是我在希伯特讲座的演说主题。②

在印度的古哲学中，"梵"是宇宙万物的统一体，是人类和谐的最高象征。在泰戈尔看来，梵就是宇宙灵魂，就是宇宙精神，就是"无限"，就是 God，也就是神。在《吉檀迦利》中他写道："梵就是树木、种子和幼芽，梵就是花朵、果实和树荫，梵就是太阳、光明和被光明照亮的东西。梵无所不在，世界上的男女都是梵的形相。"泰戈尔的生命中浸透了这种神性意念，这也是存在着的一种神秘精神力量，主宰着宇宙与人类社会。秉承印度古老《奥义书》《薄伽梵歌》等典籍的传统，他对于这一神秘力量有种种不同的称呼，包括"永恒的原人""至高神圣者""最高实在""无限人格""无限""神人"等。

泰戈尔不是传统意义上的严格的宗教人士，但他相信神性—人或神性—人性的对应、感应、顺应与合一交融的信仰存在结构，相信这种精神性存在结构给人的生活带来的美好与意义感。他信奉的是信仰—存在—诗

---

① ［印度］拉宾德拉纳特·泰戈尔：《人的宗教》，曾育慧译，湖南人民出版社 2017 年版，第 118 页。
② 同上书，第 122 页。

意之路线。他没把这种基于信仰的富有诗意的思想观念引向传统的宗教主题——来世或彼岸。他立足于人间此岸与和谐的人性，并由这种和谐观念产生出博爱，将爱的感情不断拓展，拓展至全人类，并摆脱人类中心主义，将爱之感情拓展至整个生物界，拓展至地球家园，拓展至整个大自然。随着这种爱的感情的拓展，人类无私的胸怀得以充分显现。他寻求那种"梵我合一""天人合一"的境界。在《吉檀迦利》《新月集》《园丁集》《采果集》《飞鸟集》《游思集》《流萤集》等诗集中的"你""她"等都是一种泛指，既可是他爱恋的女人，也可是他的挚友，或者就是陌生的过路者，可以是任何一个体现神性的人或物。

　　　　我的一切存在，一切所有，一切希望，和一切的爱，总在深深的秘密中向你奔流。你的眼睛向我最后一盼，我的生命永远是你的。①

　　从泰戈尔的诗中，我们看到，内在的至美就是倾听神性—精神原型的隐蔽的启示与召唤，并敞开灵魂感应、接受、并融汇于神性—精神原型——单纯、光明、圣洁、气韵、永恒、无限之中。至美来自人与自然世界整体灵魂相连相遇，这是天地之大美，也是基于神性的灵魂美。柏拉图说：应该学会把心灵的美看得比形体的美更加珍贵。心灵美的最深邃的原型就是神性—精神原型。这是超越了感官的深邃的内在美。这种内在的至美，更能经受时间侵袭。这也是超验的关乎灵魂的美，可以说这是真正经得起时间考验的美，真正的美和无限、永恒气息联系在一起，是对空静、光明、圣洁、单纯、无限、永恒等原型精神的显露与折射（包括内在与超验的美）。

　　世界上大多数高级的有价值的文化都倡导追寻这种基于神性—精神原

_____

　　① ［印度］拉宾德拉纳特·泰戈尔：《人的宗教》，曾育慧译，湖南人民出版社2017年版，第158页。

型的内在至美。

（1）内在之美与神性—精神性本体（空静、光明、圣洁、单纯、永恒、无限等）有更多的关联，也更多关乎人的内在心灵，其对人的心灵产生影响，这种内在美的高级形式（超验之美）具有基于善的神圣气息，欣赏这种内在的与超验的美需要一种特别的精神气质，也需要精神方面的素养与修炼。被内在至美笼罩的女性具有天使的气息，拥有纯粹的善良，灵魂深处有慈悲与博爱，也拥有圣洁、纯洁与温柔宁静之力，能融化四周的污染、戾气与躁动。能宽容包容忍耐。这类女人俗称白玫瑰。真正意义上的大自然之美属于内在之美，大自然的原始的辽阔、深邃、荒凉、宁静……大自然的美唤起了你灵魂的深刻的共鸣。真正意义上的艺术的美也是如此，其通往我们灵魂中的无限永恒的方面，激起的是持久的平静中的隐蔽的激情。任何一种高级的优秀文化都追求这种至美，都发展拥有这种内在至美的内在型文化。

（2）从更为本原的视角看，至美更接近至善，常常交融在一起，至美和至善所发出的精神光辉相近。这种至美散发出至善的精神光辉，或者说这种至善散发出至美的光辉。亚里士多德就曾说过：美是一种善，其所以引起快感正因为它是善。柏拉图说：善就是灵魂的和谐。康德说：美是道德上的善的象征。彼翁说：美是善的另一种形式。苏格拉底也反问似地说：你以为美与善是截然不同的两回事吗？你不知道凡是从某个观点看来是美的东西，从这同一观点看来也就是善的吗？善与美的最后根源都可以追溯到更高的精神源头——神性—精神原型。至美与至善都是神性—精神原型的精神光辉的映射。这种至美与至善以其单纯、永恒或无限，以其宁静、光明、圣洁等唤起我们存在的价值感、意义感。这种至美与至善散发出不朽的精神光辉。

（3）从感受上说，至美至善与内在的神性—精神原型交融在一起，是一种使人从世俗世界中向内返归的美，具有内在的超验色彩，这种美让人的心灵感受到万物之统一，感受到一片与神性相对应的纯粹世界，并在此基础上感受到意义、澄明、充实、神圣、宁静等。纯粹的精神世界可让灵魂扩展丰盈，趋于充实、丰富与寂静，或者说让人灵魂充实、丰富、有意义。这种内在的至美仿佛让人进入了久违的灵魂故乡：平静、充实而丰盈，在宁静之中隐含着隐蔽的激情，与这种美对应的是宁静的隐蔽的和谐的灵魂。这种富有诗意的美常常也给人带来或淡或浓的乡愁。伏尔泰说：外在的美只能取悦人的眼睛，而内在的美却能感染人的灵魂。这种与神性—精神原型相连的美是灵魂的栖息地。

对那种具有内在美的女人，你常常体验到的不是占有以及感性的燃烧，而是灵魂的宁静、充实与意义，是飘向远方的联想及其情思，是内在与超越性的依恋、思念与态度，这种美更具有内在的精神意义。但丁、歌德、诺瓦利斯等都曾被这种具有永恒气息的富有神性的女人所感染，并创作出伟大的感召人灵魂的诗篇。对大自然之美的真正领悟也属于灵魂之我。你去欣赏秋天的零落，去领悟黄昏的悲伤等，不可能有占有的冲动，不可能具有基于感性的欲望，因而领悟这种内在的美可能没有这么多的破坏性，欣赏这种美常常和某种带有永恒色彩的精神性的情怀联系在一起，追求这种美就等于追求一种具有永恒色彩的精神。

三　离乡、返乡与神性—精神原型引领

如前所述，存在之真正核心来自真实的内在的生命实践（或体验），这一内在切实的生命实践呈现在各种富有灵魂性的情感感觉、情感感受与情感体验上。自人类文明诞生以来——尤其是现代主义、后现代主义思潮（及其文化）流行以来——人们经常感受到自己精神上的非整体感非圆满感非和谐感——精神感受上的原子化与"异化"，这种原子化、异化感受用形象的语词来描述，就相当于热爱故乡者被迫背井离乡，远离故土，"离乡"意味着离开了给自己带来慰藉、安宁与充实的精神上的"原乡"，

信仰的诗意及存在的复归

随之而来的是虚无感、焦虑感、分裂感、厌烦感等，还有伴随着这种"离乡"所带来的种种乡愁。同时人们深邃的"返乡""还乡"愿望也随之兴起。由此也可说明人们寻找神（或神性）的冲动与愿望一直没有中断过。人类之所以对"返乡""感受神性"这么孜孜以求，是因为神（或神性）意味着存在的核心精神真理，意味着心灵的圆满状态，意味着稳定的持久的喜悦、充实与安慰。正因为如此，神性—人对应、感应、顺应与合一的信仰存在结构也构成了人的真正存在的精神支撑。人的存在的最隐秘最核心要旨，不是自然之欲的满足，不是社会化的来来往往，也不是来自表面的意识，而是来自存在最深处的一种隐秘的渴求，追寻并满足这种渴求就能带来存在的喜悦与快乐。这种隐蔽渴求似乎对应着宇宙的中心精神，或者说精神性核心。这个中心精神或精神性核心，我们经常用"神"或"神性"称谓之。与神性的沟通交流本质上是一种精神返乡，或者说灵魂返乡。返乡只是一种比喻性的说法（柏拉图在《斐多篇》里就用了这个比喻性说法）。

这个神性—人对应、感应、顺应与合一的信仰存在结构不是抽象的干瘪的，其和人的直觉性存在体验紧密结合在一起。所谓价值体验归根结底要通过人类普遍持久的存在感受获得确认。生命中那些有价值感的事物绝大多数是通过我们普遍持久的体验与感受而得到确认的。所谓的富有价值的精神体验，其核心处就是不断流动绵延着的情感感受，情感感受的流动与绵延是其核心，而价值体验能给存在者带来意义、充实、澄明、神圣、宁静等存在感受，这也是能够不断流动与绵延的情绪体验团，这一不断流动与绵延的情绪情感体验团里融合融汇了最高价值观念或最高价值根基（神性—精神原型）。信仰—存在—诗意之路线常常意味着对最高精神光芒（神性光芒）的回望、回溯与返归，并因此使人的存在回归精神的原型，回归单纯明净的本原之处，也就是回到最高价值的流露与体现之处，只有这样才能获得完整、完满与和谐感。这也就是哲学家、宗教家们经常提到的精神返乡。

> 还乡就是返回与本源的亲近。①

精神返乡就是倾听神性—精神原型的召唤、启示，就是倾听神性—精神原型散发出的本原的纯粹的气息。精神离乡的感受与体验与此相反。精神返乡的体验的标志在各种带有宗教性的存在体验里明显地表现出来，也被各种宗教性思想源源不断地诉说，包括安慰、喜悦、充实、神圣、宁静等。进入真正的精神故乡意味着进入富有神性的本源之地，意味着进入神性—人（或神性—人性）的对应、感应、顺应与合一的信仰型存在结构，在这种存在结构中，神性—精神原型召唤启示了人，并在人心中显现，神性—精神原型与人之间处在感应、联系与沟通之中。

> 不管在犹太人还是在异族人中，当时的时代精神都感觉到在和神联系方面需要有一种新的方法，在天与地之间需要有一种新的结合，作为满足这种需要的一系列尝试之一，基督教产生了。②

古代的精神已觉醒的文明人类产生以来，经历了成百上千个时代，但人要"和神性联系"（或倾听神性—精神原型的召唤）的深邃的固执的愿望，及其联系沟通方法却并不像时代的更替一样纷繁多变。从中外宗教与哲学的历史来看，有两个基本的和神联系（倾听神性—精神原型启示召唤）、沟通的方式，也可以说有两个最基本的内在地返回"精神原乡"（神性—精神原型）的路径。

（1）返归内求之法。通过深邃的宁静安定的冥想进入神性—人对应、

---

① ［德］海德格尔：《人，诗意地栖居：超译海德格尔》，郜元宝译，时代华文书局2017年版，第127页。

② ［德］大卫·弗里德里希·施特劳斯：《耶稣传》，吴永泉译，商务印书馆1981年版，第256页。

感应、顺应、合一的基本存在结构，这也是人作为精神性存在的特征。通过深邃的合一安定宁静的冥想、沉思与内在的内心深处的神—精神原型相遇相交、交流、沟通，用印度宗教的说法，也就是与内在于小我之中的大我相遇相交、感应并顺应之，也就是与深藏在内心深处的神性—精神原型相遇相交、感应、顺应，或者说与人类最深厚的集体无意识中的神性—精神原型相遇相交、感应、顺应。这个方法大体是东方式的（虽然西方人的宗教性实践也并未少用），是古代印度与古代中国的宗教——印度教、佛教、道教——之精神原乡的返归法。与神性合一的过程在印度吠檀多的学派看来，也就是一种解脱论，即是亲证梵而达到梵我合一，并将之分为净心、获智、舍弃、智成四个阶段。由此可以看出，与神性相感相交相遇的过程也就是忘我的过程，忘却现象之我，抵达纯粹的灵魂之我。要超越现象之我抵达纯粹之我就需要内省冥想在宁静之中与深层的灵魂之我进行深层次的默默对话。

> 在灵性的领域里，我们意识到内在的先验真理，那是普世、至尊之人；灵性我（spiritual self）从舍弃个体自我、追求更高灵魂层次的过程当中获得喜悦。这种舍弃并非否定自我，而是奉献自我。舍弃自我的念头源自于直觉，但我们并不清楚直觉本身的意涵，因此也在寻求明确的价值和目的。事实上，追求与某种客观存在的完美典型合一，建立个体和无限者的和谐关系，就是这份直觉的目标。《奥义书》说，当人在群体之中找到自己的时候，真理便不再隐身；在此指的便是这份和谐。①

西方的一些向东方转向的思想家也具有这种倾向，包括爱因斯坦、叔

---

① ［印度］拉宾德拉纳特·泰戈尔：《人的宗教》，曾育慧译，湖南人民出版社 2017 年版，第 104 页。

本华、海德格尔、荣格等，也包括一些伟大作家与诗人。荣格的无意识理论与古代印度的思想是可以协调一致的。荣格的孙子安德烈·荣格在其所著的《荣格的房屋》一书中，就曾详尽介绍了荣格与其房屋的故事。介绍了少年读书的荣格萌生过一种深刻的精神意象：风中来往的帆船，以及湖畔的一座古堡，旗帜飞扬。多少年后，荣格有了苏黎世航海路 228 号。在门槛上荣格用拉丁文刻有这样一段文字："召唤与否，上帝永在。"荣格在其《红书》① 中曾有描述，他要在那间密室里通过深邃的冥想与上帝在默默之中沟通，并与灵魂做无声的对话，实际上也就是与沉淀在自己的内心深处的精神原型对话，或者说与深藏在他的小我之中的大我对话。荣格的深邃冥想是与神性相交相遇的方式之一。英国哲学家 A. N. 怀特海在《宗教的形成符号的意义及效果》一书中认为：

> 宗教实为人幽居独处时所干之事。……所谓宗教，实在是人幽居独处时的经验。人无幽居独处之经验，则无宗教感可言。②

幽居（或孤独）中的深邃的宽广的冥想是人幽居独处时的经验之一，通过安定的宁静的冥想实现与神性（或精神原乡、神性—精神原型）的相交相遇。相交相遇的神可以是传统的独一的人格神，也可以是用其他代用词表达的类似神性。

（2）超验外求之法。人通过神秘的仪式进入神性—人对应、感应、顺应、合一的基本的精神性存在结构，祈祷神（精神原型及其象征性代表、至高者）的降临、屈就，并与至高者发生感应、沟通、交流甚至合一。这种合一性的感应、交流常常通过各种仪式（各种文化性仪式与各种心理仪式等）来实现。仪式主要包括祈祷、祷告等。上帝或神的拉丁文为

---

① 参见荣格《红书》，林子钧、张涛译，中央编译出版社 2013 年版。

② ［英］A. N. 怀特海：《宗教的形成　符号的意义及效果》，周邦宪译，贵州出版集团 2007年版，第 2 页。

信仰的诗意及存在的复归

"deus"（词源是印欧词根里的 * deywós），意为"天上的"，因此，有人将上帝或神直接翻译成"天主"。人与神相遇相交就意味着等待天上的神的屈就，等待神的恩典、等待神的启示。伊斯兰教苏菲派思想在这方面内容丰富，涵盖面极广。其对《古兰经》的各种诠释，包括圣训学、教义学和教法学等都能给人以精神启发。在苏菲派看来，与神联系，最后临近神（即真主）必须要经过这样几个阶段：

寻求阶段：激起渴望，渴望又激起了激情和强烈的愿望和追求！临近阶段：激发了无私的奉献和付出，同时伴随着幸福的激情和渴望的疼痛，苦思并努力。同在阶段：甜美陶醉而无忧无虑，甜蜜把一切疼痛转为了甜美幸福。浑化阶段：已陶醉无私无我，物我全化，我已完全属于他，我已完全在于他，无我而只有他，只是他，只以他，只归宿于他。最后是合一阶段：物我全化，只有神，到达于唯有真主的真境。

进入神性—人信仰性存在结构，就是进入纯粹的精神性——灵魂状态里，这也是一个现象之我——自然之我、社会化之我、表层意识的我——渐渐脱离，灵魂之我——本质之我、无限之我、纯粹之我等——渐渐呈现的过程，从敞开心扉欣喜地接纳神性—精神原型开始，寻求——临近——同在——浑化——合一，进入一个真实而又深邃的精神世界，这也是人的存在的富有灵魂感的境界。

行走在信仰—存在—诗意之路上，需要的是行走者的谦卑的存在态度、敏锐的想象力、丰富深沉的情感，以及忘我的宗教沉思气质，等等。行走在信仰—存在—诗意之路上，人们会以正面的态度看待各种文明化了的高级宗教的核心要旨（包括先知们的言行），合理地肯定这些宗教对人的存在的精神向上提升之意义，并注意创造性吸收各种文明化了的高级宗教对人的存在充实、丰盈、生机有意义有价值的部分。行走在信仰—存在—诗意之路上，人们会综合各种文明宗教的合理的符合时代的核心内容，并消除其与时代不吻合的相对糟粕部分，注重人的存在过程中的各种精神性仪式，尤其注重以祈祷、敬拜（伴以舞蹈歌唱）与赞美为核心的精神仪式。在这些精神仪式中，成员祈祷、敬拜（伴以舞蹈歌唱）、赞美万物的精神本原及象征体，祈祷、敬拜（伴以舞蹈歌唱）、赞美人类存在的深层灵魂的滋养者。在信仰—存在—诗意之路里没有关于来世的许诺，也没有各种超自然的神迹，行走在信仰—存在—诗意之路上的团体是自由的松散的，可以是各种形式各种名义成立的互帮互助的团契：音乐互助会、诗歌互助会、瑜伽互助会、故事互助会、倾诉互助会等，也可以是各种宗教举行的单独祈祷会、赞美会、崇拜会等。信仰—存在—诗意路线是包容的，非排他的，可以与这些宗教的教理仪式融于一体，只要这些宗教的教义及精神仪式能给人带来真实深邃又广阔的精神性生机。

第二节　存在之核心实践与内在化体验

内在性、统一性或向内返归本质是一致的。我们存在之核心实践的内在化体验，意味着向内走的倾向与愿望，这也是一种统一的倾向与愿望，在存在之内在化核心实践里，我们不凭借外物不依赖外物，而是求诸于内，向内寻求生命与精神的支撑力。这种不凭借外在不依赖外在的存在状态，是一种富有内在性、内在感的状态。内在性与自足感是一致的，并和依赖性——尤其是依赖外界外物——相对相反。内在化体验与超验化体验是密不可分的，是有价值深度体验的互补的两面，常常内在的也是超验的，只是偏重点有所不同。内在化体验里有超验方向，超验化方向也会被内在地体验着。当超验方向被内在地体验与感受时，超验与内在之间的差异就被消除并融合在一起，融汇在深邃的灵魂深处。在这种向内返归与向上超越的融合里，我们的存在及意识成为一个和谐的被体验的有机整体，这种融合来自体验的最深处。内在化体验偏重在人与内在的存在深层（人之内）建立统一性，即与人的存在深处的神性（神性—精神原型）的感应、交流、顺应、合一。

一　意义体验

人们总是在有意无意中寻求那么一种感觉：意义感。但意义体验本质上是一种向内的与向上的体验，而不是一种向外的精确性或向下的物欲性感受。诗意体验是一种富有价值深度的意义体验，也是最具有理想性、最和谐、最完善圆满的意义体验。现在整个世界科技至上主义盛行，几乎统治了一切领域，甚至人的内心及其灵魂也在其日渐强大的影响下变得"科学化"。人人都爱站在"科学的立场上"，人人都谈对待事物的科学的态度，都喜欢在自己的想法前加"科学"二字，似乎这样一来就有了充足的理由，就有了无上的权威，也就掌握了话语主动权。这个"科学"的核心之一就是"实证精神"，现在谈论任何事都要求有大量的看得见摸得着的证据材料，甚至包括谈论灵魂。这同人类的古老的整体真理观，信仰—存在—诗意之路线传统相左，同人类整体的追求精神意义的传统相左。比如东方的佛教的意义观就是向内的意义观，心内求法是佛法，心外求法即外道。佛说："心外无物，物外无心"（释菩提达摩制《无心论》）在佛家看来，应该扫一切法，离一切相，万法唯心，心外无法，法外无心，心外无物，物外无心。

这里所谓的心就是我们讲的灵魂，即与神性—精神原型同时显现也同时消失的灵魂。这个灵魂奥义不是精确科学的谈论对象。人的富有价值的存在也不是科学能够精确把握的。人的存在意义主要通过具有内在感的整体的灵魂感受显现。在人的存在历程中价值维度比科学维度似乎更重要。在古老的文化传统（真理传统）看来，比科学更重要的是能体现价值的存在的至真、至善与至美，这是神性—精神原型显现于人的存在中。这些都是需要用灵魂去微妙地体验感知。海德格尔认为人的存在的本真是无蔽，是存在的真理。人的存在式样主要不是为了印证科学，而是为了感受意义与价值。古希腊的柏拉图就认为人是寻求意义的动物（而不是寻求科学的动物）。人的这种意义感主要是通过内在的信仰式实践实现的，即信仰—存在。信仰是一种内在的有中心的完整的感情体验，是从人格中心产生内在的感情的力量。东西方真正意义上的人文经典都不是面向人的头脑，而是面向人类的渴求意义的心灵。信仰之中的存在不是科学式存在，而是作为承载意义体验的心灵实践的主体而在。

有两个层次的意义之别：现象之我所体验的意义，即自然的、社会化的、表层意识的我（包括理性的我）所感受到的意义，这种意义感属于片段性的局部的，或者说来自存在的片段与局部。土耳其著名小说家帕慕克在《纯真博物馆》里谈爱时曾说过抽香烟的意义。他认为人们之所以那么喜欢抽香烟，不是因为尼古丁有力量，而是因为在这个空虚和毫无意义的世界里，它（抽香烟）能轻易地给人一种做了件有意义的事情的感觉。帕慕克说的这个意义体现物和日常生活中的那些细小细微的有意义之事是相似的。就像普鲁斯特回忆中的马德兰点心，就成为意义的象征。英国文学评论家特里·伊格尔顿在《人生的意义》这本书里，引用俄罗斯作家契诃夫在《三姊妹》中有一小段对话：

玛莎：难道不是有些意义吗？

屠森巴赫：意义？……看看窗外，正在下雪。那又有什么意义？

说"看看窗外，正在下雪"，这已经包含了许多意义。就它属于一个可理解的世界的一部分来说，雪是有意义的。这个世界由我们的语言所组织和展开。……"荒诞"也是一种意义，存在着某种连贯的获得意义的可能性。①

---

① ［英］特里·伊格尔顿：《人生的意义》，朱新伟译，译林出版社2012年版，第56页。

信仰的诗意及存在的复归

　　抽烟与看雪等日常生活存在的细节对某些人是有意义的，谁也不能否定之。但持续的持久的稳固的普遍的意义体验才是真正意义上的意义体验，这种意义体验具有整体的灵魂性质，也能让灵魂获得满足感，是灵魂之我的一种忘我（现象之我）的满足状态。抽烟与看雪等日常行为中显露的意义显现不具有可持续性、普遍性、稳固性与持久性。真正的意义感更多关注深层的心灵的那份持久的深度满足感，也是整体灵魂产生的基于和谐的价值性感受。前面我们已经引述过，在柏拉图看来，这种灵魂的和谐感、满足感来自人的存在中的种种面向神性（不朽）回归神性的过程。从这个视角看，内在和谐的诗意感、灵魂感与意义感是同一的，具有几乎相同的重叠之处：都来自灵魂深处的那些神性特质。一般来说，人的存在价值感与意义感更多涉及主观感受，其不在各种事实与科学倾向中，而主要体现在各种有意味的"体验"里。这种特别的精神性韵味及存在经验和你精确地了解外界多少、获取多少无太大联系，那份体验的特别性和你存在的特定的精神状态相关。意义蕴藏于你的存在的精神性意向里，蕴含于你的存在的种种富有灵魂性的关切里，以及伴随着这种关切中的感触及心灵经验里。"有意义"或"有意义的"，更多显露的是人的存在体验中的精神性内涵、意味及主旨。

　　没有纯粹普遍的无意义之事，也没有纯粹、普遍、持久的有意义之事。意义与无意义正如存在物中的存在与非存在一样，是混合在一起的，是相对照而言的。只有和价值精神含义相近的方向才是意义的核心内涵方向，这一方向涉及持续的普遍的稳定的持久的体验方向。循着这一方向向深处挖掘，就会触及或遇到神性（或神性—精神原型）。反过来看，现代人所说的无意义又是什么，无意义又是一种什么状态，或者说什么存在状态属于无意义。无意义也即是无必然性的、无价值的、无作用的、无内涵的、无韵味的、无意味的，无旨趣的、无根的、偶然的、浮萍式的、拼凑起来的，能够代表无意义根源的哲学词汇就是各种非存在的威胁（时间性、空间性的威胁），也即与神性相反的有限性的威胁，具体包括死亡、痛苦（包括病痛）、无聊、空虚、被奴役（缺乏生命的尊严）等。无意义的存在体验恰恰是远离神性—精神原型的方向。存在无意义状态通常也是存在的缺乏诗意的状态。

　　从纯粹和谐灵魂之我的视角看，信仰—存在—诗意路线上的诗意体验与意义体验常常具有同一性，在精神核心内涵方面有本质上的相通之处。但如果从自然的、社会化的、表层意识的视角透视，具有存在意义的时刻未必就是富有诗意的（比如各种战争，包括宗教战争中的英雄献身等），这种意义体验未必就是富有诗意的，但存在的诗意时刻一定是有意义的。诗意体验与意义体验在纯粹的灵魂信仰之下，有了更多的同一性与重叠之处，此时，意义角度与诗意角度也差不多是等同的，只是诗意体验比意义体验更和谐，更圆满，更完善些。不过还是有一些区别：诗意更多体现同一性、统一性，是和谐价值精神的体现，重点落在整体存在的完整性和谐性。意义注重存在的价值、内涵、意味等方面，重点落在价值与作用等方面，只有当意义体验充满了纯粹的精神上的和谐感，并具有一种完整性、完满性、和谐性时，意义体验才能等同于诗意体验。一般的与现象之我对应的意义体验包括基于人类利益的理性价值、社会实践价值、自然价值、经济价值、审美价值等。

　　自然之我、社会化之我与一般的表层意识的我，其意义体验是有限性意义上的，也具有更多的看得见摸得着的色彩。就与人类存在密切相关的理性价值方面来看，当代的那些科技进步表现，及其发明者们的所作所为所感都是有意义的，甚至有很大的意义。就社会价值与经济价值方面来看，那些像比尔·盖茨、马云一样的现代富翁的整体存在是有意义的，因为其存在有价值，发挥了推进社会发展的作用，但这种意义具有更多的世俗性，就这些人存在的整体来看，大体属于世俗性存在，所以他们生命的整体行为不能算是富有诗意的，而那些在僻静的角落里像植物一样生长的

信仰的诗意及存在的复归

隐居者静修者们，或许在别人看来其存在意义不大，但只要他们保持敞开状态，倾听神性—精神原型的召唤（或呼唤），其存在就会拥有单纯完整性、内在感与和谐的面貌，他们的生命整体就是富有诗意的。这个意义体验可更为具体地从多个层次考察：

首先可以从具有超验感的灵魂之我层次来看，这是具有整体感的关切带来的意义体验。纯粹的意义感从根本上讲是灵魂之我的细微感受，而不是现象性的感受。这是人的整体存在与价值原型（至善至真至美等）相遇交感时产生的感受，或者说是与神性—精神原型相遇相交时产生的感受。这个层面的意义体验超越了自然的、社会化的、表层意识层面。这是信仰与本原关切下的意义体验。在这个层面上的意义体验与诗意体验是极其接近的。这种意义体验与诗意体验在起源与核心处是相通的，而且具有同一性。信仰—诗意就是用和谐的方式对最高价值体系的仰望，并以某种和谐完整的存在形式面向最高价值而在，接受最高价值体系精神光芒的指引，在这种情形下的体验既是富有诗意的，也是具有意义的体验。这是一种基于终极感的意义体验，是被永恒、绝对与无限所笼罩下的意义体验。在这种终极背景下，诗意感受与意义体验具有很大的相似性。

这种意义体验和超验感紧密相连，是和我们生命的丰富深邃的体验交融在一起，是生命中的一种特别的有价值的含义丰富的感受、感觉。在现代社会，这种本原关切下的意义体验的衰落、消散与流失是最为明显的，与此相对应的是诗意体验（意义）的衰落。尽管如此，曾包围着我们（及心灵）的意义之网依旧存在，虽然组成意义之网的质料发生了一些变化。

> 除非有一个绝对的根基，否则总有什么缺失。一切事物肯定都是悬在空中，摇摇欲坠。对有些人而言，意义也是如此。的确，如果意义只是我们钻研出来的东西，它就不能充当现实的牢固的基础。事物必须内在地有意义，而不是靠我们钻研出意义。所有这些意义必须能

够整合成一个总的意义。除非有一个诸种意义背后的总意义，否则就完全没意义。①

　　他们所要表达的是，自己的生活缺乏深意，所谓缺乏深意，就是说缺乏核心，实质、目的、质量、价值和方向。②

　　世界的意义在世界之外……我们可以把上帝称为人生的意义，也即世界的意义。③

　　人类整体的较为持久的意义之网和神性相关，普遍持久的意义体验需要以神性—精神原型为基础为支撑，需要一种宽阔深邃伟大的精神性背景。以神性—精神原型关切为背景的伟大精神促进意义的生成，这种意义来自精神体验中的宽阔与深邃……真正动人的意义状态差不多都和超人性的伟大的精神性背景紧密相连。那是能让我们感觉更完整更纯粹更宽阔更深邃的生存背景。通过回应、触摸基于神性的精神原型——即空静之原型、光亮之原型、圣洁之原型、气韵之原型、单纯之原型、无限之原型、永恒之原型、创造之原型——实现意义感。这个背景也会让我们更加充实更有神圣感，生命感觉中的偶然感、无目的感、混沌无序感减少，必然性有方向的和谐感觉增加。在这种意义体验中，人和内心中的至高精神的交融于一体，得到最深邃最稳固的精神性支撑，这一伟大的精神背景还意味着人生存在至高精神的温暖的光照之中，意味着我们的心灵由此变得充实、温暖、明亮、圣洁等。

　　在当代世界中人的存在意义的衰退，通常主要是指与神性感受（宗教感）相关的意义的衰退。但传统宗教的衰退与影响力的减弱并不代表人们的那颗渴望神性之心的变质。人们那颗不安的心灵依然会通过各种或隐或

---

① ［英］特里·伊格尔顿：《人生的意义》，朱新伟译，译林出版社 2012 年版，第 64 页。
② 同上书，第 37 页。
③ ［奥］维特根斯坦：《思想札记》，吉林大学出版社 2004 年版，第 17、224 页。

现的方式寻求这种能帮助他克服局限性的精神性事物。各种神或神性的类似物、象征物依然会出现，而且永远也不会停歇，这是人类的不断克服自身实现超越的标志。世界各地的文明化的各种宗教差不多都是人类以某种方式寻找神性—精神原型（包括永恒）的一个象征性尝试。蕴含神性的意义体验属于一种特别的仰望最高价值的体验，这种体验通常具有以下特征：一是尽管看起来有些虚幻但却可以获得持久性的充实、光亮、富有生机的感受。二是尽管看起来有些虚幻但却能让人获得内在的灵魂的极大的满足。如果现代人所追求的快乐也能满足内在性这个条件，那么这种快乐就有了更多的意义性，或者就可归属于有意义的快乐。人们追寻神性—精神原型（包括永恒精神等）以及由此而来的快乐就比追求一般的纯感官之乐具有更大的意义性。

与此相关的是一般的道德层面（律法性道德层面）上的意义体验。这个层面上的意义体验常常缺少本原与终极性色彩，缺少至善至纯至美的纯粹性，因而其和深层的诗意体验之间有很大的差异。传统的中国人通过遵守忠恕之道、忠孝之道实现意义。通过忠君、服侍男人、孝顺长辈等道德责任获得意义体验，但这种意义体验缺少神性—精神原型性——单纯、永恒与无限特质等——也就缺少深邃的和谐完整性。以三纲五常为核心的道德观、价值观都是属于相对的有限的善，属于带有功利性的善，拥抱这种相对有限的具有功利色彩的善，很难获得真正意义上的能触及内在灵魂的意义感。董仲舒、朱熹等大儒系统阐发了关于儒家的道德观。依此而行，人的意义体验就要从"事君""事父""事夫"中获得。"三从四德"是传统中国女人的核心价值观——女人要从三从四德中获得意义体验。这种道德要求对大多数人来说，都是缺乏内在真实性的，更缺乏具有灵魂感的纯粹性。西方的那些根本性的道德律令是从信仰神性中延伸出来的，是上帝的完美性在人的内心里的投射，那些道德体验接近宗教，具有神性色彩。中国式基于社会责任的道德意义体验常常既会压抑人的感性方面，也会压抑人的自由理性思想，更会压抑人的内在的神性热望。所以基于这种相对善的意义体验和基于神性的和谐完整的内在体验之间有很大的差异。

其次，在现代社会中，更多的意义体验属于有限性关切下的意义体验。

在人的存在中有许许多多的有限性的现象之我的关切，这是基于自然之我、社会化之我、一般表层意识之我的关切带来的意义体验，也是局部之我的意义体验。有限性关切下的意义体验与神性关切下的意义体验会有一些不同。有限的次级性关切包括人在自然层面、社会性层面及一般的表层意识层面上的关切。在人的现实存在中，意义感常常也会通过这种有限的次级性关切来实现，这种从世俗现实中寻找精神目标的次级性关切也能使体验者在某种程度上达到了忘我，并感受到存在的价值。那些基于尘世价值（自然价值、社会民族价值、理性价值、经济价值、审美价值等）的社会性体验是有意义的，但如果封闭于此，通常达不到一个真正的精神高度，也很难具有那份信仰—诗意性。

> 要发现生命的真正意义应当到现实世界中去，而不是在人的内心世界寻找，仿佛自成一个封闭体系。……越是忘我，就越富有人性，就越充分地实现自我。所谓自我实现根本不是一个可追求的目标，原因很简单，人越是刻意追求自我实现，却离自我实现越远。换言之，自我实现只能是自我超越的附带结果。……根据意义疗法的观点，发现生命意义有三种不同的途径：（一）通过创造或建树；（二）通过某种经历感受或与某人相遇；（三）通过对不可避免的苦难所采取的态度。①

---

① ［美］弗兰克尔：《人生的真谛》，桑建平译，中国对外翻译出版公司1994年版，第86页。

信仰的诗意及存在的复归

　　如果局限于自然的、社会的或一般的表层意识（理性）视野的关切，如果只是在此基础之上形成的意义体验，那依旧具有难以避免的相对性、局限性——没有通向神性—精神原型的那一面，意义体验常常就会缺乏统一感、完整性及深邃性。这种基于相对有限性的意义体验包括以下几种：一是灵魂之我部分参与，通过分阶段分步骤不断地从自我的努力中寻找价值，通过不断的现实的自我实现获得存在的意义。一般是指人通过自己在某一方面某一领域的努力发挥了自己的潜力，表现出与自己潜能相称的才能，当人的这种潜力或潜能充分发挥并表现出来时，人们就能感受到最大的满足，并体验意义。这就是基于自我实现的意义体验。二是自然之我通过自然的方式，产生基于自然的快乐。这是享乐主义方式，或及时行乐的方式，这种方式是自然之我的最直接的方式。或者用接近大自然的方式获得存在的快乐感，这种快乐自然也是有意义的。大自然经常成为人们存在意义的源泉。通过对自然的忘我的凝视可以使人获得灵魂的归属感，也是意义感。但这种意义上的自然已经能使灵魂之我获得满足了。三是社会化之我通过完善人际关系的方式获得意义感，或者通过体现种种社会责任心的方式获得存在的意义感。还有通过各种精神互助获得存在的意义。这个精神互助也可以具有信仰—诗意色彩。慈悲、关爱、同情、聆听、声援等是这种精神性互助的最典型体现。通过工作与劳动获得存在的意义。忘我的有个性的充满自由感游戏感的工作与劳动也能使人感受到意义感、诗意感。通过人与人之间的种种现实互助及爱获得存在意义。没有比人间之爱更能让人感受到存在的意义了。四是一般的表层意识的我（包括理性化之我）通过一般意义上的道德活动（律法主义），通过理性思维获得存在感，也有可能达到忘我状态。还可以通过一般意义上的审美与艺术活动获得存在意义或诗意。但真正意义上的意义体验是以某种方式，通过某些可见的对象达到与神性—精神原型的相遇与交融。

二　充实体验

充实体验从最根本处讲不是来自自然的、社会的、表层意识方向，而是来自人的整体存在深处，具有灵魂性质，和神性—精神原型的召唤、启示密切相关。纯感官带来的那种生机常常不能用"充实"这个词描述。充实感主要是具有整体感的灵魂之我的一种富有生机的满足状态。自然的、社会化的、理性的我也有充实的时刻，但这种充实感属于分散的片段性的局部的，而不属于整体的生机勃发状态。如果用形象的语言来说，充实体验就是一种结实的富有生机的饱满的丰盈的感受，具有更多的精神气韵之感，似乎和"气韵"之精神原型具有更多的关联。灵魂之我的充实之状态让人联想起富饶的蓬蓬勃勃生机盎然的大地景象——长势极好的成熟后的谷物、禾苗，春天的树木花朵的富有生机的生长形象等——这一景象象征并暗示着充实的存在状态，也让人联想起一切忘我的专注的人类的饱满的存在状态。灵魂之我的充实状态有两个方向：一种是扩展型的，一种是上升型的，在男女的完美爱情之中，这种基于爱的充实感表现得最为典型。

与充实相对的另一种情形，即是死气沉沉的萧瑟的沉寂的空漠的景象，在这里只有分裂的追求局部满足的自然之我、社会化的我或一般的表层意识的我，并导致空虚景象的产生，这一景象象征并暗示了以萎缩、分裂、碎片、躁动、干瘪为特征的空虚体验，这也是基于虚空的干瘪的萎缩的不饱满的苍白的麻痹的冷漠的偶尔暴虐的体验。没有具有整体感的灵魂之我的参与，没有灵魂之我的细微的和谐完整的体验，没有被原气支持的气韵之感，没有基于原气的勃勃生机，也没有因此而生的意义体验。"意义"着重各种充满意思意味韵味的内涵，充实体验中的"充实"更着重内心的和谐富有生机的状态感，更着重存在内涵与意味的呈现面貌。与充实相反的呈现状态是空洞、虚空，以及伴随着空洞虚空的干瘪、萎缩与苍白呈现。《圣经·传道书》3 章 1 节中说：

凡事都有定期，天下万物都有定时。

在 1 章 2 节传道者还说：

虚空的虚空，虚空的虚空，凡事都是虚空。

在 1 章 3 节则说：

人一切的劳碌，就是他在日光之下的劳碌，有甚么益处呢。……
万事令人厌烦……日光之下并无新事。

美国诗人艾略特的《空心人》就描述了填充着草一样干巴的，以及耗子踩在碎玻璃上发出噪声式的心。我们时代的空心病症，意味着这个时代的绝大多数人都只有局部分裂的原子式的生命目标，因而很容易使心陷入虚空干瘪状态。这里的空虚主要是指心灵的干巴、空漠与灵魂的干瘪。空心不是没有心，而是指这颗心缺少灵魂的核心，缺少灵性，也因为缺少这个核心，灵魂渐渐变得萎缩、干巴、空荡、苍白，并急切地需要在这颗空荡荡的鼓鼓囊囊的心里填塞一些东西。否则各种存在的扭曲就会跟着出现。

存在的空虚以形形色色的面目和假像出现。有时，人的意义意志受挫，却由权力意志，其中包括最原始的权力意志即金钱意志形式作为替代性补偿。有些情况下，意义意志受挫，而由唯乐意志替代。这就是为什么存在的挫折常常导致性的补偿。在这类事件中，我们可以发现，人们在陷入存在的空虚时，往往变得性欲亢奋。①

---

① ［美］弗兰克尔：《人生的真谛》，桑建平译，中国对外翻译出版公司 1994 年版，第83 页。

中国网络空间上曾有一首流行歌曲：《感觉身体被掏空》，这是现代人的真实的存在状态，由于劳碌、压力与疲惫，身体经常处在极限之域，常常会像散了架的零件一样。事实上现代人的内心更经常处在被掏空状态，不是没有了那颗心，不是那颗心不在了，而是那颗心缺少气韵之生动，这颗心因为缺少气韵之生动，就经常处在缺气、苍白、干瘪的贫瘠状态。这就是和充实相反的空虚的存在状态。现代人的内在存在——心或灵魂——为什么常常是空虚性质的？为什么不能使内在存在处在被称为充实之态中？

空虚的主要原因是因为人失去了与存在根基的沟通、交流。从永恒与无限的视点来看，包括人的存在在内的造物界都是微弱的、虚幻的。人，不管是不是基于某种偶然性产生的物种，就其实际呈现来看，是短暂者，必朽者，必死者，被有限的时间所限定。逃不过如烟花般生住异灭的命运，也终将陷入那巨大的空无。人难免有基于此的本体性焦虑。在这过程中，人的存在也极度脆弱。因而，人的感性存在本性是空虚的虚幻的，感性存在的虚无本性决定了心的空虚的基本的本源性的面貌。人在时间空间上都是有限的，因此人具有"空"的根性。

只要你的存在没有神性—精神原型引导，没有被植根于此的价值感（尤其是最高价值）引导，不努力为内心增加积极有价值的东西，那么你的存在核心——通常用心或灵魂这些词来表达——就难以避免地处在空虚状态。当人心灵空虚时，就会感到自己对生活生命失去了生命方向、失去了存在热情与兴趣，经常性地情绪低落。种种缺乏热情的生存状态通常是由于内心缺乏统摄其他方面的精神中心、缺乏牢固的精神根基所致，没有了生机勃勃的核心，没有稳固的基础，通常就会产生空荡荡的寂寞感。在此情形之下，人也常常感到无意义与无价值，也会强烈而荒诞地产生显露自己的愿望，并有意无意地试图证明自己还活着，没有变成僵尸，通常会通过感官刺激寻找依然存在的感觉，但这种尝试通常是失败的，让人失望的，由此又产生迷惘、颓废、垮掉与堕落，常常也像个局外人似的对自己的命运抱着无所谓无动于衷的态度。

另一方面，现代人又经常想方设法赶跑这种失去核心之后的、如影相随的空漠感。通过无意义的忙碌，通过对物质的消费，通过其他感官刺激——吃、性、其他类的感官冒险等驱赶，但一般意义上的驱赶最终差不多都会失败。为什么会形成这种情形呢？因为整日的忙忙碌碌——比如刷朋友圈等——或消费只是在表层现象上兜圈子，没有改变存在的根本与内核，这个存在的根本与内核就是：与更高的精神源头发生联结，借此产生真正激励自己生存的有价值的精神性方向，并确立让自己内心真正产生生机的精神性信仰。

真正的充实体验不可能是局部性的、分裂性的，而是整体性的，是灵魂之我的体验，也是一种超越性的体验——超自然、超社会、超一般表层意识（包括理性意识），这也是基于人的存在的多重之我的完整和谐的体验，基于完整和谐的充实感也就是与诗意感近似的感受。人的内心要想摆脱空虚，并较为长久地处在充实状态需要满足以下几个条件：1）有完整的灵魂之我的参与；2）有方向 、有根基、有核心，是整体性感受；3）有生机有热情有兴趣；4）和谐、沉静、饱满而丰盈。

信仰—诗意中的存在是多重之我的和谐相处的存在，是完整和谐的灵魂性存在，这种灵魂性存在常常也会通过短暂的充实感展现出来。人的存在的诗意常常就是由这些关键性的充实瞬间聚集而成，并由此奠定人生充实（诗意）的基调。美国人约翰·威廉斯写了一本小说《斯通纳》讲述了主人公斯通纳的平凡隐忍琐碎的一生。主人公威廉·斯通纳一家世代务农，要不是父亲送他上大学，他或许一辈子也不会知道文学为何物。大二那年，一堂英国文学概论课改写了斯通纳其后的命运。小说集中描写了威廉·斯通纳上英国文学概论课时的一次富有诗意的充实体验。那个时刻他的老师望着他在自言自语式地讲解一首莎士比亚的十四行诗歌：

在我身上你或许会看见每年的这个季节，

黄叶或尽脱，或只剩三三两两，

挂在冷得瑟瑟抖颤的枯枝上，

荒废的歌坛、甜美的鸟儿曾在那里欢唱。

在我身上你或许会看见这种时日的暮光，

日落后渐渐消失在西方；

黑夜，死的化身，慢慢把它赶开，

在安息中笼住万物。

在我身上你或许会看见那光火的闪耀，

在他青春的灰烬中奄奄一息，

在惨淡灵床上早晚要断魂，

被滋养过它的烈焰销毁。

目睹这些时，你的爱会更加坚定，

因为他转瞬就要离开溘然长往。

　　主人公借着他的老师的热情的忘我的迷失的情境，感受到了难以言传的又具有震撼力的文学诗意的力量，以及这份诗意给他带来的充实感，那也是他平凡的生命中难得出现的有价值的充实的瞬间之一。从信仰—诗意的角度看，要想获得整体存在的生机、心灵与精神的充实感，就要走深层的灵魂之我所要走的路途：这也是整体性的灵魂之我的路途或路径，也即走信仰—存在—诗意路线。这种充实来自神性—精神原型与人的某种程度的交融，或者说来自对神性—精神原型发出的召唤的一种隐蔽的回应。从中西方的文化实践——尤其是宗教实践——来看，真正能给人带来充实感的因素是源头性的，也就是说人必须确立自己与源头的真正关联，并在这种交感中获得充实感，这一源头在我们的理解里，即是神性—精神原型，具体包括空静、光明、圣洁、气韵以及单纯、无限、永恒、创造，及其象征性的表达——上帝，神、梵、道、天等。

这是根本性的解决之路，即通过本原性的、终极性的神性关切实现内在的充实，让这种信仰式的关切持久地有方向地留在心间、占据心间。通过触摸（或响应召唤）我们上面所说的神性—精神原型——空静之原型、光亮之原型、圣洁之原型、气韵之原型、单纯之原型、无限之原型、永恒之原型、创造之原型——实现充实感。这都需要宗教式的精神性信赖与仰望，以此为内心找到最稳固的根基，为心灵找到明确的方向，为灵魂找到一个可以去倾听的富有神性的精神本体，这也是可供歌唱、祈祷与交流的核心。没有这种神性居于其中的信仰，心灵的充实与灵魂的饱满似乎也就很难达到理想状态。信仰—诗意强调的是信仰中所包含的诗意性，同一般的宗教信仰不同之处在于：以单纯的和谐的完整的宁静的方式触及接近那个精神核心与方向。诗意性信仰下的充实体验也因此具有了更多的单纯性、和谐性、宁静性、完整性。

充实体验经常是通过各种信仰活动实现的。这种信仰方式不是流行于现代社会各个角落的伪信仰，而是那种真正能唤起自己全部存在热情的精神仰望与精神信靠，是可以超越传统宗教的种种烦琐的、落伍的说教与仪式的信仰，是汲取了各种高级的文明化宗教内在精神内核的信仰。从信仰—诗意的视角看，你可以参加儒家的吟诵活动，或基督教赞美诗的合唱班。这些活动的本质是赞美世界的伟大的精神起源。或参加其他的自己内心认可的崇拜性的精神活动，致敬古老的大地或神秘的天空。可以上教堂去听管风琴的舒缓的演奏等，借着种种灵活的形式实现对神性的祭拜等，你还可以参加祈祷、吟诵、祷告等活动充实自己的心灵。关于充实的状态，中国古代的思想家们有过思考。

《孟子·尽心下》："充实之谓美，充实而有光辉之谓大。"

《焦循·正义》："扩而充之使全备、满盈是为充实。"

清王夫之《张子正蒙注·天道》："天以化为德，圣人以德为化，惟太和在中，充实诚笃而已。"

这些都是对充实的精神状态或心灵状态的描述，即心灵的有光辉的、满盈的、太和在中的、诚笃的感觉与状态，等等。另一条走向充实的路径是局部性的，即自然化、社会化及表层意识之我的路径。这是看起来更为现实、踏实的路径，但往往也是权宜式的解决之路，即通过次一级的精神的或现实关切来实现的。在可见可以触摸的现实具体事务事项或活动中，找到暂时能激发我们存在热情的理想与憧憬对象，这是通过次一级的精神关切实现的充实体验。通过自我的往往也是忘我的精神努力与活动实现充实。通过可以自我实现的方向与突破口；通过创造精神产品（诗歌等）实现充实；通过欣赏艺术（参加音乐会、看电影等），通过沉思（在大自然的一角发呆）实现充实等；通过忘我的非异化的工作与劳动——比如手工艺劳动——实现充实；通过具有游戏感的体育实现充实——比如印度瑜伽等。也可以通过追求人间现实之爱让自己充实，但现实之爱常常让人失望。可以参加各种有助于精神与心灵交流的互助会等实现内心充实的目的。还可以通过旅行实现精神的自我挑战，并使自己感受到充实。精神充实的反面表现常常就是感官的超额刺激，及其多种表现形式。

三　澄明体验

与混沌、无序、昏昧、黑暗等状态相对照，澄明之境意味着存在的基于光亮的纯净性，也是内在意识基于光亮的体验。存在的澄明境界是神性—精神原型对人心召唤之结果，也只有灵魂之我才能抵达，这也是以灵魂之我为依托的存在境界。人的一般现实性存在常常是昏昧的，被遮蔽的，常常也因此失去存在的核心。真纯的信仰可使人的存在去蔽，祛除虚假不真的一面，使存在清澈、澄明，使人处在类似敞亮的、敞开的存在状态里，这种状态如果借用形象语言来表述就是：让人感觉自己像融化在湛蓝辽阔清碧如水的天空或清澈见底的安宁的湖水中一样。信仰—存在—诗意路线中的澄明体验是最能体现信仰之诗意的，也是最能和一般意义上的宗教信仰区别开来的一种体验。在这种体验里人的整体存在的昏暗的那面被祛除，达到纯粹、清澈、清明。从另一个角度看，人的存在通过触摸（或响应召唤）神性—精神原型——空静之原型、光亮之原型、圣洁之原型、气韵之原型、单纯之原型、无限之原型、永恒之原型、创造之原型——实现与神性—精神原型的交感并分有神性，由此实现生命的摆脱物质羁绊的澄明感。这种生动形象的比喻性说法表达了人的理想与憧憬。人类的思想传达有时需要那种深含韵味的比喻性、象征性表达，因为人类的微妙的思想情感常常是僵硬的追求精确的理性概念无从把握的。

东西方思想在对精神澄明的看法上是相似的。"明"这种比喻性象征性形象所唤起的感觉和东西方最精华的宗教经验有共同共通之处，也和东西方人对与光有关的精神性原型的追求与体验密切相关，这种追求尤其体现在古代东方的那些精华性的宗教经验里。古印度的吠陀教—印度教、中国的道教以及佛教中的以禅宗为核心的宗教体验就是以追求明为目的的。这种追求"明"或澄明的体验体现了东方式追求的特别性。东方各大宗教与哲学的核心追求就是"明"，即拂去种种晦暗的尘土遮盖之后的清明。在古印度的婆罗门教、佛教以及中国的道家中，"明"都代表了人的存在的核心，也代表了存在之核心实践及体验。这是用大自然与人间的特别的景象来比喻与象征人的存在状态及心境，用来标识充满智慧（般若）宁静的超然的存在之境或超然的心灵之境。与之相反的就是"无明"。无明意味着人陷入种种世俗有形或无形之坑里，被其困扰绊住遮蔽。这种无明也被称为"痴""愚痴""愚惑"，这也是各种烦恼之别称，受困于"见、欲、色、有"四种住地烦恼，受困于各种冥顽不化的执着。东方宗教经验的核心精华和基于澄明的信仰—诗意体验有着精神实质上的同一性。

德国哲学家海德格尔受到古老哲学（宗教）思想（包括东方古老思

想）的影响，坚定地认为精神真理的实质是"无蔽"或"去蔽"，存在的诗意之境就是这种去蔽后的敞开澄明状态，诗意真理与诗意体验属于去蔽与无蔽后的精神真理之一。海德格尔认为所有的科学都无法通达此境，诗意性存在是通向澄明之境的方式之一（包括纯思等）。信仰——存在—诗意路线追寻的就是世界处于敞开敞亮的状态：

> 在作为整体的众在者中间，出现了一个敞开的地方。其中有澄明，有光亮……这一敞开的中心，不是被在者包围着；相反，澄明的中心，就像罕为人知的"无"一样，包围了所有的在者……①

> 真理意指真实之本质，我们要通过一个希腊词语来思这一点（无蔽）意味着存在者之无蔽状态，……也即用无蔽代替真理。……迫使真理之本质必得在"无蔽"一词中道出。②

> 除非存在者的去蔽已经将我们带入那澄明之中，在这澄明之光中，每一存在者都是向着我们而来，又悄然而去。③

无蔽之境也就是"澄明之境"。海德格尔还直接用诗化的语言来表述了这种境界：此澄明也是愉悦，在其作用下，每一事物都自由徜徉着。澄明将每一事物都保持在宁静与完整之中——它是神圣的。对诗人来说，最高者与神圣是同一个东西即无蔽之澄明。作为众乐之源，澄明也就是极乐。通过愉悦的澄明，他照亮人的精神以使他们的本性得以对那些在其田野、城市、住宅中的本真者敞开。梵·高的《农鞋》就是一个诗意的敞开

---

① ［德］马丁·海德格尔：《人，诗意地栖居：超译海德格尔》，郜元宝译，时代华文书局2017年版，第30页。
② ［德］马丁·海德格尔：《林中路》，孙周兴译，上海译文出版社2014年版，第34页。
③ 熊伟主编：《存在主义哲学资料选辑》，商务印书馆1997年版，第434页。

的世界，同时也显露出存在的澄明之境。

信仰—诗意体验中的澄明显露出人的存在非遮蔽性、非晦暗性、非污浊性。信仰—存在—诗意路线中的诗意性存在不同于世俗性存在的特别点之一就在其澄明性。澄明意味着超然于种种世俗性包围（即自然之我、社会化之我与一般表层意识的我的包围），超然于世俗之我（或现象之我）的种种关切，并因此远离了世俗的种种晦暗性——用佛家之语来说：世俗性的，或与物欲相关的存在不可避免地会被种种尘土所侵染，并因此沾染上种种污浊。信仰—诗意中的体验因为远离这种喧闹的、嘈杂的晦暗污浊的世俗，使人的整体存在的和谐与澄明感得以显现。信仰—诗意中的澄明体验使人的整体存在充满了和煦的清澈的光亮。

从词源学角度看，明是会意字，甲骨文以"日、月"发光表示明亮。小篆从月冏（jiǒng），从月，取月之光；从冏，取窗牖之明亮。本义表示明亮，清晰而明亮，与"昏暗"相对，澄，水清定也（《集韵》）。澄，水静而清也（《增韵》）。澄明意为澄澈明净，不昏暗，可以用来描述湛蓝清碧的天空，或清澈见底的溪流，或描述与此等景象相似的心境或心灵或灵魂等。澄明除了表示不昏暗清定外，也意味着没有世俗的杂质，没有被尘土侵染，倒空了尘世间的俗物，没有了云翳般的俗物欲求的遮蔽。南朝梁元帝《乌栖曲》："月华似璧星如佩，流影澄明玉堂内。"宋梅尧臣《寄新安通判钱学士》诗："崖日半寒潭，澄明动朱鲤。"

信仰—存在—诗意路线中的存在，追求存在的复归（返本），追求存在源头之处的澄明，追求去除心灵的杂质之后所显现出来的清静、纯净、光明、敞开透亮的境界，在这个澄明之境里，人们达到对世界的温暖而富有光亮的领悟，这也是人的存在的多重性达到统一时，整体感的灵魂之我的呈现状态，也是人与人、人与自己、人与自然之间达到和谐时产生的精神状态。在信仰—诗意的澄明之境中，一切使人昏暗的遮蔽被驱除，人进入光明之域的境界。存在的澄明之境的相反面就是存在的被遮蔽、存在的浑浊、存在的晦暗与昏暗，以及存在的种种虚假与遗忘等。

信仰—存在—诗意路线中的澄明体验是古老东方人追求的，具有东方古老文化的历史性底蕴，这种追求澄明之体验的深层愿望体现在印度教佛教的般若智慧里，也就是说基于澄明的信仰—诗意体验和人的宗教性智慧联系在一起。在这种澄明体验里沉淀着体验者对各种俗世幻想与幻象（摩耶）的洞察与洞悉，这也就意味着体验者追求精神性本体，意味着体验者分享了精神性本体（神性）的单纯、无限、永恒、创造、光明、温暖、圣洁、气韵等，并与之交融在一起。澄明意味着本源性之真，意味着回到根源之处，回到最初的真之状态。伊斯兰教被称为清真教，这意味着所谓伊斯兰信仰本质上就是要回到清真状态，伊斯兰教也用"清""真"两字来称呼其所信奉的唯一的主宰——安拉。清真，其本意即为"清净无染""至清至真""真主原有独尊，谓之清真"。所谓本真直译就是从根本上是真的，清净无染的。本真与澄明是相互关联的，澄明之境意味着虚静之境。人的根性就是虚静的。追求澄明之境意味着回到人自身的心性的源头处，体验清静无染，或者说体验净染，而净染需要离执。

东方信仰—诗意中的澄明体验和古印度古中国的心性理论一脉相承。"心性"实际上是对人自身心灵性质的探讨。所谓"心性"理论就是对心的性质的理解，用我们的话来说就是对纯粹之我或灵魂之我的理解。印度佛教认为大我与小我的本性相同，都是"清净""寂静"。小我的心性（也可以说是神性）是"明净"或"本寂"，大我之梵（大我之魂，或神性，梵语 Brahmā 音译词"梵摩""婆罗贺摩""梵览摩"）的本性也为"清净""寂静"。在佛学唯识学中也有"心性本净，客尘所染"之说。禅宗也有"明心见性，见性成佛"的说法。在佛学理论中，"心性本净"（心性明净）和"心性本觉"有紧密的相关性。始觉就是心体之用，随缘而生，离染还净，心性照显。"心性"既然是本觉的为何可受无明熏习，唯识学认为"明""净"都有比喻性，说"心"性净明，并不一定是指心性觉性。觉能破无明，人为何被无明所遮盖，就是因无觉。净与觉是有关系的，因觉而尘离，离尘而净显。无明与慧觉本为心识两种状态。无明不是因染而成无明，而是执染而成无明，需要离执而净染。通常无明在先，慧觉在后。这是一种理解。

伊斯兰苏菲主义照明论的基本主张是光分为两类：一类称为"纯粹之光"或称"绝对之光"，它是真主的本质；由于它的光辉和不断地照明是人们视而不见的，主的本性即已表现它的存在。另一类光是与黑暗形成鲜明对照的普通可见之光。这种光因"纯粹之光"的照明，它就有光明，缺乏它就是黑暗。按照这一思想，"纯粹之光"是宇宙的本原，宇宙万物由不同程度的光与暗组合而成，地上的物体受天体统治，天体受灵魂统治，灵魂受不同等级的天使统治，天使受纯粹之光统治。人认识世界不是为了参与世俗生活或改造世界，而是为了摆脱物质世界的枷锁，达到真知或真理。真知是达到对真主的本质的认识，先知的知识是一切知识的原型，照明不过是使已经潜在于人的灵魂中的知识再现。

我们以前也曾分析了孔子的"咏而归"之境，其与海德格尔所说的"四重整体"之精神图景相似。由此也可看出：东西方文化对澄明存在的构成要素的理解基本相同。主要包括以下几个方面。

（1）神或神性，或神性展开式神性—精神原型。这是存在与精神无蔽之本。

（2）大自然的背景，天空代表了人的精神的自由与高远的一面。大地代表了人的存在的坚实与厚重的一面。

（3）人性的敞开，以及敞开后的人自身灵魂（或神性）的显现。

以上这几个方面的和谐交融造就存在的一种非遮蔽非晦暗的非破碎的境界：澄明之境。西方文化中的澄明之境或澄明体验主要得因于个体的超越，得因于与神性的交流联系，是神性显现为单纯、无限、永恒、绝对、神圣、气韵等气息擦亮了人性的晦暗。在西方的文化语境中，明心之所以重要归根结底是因为人性有局限性，有罪性，有破碎性（或叫晦暗性，或昏暗性）。东方是通过自身之努力离执而净染。西方则是通过神性的降临使心变得明亮而清澈，明亮而清静。在东西方文化的语境里，信仰—诗意体验中的澄明感都是神性—精神原型带来的，是神性划过人的敞开的心头时带来的无限宽阔感、永恒感，完整感、纯粹感、单纯感、宁静感、神圣感等。这和人性处在晦暗性与破碎性状态中的体验截然不同。我们本来执着于尘土的晦暗的人性因为觉悟恢复其明净的本性，从而变得澄明，破碎的人性得以恢复其完整、单纯与单一状态。

第三节　存在之核心实践与超验化体验

超越化体验和内在化体验是相互联系的，是有价值深度体验的互补的两面，常常是内在性里有超越性，超越性里有内在性。在古印度教和中国道家看来，梵与道是超越的世界，是最高的存在，也是事物发展变化的终极原因与动力，梵与道就在万事万物里面，其也是内在的，透过参与创化的过程和因果关系，其渗透在世界之内。内在化体验里有超验方向，超验化方向也会被内在地体验着。当超验方向被内在地体验与感受时，超验与内在之间的差异就被消除并融合在一起，融汇在深邃的灵魂深处。在这种向内返归与向上超越的融合里，我们的存在及意识成为一个和谐的被体验的有机整体，这种融合来自体验的最深处。超验化体验偏重世界存在深处（人之上、之外）神性（神性—精神原型）与人的感应、交流、顺应、合一。

一　玄妙体验

在历史悠久的传统中国人的生命实践里，玄妙感及其由此产生的玄妙体验无处不在。甚至可以说，这是传统中国文化及中国人刻意追求的（尤其指向道佛两家及其影响下的中国人）。这里的关键是超验，这同西方人追求至高的神圣者是一个道理。传统中国人追求的还有与玄妙相关的玄远、淡远、远等与信仰相关的诗性体验。中国文化（或中国思想）的玄妙之基正在于超越人之理人之道的天理与天道上。虚己而合乎天道才可产生玄妙之感。所谓的天道天心都是具有神明性的，也就是我们前面所说的神性。中国学者庞朴先生在《谈玄说无》中解释"玄"时认为，玄与水的旋转有关：

> 水可能是绿的、白的，由于光的关系，旋涡本身看起来是黑颜色的，先民相信旋涡是奥妙的，是不可测的，万物都是从这里出来的，万物又归到这儿去。这许多含义正是"玄"字的几种意思。万物所出和所入的地方，就与"天道""形而上"联系在一起了。在中国的五行里有一个水神，名字叫"玄冥"。①

从人受限的狭隘视角来看，神或神性常常也代表难以名状，常常和神秘感联系在一起，也常常和预定的冥冥注定的事情相关联。进入神性—人（或神性—人性）的对应、感应、顺应与合一的基本精神性存在结构，也意味着会体验超乎寻常的事情。这异乎寻常体验背后的机理，单从人的知性理性视角看，似乎是难以参透的。但我们的那颗深邃莫测的心却能够感触到。诗人泰戈尔曾说过："你今天受的苦，吃的亏，担的责，扛的罪，忍的痛，到最后都会变成光，照亮你的路。"人的存在常常充满了神秘的轮回与转换，这些隐蔽的轮回与转换，如果只是从理性人的角度来看，这是难以言表难以理解的。但如果从高处神秘的梵性、道性或神性视点来看，那一切的神秘的转换就变得十分自然。整体世界背后的神性显露机理

---

① 庞朴：《谈玄说无》，人民网"百家讲堂"，2006年5月9日。

在人看来常常是玄妙的。在信仰—存在—诗意之路上，人们常常会被一种玄妙体验所笼罩所包围。西方文化中的宇宙自然的整体的预定的和谐观念，对于人而言，也属于玄妙观念。

那些影响了人类心灵的经典在现代的理性人看来，其核心部分大多具有玄妙色彩，但其却真实地深入于人的内在心灵。澳大利亚国家图书馆馆长简·符乐顿认为，影响人类十本书的前六分别是：（1）《周易》；（2）《奥义书》；（3）《法句经》；（4）《古兰经》；（5）《圣经》；（6）柏拉图《理想国》。其中中国的《周易》与印度的《奥义书》，阿拉伯的《古兰经》，源自古希伯来文化的《圣经》、柏拉图的《理想国》分别成为中国、印度与西方文化的宗教、哲学与文化的最大的源泉。① 这些书的核心思想在现代人看来，大概都属于不可解的玄学或巫书。事实上，这些书的思想来自人的几千年的存在经验或体验，尽管这种经验与体验常常被称为"玄妙的"。儒家尊列《周易》在"群经之首"，道家则尊列它在"三玄之冠"。《周易》也可算中国最古老传统精神"天人合一"思想之最早的源头。

对周易之玄，中国道家领会得似乎更为深刻。道家走的也是一条特别玄妙之路，在道家看来，体验原初之道会产生一种不可名的体验或玄远体验。玄妙体验是人与超在的交融的结果，是一种富有精神韵味的体验，也是中国式信仰—诗意体验的重要方向与种类。存在的玄妙感与玄妙风格不是现代人所说的通俗易懂种类，更不是现代科技文化所追求的精确清晰类型。玄远风格与讲究清晰精确的整个现代风尚直接相对立相冲突。从内涵上看，玄妙体验是神性—精神原型（空无静之精神原型、神性—气韵之精神原型等）的召唤之结果，是这些原型性存在本体呈现于心的感受与感觉，也是一种超越性的与道之精神本体沟通交感的体验。这也是最具中国特色的信仰—诗性体验，或者说是最被中国传统文化所推崇的体验之一。

---

① 参见 2007 年 9 月 29 日《解放日报》。

信仰的诗意及存在的复归

在中国魏晋南北朝时期，由于道家思想的传播，在文人中间，追求玄妙体验的风尚更是流行。目送归鸿，手挥五弦。俯仰自得，游心太玄（嵇康）。太玄就是道之源头，与道沟通的人行事言谈也玄远旷达，或超言绝象。这种沉醉于太玄的形象也是魏晋时期最典型的诗意性存在意象，作为一个人，不关注日常生活的来来往往，不关注功名利禄，也不关注常识与理性所追求的可验证性，而是让心自然地飞升起来游乎天地背后的无穷之境，寂然凝虑，思接千载，并跃升于万象之上。魏晋时期的那些文人们创造了这幅超然于天地间的飘逸画面。

玄妙体验中的所谓玄表示深奥不容易理解，不可思议，超乎正常理性，是正常理性难解的、幽深的。妙一般代表美好之意，也代表种种存在的神奇。玄与妙加在一起连用，用来形容事物及存在感受的深奥微妙，难以言表，这种体验超越了一般理性与功利的倾向与框架，直达事物的最为原初的幽深之处。这种具有玄妙特性的感受归根结底来自存在的更深的源头与本体，来自被称为形而上的精神之源。在我们这里就是来自神性—精神原型。《道德经》："玄之又玄，众妙之门。"（《道德经》第一章）谓道家所称的"道"深奥难识，万物皆出于此。后因之以"玄妙"指"道"。王弼注《老子》时曰："玄者，物之极也。""玄者，冥也。默然无有也。"玄是对无之本原性进行理解、想象、领悟与洞悉，玄之观念也是人试图与万物根源、本体进行沟通交流而产生的观念。

玄妙体验难言、无名，来自对万物源头的领悟。有形的万事万物的核心之处却是无形无名的，或者简单地说就是"无"。王弼在《老子指略》首句中说："夫物之所以生，功之所以成，必生乎无形，由乎无名。无形无名者，万物之宗也。"欲沟通这无名无形的万物之宗，通向玄妙体验，就得先进入"吾丧我"之境（《庄子·齐物论》）、先进入"无欲观妙"之境（《道德经》第一章）。这是一种忘我的心念专注一处的精神境界。

中国传统文化由于受到佛道的影响，也形成了重玄妙的倾向，渗透了大量的重玄妙体验的元素。诗意体验之所以难与君说，就是因为其具有超理性的玄妙要素。舍弃掉这份难以言说的玄妙性与玄妙感，诗意的神秘性就消失了，消失了这种神秘性诗意也就不再是诗意了。中国文化中的关于因缘与命定命运的领悟也属于玄妙体验，常常这也是富有诗意的体验。这个在男女性爱之中表现得更为明显。关于爱的所谓诗意体验常常也是关于爱的难以言明的玄妙体验。诸如关于前世的姻缘、关于流传的因果之说。这种关于各种前世今生的爱，关于爱的似乎前世注定的感受与体验，经常在诗性爱情故事之中发生。还有一大堆的诸如《假如爱有天意》之类的说法。

华文流行歌曲《滚滚红尘》中唱道：

> 想是人世间的错
>
> 或前世流传的因果
>
> 终生的所有也不惜
>
> 换取刹那阴阳的交流

《红楼梦》小说里也较为详尽地写了贾宝玉初见林黛玉的情形："黛玉一见，便吃一大惊，心下想道：'好生奇怪，倒象在那见过一般，何等眼熟到如此！'……宝玉看罢，因笑道：'这个妹妹我曾见过的。'贾母笑道：'可又是胡说，你又何曾见过他？'宝玉笑道：'虽然未曾见过他，然我看着面善，心里就算是旧相识，今日只作远别重逢，亦未为不可。'"在诗歌中的富有诗意的爱情大多具有玄妙色调。英国诗人布莱克的《爱情的秘密》就包含了爱之中的情感的玄妙：

> 千万不要试图说爱
>
> 爱情岂可用嘴说
>
> 因为清风徐徐

无影无声

我说出我的爱，

一遍又一遍 恨不得掏出心给她

颤抖，寒冷，满怀着恐惧

噢！她却甩我而去！

她离开我不久

一位路人从她身边经过

沉默着，只发出一声叹息

她就爱上并跟他离去

在富有诗意的小说或戏剧故事里，这种玄妙经常表现为轮回观念。有形现象之我可以消失，但常在的灵魂之我进入轮回延续生命。世界古老文化中的轮回观念与故事也可成为具有神奇感的玄妙体验。人死了之后，生命何去何从，生命经过某种变化后，重新延续，人的灵魂（在佛教则为神识）不死，生命永恒地以变化躯体的形式存在，这种"轮回说"在富有玄妙感的艺术中经常被展现。埃及人可能是最早具有轮回思想的。古希腊的轮回观念或许受到过埃及人的影响。在早期的以崇拜狄奥尼索斯为主的奥尔弗斯宗教中，便体现了轮回的思想，但古希腊轮回观念的集大成者，却非毕达哥拉斯莫属。印度比较系统的轮回说，起于《奥义书》，而且产生于一个对于轮回思想非常重要的概念"业"。在《奥义书》中，人死后，根据其所造的业，或者抵达梵天世界以脱离生命轮回，这称为神道；或者是轮回为人类或动物，继续受轮回之苦，这叫祖道。婆罗门教将《奥义书》的二道轮回扩展为六道轮回——天道、人道、阿修罗道、地狱道、饿鬼道、畜生道六道。

在艺术作品中（尤其是在现代影视里），那些具有玄妙感的体验常常被展现得富有诗意。中国传统的日常的婚恋、养生、出行、起居等文化单元，受三玄之一的《易经》影响很深。这些玄的思想被用之于日常存在里，常常让你产生玄妙感。人的婚姻命运和生辰八字的关联，即人出生之时即年、月、日、时排成你未来的命局与命线，每一个时间概念为一柱，共四柱，如甲子年、丙寅月、甲子日、甲子时等，故命理学又称四柱学。每柱干支两字，四柱共八字，所以算命又称"批八字"。依照天干、地支内涵阴阳五行属性之相生、相克的关系。四柱推命这类测命方法之所以又称星命术，是因为它是由古代占星术演变而来，古人认为天地是对应的。地域九州的划分同星象是对应的，芸芸众生同星象是对应的。构成世界的金、木、水、火、土在天上也有金星、木星、水星、火星、土星相对应。

信仰—存在—诗意路线中的存在是具有玄妙感的存在，其精神根基是神性—精神原型，其不会遵循僵硬的理性原则，因为科技理性原则的僵死遵循常常把人变成机器，变成单面人，变成碎片，变成缺乏生动性、缺乏血肉的抽象物。玄妙体验使人能感受原初与完整，给人带来深邃感、玄远感，也带来和谐，从而给人的存在整体带来悠远之韵味，给人的存在整体带来源远流长的生命历史，给人的存在整体带来归属感，并安定了人类的心灵，使人心有了连接源头、本原的永恒要素。这个源头、本原或许就是富有神性的"空无"。中国魏晋时期"贵无派"就在主流文人间占了上风，把"无"当作"有"的存在根据，提出了"以无为本"的本体论思想。

二 神圣体验

这是人的存在之核心的心灵实践之一，具有超越的内在性质。神性—人信仰存在结构及信仰—存在—诗意路线，其核心之一是产生神圣体验，这是神性—原型精神—人对应、感应、顺应、融合时产生的体验。神圣的体验是灵魂之我超越现象之我时产生的宽阔而深邃的感受。神圣体验的本质就是有限者感受到了无限，短暂者感受到了永恒，异化分裂者感受到了最高的单纯，混沌受污染者感受到了绝对的圣洁，黑暗的冰冷者感受到光

信仰的诗意及存在的复归

明与温暖，躁动者感受到永恒的寂静，或懒散下坠的惰性者感受到伟大的创造性力量的降临、感受到精神的气韵与生机。关于神圣感与神圣体验，印度哲学家室利·阿罗频多在《薄伽梵歌论》"神圣真理与大道"一节中说：

> 吾人终极之一道，乃将吾人世间全部生存，非徒其中此分或彼分而已，化为向此"永恒者"之一运动……吾人比超出现相自然之范根，而恢复更伟大之知觉性，以此吾人仍能生活于"神圣者""永恒者"中。①

关于神圣性，美国哲学家乔治·桑塔亚那则说：

> 宗教体现为一种神圣性，而神圣性要比虔诚更加高尚，因为只有把价值赋予存在的源泉才能使我们的存在得以实现并具有价值。……当一个人的生活只是为了一个真实的终极的善时，他就是神圣的。他直接面对目的，而整个物质生命只是实现这一目的的手段，并且很少受到注意和使用。②

德国哲学家海德格尔在谈到这个时代的诗人（诗意）时经常是绝望的，绝望的根本原因是他看到了神性（或存在的精神性源泉）几乎是无可挽回地纷纷离场。或许是受到诗人荷尔德林的影响，他很重视基于神性的神圣性。在谈论诗意的相关问题时，他一再讲到诗人对神性的召唤、自然的神圣性等。在他看来，真正意义上的诗意体验，其核心处就是那份神圣感。在我们看来，诗意体验也只有逼近神圣时才更能凸显其信仰的本质，诗意体验具有神圣感时才算上升到了信仰的高度。没有神圣感的诗意是缺乏精神性深度的。没有神圣感的诗意体验也很难被说成是真正意义上的诗

---

① ［印度］室利·阿罗频多：《薄伽梵歌论》，徐梵澄译，商务印书馆2003年版，第211页。
② ［美］桑塔亚那：《人性与价值》，乐爱国、陈海明译，广东人民出版社2003年版，第84—85页。

意体验。所谓诗意归根结底就是内在灵魂之我对显现了神性—精神原型（蕴含着存在之单纯性无限性永恒性光明性圣洁性）之形象、氛围、韵味的感应与回应（被召唤性）。在这一点上，高级的具有高峰感的诗意体验与内在出神的忘我的宗教体验极其相近。孔子生命中的忘我时刻也和这种神圣感的包围相关。在听了韶乐后，他三月不知肉味。他就是被韶乐中的雅（神圣感）乐所感染的。

　　神圣感与世俗性的感觉不同。所谓世俗感通常是由现象之我感受的，是在世俗世界中获得的感觉感受体验——比如金钱带来的快感、权力快感、感官快感等——都属于现象之我的世俗性感觉、感受。神圣感是什么样的感觉呢？神圣感是信仰型存在结构，也即进入神性—人（或神性—人性）对应、感应、顺应与合一的基本精神性存在结构时所带来的体验，是灵魂之我面对神性（上帝、梵、天、道、佛等）时产生的感觉，神圣感具有一种神秘而又令人敬畏的力量之性质。神圣感通常不是由表面的世俗世界中的事物与人唤起，而是由这些事物背后的精神力量激发起来的，由包含"圣"之基质的精神或精神象征体激发的。世界各地各种文化对"神圣"的感觉与体验内容有所不同。原始人与现代人，东方人与西方人等对神圣的领悟有差异。但这种不同并未影响实质的共同共通的方面，神圣的体验与感觉之中具有两个似乎有些矛盾的面：让人战栗的、依赖的、敬畏的方面，以及又让人觉得不朽的、永恒的、无限的与绝对的气息。具有神圣感的对象面向的通常是灵魂性质的我，而对世俗的现象之我来说，那却是不可逾越和不可亵渎的，不可干扰、玷污与侵犯的。在一般的意义上，神圣体验与圣洁体验经常联系在一起。从表达感觉上讲，神圣的感觉是超现象的，是不可言说的，或难以理喻的，充满了神秘的意绪。

　　神圣感或神圣体验是由非世俗性的通向神性—精神原型（单纯、永恒、无限、圣洁等）的那面所唤起的。世俗性事物之所以被称为世俗，是因为它面对的是自然的、社会化的、表层意识的现象之我，面对的是普通的、常见的，物质的、势利的、可逾越的，非神圣的那面，就是因为它不能唤起只有灵魂才能感受到的神圣感，即那种不可靠近的、不可玷污的、同时又是宽阔深邃的感觉与体验。任何与世俗性有过于紧密关系的人、物与事都很难唤起人们内心中的那份神圣感。不管你的世俗性权力有多大，也不管你多有钱，不管那些虚名看起来多么神奇。比尔·盖茨是世界首富，他唤起了你神圣感了吗？美国的总统权力足够大了吧，但他唤起了你的神圣感了吗？几乎没有。归根结底他们拥有的是世俗之物，属于俗谛，打动的只是你的现象之我，包括表层意识中的一些知识、知性理性等，都属于世俗之物。一个女孩，不会因为她有钱或有很多知识就能唤起你的神圣感，反而一个女孩的纯净的眼神或姿态，那份自然与寂然感、那份孤独的落寞（华兹华斯的《孤独的割麦女》）足以唤起你的神圣感或神圣体验。黄昏天空中突然出现的那种富有韵味（神性显现）的景象，都可唤起你心中的那份神圣感。

信仰—存在—诗意路线上的神圣体验与一般意义上的宗教经验没有什么本质的不同。从信仰诗意学的角度来看，真正高级的宗教体验都是富有诗意的，两者常常只是侧重点的差异。信仰—存在—诗意路线中的神圣体验超越世俗召唤神性（或听从神性呼唤），并力图使神圣与世俗自然浑然地和谐交融（以神圣方向为核心）。信仰性诗意中的神圣体验包含了原初的单一与单纯，包含了原初的和谐与完整，也包含了更多的原初寂然与宁静，包含了更多的原初的圆满与完善。在信仰性诗意的这份神圣体验里，没有片面牺牲人存在的潜能，没有感性意象的丢失，没有理性的怀疑与迷惘，没有分裂、没有碎片，没有晃晃悠悠，没有左顾右盼，一切原先的支离破碎都被融汇在一起，一切都在存在的中心处汇集，整体存在的核心就处在某种超越里。

从神圣的视点来看，中国传统文化是富有诗意的文化吗？中国现代文化是有诗意的文化吗？这个问题或许可转换为：中国传统与现代文化能经常唤起灵魂之我的向往吗？并能经常在我们的心灵深处激起我们的神圣的感觉吗？中国传统与现代文化唤起了你灵魂深处的那份神往与战栗吗？中国传统与现代文化因为缺乏通向大精神的强烈倾向，因为缺乏了真正意义上的信仰，通常也就缺少了通向神圣的基础与方向，这种神圣感的缺少也导致中国人的内在的基于神圣的诗意体验的相对匮乏。中国传统文化将人的灵魂之我所渴望的神性转移给大自然（天等），用那份隐藏在大自然之中的神性象征代替了神性本体。这种转换跟原始宗教中的自然崇拜没有本质的区别。中国传统文化中的种种"封圣"，也并未能形成（或激发）真正的神圣体验。神圣感不是可以（通过政治等）硬造出来的，不是你封一个什么圣人，然后人们的神圣体验就可增加的。

令人遗憾的是，整个世界的神圣感都在跌落，与之相反的是世俗性的急遽蹿升，换句话说，在世界范围内呈现的是：人的现象之我都在快速抬头，灵魂之我却幽居了起来（甚至被遗忘在看不见的深处）。有位英国的叫唐·库比特牧师出身的神学家甚至写了《无物神圣》《远离上帝》（或《告别上帝》）两书，明确反对上帝的实在性。过去人们信奉的神及神性都在衰落之中，与之相伴的是世界的日渐明显的世俗化过程，这也包括宗教本身的世俗化。美国学者彼得·贝格尔在《神圣的帷幕》一书中指出：

> 所谓世俗化意指这样一种过程，通过这种过程，社会和文化的一些部分摆脱了宗教制度和宗教象征的控制……他们看待世界和自己的生活，根本不需要宗教解释的帮助。①。

传统宗教教义中的神圣性在跌落，科学、理性一步步地占领了统治地位。

---

① ［美］彼得·贝格尔：《神圣的帷幕：宗教社会学理论之要素》，高师宁译，上海人民出版社1991年版，第128页。

信仰的诗意及存在的复归

世俗化影响普通人的最明显的方式之一，是对宗教的"信任危机"。换言之，世俗化引起了传统宗教对于实在的解释看似有理性的全面崩溃。①

传统宗教所宣传的神性面临这种危机，其在实际生活中也纷纷离场。中国文化传统的主流本来就缺少浓厚的神圣方向及其精神基础，缺乏对神性明显的持久的崇拜倾向，中国传统文化中的神圣性本来就与各种世俗性混合在一起的，缺乏形而上的精神上的纯粹性。更多的是对各种偶像物的忠诚——对帝王的愚忠，对月亮的崇拜等，相对缺少了通向辽远深邃的神圣面的体验与感觉，因此真正意义上的以永恒向往为基础的灵魂性及灵魂氛围就很难建立起来。就个体而言，这种文化也很难帮助人们脱离层层现象之我精进到纯粹灵魂之我的境界，但如果没有这种基于永恒感觉与灵魂契合的氛围，哪里会有真正的信仰—诗意呢？包括爱情这种世俗性很强的情感，如果没有神圣感的渗入，那就很难说是富有诗意的。

信仰—存在—诗意路线试图在传统神圣性衰落的背景下，在神圣与世俗之间开辟一条新的道路，致力于世俗向神圣的敞开与转化，致力于新的精神神圣的世界建造，划定以和谐方式所能触及、领悟的神性范围，或者说划定新的与神性交流的范围，试图形成一批以信仰—诗意为核心的新型宗教人，即面向神性—精神原型而在的信仰者。宗教人是罗马尼亚哲学家伊利亚德在《神圣与世俗》一书中一个重要的概念。在伊利亚德看来，宗教人并不等同于各种文化各个教派中虔诚的宗教徒，而是指个体的人的一种潜在的宗教情结，是一种具有宗教情结的人格存在，信仰型文化传统中每一个人都可视作是宗教的人。宗教人在神圣与世俗之间穿梭，体验不同的经验。宗教人在世俗生活中感受神圣：

---

① [美] 彼得·贝格尔：《神圣的帷幕：宗教社会学理论之要素》，高师宁译，上海人民出版社 1991 年版，第 151 页。

每一个神圣空间，都意味着一个显圣物，都意味着神圣对空间的切入，这种神圣的切入把一处土地从其周围的宇宙环境中分离出来，并使得它们有了品质上的不同，正如我们所看到的，神圣时一种真正的实在，因此它也同时是一种力量，一种灵验，以及是生命和生命繁衍的源泉。事实上，宗教徒对生活在神圣中的渴望就等于是他们对在客观实在中安置其住所的渴望，就是对不被那持久的纯粹主观体验的相对性所困惑的渴望；就是对能居住于一个真实、实在的世界，而不是居住于一种幻觉中的渴望。……对于一个宗教徒来说，每一个世界都是神圣的。①

在世俗世界中，传统社会中的宗教人通过神圣空间和神圣时间来感受神圣，而他们的生活因与神圣相遇而具有真实存在的意义。在新型宗教人看来，神圣空间和世俗空间是可以中断的，可以从世俗空间走入神圣的空间，这个空间和其他空间有着本质的不同。又按照彼得·贝格尔的宗教社会学理论，宗教是人建立神圣宇宙的活动。换一种说法，宗教是用神圣的方式来进行秩序化的。②

米尔恰·伊利亚德所说的宗教人（以及前面舍勒所说的宗教人），相当于我们所说的灵魂之我。这个灵魂之我与现象之我之间没有必然的界限，在存在的实际中，常常是相互融合相互转化的，在特定的时间与空间里，是灵魂之我，而走出那个特定的时间与空间，又会变成现象之我了。诗意之我存在于现象之我向灵魂之我的过渡之中，这也是层层脱离现象之我的过程。但这个过程如果在和谐之中进行，同时尊重人的合理的感性，

---

① ［罗］米尔恰·伊利亚德：《神圣与世俗》，王建光译，华夏出版社 2002 年版，第4—6页。

② 参见［美］彼得·贝格尔《神圣的帷幕——宗教社会学理论之要素》，高师宁译，上海人民出版社 1991 年版，第33页。

也不牺牲基本的存在理性的话，新型宗教人、灵魂之我和我们说的信仰—诗意体验者就没有什么本质的不同。信仰—诗意体验者意味着在世俗生活之中感受神圣，视整体的存在的世界为神圣，并积极致力于脱开现象之我的支配，进入到整体灵魂之我之中，这个过程伴随着神圣时间与空间的建造，这个建造过程也是从这个世界中领会存在的意义的过程。

首先是信仰—存在—诗意路线中的神圣时间的建造。在特别的时间里超越现象之我的种种肤浅的执着，让灵魂之我悄悄在场并获得神圣的体验，通过不同的管道向人传递神圣的神性—人召唤与被召唤及相互联系的本质，这也即中西方的最古老的天心人心（或大灵魂小灵魂）的对应结构。基于此，信仰—存在—诗意路线在很多方面并不排斥古老的宗教传统，比如基督教、伊斯兰教、佛教等观念、教义与仪式。信仰—诗意体验者充分尊重、重视各种宗教信仰的宗教体验中的那份神圣性、神圣感。任何文明宗教信仰都十分重视神圣观念与神圣经验。没有了这个面也就谈不上宗教，也谈不上信仰了。其次是信仰—存在—诗意路线中的神圣场合与氛围的建造。在特别的空间里超越现象之我的种种执着，让灵魂之我在场并获得神圣的体验，在富有意味的神圣空间里，信仰—诗意体验者的感觉与在世俗性场合全然不同。比如在大自然的背景下，信仰—诗意体验者最能让现象之我从世俗状态里摆脱出来，尤其是在具有神性感的自然背景下，那份神圣性体验是最能契合人的内在心灵，并能满足灵魂的皈依渴求。信仰型诗意体验中的神圣性与大自然的无限悠远感不可分离。神圣的大自然或神圣的宇宙最能把人的内心中神圣感情激发出来。

信仰—存在—诗意路线中的体验的神圣性可以和日常生活及生命打成一片。在印度文化中，传统的具有神圣意味的瑜伽现在已经与他们的日常生活融合在一起了。在印度传统的瑜伽中，神圣就意味着，祛除现象之我的遮蔽，去和神圣的本体"梵"发生联系与沟通。这也是印度瑜伽的核心追求。在传统的印度人看来，包括人的肉体在内的物质世界，都是现象与幻象，是摩耶，在现象界，人难免受各种轮回之苦，要想从现象界（或现象之我）中解脱出来，就得习得一套与本体世界的联系沟通方法，由此恢复灵魂之我的本色。瑜伽就是可以让人层层脱去现象之我，进入灵魂之我的研修体系，也就是研修与至高我的合一的修行体系。《薄伽梵歌》第六章四十七中唱道：

> 有在诸瑜伽师，
> 内中与"我"合一，
> 唯我敬止而具虔信兮
> "我"意其契"我"臻极

其中有一种叫至尊瑜伽——奉爱瑜伽。也就是渴念与至高我之大梵的相感应、顺应并与之合一。念颂薄伽梵（至尊主、奎师那、上帝）的圣名——哈瑞奎师那曼陀，在临终时记住薄伽梵（至尊主、奎师那、上帝），灵魂便可从肉体轮回中解脱升转永恒、全知、极乐的灵性世界—奎师那楼卡（Krishna Loka）。当我们心无杂念地念颂扬奎师那的圣名"哈瑞奎师那"曼陀时，我们的灵魂便与薄伽梵（至尊主、奎师那、上帝）如实连接、相应，恢复我们生命的本原知觉（奎师那知觉），这就是瑜伽（Yoga）的真实本义。瑜伽的核心就是去触摸那个神圣的核心，研修瑜伽的那一刻，神圣感情或具有神圣感的体验被激发出来。

《弥勒奥义书》中说：

> 一切结合与被结合，因而成为瑜伽
> 气息、思想和各种感官合一
> 摒弃一切事物，这称为瑜伽。①

---

① ［印度］《奥义书》，黄宝生译，商务印书馆2012年版，第378页。

三　宁静体验

在整个古代的东方文化中，另一种存在之核心实践（内在的心灵实践）——宁静空寂的体验——被突出地强调、被执着追寻。从更为深邃的精神价值角度看，静定感受比动变体验更真实也更根本，这在人的更为深层的存在感受中显露得更加明显。空无静寂是神性—精神原型一体多位显现之一，也是神性—精神原型的重要展现面。在那些更朴实更敏感的东西方古代思想家看来，静定比之动变反而更真实，他们这份直觉是真切的。静定意味着存在的根本，动变则意味着存在的虚假。天地万事万物及人心皆发于静归于静，静是存在的最真实的根基。亚里士多德在《形而上学》卷四结尾处说：

> 假如一切皆在动变，世上又将没有一件实在的事物；于是，一切皆假……宇宙间总该有一原动者，自己不动，而使一切动变事物入于动变。①

中华传世经典之一《呻吟语》"卷一"中说：

> 天地万物之理，出于静，入于静；人心之理，发于静，归于静。静者，王理之橐籥。②

印度《奥义书》的《剃发奥义书》中也吟唱道：

> 他的自我进入梵的居处
>
> ……
>
> 自我实现，无欲而平静；

---

① 参见［古希腊］亚里士多德《形而上学》，吴寿彭译，商务印书馆1959年版，第82页。
② 吕坤：《呻吟集》，珠海出版社2002年版，第31页。

智者们获得遍及一切的它，

把握自我，进入一切之中。①

从价值体验现象学的角度看，宁静是富有深度价值的体验之一，是躁动的现象之我纷纷融解归一后，灵魂之我静悄悄呈现的存在状态。可以说，信仰—诗意的核心之一就是现象之我的分解、消融、归一，灵魂之我的寂然呈现。信仰—存在—诗意路线的核心就是：进入神性—人（或神性—人性）对应、感应、顺应与合一的信仰存在结构，这一基本的精神性存在结构，就包括了清寂空静无精神原型与人的内在灵魂的对应、感应、顺应与合一。清寂空静无精神原型是一种重要的神性面孔，也是属于世界整体深处的大灵魂，也属于人的存在整体深处的小灵魂。甚至可以说，这是世界整体与人的整体存在的核心部分。所有的能运动的事物都来源于最初的神奇之静无，所有能运动的事物也都归向于此，在这个过程中所有的事物也都以某种方式指向之。用笔者的某首诗的话来说就是：清寂空静无是万事万物的最初也是最遥远的精神故乡。信仰—存在—诗意之路上的宁静体验关乎存在的不动的本原，关乎存在的不变的核心，关乎人的存在深处神秘之域。宁静体验是最为根本的基于信仰的存在体验。

在某种意义上讲，所谓诗意之境就是进入存在本体之清寂空静无之境（或空灵之境）。信仰—存在—诗意路线就是要让灵魂以某种和谐的方式参与神性—精神原型（精神的最精神之根本性的永恒范本与模型）——单纯、无限与永恒等，以某种和谐的方式参与至高的精神源泉，在这种至高的精神源泉里，人的局部性的感性的、社会化的、表层意识的部分融化了，融化在存在的整一深处，融化后的存在的核心就是寂静、淡远、空灵、安宁，而诗意就是与存在的久远的寂静、淡远、安宁、空灵相融于一

---

① ［印度］《奥义书》，黄宝生译，商务印书馆 2012 年版，第 303—304 页。

体的感受情绪团。诗意就是对神性—空静之精神原型（精神的最精神之根本性的永恒范本与模型之一）分享与分有。人们到哪里去寻找诗意呢？就是要在某种特别的特殊宁静里，这是和空无寂然融于一体的宁静，是和淡远之感交融的宁静。在存在的空灵、清寂与宁静的交融之中，人的内心反而能感受到一之一切，一切之一，感受体验到其中最高充实与圆满。在这份特别的具有最高充实的宁静之中，人感受到了一切，感受存在的无名的无限的扩展，感受到内心的深邃的丰盈，感受到宁静与空灵之中的永恒、无限、绝对与神圣。悠远深邃的静比活跃多变的动似乎更接近内心，更接近灵魂的那份隐蔽的状态。静之体验与精神本源具有更大的关联。

通常所讲的宁静，其词源意义上的含义大多揭示静之现象，即由静之本体滋生出来的静之现象。但静之现象能折射空静之本体。宁表示平安、安定、宁静、宁谧等。静，从青从争。静的词源本义是彩色分布适当。在古时候同净。青，初生物之颜色；争，上下两手双向持引，坚持。从词源的意义上讲，静就是净（由此可看出，空静与圣洁的关联），就是不受外在的各种滋扰的影响，坚守初生的本色、秉持初心。包括：停止的、不运动的等方向，是与"动"相对的，没有声音、安详、清洁、干净，又由此引申出闲雅、贞洁、不轻佻、恬淡、平和等含义。信仰—存在—诗意路线是价值体验的路线，价值体验关乎存在体验的根基，宁静体验具有原初性，与神性—空静原型的召唤、交感不可分离，也就是说，宁静体验是人与静之本体的沟通交感相融。古印度的宗教与哲学的核心之一就是静。中国道家哲学的本体核心也是静。道家多次在自己的经典典籍里谈道："致虚极，守静笃""归根曰静，静曰复命""清静以为天下正"，等等。

空无静寂作为一种精神原型，是神性（存在本身之纯在性）的显现，其蕴藏在世界存在的深处，也是人的整体存在之根，也是宇宙整体存在之根。万事万物的起点与核心都是寂静的，是虚无的。通过静，我们返归到了更久远的存在之根，与更久远的存在根基连接、交流、沟通。在宗教经验中，信仰者与神圣者合二为一时，经常性地获得完全的安详、寂然，获得一种内在的隐蔽的喜悦。在传统的东方文化里，静也是一个核心。就文化表现来看，传统东方人对宁静的向往似乎更甚。在中国道家的哲学里，静是万物之根，静是动之母，是躁之君。静创造了动，也是动的核心基础。整个东方人的最高存在境界差不多都和静有关。印度教与原始佛教中的涅槃境界的本质也是静，寂灭之境。

印度佛教传入中国后，与道家思想的结合产生中国本土的佛学派别：禅宗。禅宗又名佛心宗，是汉族佛教的重要代表。《六祖坛经》《五灯会元》等是禅宗的佛经。禅宗的核心就是定静慧，静是中心。禅宗号称"教外别传，不立文字"，重视个人内在的体验和顿悟，通过证悟的方式来体验佛，而不是像其他宗派主要通过理论学习来解释经文。民间文化受禅宗的影响居多——追求禅意、贴近自然等观念都和禅宗相关。官方正统文化或许受到禅宗的影响甚至更大。所谓的天理性命理论基本是来源于禅宗，也就是佛学的道教化产物，三教本来是一家的说法也是针对禅宗说的。在明朝，心学与禅宗的关系更进了一步。

明心见性是禅宗的核心。禅宗追求的明心之根性是什么，实际上就是躁动现象背后的静寂空无。如何通达这个核心、达到这种境界，这即便在禅宗内部也是有分歧的。禅宗的大宗师惠能主张无相，无往及无念，不要产生任何思维意绪，并力求做到听而不闻，即无念；也不产生任何的感性感知，并力求做到视而不见，即无相；以及不要受外在世界影响和束缚（无往）。惠能提及：菩提本无树，明镜亦非台。本来无一物，何处惹尘埃。在这个意义上讲，所谓诗意就是禅意，而禅意也就是诗意。禅意的核心也就是空灵之中的静远的远离尘器的氛围。

对深邃之静的无意识的向往与渴望在西方文学艺术中也有鲜明的表达。美国意象派女诗人艾米·洛威尔写过一首诗《落雪》，整体感觉禅味十足，同时诗意十足，充满了空灵、寂静、旷远的情调。

> 雪在我耳边低语，
>
> 我的木屐在我身后留下印痕。
>
> 谁也不打这路上来，
>
> 追寻我的脚迹。
>
> 当寺庙的钟声再次响起，
>
> 这些脚印就会被覆盖、消失。

真正富有诗意者，或者也可以说真正的内在信仰者差不多都是追求淡远空灵寂静的寂静主义者，这是建立在空无基础之上的寂静。在那份丰富的寂静之中有着太多的精神韵味，并能给我们的心灵以太多的满足。可以说，只有在寂静里，灵魂之我才得以显露自己的本来的本真的面目。智利诗人聂鲁达写过一首抒情诗《我喜欢你是寂寞的》，女人在寂静之中也充满了特别的美：

> 我喜欢你是寂静的，
>
> 仿佛你消失了一样。
>
> 你从远处聆听我，
>
> 我的声音却无法触及你。
>
> ……

我们在日常生活中被现象之我遮蔽，被自然之我、社会化之我、一般表层意识的我遮蔽，变成某种程度的虚假的存在，在现代社会我们尤其容易被日益复杂的社会化之我遮蔽。但我们在日常生活中依旧能感受到灵魂的一份特别的渴求，那是灵魂之我透过重重遮盖从人的整体存在深处发出的响应——对神性—精神原型召唤的响应。事实上，寂静之声带有精神本体色调，这也可以说是从人类存在的最遥远的精神故乡传来的最神秘的声音。真正意义上的寂静关联着灵魂最向往的遥远的精神故乡，寂静的魅力与精神价值也只对灵魂之我显现，而不会对现象之我发生这种作用。对现象之我而言，寂静或许还代表了空虚、沉闷与无聊。基于此，在西方文化的宗教信仰实践中，产生了一个与精神归属有关的饶有趣味的词"寂静主义"。所谓寂静主义就其实质看，就是面向存在本身之纯存在性（神性）而在，也意味面向空静之精神原型而在，也就是回归最古老最遥远的原乡，回归最深远的精神故乡的净土。从地域角度看，或许东方才是发现寂静，并倡导寂静主义的真正发源地，整个古老东方文化的核心部分均可视为寂静主义者的文化表达。

第三章 人的存在多重性弥合与中西之核心信仰实践

第一节 现象之我与灵魂之我的裂隙融通

信仰—诗意是内在存在之核心实践，涉及现象之我与灵魂之我，世俗关切与本原神性关切的裂隙的弥合，而弥合的关键是向存在本身（神性）的复归，复归到和灵魂相对的纯粹的精神根基上，即建立起神性—人的对应、感应、对应与合一的信仰型存在结构。信仰—存在—诗意路线的突出特征就是灵魂之我的隐秘显现，现象之我悄然的相对退却，用中国传统哲学的术语来说就是去人欲之后的"人心"的留存。"人心"留存同时也就意味着"天心"显露。所谓弥合是通过存在方式（包括意识方式）根本性转变来实现的。其中能否忘却有限之我（尤其指向那个物质性肉体性的我）是转换是否成功的标志，有限之我的外在性（现象性）执着是转换的最大障碍。怎样克服偏外在的现象之我（或有限之我）的障碍，让内在灵魂之我显现，对此，中西方传统文化核心处之信仰实践是不同的。能体现西方传统的核心信仰实践的有三种方式：感性的陶醉、知性纯思、灵魂的同在等。以孔子为代表的儒家是通过与具有现实感的精神体（精神现实象征物）的联合实现的，只是这种联合具有更多的和谐色彩（诗、乐等都是精神体的象征物，关于礼的各种观念与仪式也是神圣的和之精神秩序的象征体），兴于诗，成于乐、咏而归等就是具体展现。道家是通过坐忘无为逍遥实现的，而佛家则是通过破执彻悟之后的空灵达成的。弥合的实质是：由现象之我物欲化、技术化、社会化、理性化等转向能够与神性进行沟通的灵魂层次，从而转向更高更具精神意味，也富有价值感的境界。

一　现象之我与灵魂之我的裂隙

人是具有多重性的整体存在。这多重性中的每一重性，努力实现的方向、依据均有不同。这常常人的整体存在的种种纠结与撕扯，造成多重性之间多个方向的裂隙。为了实现多重之我之间的裂隙的和解，人的存在需要找到统一性的精神力量，这个具有统一感中心感的精神力量往往通过信仰实践聚合、显现，并借此统一存在的多重方向，弥合现象之我与灵魂之我造成的分裂、冲突。美国哲学家威廉·詹姆斯在《宗教经验之种种——人性之研究》第八讲专门写了"分裂的自我及它的统一过程"：

> 无论一个人的性格如何，人的品格的常态发展，主要是内心自我的整理与统一。①

> 找到宗教，只是好多达到内心统一的方法之一。②

与过去诞生于自然界的动物相比，与未来诞生于人类的知性更强的智能型机器人相比，人的存在具有多个维度。存在状态有通往有限（或现象）与通往无限（本质、纯粹）之区别，也有有限之我（现象之我）与无限之我（本质之我、纯粹之我、灵魂之我）之分。有限之我是可见的现

---

① ［美］威廉·詹姆斯：《宗教经验之种种——人性之研究》，唐钺译，商务印书馆2002年版，第170页。
② 同上书，第175页。

象之我，也是现实的世俗之我（包括理性之我）。现象之我和日常的存在经验打成一片，在未来也会与物欲化、技术化、理性化的经验打成一片。无限之我则隐藏在人的存在的整体里，隐藏在存在的最深处，作为一种无形的看不见的力量支撑着人的整体存在。灵魂之我与超验的存在经验打成一片，尤其与面向单纯、永恒、无限之宁静与神圣的经验打成一片。有限之我（现象之我）与无限之我（本质之我，纯粹之我、灵魂之我）之间（及其在经验中的显现）常常存有难以弥合的裂隙，这些裂隙需要通过超越性的精神努力（信仰实践）才能在某种程度得到弥合。有限之我（现象之我）在现实的存在中表现为客体化的自然之我、社会化之我、一般表层意识的我，这个通向客体化或模式化的我在可见的社会性存在中代表了人的世俗性存在方面。无限之我代表的是纯粹之我、灵魂之我，这是无世俗羁绊之我，这个方向的我拒绝被物质化、技术化、世俗化。这个灵魂之我（无限之我、纯粹之我）通向人的存在的神圣方向。

因为这经过了最长久的怀疑论诸时期而犹存，每趟被贬斥后又回转，——也即是他的思想所能憧憬的最高者。……人类的这些固执的理想，与其寻常经验相违反，同时又是许多更高深经验之肯定。这些高深经验，对于人类为非正常。①

在神性被怀疑与被贬斥的现代氛围里，人的内心深处依旧渴望神圣的至高者。人的存在是否有一个神圣的源头或者人就是纯自然的长久演化而来，这个问题可能还会长久争论（其实两者并非完全矛盾），但不管争论的结果如何，有一点思想史中的各家各派应该没有太大的分歧：人比之其他物种（包括动物物种、未来的智能型机器人等）更深奥更复杂，这种深奥与复杂表现在人是多重之我之综合体，包括自然之我、一般社会化之

---

① ［印度］室利·阿罗频多：《神圣人生论》，徐梵澄译，商务印书馆1984年版，第3页。

我、一般表层意识之我（理性之我等）、灵魂之我（或通往神性的无限、永恒之我）。人的这种多重性体现在两个依稀可循的基本存在方向上。

一种是有限的属世的世俗方向。这种存在方向是自然之我、社会化之我，表层意识之我（包括理性之我）的方向，包括自然的、物欲的、常态的、稳定的、平缓的、感官可触及的，交际的、人来人往的方向等。这是生物性的、理性的，也包括部分社会性的存在。这种存在基本以服侍、滋养肉体为中心，是世俗性存在。自然欲求的满足及世俗地位权力、名声等成为世俗性存在的关键。其追求的是成功的现实人生，重视那些成功的外在标记或记号，在现代社会里表现为：有车有房、有美女、有金钱、名誉、地位等。现时代的一些属世的成功神学也在鼓吹这个方向。另一种是无限的属灵的神圣方向。这个存在方向是隆起的、间断实现的、高峰的、心灵向往的、灵魂渴望的、具有神圣感的。这种存在基本是以服侍、滋养灵魂为中心，是寻求神圣性的存在，以超越自然、社会、理性的纯精神性满足成为核心。其追求的是超越性的存在，即超越自然之我、一般社会化之我、表层意识之我（包括理性之我）的欲求与束缚，追求具有精神神圣感的人生，及神圣信仰基础上的内在生活的丰富、饱满与丰盈。人类内在生命实践史、思想文化史对此进行了持久的探索。在人类还处在懵懂期的原始信仰中，有限与无限、"俗"与"圣"就被明确划分。俗是一个看得见摸得着的领域，这是和我们生物性与社会性本能、理性等相关的方面，这个方面许诺人们以世俗地位权力以及享乐所组成的世界。圣是另一个领域，对应的是人的灵魂之我，这是和人的灵魂憧憬、渴望、梦想相关的领域，是摆脱有限可见的物欲世界，也是属于种种纯粹的神性占据地盘的领域，一句话，这是种种具有神圣感的精神之域。

随着我们所置身的这个现代世界进入成年时期，人的存在整体的世俗化倾向越来越明显，有限的现象之我被愈益重视——身体受重视就是最鲜明的标志。所以，包括一些神学家在内的思想家开始反对种种"圣俗相分"的观念，认为俗之我与圣之我的方向的界限并不分明，俗之世界与圣之世界的界限并不明确。写了《狱中书简》的朋霍费尔就是如此。但仔细考察人类从古至今的生命实践，人们就会发现：确实有两种不同的存在模式，或者说确实有两个不同方向的存在实践，这个存在模式或生命实践之别不是谁凭着想象简单而人为划分的，这种方向的不同存在于我们切实的存在体验里。从本真的真实的体验出发，人们能够鲜明感受到：一种类型的体验关联着有限的世俗性存在，身陷世俗性存在结构里，而另外一种类型的体验——以信仰为核心的生命实践——则关联着通往无限的神圣性存在，是信仰型存在结构的显现。两者之间存有巨大的常常是难以弥合的鸿沟。这也代表人的多重之我的分裂与鸿沟，代表人的存在的基本方向的分裂与鸿沟。如何弥合这其中的裂缝是各个思想家、各个思想派别一直思考的问题。实际上，人的存在的这两个方向之间不可能完全隔绝，但常常会造成一个方向对另一个方向的忽略与遗忘，尤其在现代后现代的背景下，神圣的方向经常被忽视忽略。

两个方向统一与融合的基础在哪里？这也是各个文化中的各个思想家（或派别）都在考虑的。要达到统一与融合就需要某种弥合式的转换，在古往今来的不少宗教的哲学的派别看来，这种转换是可能的。通过某种切实的具有融合性质的信仰或许就可以实现这一点，也就是说将统一的根基建立在信仰之上。那些传统的思想家似乎更关心由世俗性存在向神圣存在的转换路径，即有限之我（现象之我）通达无限之我（灵魂之我）的路径。儒家的孔子和佛教在俗与圣的转换路径上似乎没有本质的不同。孔子的宗教大概属于具有现实感的诗意性宗教，孔子的信仰是诗意性人文主义式的。佛教则走得更远更彻底些。消弭有限之我（尤其是被物欲感官支配的那个我）的执着，这是俗与圣转化的核心与关键。我执是人获得佛性的最大障碍，也是由世俗存在向神圣存在转换的最大障碍。如何才能克服这个障碍，克服有限之我的那份执着？人类历史上的各大宗教、各种思想体系对此看法有着很大的不同。犹太教、基督教、伊斯兰教甚至中国的孔子，似乎都认为必须通过神圣的仪式（念功等）与伟大的精神存在（或至高的精神存在）或这个精神存在象征物（或象征品）联系、沟通与联合，认为只有这样才能忘却那个本来偏世俗的有限个体之我。礼在孔子的想象里是表达神圣体或精神秩序的象征语言与象征品。世界上后来的文明宗教差不多都对人类的世俗性存在有着深刻的认识，对世俗性存在的缺陷弱点有着敏锐的洞察。

东方佛教式转换靠的是人自己的般若智慧、无为智慧与空智思想的指引，并在此基础上对虚幻的尘世进行了最深刻的洞悉：来自滚滚红尘的，来自熙来攘往的人间的那些存在是没有根性的，或者说根性是空的（有限的）。万法无常，万法皆苦，万法皆空，热衷于在世俗空间存在的人们所信奉的那些皆属于俗谛，其和真谛相对，是与人的六根六尘（尘土、污染之义）有关之理，这也正是人的世俗性存在所信奉的真理，绝大多数执迷不悟的人的存在都属于世俗性存在。这种世俗性来自我们的生物本性、社会本性及一般的表层意识（包括一般意义上的理性等）。生物本性是世俗性的根基，社会本性与表层意识也是世俗性存在的重要方面。物质、欲望、名声、权力、交换交易等是世俗存在的基本元素。可以看出，佛教的世俗性概念也最为宽广，几乎六道轮回中的一切都属于世俗性。

世俗性存在方式也随着时代的发展变化而不断地变化。造成各种各样的新型世俗性形式。这种新型的世俗化通常与日新月异的科技化捆绑在一起。现代意义上世俗性与各种现代科技理性文明的兴起紧密相连。世俗性与各个领域的现代化（政治、经济、文化等）成了越来越亲密的兄弟。日益发达的科技也成了新型世俗化的最重要的推手，也成了肉体感官的好伙伴好朋友。伴随着以科技为核心的现代文明的发展，新型世俗化趋势在经济、政治等方面的影响越来越大，并在人们的各种生活方式里尽情地展现，在人们的意识之中也都有愈益明显的体现，而且这种趋势似乎越来越难以阻挡。人的存在的自然化、社会化、理性化——现象之我日渐呈现——似乎也难以阻挡。但这种新的呈现并未能给人的整体存在带来精神性价值，并未能给人带来有深度的意义体验。从价值体验的角度来看，这种新的存在呈现甚至可用越来越糟糕来描述。存在主义哲学家们用"被抛入"来表达这种感觉的变化。人似乎已经被彻底的客体化、社会化、理性化，整体的灵魂之我被抛入和卷进于世界中，成为其中的一部分，并被按照雷同化的常规塑造着。现代意义上的所谓"我在"，不过是在模式化雷同化的常人中延续自己。这是一般人的普遍的存在，是被决定的存在，是非本真的存在，这种被决定的存在也是海德格尔所说的虚假的存在。

那么人类如何使自己的存在更本真更真实（具有精神意义上的真实感）？走信仰—存在—诗意之路或许是可行的。真正的诗意存在从最根本点上说是以信仰为理念性向导的，追求生命的超越性，追求存在的完整与和谐，追求能给人以存在的内在意义感、充实感、澄明感、美好感。纯粹的世俗的存在（包括各种新型世俗化）是基于其碎片的局部的特征，给人带来的是各种现实性的焦虑。各种形态各种表现的世俗性着眼于人的存在局部，缺乏整体的灵魂性导向，这难以避免地导致存在的致命弊端：俗的存在方式或方向给人的生存带来各种困境、多样的困扰，并危及了人类的最重要的生活——以整体（神性—精神原型）向往为基础的心灵（或精神）生活。能否想象人类可以失去整体向往，完全存在于局部欲望里，过着无聊乏味的生活？能否想象人可以像机器一样完全失去深邃心灵而生活？这些都是难以想象的。日渐的世俗化存在（包括智能的机械化倾向等）因为失去了整体性的依托，灵魂日渐变得空虚、无聊、机械、僵硬、贫乏等等。另一方面，纯粹的灵魂之我无法独立存在，失去了现象之我的依托，神圣性（或无限性）也无法存在并显现，尤其是在现时代的背景下。各种形态的单纯独立地突出神圣性存在的方式，也都有着难以避免的致命的弊端：这种单纯的神圣的存在方式或方向也会给人的生存带来各种困境、多样的困扰，这种单纯地通往无限的方向危及了人类的最重要的生活——可以触摸的感性与理性生活。

二　信仰—存在—诗意与对话、弥合

古往今来无数个思想家（或思想流派）一直在努力探索人的多重裂隙的弥合之路。借助种种信仰生活达成这一目的的探索传统似乎更为悠久。信仰—存在—诗意之路本质上也是一种弥合之路，也是一种响应、召唤与追寻，即响应、召唤、追寻、体验被遗忘了的纯粹精神，重新内在地触摸种种神性—精神性原型，即让"寂静""空灵""光明""温暖""圣洁""神圣""单纯""永恒""无限"等原型精神重新降临于心。信仰—存在—诗意路线并未完全否定现象之我，也肯定整体存在中的现象之我的依托作用。信仰—存在—诗意路线追求弥合、融通人类多重之我的分裂，弥合融通两种重要的存在方向之间的裂隙。信仰—诗意体验者试图融通多重之我的隔阂，试图融通世俗与神圣之域的裂隙，并走一条具有完整感和谐性精神体验之路，但必须以纯粹的灵魂之我为基础为依据为中心。能够弥合种种裂痕的中间道路就在这种融通的努力里，这或许是一条中间性质的道路，尽管在这种"中间性"中也依旧可有多种可能多种选择，或者说依旧可有多条道路。不管怎么样，在古老真理与现代真理之间，奉行这种中道的和谐的整体观，其目的都是为了使人的存在更加完善圆满，使人走出分裂与偏离，最后达到和谐、通融之存在境界。

但存在整体的这种弥合与和谐，其基础奠定在什么之上，这是一个关键。必须以神性—精神原型的召唤为根基，必须是一种信仰—存在—诗意形式，即通过信仰达成新的存在。关于这点，被称为存在主义哲学之父的存在主义哲学家克尔凯郭尔已经有过诸多思考。他在《非此即彼》《恐惧与战栗》等书中分别总结出三种存在模式，这三种存在模式也是存在的三个层次，或存在的三种境界。首先是美学的存在模式，这是一种直截了当的生活方式。在这种模式中存在的这些人像个美学家一样，生活在感性的瞬间的苦乐之中，也只为这样一些特殊的令人快乐的瞬间而活。但克尔凯郭尔认为这种态度到最后一定会崩溃并陷入绝望，这是把整个生命都押在感性快乐瞬间的人，但在诸种感性的美丽的花丛背后，藏着虚空，那是一些露齿而笑的骷髅。建立在感性陶醉快乐基础上的存在模式是片面的生活态度。其次是伦理的生活模式。伦理本质上是站到人群之外的生活，而不是以社会的一部分存在，真理存在于个体之中。在伦理生活模式中的人常常体验善恶、苦乐，追求善良、正直、节制的生活，仅此只是个"好人"，但如果以人群的一部分的方式而存在，这种存在模式也具有片面性。从最早的一刻起，社会即要求个体将其行为建构在某些大致精确的参数范围内，也要求其扮演特定的行为角色。最后是宗教的存在模式，这是最高的生活方式，包含真诚的信仰，更多地关注存在的灵魂性，即通向永恒无限那一面的精神生活。信仰—存在关乎的是我们自己的永恒无限之幸福。他所谓美学的，实际上接近感性的方式，① 他也没有把理性的生活方式列为一种。实际上，好多人的存在是以理性为核心为基础的。

克尔凯郭尔的思考给了我们一个精神启示：真正的具有内在信仰感的生活才可以克服存在的片面性。他反对的正是片面的生活方式，倡导的恰恰是以信仰为基础的具有整体感的生活，这种整体性存在通向神性（无限与永恒等）。以通向永恒与无限为基础的存在常常具有整体性和谐性，也是一种和声式存在。信仰—存在—诗意路线上的主体不会是执着于有限的片面现象之我，即其不属于世俗性存在的存在，信仰—存在—诗意路线上的主体也不同于传统的那种通向纯粹的神圣存在。信仰—存在—诗意路线部分肯定感性方式与世俗性，但这种感性方式要以存在的灵魂性为核心，

---

① 参见［丹麦］索伦·克尔凯郭尔《非此即彼：一个生命的残片》（上下卷），京不特译，中国社会科学出版社 2009 年版。

即以灵魂之我为核心，能打开心灵的种种法门，使种种世俗性活动服侍灵魂这个中心。这也是真正的诗意之路。德国哲学家海德格尔提出"诗意地栖居"后，关于诗意的哲学讨论日益增多。但我们这里所说的诗意存在和海德格尔所说的诗意地栖居，不尽相同。我们这里的诗意性存在也是以信仰为核心的和谐性存在，也是人的充分的自我实现的存在。为了实现这种整体的和谐性，人就要从过于外在过于世俗化的存在状态中摆脱出来，以实现存在的内在化、超越化。削弱自然主义的一面，削弱社会化、表层意识化的一面，以超越性的方面为核心，实现感受与体验的意义感、充实感、美好感、澄明感等。

世界的信仰史差不多就是借助种种超越（我们这里是倾听、顺从神性—精神原型的召唤）而实现转化与过渡的历史。世界思想史、哲学史、宗教史几乎也都在为实现这种转换或转化而努力，对这种转换也有着以下不同的想象、领悟与理解：怎么才能使人从世俗性的感知领域过渡到具有神圣体验的精神领域，怎样才能使人由服侍滋养肉体的存在状态过渡到服侍、滋养内在心灵（或灵魂）的存在状态？其中心与关键就在于怎么确定精神性的信仰，并借此信仰实现这种过渡。世界宗教史中的各种念功（在伊斯兰教中要经常念清真言：万物非主，唯有真主，穆罕默德是主的使者），各种仪式（礼功等）、各种祭拜、各种祷告、各种冥想与沉思等，其都是为了实现这种存在体验的过渡。在世界思想史中也有不少纯致思性的或纯形而上的方向，这些思想家教给人们各种各样的方式方法，其目的就是帮助人实现这种质的转变，其方式方法尽管复杂多样，但有两条基本的方向性途径：一条是内在化途径，人本性的，即通过人自身的努力，一条是超验化途径，神本性的，通过神的召唤与启示来实现。

人本性的内在化的途径在东方民族中表现得更为突出，尤其以印度与中国的佛教、中国的道教为典型。通过自身的各个层次的修行，使自己摆脱外物羁绊，使自己存在具有更多的内在性，具有更多的自由、平静与超意识，以平衡愈益外在化的生命倾向。道家的内在性存在是以静为核心的无为的流浪的悠闲的逍遥的存在，佛教的内在性存在是以空灵为核心的宁静的存在，同时这也是诗意性存在。超验化的途径在世界各地的宗教中表现得更为明显，包括印度教、基督教、伊斯兰教、犹太教等。超验化的方向可以平衡过于经验化与世俗化的存在倾向。与具有单纯气息的不朽者神圣者一致，面向终极性精神本源而在。而向着具有神圣感与本原性的终极性运动过程，既是超验的过程，也是存在的神圣感产生过程。这种转换的关键是使生物本性以及社会本性融通于终极性，这一过程也是摆脱局部走向整体的过程，这一过程也使具有物欲感、社会功利感的存在变为"灵性"存在，也会让人的存在被更自由更空旷更具有神圣气息的氛围所包围。基督教、印度教与伊斯兰教心目中的诗意存在差不多就是神圣性存在或神圣存在。

从外在的更为具体的生活实践的角度来看，还有几类比较直观的弥合与转换方式。这些都是试图使生活较少世俗性、物欲性，减少服侍、滋养肉体的冲动与倾向，渐渐服从服侍、滋养灵魂的目的，使存在方式具有较多的灵性。一种是类漂泊的方式。这是道家式的，浪迹于江湖就是其中的漂泊的方式之一。在此基础上将神圣存在演化为诗意存在，既不失去基本的存在的和谐感，又保留了漂泊的方式与氛围，现代式自然自由的旅行也是这种类漂泊方式。但自然自由的旅行常常并不能达到滋养灵魂的目的。一种是类隐逸的方式。这是佛家与道家式的，有不少隐逸的方式。在此基础上将神圣存在演化为诗意存在。既不失去基本的存在的和谐感，又保留了隐逸的方式与氛围，最具有诗意感的隐逸方式是陶渊明与梭罗的隐居方式，这是被大家所赞同的隐逸方式，也成了诗意栖居的典范。还有一种类出家的方式。这是更为激进的道家与佛家式的，在此基础上将神圣存在演化为诗意存在。既不失去基本的存在的和谐感，又保留了出世的方式与氛围，最具有诗意感的出世方式体现在古代印度的四行期的生活方式中。最后是类修道的方式。这是基督教与伊斯兰教式的，在此基础上将神圣存在演化为诗意存在，既不失去基本的存在和谐感，又保留了修道的方式与氛围，最具有诗意感的修道方式体现在中世纪的一些奉行寂静的灵修者身上。从主体内在的呈现状态来看，也有几类意识状态（意念等）能较好地消除人的存在的多重分裂性，使多重之我实现统一，包括合一与类合一的方式，祈祷与类祈祷方式，冥想与类冥想方式，沉思与类沉思的方式，以及其他的能使意识发生转换的方式。

三　神性—精神原型之遮蔽与存在的遗忘

实际上，东西方文化最古老经典中关于真实与虚假的思考在本质上是相同的：具有虚假实在性的是现象之我所关注的那些，具有精神实在性的是与灵魂之我相对的神性那面，神性那面显现了原型精神世界。但随着世界发展的愈益外在化，在古老经典眼中的虚假化世界现在似乎变得更为重要。新型的日益复杂的世俗化导致人们越来越深地陷入被抛入世界的感觉。新型的日益复杂的世俗化具体表现为：自然的物质化存在，欲望化存在，由此，又具体体现为消费化存在。还有交易化存在、权力化存在以及科技化存在等。在现代社会，这种存在常常是被快乐原则支配的。现在的一些网络流行语也说明了这种流行的生存状态：世界上最遥远的距离就是面对面坐着却在玩各自的手机。这是虚名化的存在，也是对人的真正存在的遗忘。纯粹的外向的客体化与世俗化生存必然造成"真正存在的遗忘"。海德格尔曾称人作为人群一部分的存在为"虚假的存在"，其最明显标志就是人的存在社会化的加大，并不断地被外在化，由此导致世俗化、大众化、时尚化，同质化，被外在的社会的强迫性伦理规则所约束等。这些都会导致存在的虚假化。这种存在缺少通往精神源泉的窗口，缺少精神信仰的核心，缺少通向神性—精神原型那面——单纯、无限、永恒等方面。这种存在也缺乏精神个性，缺乏本质性，被抛于日常的物性生活的假象里。

久而久之，就一定会造成对"存在的遗忘"。

关于海德格尔所说的"存在的遗忘"，我们也可以做多种理解、领悟与想象。他是在西方的文化语境中提出这一思想的，可能更多指向西方的文化现实部分。在东方文化语境中，我们可以做出不同的想象与理解，就人对精神原型的遗忘而言，可包括"对清澄（或澄明）的遗忘""对寂静的遗忘""对空灵感的遗忘""对无的遗忘""对精神气韵的遗忘"，总之，就是对"对神性的遗忘"。在西方的文化语境中，可理解为对与西方有更多关联的精神原型的"遗忘"，包括"对上帝的遗忘""对神的遗忘""对神性的遗忘""对神圣的遗忘""对圣灵的遗忘""对精神之光性与光明的遗忘""对圣洁的遗忘"等。在中西方的共通的文化语境中，可理解为对共通的精神性原型的遗忘，"对存在宁静的遗忘""对具有绝对感的单纯的遗忘""对基于神性的创造的遗忘""对永恒与不朽性的遗忘""对无限的遗忘"等。

就像柏拉图著名的洞穴比喻中所表达的，人的幻影般的现象之我遮蔽了真正的存在。怎样找回被现象之我遮蔽而遗忘的一切，即怎么找回被自然之我、社会化之我、一般表层意识之我（包括理性之我）所遗忘的一切？怎样使人类存在更本真，触及、交融于神性—精神原型之根本，并因此使每寸光阴闪耀着深厚的精神光辉，使分裂的短暂的分解的忧烦的现实具有精神价值感？源远流长的中国传统也思考到了这个问题。但总体来说中国传统缺乏深刻的宗教想象力及宗教激情，没有对来世的强烈希冀与期盼。中国传统中的精神性信仰是走中道的。中国传统（尤其是儒家为核心的传统）信奉诗意现实主义（或诗意人文主义）。"咏而归"与"成于乐"在精神宗旨上是一脉相承的。这是所谓的孔子与曾点的内心触及真实的方式。实际上，这也是孔子诗意宗教（或诗意人文主义）的集中体现。这里有对神性的分有与向往，但并不是激烈的，并没有因此损害基本的理性以及感官感性。在一年里的最美好的时节，在大自然温暖的怀抱里，祭神祷告与神交流之后，带着对神性的领悟与渴望一边吟唱一边回归故乡。甚至这个情景可以扩展为人的生命的一生：在人的整个的存在过程里，不断接触自然，在大自然温暖的怀抱里，带着对神性的领悟与渴望，带着乡愁一边吟唱一边回归那永久的精神故乡——最后的彻底的宁静。在孔子的生命理想里，完美的存在境界包含对神性的之天的向往及其背景、大自然的环境还有社会、个体与艺术的共同作用。这同现代德国哲学家海德格尔几乎相同。

　　基于人的内在灵魂渴望的存在被遗忘之后，人的生活也就自然而然地表面化、外在化，也因此自然而然地变成虚假的存在。虚假的存在的主要标志就是远离神性（包括内在的富有神性的灵魂），虚假的存在就是远离了具有神性的存在，也就是一种与神性隔绝的存在，也是不真实的存在。与海德格尔意义上的虚假存在相对应的真实存在是什么？是本真的存在。但对本真的理解也是不同的。在我们这里所谓本真存在就是与神性—精神原型具有沟通、交流、联结的存在，就是具有整体感的和谐存在，在这种具有整体感的和谐本真的存在里，有神性，有天、有地、有人。本真的存在就是天地神人能够和谐融合的存在。其中神性（在我们这里就是神性—精神原型）是关键是基础，在海德格尔看来，被现代人遗忘最多的也就是神性。真正的诗人是神性的呼唤者，也即呼唤被遗忘了的核心精神，这些核心精神对人是至关重要的。换一个角度看，被神性召唤就是被人的存在中的各种精神性原型召唤，这些精神性原型也是宇宙之魂的核心，也是人的存在的内在精神的核心，失去了对这些精神性原型的触摸与响应，失去了与这些精神原型的沟通、交流与交融，自然就会造成人的存在的遗忘，自然会使人的存在变得"虚假"而表面。人的纯真的存在经常响应以下几个精神原型的呼唤：

　　一是响应本体的空静清寂无的召唤。

二是响应本体的精神之光之火的召唤。

三是响应本体的圣洁、洁白、清澈、无染的召唤。

四是响应本体的气韵的召唤。

五是响应本体的单纯性的召唤。

六是响应本体的创造性的召唤。

七是响应本体的无限性的召唤。

八是响应本体的永恒性的召唤。

还有响应以上八个方面的各种混合的形式的召唤。对神性—精神原型的遮蔽会造成对真正存在的遗忘。要恢复真正的精神性存在只有恢复人的存在与神性—精神原型的真正的关联性。这种本质性的关联能帮助人摆脱现象之我的过多束缚，帮助人克服世俗性存在的种种缺陷，帮助人超越了重重包围中世俗之我，并走出世俗性存在难以避免的种种困扰、困境。任何自然而真诚地把原子式世俗性生存转化为整体精神性（尤其是包含神圣内涵的精神性，有内在与超验两个方向）存在及其过程都包含着信仰—诗意的色彩。反过来说，任何试图把本质上是整体精神性的存在还原为原子式世俗性的存在的行为及其过程都是反诗意的。你周日去教堂参加仪式，听在管风琴伴奏下的歌颂上帝的赞美诗，或者黄昏时分静静地听教堂的晚钟，或者像中国的僧人一样，在一个寂静的庙宇里或高或低地敲打木鱼，等等，都代表着对神性的一种响应，一种触摸与仰望。这种响应、触摸与仰望实现了内心的某种模糊的愿望。

对人的存在整体深处精神性向往的回应本身就是将世俗性存在转换为诗意存在的核心动力。反过来说，你不断地抑制内心深处发出的声音，不断地忽视遗忘灵魂的渴求，那么你就是在泯灭诗意存在的可能性。信仰—存在—诗意路线不是基于理性的或现实的组织原则，而是和深邃的情感体验密切结合在一起的生命方式，是努力把植根于生物性与社会性的世俗性存在内在化与超验化的过程。内在化常常意味着更多的灵魂生活，超验化意味着更多的与神圣者的交感，这都是试图突破现象之我的过多约束与制约，都是为了平衡、中和与更新存在方式，都是为了脱离平庸的平常性与日常性，把充满物欲感的日常生活放置在富有精神性光芒的（尤其是具有神圣内涵的精神）笼罩之下。基于此，人们就把自己的生存方向转向基于整体和谐的富有价值感的精神性目标。

在现代社会的大背景下，有些职业更接近真实的本真的诗意性存在。这些生活（包括职业）通常是具有整体感的和谐性存在。一种职业越是能够被神性召唤，就越是具有神圣感，也越具有诗意色彩。相反，一种生活（包括职业）越是与神性（或神性—精神原型）隔绝，越具有世俗色彩也就越是缺少诗意性。那些最古老的生活与职业——宗教家、宗教先知、苦行主义者、清教主义的信徒、出家人（和尚等）、牧师（阿訇等）、修女、修士等——是富有基于信仰的诗意性的。还有那些具有宗教与精神原型意识的艺术家——诗人、音乐家、画家、舞蹈家等职业的生活也是如此。但在诗人的行列里，那种以灵魂性为依归的行吟诗人越来越少了。我们这里谈论诗意存在很少涉及那些世俗性明显的诗人，尤其很少涉及当代的那些世俗性明显的诗人。还有那些具有内在感的哲学家——即以内在的、超越性的精神生活为思考中心——他们使纯思成为生活的核心部分，这些哲学家的生活也具有信仰—诗意的色彩。

第二节　中国信仰—存在—诗意之基本路径

中国信仰—存在—诗意路径是复归于以空静为基础的"一"，复归到和灵魂相对的纯粹的精神根基上，即复归到对神性—精神原型的感应、顺应与合一的信仰型存在结构中。这同中国思想与文化传统对神性—精神性原型（或本原）的领悟、想象、理解与洞悉相关。中国文化传统所想象、领悟的精神性原型与"和""静""无""空""气"等相关。这是中国式信仰—存在—诗意路线的基础。中国信仰—存在—诗意路径常常就是通过"和""静""无""空""气"等来实现的。这种方式也最能体现中国式信仰—诗意的特点。由于中国对神性、世界、人性、人的存在的体验、理解不同于西方，因而中国的信仰—存在—诗意路径就不同于西方。

一　孔子之道：成于乐　咏而归

孔子也拥有多面的多重之我。他有时被人的存在中的有限之我所困。这时他过于注重人的社会性及其社会秩序。有时他的通向无限的那面又占了上风，这时的他是具有无限感的，对人的灵魂性存在充满渴望。在这时的他看来，需要通过具有感性形式的"乐"才能抵达精神，也才能摆脱有限之肉身的束缚，达到精神的自由。"乐"在孔子的由俗而圣的转换路径中非常重要。《论语·泰伯》中说："子曰：兴于诗，立于礼，成于乐。子曰：民可使由之，不可使知之。"理想人格的完成在音乐之境里，人的存在的最高境界也是音乐或类音乐式的。这也是孔子重视"乐"教的重要原因。

《论语·述而》中又说："子在齐闻韶，三月不知肉味，曰：'不图为乐之至于斯也。'"为啥孔子闻韶乐后会三月不知肉味？为啥他的存在会有如此的显露？朱熹集注道："盖心一于是，而不及乎他也。"作为雅乐韶乐的那些旋律与和声在他的灵魂里萦绕着、回荡着。那三个月里，他脱去重重现象之我的干涉困扰，他的整体的灵魂之我被唤醒，心灵丰实、饱满、深邃而宽广，他的整个存在充实、神圣而丰盈。他不再活在肉体之中，不再活在以物质为基础的感官之乐（以肉为基础的引发的乐）中，因而感官刺激及满足等失去了它平日中的效力。当人存在的整体被某种灵性包围时，以物质为基础的感官就会失去其平日里的功用——这尤其指以肉欲满足为核心的感官种类。物质之所以重要，归根结底还是因为人有与之相对的肉身，基于此，人常常不得不活在肉体里，活在肉体里就会很自然地追求肉欲的满足。换句话说，肉欲之所以重要归根结底是因为我的身体就是肉做的，是血肉之躯。《论语·述而》谈及的肉味不单是吃的意义上的，这里的肉代表平日里以肉欲满足为核心的自然感官之乐。不知肉味意味着孔子不再活在肉身里，或者说弃绝了各种感官诱惑，超越了现象之我的重重羁绊，活在灵性之我里。

我们可以对比一下德国宗教改革家马丁·路德对于音乐的观点。被誉为音乐之父的巴赫，他要为"为上帝作曲"，他受路德的音乐思想影响很大。路德就说过：

> 音乐是上帝所赐，是难以用言语表达的一项神迹，那些还没觉察到的，就像顽石一样，枉称为人。① 他还说过：音乐使上帝的道鲜活起来。②

他引用他的好友话说：音乐是来自至高神的礼物：

> 因为我们的天主已经向生活、向本来是一座喧闹穷困的住宅，倾倒了如此高贵的礼物，并把将在那永恒生活中发生的事情赐给了我们，在这种情况下，一切将变得最完美和最欢乐。③

我们可把孔子的重视音乐视为与此相近的动机，这是具有精神神圣追求的动机。或许正因为如此，孔子才如此重视"吟咏"。《论语·先进》记述说："莫春者，春服既成，冠者五六人，童子六七人，浴乎沂，风乎舞雩，咏而归。"在一年里的最美好的时节，在大自然温暖的怀抱里，祭神

① 参见 Roland Bainton Here I stand：A life of Martin Luther［Nashville Abingdon，1950］。
② 参见 Ulrch S. Leupold 编纂的《路德全集》第53册（Liurgy and hymns）。
③ 参见李姐娜主编《世界音乐教育集萃》，漓江出版社1991年版，第1页。

祷告与神交流之后，带着对神性的领悟与渴望一边吟唱一边回归故乡。这就是"咏而归"的存在境界。"咏而归"的境界也是精神的整一与和谐境界，是天地神人和谐共振后产生的结果。这就是孔子与曾点的内心志向及其转换方式。实际上，这也是孔子大和信仰的集中体现。这个情景甚至可以扩展为人的生命的一生：在人的整个的存在过程之中，人不断接触自然与自然交流，陶醉在大自然温暖的怀抱里，不断地与神性沟通交流，与神交流并面神而在。最后带着对神性的领悟与渴望，带着某种乡愁一边吟唱一边回归那永久的精神故乡——最后的彻底的宁静。在孔子的信仰学说里，在孔子的生命理想里，完美的存在境界由以下几个要素融合达成：有对代表着神性的天的向往及其背景，有大自然的环境，还有和谐的友爱的社会，有自由的个体与表达神性的艺术。这些因素的共同作用促成人的存在的诗意化。这同现代德国哲学家海德格尔的观点几乎相同。

道家与佛家由俗而圣（或有限之我向无限之我）的转换比较彻底，儒家则走不脱离现实人间的中道，即没有脱离开我们置身于其中的这个世俗社会。所谓的中庸之道正是应该从这个意义上去理解。这也能代表儒家式的"大和"信仰的转换。这种中庸的诗意性信仰具体地体现在儒家的复杂的以和谐为核心的修行体系里，孔子和谐修行的内容包括知行合一之学、践仁之学、为己之学、内圣之学、明德之学、下学而上达之学，其名词虽然不同，其核心内涵并无太大差别，就是指存在的和谐，在这种和谐修行中也贯穿了始终的生命觉醒、生命解脱之道，最终在可见可感的现实的人生中实现由俗向圣的转换。代表儒家另一面的最宏大的精神抱负就是为天地立心，为生民立命，为往圣继绝学，为万世开太平。在儒家的这种转换实践中，圣人不仅是智慧与仁爱之化身，更是生命已得彻底觉醒和究竟圆满之义。但作为富有诗意胸怀的孔子，他的核心看法还是实现由俗而圣的转换，实现这种转换的核心还是在"咏而归"上。在这种具有现实感的诗意的审美之中，实现生命觉醒、成就真正的成道之人。

儒家强调能够达成外在与内在统一的"和谐修",这种关于和谐的修行包括好几个层次。道家所倡导的柔修、静修也可以是儒家和谐修的一部分。道家强调与道的一致,即与宇宙深处的深邃普遍法则相一致,回归于质朴、虚无、自然等。中国历代的山水画、唐宋诗词是中国式诗意体验的最有代表性意象。中国传统儒道佛的转换都倾向柔修与静修。柔修即以柔克刚之法。道家的上善若水的说法最能体现柔修的本质,也就是说真正的精神品格要像水一样。这也是东方的核心思想与方法之一。中国式诗意偏向以阴柔为基础的和谐的一面,柔美的情境更能唤起传统中国人的诗意感受与体验。这和整体的中国文化强调"和谐贵柔"倾向有关。因而,中国式诗意体验和秀丽、优美、柔美风格紧密联系在一起。中国式的月亮崇拜传统实际上也受到这种柔修思想的影响,也是柔修思想传统的体现。中国古代的男性理想,是潘安、贾宝玉、西门庆等这类偏柔的人物。

人类宗教史上的佛家、道家、印度教、基督教、伊斯兰教等,差不多都是以神性(或梵性、佛性等)为核心为基础为基调并融合人性元素,以神性(或梵性、佛性等)为本统摄、融合和消化人性。在这些宗教里,基于现实的人性无法获得独立地位。中国传统中的以孔子为代表的儒家则走上不同的思想之路。孔子强调现实性,以及现实基础上的人性,以及人性基础上的通向无限的可能性。因为儒家认为,成圣虽然是人的存在的至高境界,但可以在社会的人群之中实现之,并不需要刻意地离群出世。信仰—存在—诗意之路径,就在入世之中,就在日常人伦日用之间。换句话说日常人伦中就包含着"成圣"之途。《中庸》曰:"天地之道,造端乎夫妇",意为实现圣贤之道可在于夫妻、父子、兄弟、友朋之间,即只在于人伦日用之间。人伦日用是唯一成就圣贤之道场,并可实现人性。也就是说,不用脱去有限之我的束缚——自然之我、社会化之我、一般的表层意识之我的束缚——就是成圣。让我之多重侧面多个方向现实地和谐地融合在一起。

信仰的诗意及存在的复归

　　那么无限之我（或灵魂之我）如何实现与彰显？这就需要通过儒家特有的内在外在的和谐修。这种和谐也包括神性与人性的和谐融合，并以人性作为融合的基础。这种和谐修是多层次的，包括天、地、神、人等多个层次。基于此，人存在真正的和谐境界就在"咏而归"似的生命情境里。儒家的成圣境界和与对天、地、神、人的和谐理解不可分。其中具有神性的天是和之最重要的根基。中国儒家文化讲的"天人合一"，其本质上就是天、地、神、人的合一，这是儒家真正意义上的和谐修的核心和关键部分。这里既讲天人的和谐，也讲人与人之间的和谐，更讲内在的心灵和谐。其中，天人合一是和之基础。因为这里的天不是物理之天，而是具有神性之天，所以这也是最具有宗教性的部分。虽然这种形而上的方向与部分不是儒家的思想主流。天人合一思想成为我们中国传统文化中最有特色最闪亮的部分。

　　儒家心目中的天是带神性的有神明的天，有德之天的"德"也是通神明之德。

　　　　仰则观象于天，俯则观法于地，观鸟兽之文与地之宜，近取诸身，远取诸物，于是始作八卦，以通神明之德，以类万物之情。（《周易·系辞下》）

　　　　天何言哉？四时兴焉，百物生焉，天何言哉？（《论语·阳货》）

　　儒家心目中的和谐之境是天、地、神、人的多重统一之境。这种多重和谐的统一之境最生动具体地体现在孔子所描述的"咏而归"之境里。在这种"咏而归"的境界里："大乐与天地同和。"（《礼记·乐记》）在"咏而归"之境里的"乐"本身就有通天地，并与天地神相融的本性，"乐者，天地之和也。"（《礼记·乐记》）在"咏而归"之境里，天地人神融合成统一的无差别的整体，"盖天地万物本吾一体"（宋·朱熹《四书章句集注·中庸章句》）。那个个体的我已经融入其中，达到了忘我。达到与天地合一之境。作为有局限的部分的自然之我、社会化之我、一般的表层意识的我都消失了，融汇于已经化为整体的我——灵魂之我中。

> 仁者以万物为体，不能一体，只是己私未忘。（明·王守仁《传习录》下）

孔子提出了"兴于诗，成于乐""咏而归"的思想，实际上是这种天地神人心大和之宗教性思想的一种延伸。这种带有宗教色彩的"大和"不是存在于说教与条规里，而是与直观的、生动的、深邃的体验融合在一起。人的存在的完美境界与人格的完成也与融入于大和之中有关。信仰—存在—诗意路线就融化于这种大和里，信仰者领悟感受体验这种大和，甚至可以说，信仰之诗意就是与"大和"照面、相伴，并由此产生和谐宁静的圆满的存在感受。

二　老庄之路：坐忘无为逍遥

东方的宗教有不少相似点：佛家与道家都是强调静修与静智的，因为作为宇宙之魂的道的本性就是静，或者说静体现的是道性。静也是天（道）人交感、合一的最重要的状态，静通向智慧、通向神圣、通向思想，也通向特别的精神韵味——诗意。佛教三昧概念的核心也是强调静，还有具有中国特色的禅的概念也是如此。三昧（sānmèi）一词，来源于梵语 samadhi 的音译，意思是止息杂念，使心神平静，这是佛教的重要修行方法。它可以指通常的集中心思于一处，以及集中思虑的能力，或发展了集中注意力于一的能力。通过静也就可以使禅定者进入更高境界并完全改变存在的性质，超越现象之我的种种纷扰，使内在的生命状态充满神秘的精神力量。禅的本质就是要摆脱现象之我的种种纷扰，使人的心思凝聚于一处，达到一种安宁与沉静。

老子在《道德经》中阐述静与道的一体性，阐述了静的核心地位。在

信仰的诗意及存在的复归

中国道家看来，道的根基性本性就是玄妙与虚静。中国道家的智慧在很大程度上就是将道之玄妙、虚静转化为自己存在的内在性。信仰—诗意体验者应放弃外在世界的杂多与纷扰，让宁静之道（或静之原型精神）贯穿自己，并将自己的存在内化，内化的方向自然也是像道本身一样虚无与宁静：在存在的宁静中实现从外部世界的羁绊中解放自己的目的。可以说，道家的最根本的信仰原则就是"守道""守一""抱朴"或"守静"，也可以说道家的信仰原则就是坚守的原则：守住原来的单纯、整一，守住原初的统一性（或同一性），守住那份深藏在统一性中的深邃的宁静，其中最具有诗意意味的就是守的存在姿态，用我们的话来说就是专心倾听神性—精神原型召唤、引领的存在姿态，"守静"更直观，静是"一""道"或"朴"的较为直观的呈现，也最能感染人的那颗渴求静之灵魂。静是道的本性——用我们的话来说就是静是神性—精神原型——静是人类存在与生命之根，静是躁之君，清静为天下正。在古代的东方人看来，人的存在的意义就蕴含在这份信仰里，蕴含在这份信仰—诗意之中，也蕴含在这种丰富的宁静里。

> 正则静，静则明，明则虚，虚则无为而无不为也。（《庄子·庚桑楚》）
>
> 水静犹明，而况精神！圣人之心静乎！天地之鉴也，万物之镜也。（《庄子·天道》）

在道家看来，在守候原初的单纯中，在简单宁静的存在中，人可以摆脱外在世界的束缚，实现弥合人的多重之我的目的，并最终通向大道之性，即"同于大道"。

首先要做到的就是忘我，忘却有限之我，也即忘却自然之我、社会化之我、一般的表层意识之我。通过"心斋""坐忘"，清空几重世俗性之我的干扰，清空由此而来的种种牵绊，专心致志地与本性为一为静的道进行沟通，这样可使心达到整一、单纯与清静。人在存在与精神的宁静之中，内心会感觉到充实与意义，因为心没有发生分散与分裂的情形，不会焦躁，也不会陷入空虚。后来《淮南子·主术训》及诸葛亮《诫子书》中所说的"非宁静无以致远"也是对道家思想的最通俗而标准诠释。"淡泊明志，宁静致远"。在存在的宁静之中，人们可以和更高的可能性相连接，能感受到内在的充实、丰富，感受到意义，并达到旷远之境。

其次是无为。"道常无为而无不为。"（《道德经》三十七章）。"无为"的"无"字，在《老子》所有古本中皆是它的繁体字"礄"。就字源学的意义上说，据庞朴先生考证，它在上古与人们试图和不可感知的神灵相交通的乐舞密切相关，因而"礄"不等于没有，只是无形无象、不可感知而已。所以"礄"是"似无而实有"的意思。（《说"无"》）由此可见，就其本义而言，"无为"并非不为或无所作为，而是一种"似无而实有"的行为。有的学者把道的这种特质称为神惠。所谓神惠其实也是大道的行为，或者更准确些说，是大道精神的流溢。道家的整个精神观不是功利性的，也不属于现世主义，在一定的意义上道家的信仰及诗意体验就是守一、守静或者说领会单纯与静的本性（因为道之本性就是单纯、静），并在这份单纯、宁静之中感受存在的意义。这和佛教有相似之处。这种单纯与宁静也不是绝对的不动，而是追求与道合一后的自然与舒缓，追求与道合一后生命呈现出的淳朴、原貌感与无为性。

老庄关于道的思考，本质上就是肯定了道及道显现出来的精神性原型。这和西方柏拉图主义的思想有相近之处。这个道之本体是人的言语难以企及的。道家的言意观（得意忘言，言不尽意）对中国的"意境"理论产生了深远的影响。道家的这一思想，通过刘勰、钟嵘等的文论，对成熟于唐代的意境理论产生了重要的影响。王昌龄在《诗格》中提出了"三境"之说。意象与意境都是中国传统诗学中的重要概念。象与境大同小异，和象相比，境更加丰富，更加宽阔，也更具有精神性韵味。意境理论的本质是肯定具有永恒感的精神原型，这同佛家思想在本质上是一致的。这种思想对中国的诗歌、绘画、园林等都产生了重要的影响。可以说，中国的意境理论是中国诗学思想的集中体现，也是中国诗意观的集中体现。意境理论本来就既包含道家也有佛家的宗教精神。

然后是逍遥游似的人生。比之心斋、坐忘与无为，逍遥是存在的现实的可见的直观的存在状态。通过这种悠然的自由的逍遥，人的存在实现了多重之我的弥合。逍遥的背后是摆脱、远离与超越，摆脱、超越各种俗之羁绊，与道合一，通于大道。《逍遥游》是《庄子》内 7 篇之首，是整部《庄子》的开卷第一篇。把由此就可显示出它在整个《庄子》中的突出地位。庄子是中国文化史上一种独特的思想学说——逍遥哲学——的开创者。"逍遥"一词在《诗经》中就已经出现，但作为哲学概念却始于《庄子》。它的内涵有别于《诗经》中的"逍遥"。从《逍遥游》的内容来看，"逍遥"是指灵魂之我超越现象之我的努力，力图使精神达到一种纯粹状态。这同东西方的种种宗教、哲学的目的是一致的。差别只在于通于神（神性）、梵（梵性）还是通于道（道性）。"逍遥"的直观表现就是超凡脱俗，不为身外之物所累的一种自由自在的心理状态和精神境界，这也是与道融合归一的存在状态。

道家式信仰—诗意观就体现在逍遥出世的倾向里。道家强调的是存在之大道、内在之道、忘我之道、无为之道、逍遥之道，并尽力使自己拥有因自然无为而来的清静。要想做到自然无为之清静，就要摆脱现象之我的干扰——现实世界与现实人际的种种干扰，尤其是要摆脱儒家的那一套烦琐的外在的道德礼仪，由此甚至衍生出玩世思想。成为乐逍遥的神仙是道家的存在目标与理想境界之一。道家的心目中的信仰——存在，是忘我的无为的逍遥的存在，具体来说，道家的生命存在是沉思性的、超然的、逍遥的、自由的、流浪的、行吟的、漂流的、隐逸的、放纵的、闲适的、自然的。道家的信仰—存在是自由自然的行吟与流浪的存在，这种自由逍遥、超然飘逸的生命被道之精神所支撑，适合行走于以自然为背景的远离庙堂的江湖之中，道家的生命目的就是超出有限之我的限制，吸纳自然天地之气并活出天地自然之气象，展现宇宙的单纯、空静、气韵之原型。所以社会化的与社会相关的庙堂不适合道家，悠然立于天地间的行侠仗义的江湖才是道家渴望之地，中国传统中的所谓的江湖文化通常都和道家思想紧密相关。

> 手挥五弦，目送归鸿、俯仰自得、游心太玄。（嵇康：《赠兄秀才公穆入军诗》）
>
> 独与天地精神来往！（《庄子·天下篇》）

在天空飘动的云彩之中起舞穿梭的中国神仙形象和道家的逍遥思想紧密联系在一起；成为逍遥自在的无牵无碍的神仙是道家的梦想之一。这个中国式神仙摆脱了各种现实的束缚与羁绊，任逍遥于茫茫的江湖之中内在地解放自己，同时也以一种特殊的方式内在地放纵自己。道家的基于信仰的诗意思想和自由、逍遥生命态度有很大的相关性。道家的信仰—诗意思想在中国古代的艺术中有着鲜明的呈现，在书法、诗歌与音乐里普遍存在（如中国的古筝曲《高山流水》所传达的境界即和道家思想有关）。

三 佛陀之门：彻悟破执空静

弥合多重之我与走向神圣在本质上是一致的，但在超越世俗走向纯粹的路径上，古代的东方与西方观念有些差别。这里所说的东方人的意识及其东方观念主要包括中国的儒佛道、印度的婆罗门教或瑜伽文化等。东方人的意识有明显的向内走的倾向，即求之于己的倾向。佛教中所谓般若智慧就是内在的求之于自身的。人类（包括一切众生）要想获得解脱就必须反躬自身走内在的心性之路，而不是外求。佛教通过彻底否定外界真实性，以及自我真实性的方式弥合了多重之我的分裂及其所带来的烦恼（或苦）。这样就可消除外界与自我真实性的遮蔽，从而获得解脱。佛陀强调："心外求法，即为外道。"禅宗所言"即心即佛，非心非佛"也是求诸自身的意思。东方的儒佛道都不太提倡信仰之上之外的神圣者，不走基于此的救赎之路。西方提倡的是之外之上的至高者，也就是至高者的救赎与恩典。东方佛教倡导的是基于心的自省、自觉与自救。为此，空修静修、空智空修、般若智慧、倒空法等就成了自救的方式与途径，这是佛家修行自救之法。这实际上就是否定外界与自我世俗面的真实性，力求做到"无我"，也就是无现象之我，留下空空如也的我。通过这种自空通向佛性。诗学中的以禅喻诗的本质也在这里。

印度的佛教落地于中国也形成了中国传统。佛教也是迄今为止哲学化程度最高的宗教之一，其哲学的体系、学派众多，内含东方人自身独特的领悟，其内在生命实践也很丰富。古代的东方人的意识世界与西方人有着很大的不同。对走向解脱自由的方式的领悟也有所不同。东方宗教与哲学的独特性体现在几个特有的概念里，梵、佛与道，等等。梵是印度人特有的概念。能体现东方中国人信仰—存在意识的是道、佛概念。在东方人的意识里，信仰—存在—诗意及体验本质上都是佛性（或道性）的显现与流露，是佛性（道性）通过诗一样的情境展现自身。佛者觉悟也，一切众生皆有觉悟之性。梵语 buddha – dha^tu 或 buddha – gotra 又作如来性、觉性，即佛陀之本性，或指成佛之可能性、因性、种子、佛之菩提之本来性质。据北本涅盘经卷七载，一切众生悉有佛性，凡夫以烦恼覆而无显，若断烦恼即显佛性。佛性与觉悟智有关，尤其与空智静智无着无染智有关。佛是一位圆满觉悟者，佛性即悟性。所谓的悟性实质就是对空无的领悟。

东方中国人的多重之我的弥合之路（或神圣之路）之一就是戳破现象界（包括自我之执），彻悟其空的本质，或可叫空灵之彻悟。在东方人的意识深处谈论诗意体验如果不能上升到佛性的层次，那是很难理解包围着我们的那份感觉的，那等于只是在谈论信仰—存在—诗意的次要的相对的方面。佛性、般若或智慧等几乎可在一个层次上使用。这是东方人所领悟想象的最根本的精神性原型，要想对最根本的原型精神有所领悟，就需要有超出凡人禀赋，这也是对蕴藏在小我之中的大我的一种体认体悟。所谓般若智慧、觉悟智，或觉醒意识，解脱智等也是一样的，都是对那个最根本最原初的精神性原型，以及其在小我之中的种子的体悟体认。佛性或般若智慧之所以说能解除无明、愚痴、轮回、堕落、黑暗和残缺，也是因为这点。无为、无执、无染、无着，无为智、空智、出世间智、无相智等也是出自同一感应与体悟。佛教的智慧体现这种空无本原论上。

首先，佛性或般若智体现在对世界的本原性精神原型（或原型精神）的认识方面。世界上的一切事物皆有一个无或虚的本原，都由虚而来，没有常在的核心与基础，万法在根性上都空寂明净。空性一词是指形而上的本体，是宇宙万有的本原，也就是悟道、明心见性所悟的那个本体。这个形而上的道体有两个在本质上相同的面，显空性的空面和显有性的有面。空性就是以无以空为体，也以空为性。那个最根本的精神原型或原型精神必须是在无为无着无执无束中，才能自由地展现出来，一旦有了执着有了缠束，能够领会洞悉那个原型精神的般若智就不可能透显出来。所以，作为生命的最终存在，作为宇宙最后根源的那个本性，不可能是一个"东西"（存在者），不可能是一个具体的存在，它只能是一个什么也不是的"空"或"无"。如果本体是一个有限定的存在，就不可能作为万有之基、创造之源。本原是无限定性"空无"。就是空无一物之"无相"：以空为体，以无为相。故世之谓佛学为悟空、证空之学，佛智为证空、悟空之智，简称"空智"或"空慧"。

在中国的佛教看来，信仰—诗意及体验主要都是要用特别的妙心去领悟，可以说诗意体验也即般若是空智的体现，体验诗意几乎等于体验空灵，生命与内心也会因在审空之路上行走而变得轻盈与空灵。人的存在之所以滞重、劳累与痛苦就是因为执着于外物与我执，把我与外物看得过于实在，住于其上而放之不下。审空就是看透世间万物（包括我及我执的一切）的空的根性与本质。这是佛教的思想根基之所在。"性空幻有"（《道行般若经》），这和《金刚经》所说的是一个道理："一切有为法，如梦幻泡影，如露也如电，应作如是观。"世间事物虽然在本性上幻有或假有，但在本性上是空的，但这些"假有""幻有"却能够迷惑、羁绊人的生命与内心，将人推入某种轮回，使人生充满种种痛苦，让人置身于苦海之中。解脱之道、自由之路就在人的觉悟之中：看清看透外物的虚空的本性。

> 色不异空，空不异色，色即是空，空即是色。……诸法空相。
>
> （唐三藏法师玄奘译《般若波罗蜜多心经》）

世界上的一切事物与现象都是因缘所生，没有孤立的，无因缘的事物，看上去很实在的事物其本性是空的，没有稳定的、常在的、真实的实在性。"空"才是事物永久的绝对的真实根基。用我们的话说就是，色相世界被神性—空无静之精神原型支配。佛教的审美在很大的程度上就是"审空"，就是思虑并领悟空，诗意体验也就是要觉察觉悟事物背后的空的本性，看到隐藏在事物背后的那份空灵与空寂。相对来说，佛教的修行基于其个体的虚无意识，本来就缺少公共性体验，也缺少真正意义上的公共人生经验，也相对缺少成员之间的公共性想象。大乘佛教时期，般若学以"空观"为理论基础，主张"两空"：即"人我空"与"法我空"，两者合起来是名性空。所谓三法印，即无我，无常，涅槃，其核心也是空。由此，也推演出，世界本性空无、寂然，清净无染。世界的本原不是来自物质性存在，存有只是幻想，万事万物都因缘所起，"缘起"理论强调的就是万事万物存在的条件性，万事万物都处在生住异灭之中。万事万物也都因缘和合而成，都会因生住异灭变为他物，不存在永恒不变的独立的自体。万事万物在本质上都是空的。佛道思想者看到的是"空无"面，基督教、伊斯兰教等则看到的是至高的"实在"。在基督教看来，佛、道所言之"空""无"，只是这个至高存在的表现出来的特性，依然是"实在"依然是"有"，这种所谓的空无恰恰是至高的精神性存在的体现。佛家所说的将"真空"是不空，是"妙有"。真空不空，故为妙有。从世界本原性的角度看，"空性"和"有性"是一体两面，是空即有、有即是空的至高的精神性存在。实相即是无相，也是有相。

其次，佛性与般若智体现在对虚幻存在境界的体悟方面。

佛教的"破执"思想根源于对世界之"空性"的认识，用我们的话说就是领悟神性—空（无）静之精神原型。人们常常把"镜中月、水中花"的意境看作是富有诗意的。佛家热衷于细分生命（意识）的变化所造成的不同境界。我们进入什么样的意识中，我们同时也就进入到相应的情境（世界）中。这就是所谓的"心起为境"。色、声、香、味、触、法六者，称为"六境"，它们是六根发生作用时不可少的境界。六根、六识、六境和六尘有着密切关系。依于六根所接之尘有六，谓色、声、香、味、触、法，是为六尘。尘即染污之义，以能染污情识之故。由于六尘的组合变化，常使我们内心出现好、坏、美、丑、高、下、贵、贱等妄想与妄念，所以六尘又名"六妄"，因此，由六根产生的六境也就是六妄，也就是空。

一、色谓眼所见者，如明暗质碍等。以能染污眼根，故谓色尘，也是色境。

二、声谓耳所闻者，如动静美恶等。以能染污耳根，故谓声尘，也是声境。

三、香谓鼻所嗅者，如通塞香臭等。以能染污鼻根，故谓香尘，也是香境。

四、味谓舌所尝者，如咸淡甘辛等。以能染污舌根，故谓味尘，也是味境。

五、触谓身所感者，如离合冷暖等。以能染污身根，故谓触尘，也是触境。

六、法谓意所知者，如生灭善恶等。以能染污意根，故谓法尘，也是法境。

东方佛教式的信仰—存在—诗意路线及体验本质上就是领悟万法（包括我）的空性。中国佛教的空灵体现在佛教特有的"六相"与"六境"的概念里。佛教中的"相"与"境"的概念均和"空"的内涵相连。"相"又称"相状"，是物质存在的表现、呈现、现象或状貌，有时也称为色相，都是指物质性存在的表现、现象与相貌。诗意不可能来自感性的幻有之相，而是来自更内在的更具有持久性的本原，即来自相背后的空寂。"凡所有相，皆是虚妄，若见诸相非相，即见如来。"（《金刚般若波罗蜜经》）。一个基于信仰的诗意体验者所要做的就是："不着相，不动心"，也即是破执。信仰—存在—诗意路线及体验中的空灵也来自于此。实相无相，所以无须动心，反而产生无相的感觉与体验才能表明审美者领悟到了空的本性。

中国佛教"六境"的概念也能代表佛学的诗性思考，对中国式信仰—诗意影响也最大。佛家认为，心之所游履攀缘者，谓之境，所观之理也谓之境，佛教强调"对境"，人在世间生存，我们难免要面对种种物质、社会事件、各种各样的人，面对这些看起来很真实的现象，要求做到心空、无住，因为诸法的根性本来就是空的。在观境之中，世界物象成为虚幻之象，成为水中月镜中花。在观境之中，尘世间的种种世事成虚幻之烟云。佛教的审美在某种意义上就是对境练心，就是领悟种种境象背后的空无、空寂。伟大的叙事性艺术作品（比如小说《红楼梦》，比如诗剧《浮士德》）通常也都会贯穿人生世事如梦如幻的空的主题，这会增加叙事性艺术的智慧感与主题的深度。

佛教视野下的诗意体验者领悟空（无）静之精神原型，基于此，其就有了自己喜欢的风格：枯淡、闲寂、幽玄的禅境。禅境与意境在本质上就相通的。"雪夜观灯知风在。"这句是具有禅境诗句也很具有意境。对禅境的偏爱源自中国本土佛教之———禅宗。禅即是静虑，安住一心，禅定意为静坐凝心，专注观境。禅境即是寂静、淡远、空灵之境。要领悟禅境就需要领悟者以无念为宗（《坛经》），"不于境上生心"，佛教诗性中的无念不是说领悟者内心没有外界世界留下来的感性印象，而只是说领悟者的心不受外在世界留下的种种感觉与印象的干扰。佛学大师弘一法师（又名李叔同）所写的歌曲《送别》，禅味十足，也极富有诗意：

> 长亭外，古道边，芳草碧连天，晚风拂柳笛声残，夕阳山外山。
> 天之涯，地之角，知交半零落。一壶浊酒尽余欢，今宵别梦寒。
> 长亭外，古道边，芳草碧连天。问君此去几时来，来时莫徘徊。
> 天之涯，地之角，知交半零落。人生难得是欢聚，惟有别离多。

第三节 西方信仰—存在—诗意之基本路径

西方文化深受古希腊与基督教文化（可包括希伯来文化）的影响，其基本信仰—存在—诗意路径也与古希腊、基督教文化（可包括希伯来文化）相关。在古希腊，狄奥尼索斯神式的感性式陶醉也是他们复归于一，进入永恒的神性—精神原型的一种方式，这是感性生命力的信仰者的神。这个信仰通过感性之维复归基于一的"永恒的轮回"。基督教文化的复归核心是他们的上帝——耶和华、基督。效法耶稣，与耶稣相一致，这是西方价值观的核心。耶稣基督的形象对塑造西方文化的方方面面都产生了深远的影响。西方信仰—存在—诗意路径和耶稣基督的形象有关。西方式信仰—存在—诗意的核心在与至高者一致而产生的神圣感上，在他们的文化中，没有了这份基于神圣感的体验就无所谓诗意。他们的意义、充实、澄明与宁静等也是基于这种神圣感。在耶稣基督身上有着太多的苦难与痛苦，太多的孤独，忧郁，也有着太多的崇高色彩。他是神，是神圣者，他又有人的肉身，能感受人基于有限的贫弱之苦。西方式诗意与崇高概念联系较紧。在西方式信仰—存在—诗意路径中包含了较多的对立、分裂、紧张与痛苦的元素。形而上的哲学式沉思也是西方式复归于一路径之一。

一　感性狂欢：狄奥尼索斯的赞歌

东方佛教的"无我"之追求，其所要质疑的主要是人的存在的自然根基，在佛教看来这个自然根基只是无常的因缘和合。佛教的方法就是倒空这个"不真实的我"——尤其是指不真实的感性的我——回归寂静的法性，达到涅槃。这个"我"从自然直观上看，就是一具渴望刺激、兴奋与享乐的肉体，是大自然暂时借给人的一具肉身，是一团有着短暂租期的脆弱之肉的聚合。既然"我"建立在如此不真实的虚幻的基础之上，那我何不就此让已经租借了的这个"我"处在刺激、兴奋之中，并好好享受"这个虚幻之我"呢？既然租来了就需好好利用这个租期，让肉身在狂欢的陶醉的忘我之中度过，并在感性的忘我的陶醉中复归于一。这个想法在中西方人的生命实践中可能处处存在（包括远古代时期原始人的生殖崇拜等），但作为一种宗教信仰，作为一种系统的生命哲学，在其源头古希腊酒神崇拜中表现得更为明显，这是古希腊狄奥尼索斯式的追求生命的方式，也就是人通过酒神式陶醉而存在的方式。这个也是西方传统中弥合有限之我（现象之我）与无限之我（纯粹之我，灵魂之我）之裂隙的转换路径之一。这种转换路径是古希腊所有的，和印度、中国佛教所走的路径似乎完全相反。

美国现代哲学家马尔库塞倡导自然的革命，倡导新感性，反对过分强调精神的升华：

新感性……孕育出充满生命的需要，以消除不公正和苦难……于是一种崭新的现实原则就诞生了，在这个原则下，一种崭新的感性将同一种反升华的科学理智。在以"美的尺度"的造物中，结合在一起。……美与反升华的快乐也属一个家族。①

解放自然主要是指：（1）解放属人的自然（人的本性）：即作为人的理性与经验基础的人的原初冲动和感觉……自然的解放，就是重新恢复自然中促进生命的力量，就是重新恢复在那种徒劳于永无休止的竞争活动中不可能存在的感性的审美性能，正是这些审美的性能揭示出自由的崭新性质。②

通过感性的狂欢式的信仰，达到快乐的迷醉式的存在，从而使自己的生命获得感性之活力及诗意，这是古希腊狄奥尼索斯崇拜的途径，他是各种主张感性的最初的象征性的来源，是感性之神，是张扬感性生命并沉醉迷失其中的神。狄奥尼索斯（Dionysus）和罗马人信奉的巴克斯（Bacchus）属于同一位神祇，他是古代希腊色雷斯人信奉的葡萄酒之神，他不仅握有葡萄酒醉人的力量，还以布施人们以欢乐与慈爱在当时成为极有感召力的神。狄奥尼索斯更突出地体现了人的自然之我中的生命的冲动的一面，他还护佑着希腊的农业与戏剧文化，借此也成为古希腊的艺术之神。

早在公元前7世纪，古希腊就有了"大酒神节"（Great Dionysia）。每年3月为表示对酒神狄奥尼索斯的敬意，都要在雅典举行这项活动。人们在筵席上为祭祝酒神狄奥尼索斯所唱的即兴歌，称为"酒神赞歌"（Dithy-

---

① ［美］赫伯特·马尔库塞：《审美之维》，李小兵译，广西师范大学出版社2001年版，第98—101页。
② 同上书，第121—122页。

ramb）。与比较庄重的"太阳神赞歌"相比，它以即兴抒情合唱为特点，并有芦笛伴奏，朗然起舞的酒神赞歌受到普遍的欢迎。到公元前 6 世纪前后，酒神赞歌发展成由 50 名成年男子和男孩组成合唱队、在科林斯的狄奥尼索斯大赛会上表演竞赛的综合艺术形式。伟大的酒神赞歌时代也是伟大的希腊抒情合唱诗盛行的时代，并导致了古希腊戏剧、音乐艺术的发展。古希腊的悲剧、喜剧和羊人剧都源于"大酒神节"。

作为感性代表的酒神狄奥尼索斯事实上代表了另一种神圣方式，或者说代表着另一种抵达神圣的方式。这是一种通过感性狂醉忘却有限之我抵达神圣之方式。酒与酿酒、欢乐、庆祝丰收、戏剧艺术、审美等，其代表的是种种带有神圣感的狂欢状态，这种狂欢状态本身就是人的存在与神的交流方式。古希腊的狂欢文化的依据就在于此，这是试图通过感性力量本身突破人的有限之我——自然之我、社会化之我、一般的表层意识之我的束缚，这些束缚包括人类文明史中的那些理性、道德和法律等等。狂欢文化也是弥合人类分裂的一种方式。每个人都需要摆脱多重自我的裂隙，通过偏重感性的狂欢式的遗忘与陶醉，人获得了某种统一感。这是狄奥尼索斯的意义。酒神狄奥尼索斯与理性的阿波罗代表的是不一样的路线，狂欢文化中的非理性、颠覆、解构等恰恰是摆脱有限之我束缚的一种手段，尽管这些方面被视为喜剧的直接起源。古希腊每到丰收的时候，人们喝着葡萄酒过狂欢节，大家来到广场上，全民参与，大笑且载歌载舞，插科打诨，小丑可以戴国王王冠，等级制度暂时取消，彼此戏谑。这也可以说是在感性之神的怀抱中获得了无差别的统一性。

通过感性抵达神圣，这在东方的古印度《奥义书》中也有所表现。

印度文化生动地说明了一个生理行为是如何被转化成仪式性的……生理的活动不再有任何问题，有的只是神秘的仪式，性伴侣并不是人类，他们已经被遣开，像诸神一样自由，性力派的经文不厌其烦地强调对肉体经验的美化……我们应当补充说明的是，把行为诠释成一种参与神圣的手段绝不是没有危险的。在印度本国，性力派规定了一些反常的和声名狼藉的仪式：不过这些事例仍然具有其暗示价值，因为它揭示出了一种已经去圣化的社会所接受的体验——即圣化的性生活体验。①

狄奥尼索斯神对整个西方文化产生了深远影响，尤其是在文学艺术之中，这种影响更为明显。这代表的是人的有限感性之我试图摆脱有限之束缚的一种努力。这个通过感性抵达神圣与忘却自身的方式，在以文学艺术为代表的审美之中体现得最为明显。这是感性的快乐沉醉之梦。古希腊古罗马文学中的神（或神性）差不多都不脱离感性生命力，都具有自由、独立个体意识，这也培养了他们的自我意识和个体精神。他们在与命运抗争中激发出了蓬勃的感性生命活力，在这种抗争中也展示了人性的活泼与美丽，表现了人类童年时期的生命感觉、人的觉醒意识和自由思想。这也成了其后西方文学与文化的基本内核。

各种各样的感性的审美的方式和狄奥尼索斯传统有着紧密的联系，包括戏剧的、音乐的等。这是来自古希腊的一种传统。这也是尼采特别推崇的一种感性的方式。后来的狂欢节式的文化及其审美、诗意感皆与此相关。感性的路径也是大多数所谓的审美的路径。克尔凯郭尔的美学阶段就是这种追求感性式陶醉与快乐阶段。审美之路注重感官性，具有直觉性、形象性特点。所谓审美直觉就是对美的形态的直接感知，是对审美对象的整体把握。文艺复兴要复兴得差不多就是古希腊的感性传统，这个传统在很大成分上就是狄奥尼索斯传统。这个传统在现代社会中依然占据着重要位置。强调感性的原始的生命活力，强调生命本能，并在各种感性

---

① ［罗］米尔恰·伊利亚德：《神圣与世俗》，王建光译，华夏出版社 2002 年版，第 97—98 页。

的狂欢的令人陶醉节日里出现。中国的一些少数民族也保留了这个感性的传统。

二 理性思入：致思之路与纯存在

哲学沉思与人的存在最终是合二为一的。由此，只有再度回归自我的人才能将哲学从"自我遗忘"的状态中引出来，引向某种对自我的深刻理解。①

超越特殊事物和供享受的事物的所有无穷尽性去寻找这个存在本身，是哲学思考的第一条道路，也是这一思考始终重新走上去的道路。②

德国哲学家雅斯贝尔斯倡导同宗教相异之哲学，高扬"哲学信仰"的旗帜。事实上这也是对自我之纯存在根基的一种理解，也是传统的或现代的形而上学所走的道路，是一种哲学式的纯思转换之路。奥地利的菲利普·弗兰克把形而上学称为哲学之树上的根。他也将形而上学称为"易领悟的原理"。传统的知性形而上学是这种哲学之树树根的代表。亚里士多德的《形而上学》、笛卡儿的《形而上学的沉思》、海德格尔的《形而上学是什么》《形而上学导论》等。通过知性的纯粹理性或纯粹的概念之思，接近最高的最完满的无限之王国。但海德格尔的接近无限的存在之路似乎并不这么简单，后期的他似乎想把传统的各种形而上学同传统的宗教实践结合起来，而各种高级的文明化了的宗教常常更偏重从生命实践上触摸存

---

① ［德］维尔纳·叔斯勒：《雅斯贝尔斯》，鲁路译，中国人民大学出版社 2008 年版，第 203 页。
② 熊伟主编：《存在主义哲学资料选辑》，商务印书馆 1997 年版，第 614 页。

在之秘密。两者看起来有很大的差别，但最核心的精华之处事实上可以有机地融汇在一起。海德格尔说：

> 这个存在之为存在（在）同时也就自身显现为那个有待思的东西，这个东西需要一种与它相匹配的思。①
>
> ……
>
> 询问存在的问题，触动我们的此在。②

柏拉图在《斐多篇》中说：灵魂独自思考的时候，就进入纯洁、永恒、不朽、不变的境界。这是和灵魂最亲近的境界。它不再迷茫地乱跑，它安定不变了，和不变者交融在一起，自己也不变了。灵魂的这种状态就叫智慧。中世纪德国神秘派哲学家埃克哈特、苏索等甚至把上帝视为"无"或"实存的思"。认为人只有通过纯哲学之思才能靠近上帝（或无限或永恒）。但形而上学这个哲学的树根在中西方的呈现是不同的。关于这个纯思，不同的哲学流派的理解也不相同。各式各样的唯理主义者试图通过人的纯粹的理性思维把握存在。在这方面，马克思主义哲学代表人物恩格斯的话也具有代表性，他说："哲学就是讲思维和存在关系的问题。"

其实马克思主义者的这一看法来自黑格尔。在黑格尔看来，人是一个理性思维者，一个具有能动性的主体，其所面对的是存在。黑格尔的哲学就是要用概念及概念体系来表达，去展现事物的本质与规律性。但总体来看，形而上学更趋向对形而上的非感性世界的追问，形而上学源自人类超越自我的原始本性。但中西传统形而上学思辨传统有着明显的不同。西方传统形而上学表现为一个分析的知识论体系，依赖逻辑概念的自我展开，以追求恒久在场的普适性真理为目标，形成一个分离于并决定着感性世界

---

① 熊伟主编：《存在主义哲学资料选辑》，商务印书馆 1997 年版，第 614 页。
② 同上书，第 194 页。

的纯粹逻辑的概念世界。中国传统的形而上学则表现为一种综合的存在论境界，这种境界源于被超越的经验和感性世界，其依赖于纯粹自我的深刻洞见。西方的一些现代哲学家似乎也从东方的思考中汲取了有益的营养，并走向一种综合。像德国哲学家海德格尔后期思想就是如此。维也纳学派创始人菲利普·弗兰克在《科学的哲学》一书中说：

> 不管关于东西方哲学问题真正是怎样的，有一件事是肯定的，那就是存在着两种研究途径：直觉感觉经验和概念结构。①

所谓两种研究途径，也是两种思的方式。中西方的纯思方式具体说来有以下几点不同。

一是知识与境界的不同。西方传统哲学从柏拉图到黑格尔的历史实际上只是追求绝对真理的历史，并且是常常通过"纯粹理性"（康德）的方式追求的。黑格尔所说的"这唯一的真理"，就是从柏拉图到他的"绝对精神"所表达的理论，它们是纯粹的原理、普遍的知识。西方的本体论（传统形而上学的核心）所寻找和表述的正是这种绝对真理。在本体论的视阈里，绝对真理的世界是独立自在的，它先在于感性世界并决定感性世界的意义。这样的真理不是认识的结果而是前提，对感性世界的认识是为了认识它们从绝对真理中派生出来的。中国传统哲学以"道"为最高目的，儒道释哲学差不多都是如此。中国传统哲学的终极指向是实现与"道"合一的高远境界，而不是对单纯知识原理的追求。虽然儒、释、道三家对"道"的理解不同。

二是概念与领悟的不同。关于这一点，德国哲学家谢林的话或许最有代表性，他说：

---

① ［奥］菲利普·弗兰克：《科学的哲学》，许良英译，上海人民出版社 1985 年版，第24 页。

　　一切体验、感触、直观就其自身而言都是缄默的，需要借助于一个中介性的机能，才能够被表述出来；如果直观者缺乏这个机能，或者说如果他故意抛弃这个机能，以便直接从直观出发来说话，那么正如我们已经指出的，他就和对象融为一体，在旁人看来，就和对象本身一样难以理解。①

　　在西方哲学传统中，概念及概念体系就是这个中介性机能。西方的理性哲学差不多就是由概念之间的相互关系形成的，它表现为类似数学的运算关系。在西方哲学家看来，只有这样的概念系统才具有绝对纯粹的性质。追求存在境界的中国传统形而上学恰恰重视体验、感触、直观。中国传统形而上学是建立在纯粹体验基础上的。在中国传统形而上哲学的语境里，哲学就是悟道，即领悟道之精神。因此，中国传统形而上学的最高境界直接面对具有本质感的活生生的生活，并在一种忘我的物我交融中领悟生命。

　　三是分析与内省的不同。西方形而上学是分析的，意味着环环相扣的逻辑演绎。关于这一点，谢林说：

　　　　任何一个物，为了达到自己的完满，都必须经历某些环节：这是一系列前后相继的演进过程，每一个后起的演进过程都融入到之前的演进过程里面，使之达到完满。②

　　从最早的柏拉图的"理念论"到黑格尔的"逻辑学"都显示和证明了形而上学的分析性特征。中国传统的形而上学是内省的，这种特征在与西方传统形而上学的比较过程中显得尤为突出。中国传统的形而上学是存在论的，更多来自感触、体验、直观世界，中国传统形而上学是内省的，在

---

①　［德］谢林：《近代哲学史》，先刚译，北京大学出版社2016年版，第228—229页。
②　同上书，第228页。

中国传统哲学里，形而上学不是一种知识，而是生命方式。德国现代哲学家海德格尔将自己运思的路称为"林中路"，并小心翼翼地留下"路标"。这条路和路标实际上是揭示：走上纯粹思想道路并经受住思的考验的人实在是太少了。存在在思中形成特别的语言。那些语言是存在之家。学会思想就是进入思的召唤，被那些思所要求。要理解思者你自己也要会思。那是纯粹的思。海德格尔的哲学揭示了诗、思、在的同源性。纯粹的在、纯粹的思和纯粹的言之所以可能，就是根源于这种同源性。要获得这一同源性的洞见，关键看思者返还存在根基的能力，即返还到存在本身的单纯寂静之处。语言本身就是在的栖身之家，人就住在这样的家里面，在纯粹的存在之家里栖居着那些纯思者。

三　灵魂同在：与神圣者联合统一

古代东方的神圣冲动与神圣追求，似乎是建立在某种否定性基础上的——差不多都否定了独一的人格神。西方的基督教宗教是肯定性基础上的神圣感，即建立在肯定独一的唯一的人格神基础上的。这种存在的神圣感体现在对人格神—至高者的效法与追寻上，与有位格的至高者一致并联合，这是西方超越世俗走向神圣的方式，也是他们的弥合分裂与裂隙之路。在西方的文化语境之中，与神圣的至高者一致意味着一种依赖与信靠：专心等待上帝的精神性启示，而不是人为地依靠自身的想象、理解；专心聆听上帝的教诲，而不是通过自我的想象去洞悉与顿悟。背靠无限者至高者，让其作为外在与内在的存在磐石，并以此更新自己的存在，更新自己的种种观念，更新自己的价值取向。东方的与西方的弥合分裂的道路虽然不同，但都表现出对自然的、社会化的、表层意识的忘却与弃绝，并由此走出自然之我、社会化之我、一般表层意识之我，走向不同于世俗的神圣存在秩序与心灵秩序，或者说，走向以神圣为核心的信仰—存在—诗意之路。

　　以此为基础，西方诗意存在的代表人物是耶稣与梭罗。耶稣是西方式信仰—存在—诗意的最典型代表。具体地说，耶稣代表的是神圣、爱、对苦难的隐忍、感性的弃绝，以及经过痛苦与苦难，最后到达清明神圣之境。后来的与他发生联结的种种象征性的精神仪式在这种世俗转向神圣的转换中起了很大的作用，包括各种祷告的仪式，包括领圣餐等。从西方的文学名著《神曲》《浮士德》等都能看到耶稣精神。西方基督教属于启示性宗教，一切的神圣感与美好的感觉（包括基于信仰的诗意）都来自启示，来自作为神圣存在体现的上帝或神的启示。西方的皈依法是联系皈依法：借助个人的冥想、祈祷与神圣存在（或至高的终极存在）沟通交流，西方的核心方法，就是与至高者沟通、交流。《圣经》是他们信仰—存在—诗意路线的活水源头。《圣经·旧约·诗篇》91 章 1—4 节有如下教诲：

　　　　91：1 住在至高者隐密处的，必住在全能者的荫下。

　　　　91：2 我要论到耶和华说："他是我的避难所，是我的山寨，是我的神，是我所倚靠的。"

　　　　91：3 他必救你脱离捕鸟人的网罗和毒害的瘟疫。

　　　　91：4 他必用自己的翎毛遮蔽你；你要投靠在他的翅膀底下。他的诚实，是大小的盾牌。

　　人的看起来丰富繁杂的现象之我是渺小虚空的。通过追寻神（神性）超越自身的渺小虚空本性。这也等于指明人的多重之我的弥合之道，也指出了人的存在的一个转换之道，这个弥合之道与转换之道就是要过与神相交的生活，追寻在他的神圣的恩泽之下、保守一种圣洁宁静和安全的心态。（《圣经·诗篇》91 章 1 节）：与隐蔽处的至高者一致，住在全能者的庇荫下；在神里面找到他所需、能渴慕的一切。只有以耶和华为他们的神，他们的山寨的人，才得安全。他是我所倚靠的。耶和华是我们的神，我们的避难所，我们的山寨，我们能盼望得着的。诗人根据自己经历，向相信的人保证神要保护他们。《约翰福音》15：4 中说：

> 你们要常在我里面，我也常在你们里面。

人不断与神同在，在他里面安息，以他的名作他们的圣殿和坚固台，住在爱中，因此他们成为住在神里面的人。我们的本分是以神为我们的家，以他作我们的选择，然后在他里面活出我们的生命，以他作我们的居所。依靠他脱离苦难的搅扰，远超风暴区之上，安置在大水之上的磐石上，他们必靠着神的恩典，得着能力，用圣洁的藐视和不计较来轻看这世界上的事；用圣洁的雄心壮志和关注仰望另外那世界上的事；那是至高者的地方。

西方文化中的崇高感来自这种独特的基于肯定的神圣性。西方的神性更多与至高者的神圣特性（永恒等）相关，而东方的神性则更多联结着"空无""清寂"等。这也意味着对自我的感性诸多方面的自我舍弃。西方文化语境中的诗意体验与他们特有的宗教情怀、宗教经验密切联系在一起。在西方人的意识深处，谈论诗意体验如果不能上升到神性（神圣者、神圣）的层次，那是很难理解包围着我们的那份圆满感觉的，那等于只是在谈论诗意的次要的相对的方面。西方人讲的神性（神圣者、神圣），其中心思想是：世界有一个源泉性本原性的核心——作为创造者（造物主）、或使世界存在的力量。基于此，以基督教为代表的西方文化认为人类自身没有能让我们从诸苦和幻梦中解脱的智慧，人类要想获得自由，必须求助于拥有大能的神圣者（上帝等）。西方人将之称为"救赎"或"拯救"。人类自身没有这种智慧与能力，人类单靠自身的努力，也是没法获得自由与解脱的。唯一的办法就是与神性（神圣者、上帝）发生紧密的联结，取得实质的联系，并极尽所能地赞美神、取悦神、归属神，并获得上帝的恩典与庇佑，从而获得救赎。

西方以神为中心的救赎思想和东方佛教以无为本体之"无"和以空为性之"空"思想形成对照。这种神圣实有与空寂清无是一体两面，常常只是视角的不同造成的，从最本体的最根本的思考出发，从空无深入进去会走到实有这一边。从实有深入进去，同样也必然走到空无这一面。从本体角度看，所谓空静寂无是一种根本性的精神原型，也就是含着万有的空无。佛道两家是从空无的角度来洞悉原型精神的，领悟可化生万物的空无。空无之原型精神化生创造了一切，本体之空无不离不弃万物，空无也妙用无穷，空无中包含着万有的种子，为万物之基。古印度的婆罗门教，中国的儒家，西方的基督教，还有伊斯兰教，都是从"有"的一面来理解和体会世界的存在本性的，或从有的一面理解神性—精神原型。基督教将世界存在本性体会为神圣的"至高者"——上帝。

基督教是通过联系与沟通，通过与神性—最高精神原型，或其象征体的一致，获得那份归属感、充实感、意义感、美好感与自由感。我们还可以对比一下基督教的效法神与无限者的一致之路，与伊斯兰苏菲派的相似点及其区别。苏菲派主要是追求活泼地认识至高的主。对传统的穆斯林来说，安拉是世界的主，他的本质和属性都是独一无二的，他统治着宇宙万物，并与他所创造的任何事物都截然不同。另一方面，对苏菲派来说：真主是支撑住所有现象的那独一真实生命。他是所有的一切，除了他再没有任何其他真实事物。人类的目的专注于对真主的知识。通过一系列阶段和个人的经历，直到个人（现象之我）完全毁灭。这个失去现象之我者就成为"完美的人"。苏菲派在伊斯兰的基础之外发展不会令基督徒感到惊讶，因为基督徒相信人是根据神的形象造的，他最高的荣耀就是变得与神（真主）的形象一致，并借着内住的圣灵，得着神（真主）的性情。

第四章　神性—精神原型及存在之精神引领

海德格尔写过一篇论文《阿那克西曼德之箴言》。这个箴言的首句为："万物由它产生，也必复归于它，都是按照必然性。"这和中国道家的"复归于婴儿"思想相近。传统的各种形而上学试图从哲学概念上接近存在的神性（无限、永恒等）王国，而各种高级的文明化了的宗教则试图从生命实践上（宗教感情、宗教经验等）触摸存在之秘密。但两者的最核心的精华可以有机地融汇在一起，信仰—存在—诗意线路正是这两条传统思想路线的交汇交融的结果之一。各种文化中的精神信仰在本质上没有太大的区别（古代各种文化中的各个伟大思想家在精神本质上也无太大的区别），都是为了使人的存在自由、超然，实现对疏离现实的超越，都是为了使人的存在富有价值深度，或具有内在灵性光辉，或使人的存在具有神圣感。信仰—存在—诗意路线强调存在的直接性、完整性，并在此基础上追求存在的和谐与内明（或澄明），使人类存在更具有和声意味，更能契合深广而寂静的灵魂氛围，并使人的整体存在多个方向多个声部产生一致性共鸣。一句话，信仰—存在—诗意路线欲使人类多重、分裂、复杂的存在变成具有完整感的和声式存在，欲使人杂多性的喧嚣存在向原初的完整与统一复归。存在的复归意味着人的存在与神性—精神原型的隔绝、分离与分裂状态的克服与消除，意味着神性—精神原型与人之间（通过存在体验）处在和谐的统一状态。但人类似乎经常忘记自己精神本质，忘记那些能衡量完善、圆满的最根本的标准：那潜伏在人类历史文化中的真正的精神标准（及根基）是神性（存在本身之纯存在性、原在性或太初性）—精神原型。

第一节　神性—精神原型及存在之精神引领

神性—精神原型（精神之最根本性的永恒范本与模型）在文化无意识状态中引领人的存在之精神。依循神性—精神原型意味着紧紧抓住存在的精神根基，意味着追溯存在的精神源泉，也意味着拓展存在的深广度使之更加宽广深邃。要想从人的内在深处真正领会神性—精神原型，人们就需要从种种现象、局部的束缚中解放出来，需要更为敏锐更为宁静的倾听的内心，需要更为宽阔的想象力，需要更为专注更为深沉的沉思与冥想。这常常靠的不是人基于知性的理性认知，而是靠某种特别的存在体验中的启示。信仰—存在—诗意路线中的存在（者）是遵循并倾听神性—精神原型（精神之最根本性的永恒范本与模型）的存在（者），是感受隐蔽召唤的具有本原关切的存在（者），是在无意识深处接受神性—精神原型精神指引的存在（者），是凭着信心仰望最高价值的存在（者），也是使自身敞开接近歌唱（海德格尔语：歌唱即此在）的更富有灵魂光辉的存在（者）。人的完整统一之存在是在忘我倾听神性—精神原型的启示中获得的，或者说是在那种忘我的倾听中被真正开启（敞开）的，在这种开启中我们参与了精神性存在的根基，参与了对神性—精神原型的分有与分享。基于此，行走在信仰—存在—诗意路线中的存在（者）将拥有灵魂的完整、和谐、统一与尊严。从这个角度看，一个人可以失去基于世俗现象中的一切，只要他还能保持自身的这种参与——被神性—精神原型所召唤、启示（澄明中的内心敞开，内在存在被照亮）的存在状态——那么从精神上说，他就没有真正失去什么。

一 神性—精神原型及本原真理

所谓真理在现时代已经拥有了至高的威望。但真理究竟来自哪里通向哪里？关于这一点，各个时代的各个思想家均有不同。现时代最流行的看法是：真理通向看得见、摸得着的可见世界，是关于这个可见世界的真理（指向各种事实与实在）——基于科学性的真理，基于实用性的真理，等等。对被理性（或知性）武装起来的现代人而言，所谓真理就是关于这个可见有形世界的可验证的道理。基于此，真理被认为是理论、思想、观点与这个可见的有形世界的一致性。在《论真理的本质》一文中，海德格尔对流行的真理观总结说：

> 真和真理在这里指的是符合，而且是以双重方式符合：一方面是指事物与对它的事先设想符合一致；另一方面是在陈述出来的话中所意指的与事物符合一致。①

我们这里谈论的不是这种流行的符合一致性真理，而是本原真理。本原真理不同于关于这个可见世界的各种真理，本原真理是关于这个世界从自出的原初性真理。这是能让存在者澄明与无蔽的真理。本原性精神真理是关于存在本身，是关于存在者对存在本身的领悟与信仰，也关乎存在的圆满完善的美妙体验，而神性就是存在本身之纯存在性，精神原型是神性之一体多位之呈现。神性—精神原型（精神之最根本性的永恒范本与模型）关乎人类精神发生的基础与本源，关乎人类真正意义上的存在。神性—精神原型关乎存在的本原性真理，或者说，本原真理扎根于神性—精神原型里，存在并显现于神性—人（或神性—人性）的对应、感应、顺应

---

① 熊伟主编：《存在主义资料选辑》，商务印书馆1997年版，第337页。

与合一之信仰型存在结构中。本原真理也可以叫存在的纯存在性（原初性）真理。如果以某种方式远离信仰型基本存在结构，并堵塞忘我专注倾听、违拗神性—精神原型潜在召唤，那就必然会远离本原真理，并使存在偶像化、虚假化、被遮蔽化、肤浅化。所谓诗意也是本原性真理的一部分，或者说是其倾听并显现本原性真理的一部分。或许就是因为这个缘故，包括海德格尔在内的许多大哲学家特别强调本于一的本真与本己，并倡导诗意地栖居，认为真正的存在原则就是本于本原真理的原则。与此紧密相关的是，德国哲学家雅斯贝尔斯所关注的存在的超越性内涵，把其当作真理：

> "真理"仅存在于超越之中……超越者是绝对地隐蔽的。①

俄罗斯哲学家科兹洛夫特别关注存在内涵的原初性，把其当作最真实的真理，并当作自己哲学体系的根基，而存在的原初性又和存在的超时间性超空间性相关。他说：

> 存在概念的来源是初始的，简单的和直接的意识。②

从哲学与宗教发展史来看，各种形而上学与宗教信仰都关切原初的本原。可以说，几千年来（尤其是近代以来科学理性日渐占主导地位以前）的东西方主流的宗教哲学的经验（可以说是内在的生命经验）一直与对本原的领悟、想象、理解、洞悉有着直接的关系，这是来自人的存在深处的意向。本原（希腊文 arche，旧译为"始基"）原则是宗教信仰的第一原则，也是形而上哲学的第一原则。在哲学思想史上也常常将之称为本体论

---

① 转引自［德］维尔纳·叔斯勒《雅斯贝尔斯》，鲁路译，中国人民大学出版社 2008 年版，第 156 页。

② ［俄］瓦·瓦·津科夫斯基：《俄罗斯哲学史》下卷，张冰译，人民出版社 2013 年版，第 199 页。

原则。"本体"一词来自拉丁文 on（存在、有、是）和 ontos（存在物）。德国经院学者郭克兰纽（1547—1628）在其著作中第一次使用了"本体论"一词，将其解释为形而上学的同义语。有时这种关于本体的思考也会被称为哲学中的元思索。自笛卡尔开启了近代哲学"认识论转向"之门以来，人们逐渐把注意力转向现实存在的事物，这些事物都是通过人类的感官（眼、耳、口、鼻、触等）和大脑认识的结果。如果没有这个实证性认识过程，那么"事物本原"对人类而言便是想象虚构之物。在现代西方哲学中，伴随着科技发展兴起的哲学流派，如实证主义、分析哲学等，也都反对任何无法用经验与理性证明的"形而上学"和本体论。但 20 世纪初中期之后，有些哲学又重新认识到本原性的意义及其基础价值，并试图重新建立关于存在学说的本体论。这些本体论的信奉者往往都借助于超感觉和超理性的直觉去触摸无限之王国。在这里我们试图建立以信仰为基础的存在体验本体论或以有价值的深度体验为核心的存在体验本体论。存在体验的基础恰恰就是神性—精神原型。雅斯贝尔斯认为这种以寻求大全为目的的本原真理，"无限地远过于科学的正确性的。"①

> 神性的实在成了我们的存在，我们就存在于这至要的真理之中了……"属于真理"意味着来自真实的、终极的实在，意味着一个人一生中的一切由存在的神圣根基来决定。②

信仰—存在的最核心标志就是人对自己存在本原的那种领悟、洞悉、想象与关切。对本原的这种精神热情在古老的哲学传统中表现得更加明显。古希腊哲学家亚里士多德继承了巴门尼德传统，经常思考存在背后的

① ［德］维尔纳·叔斯勒：《雅斯贝尔斯》，鲁路译，中国人民大学出版社 2008 年版，第 153 页。
② ［美］保罗·蒂里希：《蒂里希选集》，何光沪选编，上海三联书店 1999 年版，第 756—757 页。

存在，或作为存在基础的存在本身，他认为这是第一哲学的研究任务。他的《形而上学》就试图对本于一或本原相关问题进行追问思索。这个存在之"本原"是其他存在者的依据与支撑。后来的各种形式的形而上哲学、宗教及其精神信仰事实上都和对本原真理的关切联系在一起。只是对"本原"（真理）的理解、领会、洞悉与想象方式不同。人类为什么会产生这种"原意识"，用现代量子物理学的观点来看，在人的存在深处就包含着存在本原留下的细微种子，或者说人的存在深处就包含了原意识的微妙而神秘的接收器。人的存在的深邃性、复杂性与奥秘感由此可见一斑，人从自己的高级经验（有深度价值的体验）中经常能深切地感受到：只有信靠仰望更深邃更高更大更纯粹的精神世界，并在这种信靠与仰望中忘却自己时，人才会找到更有价值、更完整也更真实的自己。信仰的本质似乎就是通过忘却自己找到更有价值、更完整的自己，似乎也只有这样人才会使自己的存在具有基于和谐的灵魂感，而人具有和谐的灵魂感的标志常常就是人忘却了狭隘的自然感性或社会化功利、表层意识之自我，并将这个较浅的部分与更深邃更高更大更纯粹的精神本原相融在一起。要不去哪里寻找深邃的灵魂以及在此基础上的灵魂的和谐呢？

　　在我们这里，对本原真理的关切和神性—精神原型的关切密切联系在一起，这实际上关乎更为深远的灵魂的找寻。信仰—存在—诗意路线同其他信仰形式在这一点一致，对本原性真理充满热情，也即对寻找真正的存在支点与精神核心充满热情。所谓信仰常常就是信靠、依赖和仰望真正的存在支点与精神核心（诗意性信仰也不例外）。对本原真理（即神性—精神原型）的寻找体现的是人们寻找存在的精神之根、扩展存在的更深邃悠远那一面的精神热望。这也间接体现了人类存在的有限性、分裂性、多重性与不确定性的性质。但人并不满足于活在有限的多重的分裂的不确定的时空里，而是在有意识的或无意识深处产生了统一的渴望，即产生了对存在之根与存在本原的追溯性关心与连接欲望，并在存在经历中面向本原，面向神性—精神原型（或原意识、上帝、道、梵、真主等）而在。对本原真理的关切（神性—精神原型关切或神性关切、支点关切、根之关切）具有极其重要的信仰及安顿人心的意义。对本原真理的关切的核心是要扩展人的存在的深远的一面，为人的存在找到最终的根源与心灵归宿，为人的存在找到更高更真实更深远的依据，并赋予人的存在更深邃更宏大也是更辽阔的背景。

依照东西古老文化传统中的神性—人对应、感应、顺应、合一的信仰型存在结构（甚至可依照最新宇宙天文学及量子物理学的思想），真实纯全的本原精神（神性—精神原型等）是人的存在体验的价值支点与核心。人类历史上的那些文明化的宗教及属于形而上源流的哲学，以及作为诗意表达来源之一的那些伟大的诗人们，其精神性本原惦念与记挂倾向是很明显的，而且他们的那种关切体验也是真实深切的。这份惦念与记挂不是来自他们存在的表面（自然化之我、社会化之我及一般的表层意识之我），而是来自他们存在的最深处。对本原真理的关切是这些宗教与哲学的支柱与根基，常常这也成了衡量一种宗教教派、哲学学说是否具有深刻精神性的重要依据。人类文化历史上的那些文明化了的宗教，还有那些伟大的形而上哲学家差不多都对世界的本原性（本原真理）极为关注。人类存在的本原不是一个现代科学的可以对之进行精确认知的对象，人们也无法对之做细致的纯学术的知识性探讨。本原问题涉及世界与人的真正的存在核心问题，涉及人的存在的完整性，以及涉及其人的精神性信仰，还有对精神与灵魂的启示问题。

本原代表最富有神性的从无到有创造力——在东方的理解中——就是"有中之无"。老子在《道德经》中曾对"先天地生"，能生"有"的"无"之"道"进行了细致的探讨。王弼在《老子指略》首句中也注释说："夫物之所以生，功之所以成，必生乎无形，由乎无名。无形无名者，万物之宗也。"最初的无名之本原如此神奇与重要，所以深刻的存在体验差不多都必须以某种方式返回到最深邃的原初。据《庄子·田子方》二十一记载，中国历史上的两位最著名的圣人老子和孔子，曾经有过一次相会。离别前老聃赠言道："吾游心于物之初"，后人根据他的意思，将之扩展为"欲观大道，须先游心于物之初"。于是，传统的中国道家就有了"游心于物之初"的核心命题。这里所谓"游心物初"所体现的不仅是哲学家的一种思维方式，其展现了人类对自身存在深处的本原性关切。这个物之初代表了存在的本原，游心于此代表的是人类存在深层的超越性欲求。与"游心物初"相连的还有庄子在《庄子·逍遥游》中提出的"游无穷""游乎四海之外""游无何有之乡""游心于淡"等形而上的哲学思想，这都从不同的侧面流露出人类存在深层的精神倾向，这一精神倾向指向万物存在背后的存在本身，体现的是人类对存在本原（本原真理）的关切。

　　中国儒家的本原真理意识体现在对"天"的追溯与及天意的遵从上。孔子的本原真理意识体现在《论语》的一系列言论上："不怨天，不尤人，下学而上达，知我者，其天乎？"（《论语·宪问第十四》）孔子自认为能与天地沟通交流，并能领悟自然宇宙之核心之关键之本原性精神根性。这大体属于神性—人对应感应的联系沟通性存在模式。据此而行，也能体现他存在的至高境界。这种沟通交流常常是在静默的无言之中进行的，常常给交流者带来表达上的困惑。子曰："天何言哉？四时行焉，百物生焉，天何言哉？"（《论语·阳货》）从泰勒斯、巴门尼德等开始西方哲学家中具有这种本原关切的不计其数。"存在""理念""太一""绝对理念"等以不同的方式在不同的历史时期被重复被发现被看重。对待世界本原及本原性真理，哲学家们常常会带有困惑性的冥想态度。

　　信仰—存在—诗意路线的根基点就是本原真理，也就是神性—人信仰存在结构中的神性一面。本原性关切就在神性—人精神性存在结构中。这是人的存在中最核心的关切之一，这种关切来自人类存在的几乎是无意识的根基之处。通常说的"从哪里来到哪里去""我是谁"的模式就是这种本原性关切的体现。这种本原性关切植根于人性的最具有奥秘感的深层，其显然不同于人的存在中的各种形而下的有限的次级关切——自然化关切，社会化关切以及一般的表层意识的关切。本原关切是人的存在中的一种近于神秘的力量，是人对自己存在的所从自出的根本性的来源，以及存在的根本性的核心、基础，以及存在方向方面的关心关切。这种本原性（本原真理）关切对人而言也具有深厚的影响力，几千年来人类的思想文化史（形而上学、宗教以及表现这两个方面的艺术等）早已证明了本原性真理的持久而广泛的力量。

本原关切或对本原真理的追求在生命实践中经常体现为信仰形式，即对某种神性（神性—精神原型）的信仰。对神性—精神原型信仰是信仰—存在—诗意路线的根基。没有神性意识的本原关切就谈不上什么信仰，也就没有所谓的诗意或诗意体验。从本原关切（本原真理）的角度看，似乎无限广阔、浩瀚的宇宙的深邃本性与渺小的人存在的深邃本性是一致的。这大概就是古印度"梵我一如"思想与中国的"天人合一"思想的核心所在吧。中国哲学中的所谓"人心"即"天心"也是这个意思。在古老的印度与古老的中国思想看来，无限广阔、浩瀚的宇宙与人的渺小的存在之间有着超乎人的想象的微妙的神秘的联系，而且其本性相同并发生微妙的感应、沟通，其核心点也连接着同一精神本原或起源。这个本原性存在（真理）是人的存在之最高最根本的精神原型力量。

随着各种唯物主义、理性主义及人本主义思潮的泛起，基于本原性的精神源头意识、核心意识慢慢衰落（也是神性—人信仰存在结构中的神性衰落）。19世纪以来，不少现代哲学、后现代哲学（以及属于现代、后现代的哲学家们）习惯否定任何无法科学验证的关于本原真理论的价值，否定世界的精神本原性，否定任何对本原推动者与创造者的想象、领悟、理解与洞悉。各种关于"上帝之死"的言论否定的也是这种本体性精神，尼采的"上帝之死"论是这些否定中的最激烈最鲜明的表达之一。没有本体的存在本身，没有世界从其中来的本原（尤其是精神性本原），而种种精神价值——包括诗意与美等——只能在人的富有生机的感性世界中寻找。下面是尼采在《偶像的黄昏》"美与丑"一节中的思想：

> 如果试图离开人对人的愉悦去思考美，就会立即失去根据和立足点。"自在之美"纯粹是一句空话，从来不是一个概念。在美之中，人把自己树为完满完美的尺度：在精选的场合，他在美之中崇拜自己。一个物种舍此便不能自我肯定。……人相信世界本身充斥着美——他忘了自己是美的原因，唯有他把美赠与世界，……归根结底，人把自己映照在事物里，他又把一切反映他的形象的事物认作美的……没有什么是美的，只有人是美的：在这一简单的真理上建立了全部美学，它是美学的第一真理。我们立刻补上美学的第二真理：没有什么比衰退的人更丑了……①

人的形象之所以美之所以纯洁（荷尔德林的诗句：就连璀璨的星空也不比人纯洁），是因为人身上映射了更多的神性（荷尔德林的诗句：人是神性的形象）。如果失去了这种神性（神性—精神原型，或本原真理），从人纯感性的自身世界中能够找到什么样深刻的存在根基呢？只能找到感性的热情（包括尼采所宣称的强力意志），但各种感性都是不稳固的现象，是短暂的幻象，缺乏富有神性感的基质。实际上，真正意义上的诗意体验与感受是整体性的（连狄奥尼索斯的沉醉都是整体性的，灵魂蕴含在其中），是基于本原（神性）的永恒精神在人的心灵的湖面上投下的波澜，或者说是基于本原的永恒精神（神性）在人的昏暗的内心里启示出的动人

---

① ［德］尼采：《偶像的黄昏》，卫茂平译，华东师范大学出版社 2007 年版，第 321—323 页。

的光亮，没有神性之光（包括基于永恒精神的形象）的灼照，那种让人忘我迷醉的诗意世界就很难建造起来，即使发生了也是基于感性的局限的瞬间的飘忽的快乐，那是不能深入人的存在整体的，也不能产生真正纯粹的诗意或美——真正的诗意与美能让人产生整体性的满足（当然也包括感性方向）。伟大而神秘的最初创造者似乎已经对人进行了复杂的精致的神秘的设定。

即使在后现代社会，本原性（本原真理）精神符号——上帝等所代表与象征的本原精神——并没有像尼采说的那样死去（或消隐、离去），暂时萎缩、衰落的只是神性—人信仰存在结构中人心那一面，即与神性—精神原型对应的部分——被遮蔽的灵魂。神性依旧以某种隐蔽的方式在场，与神性戏谑性在场相对照，人类却短时进入了失去灵魂后的自杀状态：目前还只是精神性自杀。存在本身之纯存在性的显现像个奇妙又幽默的玩家：让万物（包括人）拥有可以寄居在其中的物质之身（对人而言就是肉身），让万物（包括人）能得到基于此的刺激或快乐，但又让其在根性上充满因慢慢分解而来痛苦而空虚——短暂时间性造就的根性上的空虚。给予物质之身以坚实、刺激、快乐，但这似乎只是一种诱饵，让其像穿上临时道具一样地暂时迷在其中。

德国著名现代哲学家舍勒在《爱的秩序》中谈到人的爱之热情时说：

> 人的爱情只是一个特殊的变种，只是这种在万物内部和身上起作用的无所不在的力量的一个部分。我们一直感觉爱是事物朝着那原型（即那由爱在上帝之中设置的原型）的方向生成、生长和涌升的原动力。……因此，我始终感觉爱同时是原一行为，通过它，一个在者离开自己……可是，这一个（爱），它参与万物，若无它的意愿则没有任何实在的能够是实在的，一切事物通过这爱以某种方式（在精神上）相互分有，相互团聚；这一个（爱），它曾经创造万物，万物则

在适合于及指定给他们的界限之内共同趋向它、升向它：……这一个（爱）即是上帝——即作为一个宇宙和整体的世界诸位格的中心，一切事物的目的和本质理念已经永恒地在此心中预先被爱与被思念。①

德国哲学家、宗教学家施莱尔马赫在《论宗教》中认为：宗教的本质不是思维也不是行动，而是生动的知觉和情感，是希望直观宇宙精神本质，专心聆听宇宙精神的显示和活动，渴望孩子般的被动性被宇宙精神的直接影响所抓住所充实。他的这种思想也是渴望本原性精神（或真理）在人的内在存在中神秘显现。人类一直或隐或现地存在于神性—人对应、感应、顺应与合一的信仰型精神性存在结构中，人希望直观感应的是宇宙的最初的也是最核心的精神性本原，或者叫本原神性。人希望专心聆听神性—精神原型发出的细微的只有通过内在深邃的灵魂才能感受到的声音。感应并听到这个微妙声音者就能感受被照亮被扩展被充实，感受到一种伟大的消融，也就能感受精神的内在的神圣与欣喜，就能领会到真正意义上的存在感，就能感受到存在的诗意，或领会存在的诗意之境，就会产生那种被仿佛来自宇宙遥远之处的声音沁润、包裹、席卷的体验与感受。

二　神性—精神原型及最高价值

最高价值观念根基于神性—精神原型（精神之最根本性的永恒范本与模型）。但按照各种相对消极的存在主义的说法，人的存在的存在基础是虚无的。《存在与时间》《存在与虚无》这两部存在主义的代表性著作的标题就揭示人的存在的虚弱性。正因为人的存在根基是虚无的（同时也是自由的），所以就更需要一种克服的精神力量。人的存在的这种虚无并不代表世界整体存在之根基的虚无，并不代表存在本身的虚弱。但自由的同时

①　［德］舍勒：《爱的秩序》，林克等译，北京师范大学出版社2014年版，第104—105页。

也是虚无的人类需要更为深邃的精神指引，需要作为存在之精神引领的最高价值之光的照耀。有不少思想家反对这种引导，反对以超感性的最高价值观念引领人们，反对以此去克服人的存在的虚妄。尼采是超感性的最高价值引导的强烈反对者，在"上帝死了""重估一切价值"的思想观点支配下，他在《强力意志》一书中把虚无主义定义为"最高价值的自行贬黜"，他反对一切以上帝为基础为依据的最高价值观，并力图从人自身的"强力意志"中寻找新的精神价值的源泉。① 但否定传统意义上的人格化道德化上帝，并不能推翻人们在深切的存在体验中亲证的事实：存在着超越人类自身的神性—精神原型。作为一个符号的上帝死了，但承载着神性的精神原型依旧以某种隐蔽的方式在场，这尤其存在于人的深切的深度价值体验中。德国古典哲学的代表，大哲学家黑格尔说：

> 人，由于他是精神，可以而且应该认为他自己具有最高的价值……原本隐藏着和深埋着的宇宙本质抵御不住求知的勇气。……深入事物、人与上帝的本质，为我们揭开其奥秘。②

人是精神并认为自己具有最高价值，但实际上精神价值的源泉并不在人自身身上，尽管黑格尔认为"精神的领域是人所产生的东西"③ 价值源泉——最高价值——在比人更为深邃更为宏伟壮丽的宇宙深处（及人的存在深处）的精神秘密里。这个精神秘密在我们这里被称为神性—精神原型（精神之最根本性的永恒范本与模型）。神性—精神原型是启示人走向精神性完满存在的根源与潜在动力，并与人们的最高价值观念紧密联系在一起，这也包括人们经常谈论的以永恒性为特征的价值观念。可以说，不能

---

① 参见［德］马丁·海德格尔《林中路》，孙周兴译，上海译文出版社 2014 年版，第 216—221 页。

② ［美］沃·考夫曼：《黑格尔——一种新解说》，张翼星译，北京大学出版社 1989 年版，第 284—285 页。

③ 同上书，第 278 页。

理解、洞悉、领悟宇宙与人的存在深处的神性—精神原型，不能领受它的神秘的启示，人们几乎就无法理解、洞悉、领悟最高价值（永恒价值是最高价值之一）。美国现代哲学家埃里希·弗罗姆在《先知对我们今天的意义》一文中发问说，人类伟大先知心目中的神究竟意味着什么呢？

> 它是指有一个统一体存在，一个出现在各式各样事物与我们各式各样的感觉与冲动背后的统一体：一个最高的原则。①

如果对万事万物背后的统一体（或核心）缺乏心灵的敏感、缺乏精神性的想象，那也很难领悟最高价值观念，不能领悟最高价值观念也就无法从根本上触及人的存在的价值问题。最高价值问题事关人的存在的最高精神本质，事关人的存在的最高原则。最高价值和人对存在本身之纯存在性（神性），与对最初的原始的基础与根据的理解分不开。俄罗斯哲学家弗兰克说：

> 内在的客观价值与真实的最后的根据——原始基础——相吻合的。②

最高价值关乎世界整体存在的始基，关乎最原初最原始的精神实在，这个精神实在在我们这里就是神性—精神原型，是一体多位的神性—精神原型。人类的文化世界如果缺乏最高的精神根据，如果缺少最根本的原初基点，如果只是展现人类自身狭隘的感性愿望（现象之我的愿望），从深刻的精神视野来看，那是不可能具有真正价值的，也不可能具有深厚的精神性。中国古代的皇帝都知道称自己为"天子"，也就是"奉天承运"之子，皇帝的价值最终依据在"天"，以及他和天之关联。这与西方的"君

---

① ［美］埃里希·弗罗姆：《生命之爱》，王大鹏译，国际文化出版公司2001年版，第154页。

② ［俄］瓦·瓦·津科夫斯基：《俄罗斯哲学史》下卷，张冰译，人民出版社2013年版，第469页。

权神授"是一个道理。缺乏这个最高的最根本的基点，他可能就是失道失据的。皇帝所依据的这个天之性，从更加宽阔的文化视点来看，就是神性—精神原型。天子之天是神明主宰之天，不是物理之天。东西方文化的共同视点是：人如果缺乏与神性—精神原型的对应、感应、顺应与合一的精神性存在结构，就会落入于精神与价值的边缘，也就在价值方面进退失据。俄罗斯哲学家尼古拉·洛斯基也在《存在与价值》中说：

> 在宗教经验中，存在之绝对完满性是给定的，如同神一样。因而，我们论述过的有关纯粹学说可表述为：肯定价值乃是存在接近神和神的完满性的意义上的存在。由此，可以清楚地看到，从存在与最高极限的关系来研究存在，可以得到一个有关价值的绝对清晰的真理。①

现在人们经常以各种方式谈到价值或价值观，以及与此相关的价值体验。前面我们也谈到了价值体验的现象学。但所有关于价值的理解、领会、想象与洞悉，实际上最后都会追根索源到人对最高价值的理解、领会、想象与洞悉，即人的最高价值的源泉与根基在哪里，最高价值的渊源与基石何在，这个问题就和上面说到的本原性真理联系在一起。根据世界上大多数哲学与宗教发展的实际来看，关于本原性真理最后都会落到对神性（上帝、真主、梵、道、天等）想象、理解、领悟与洞悉上。我们这里将神性称之为神性—精神原型，对最高价值——原始基础与根据——的理解、想象、领悟与洞悉是理解价值的关键与根基所在。从人类思想与哲学发展史来看，有两种基本的关于价值的伦理学，一种是关乎神性的，这就涉及信仰—存在，涉及对最高价值源泉；一种是与神或神性无关的，即与

---

① ［俄］尼古拉·洛斯基：《存在与价值》，张雅平译，华东师范大学出版社2015年版，第39页。

神性信仰无关，从人自身寻找价值依据。

"按照巴门尼德的论点，万物皆一，一即天下之实是，因此事物之异于实是，也即异于一者，不会存在。"①

东方的印度教（以《奥义书》等为思想经典）、道教（以《道德经》等为思想经典）与西方的巴门尼德主义者都认为任何存在都本于一。但人作为灵性生命与其他存在物不同，没被遮蔽的本真的觉知之人，他能意识到自己的存在"本于一"，对人而言，这种意识到、领会到存在根基的意识及体验使其成为真正的存在。当然，东西方关于这个"一"有不同的称谓，"太一""理念""原型""神""上帝""道""梵"等。总之"一"代表心灵（或灵魂）信仰的基础、根据或原点。这也是信仰—存在—诗意路线的理论依据。这条路线以情感体验的方式触及基于"一"之最高价值，即以情感体验的方式触及元一，更具体地说是触及神性—精神原型。德国哲学家尼古拉·哈特曼在《伦理学》中评价德国著名哲学家，也是现象学价值伦理学创立者舍勒的价值秩序思想时说：

一个人的核心精神本质与最高价值相呼应。②

人的存在的核心精神本质与最高价值相对应；最高价值通常又与信仰紧密联系在一起，也即与信仰、仰望、信靠神性—精神原型联系在一起。最高价值代表的就是神性—精神原型，最高价值与神性—人（或神性—人性）对应、感应、顺应与合一的信仰存在结构密切相关，也可以说信仰—存在—诗意精神路线就是触及最高价值的路线，是以难以言明的和谐的方式领悟与触摸最高精神核心（或神性—精神原型），这个最高精神核心常常通过代表最高价值的象征符号展现出来。不仅每个个体，不同文化不同

①　参见［古希腊］亚里士多德：《形而上学》，吴寿彭译，商务印书馆1959年版，第51页。
②　冯平主编：《现代西方价值哲学经典：先验主义路向》下册，北京师范大学出版社2009年版，第752页。

信仰的诗意及存在的复归

民族对最原初的伟大创造者的想象、理解、领悟与洞悉都有所不同，因此其最高价值系统也就会有所不同。最高价值系统的建立不仅对个人重要，对一种文化来说似乎更为重要，这是一种文化一个民族的精神中心、根基与仰望目标、方向，也是那个民族所有文化活动的方向及其支点，是一个文化的方方面面（常常是在无意识中发生）依赖的最高的精神宗旨。目前世界上各个高级文明宗教信仰，差不多都是坚守被最高价值系统贯穿沁润的原则——伊斯兰教坚持被真主贯穿沁润，基督教坚持被上帝贯穿沁润，印度教坚持被梵贯穿沁润，道教坚持被道贯穿沁润，佛教坚持被空与寂静所贯穿沁润等。在信仰—存在—诗意路线上的坚信者坚持被最高价值系统——神性—精神原型——贯穿沁润，这一贯穿浸沁润并不分割压抑人的潜在的感性与理性天赋，信仰—存在导致基于整体和谐的诗意，而不会造成人的存在各种层面上的分裂、分割、分散，碎片化。信仰—存在—诗意路线上贯穿沁润原则就是最高价值系统——神性—精神原型——的沁润贯穿。在中国的传统儒家与道家信仰中，这个"一"之本原本身就代表了大和，也就是未经分裂的"天之道"。天之德也就是和之德。"大和"就是神性—精神原型的折射，也就是中国传统儒家的最高价值系统。

"承担起沉思更大秩序之重任的，乃是我们里面的神性的东西。"①

以神性—精神原型为基础、为依据的最高价值系统也不是抽象的干瘪的，其和人的直觉性存在体验紧密结合在一起。所谓价值归根结底要通过人类的普遍持久的存在感受获得确认，价值体系也不是抽象的概念体系，而更与深度体验为核心的直觉体系相关。生命中的那些有价值感的事物绝大多数是通过我们的普遍持久的体验与感受而得到确认的。所谓体验，其核心处就是不断流动绵延着的情感感受，或者说情感感受的流动与绵延是其核心，而价值体验也就是富有深度的与精神光辉的能够不断流动与绵延

---

① ［加］查尔斯·泰勒：《世俗时代》，张容南等译，上海三联书店 2016 年版，第 34 页。

的情绪体验团，这一不断流动与绵延的情绪情感体验团里就融汇了最高价值观念或最高价值根基（神性—精神原型等）。信仰—存在—诗意路线常常意味着对最高价值体系的回望、回溯与返归，并因此使人的存在回归于单纯明净的本原之处，也就是回到最高价值的流露与体现之处，只有这样才能获得完整、完满与和谐感。这也就是哲学家、宗教家们经常提到的精神返乡。

传统中国文化主流由于缺乏信仰的核心，不利于培养出具有真正神性的男性与女性，即通往单纯感、永恒感、无限感、光明感等方向的男性与女性。有权有钱有势并不能造就这种永恒的精神特性。历史上也有一些具有永恒感的政治家，这些人对历史的贡献巨大。美国总统华盛顿就属于这种具有永恒感的政治男人。在某种意义上可以说，是他的这种精神开创了今天的美国。在一个国家的历史上如果出现了这么一位具有永恒精神的男人，那是那个民族那个国家的幸事。放下手中的权力彰显富有神性的永恒精神，这种献身精神和整体文化的引导性的精神之光相关。在那些具有永恒感的男人与女人身上，最高精神价值得以体现，并引发人们精神上的追随与崇拜，这种精神的影响是久远的。最高价值是具有永恒性基础的超越性价值。在信仰—存在—诗意的路线上，永恒属于神性的一种显现。神性之光还有有许多的面孔或侧面：寂静性、光明性、圣洁性、气韵性、创造性、单纯性、完满性、不朽性、永恒性、无限性、绝对性、终极性、神圣性、神秘性，等等。在我们的日常存在及日常观念里，永恒性是神性的最重要的体现。

在信仰—存在—诗意的路线上，最高精神价值通常和神圣价值与宗教价值联系在一起，其不是指向现象之我——自然之我、社会化之我、表层意识之我——所留恋的世俗性事物。最高价值常常也意味着神圣性与被崇拜性，最高价值系统往往决定了一种文化的崇拜系统。最高最优价值的体现者不是那些掌握权力者或者有钱有势的人，而是那些献身于永恒精神事业者，是那些为人类奠定永恒精神性基业者。这些人所唤起的不是世俗性感情，而是我们内心的神圣感、美好感。人类历史上的一些伟大的精神先知——耶稣、释迦牟尼、穆罕默德等——都属于这种面向最高价值，献身于永恒精神的伟大人物。从中国历史来看，那些领导人（尤其指历朝历代的皇帝们）常常世俗的权力欲太强，为了这种权力争夺杀戮在所不惜，而世俗权力是缺乏永恒的精神光芒的，能够永恒的唯有那富有神性感的精神。最高价值系统面向人的深邃的内心，并成为人的存在最为重要的内在核心或内在原则，从信仰—存在—诗意之诗意角度看，也可以说，最高价值面向的就是那颗倾听着的完整和谐的微妙的灵魂。

古往今来的那些最伟大的文学艺术作品似乎也说明了这一点。那些被以最高的言辞赞美的文学艺术作品都包含着一种或明显或潜在的精神特质，或者说都具有一种潜在的精神潜能：能满足人类潜在的深层之梦的特质与潜能，其所表达的精神倾向、主题与旋律和那些高级的精神哲学（形而上的哲学）和高级的文明化了的宗教核心精神所表达的，没有什么本质的不同：就是对具有单纯感、永恒感、无限感、寂静感、光明感、圣洁感、气韵感等具有神性基础的最高价值的仰望，通过这种仰望人的存在获得了单纯、永恒、无限的精神气息，可帮助人们摆脱种种琐屑与烦杂，可让人获得躁动后的单纯与宁静，获得基于解脱与自由的充实与喜乐，获得存在的敞亮与澄明感。在人类存在精神渴望的最深处，文学艺术与哲学、宗教常常是一致的，在源头处也是一体的。

仰望最高价值可以让人的存在获得普遍持久的心灵的满足。这一点在具有宗教倾向的存在主义那里也被遵循。在法国存在主义哲学家马塞尔那里，真正的人，真正的人的存在就是仰望最高价值。① 体验具有本原性精

---

① 参见［波］耶日·科萨克《存在主义的大师们》，王念宁译，中央编译出版社 2003 年版，第 77—78 页。

神的最高价值可以帮助人们领略真正的存在，找回被遗忘了的精神上值得珍贵的生命状态，这种值得珍贵的生命状态与人的存在的神圣感、澄明感、意义感、美妙感、充实感等紧密相连。这个最高价值系统的终极依据，在中西方的传统哲学那里被称为"一"。"一"在古希腊巴门尼德那里就代表精神性完满，就代表最高也是最有力的价值，代表存在本身，其永存不变，这个与"一"相关的最高价值，常常只能通过富有深度的价值体验或纯思在超验之域寻得，因其绝对的普遍性和本原性，必然也只能是"一"。人类存在的价值感——意义感、美好感、澄明感、充实感、自由感等——也可归于对"一"之最高价值的分享。在中国道家的创立者老子那里，天得一以清，地得一以宁，人得一以静——就可摆脱存在昏暗幽冥，获得存在的敞亮、澄明、宁静，就可使存在获得永恒感、无限感。

现代哲学中有不少精神本体论的反对者，包括对神性、最高价值系统等概念的反对。尼采是这些反对者中的典型。他在《瞧，这个人——尼采自传》中说：我并没有建立一个新的偶像，我只是希望旧的偶像明白，用泥土塑造的双脚意味着什么。我的工作更准确地说是推翻偶像（也就是理想）。一旦人们捏造出一个理想世界，也就使得现实失去了其价值、意义和真相。真实世界和虚假世界，用德语来说就是世界的真实性和虚假性。理想这一谎言一向是反对现实性的，人们因此失去自己的本性，变得虚伪起来，他们（基督教文化——笔者注）所推崇的价值，是不利于人类繁荣、不利于向未来发展、不利于向未来提出更高要求的。

> 偶像的黄昏……就是旧的真理正在接近尾声了。①
>
> 只有力的过剩才是力的证明。……重估一切价值。……这一会却不是一时的偶像，而是永恒的偶像，它们在这里被我用铁锤触动……

---

① ［德］尼采：《尼采文集》，周国平等译，改革出版社1995年版，第91页。

如同用一把音叉触动一样……①

基于价值重估，他反对关于神性（上帝）与最高价值的理念。尼采反对神、神性与自在之物，反对对世界的本原性想象、领悟与理解，也反对最高价值的观念，在《善恶的彼岸》等著述中把最高价值列为虚无主义：1. 最高价值（即解释一切意义的，不需要任何其他事物解释其意义的，有自明性的东西，如神，真理，绝对道德等）的缺失。2. 在任何非生活世界中放置的最高价值（如神，真理，绝对道德等）。基督教是一种虚无主义。人类不停地在一个更理想的世界中构建、销毁、再构建一个个"最高价值"。对于尼采而言，唯一的出路，是将最高的价值放在这个感性现实的世界上：

> 寄托在新哲学家身上——别无其他选择：寄托在身体非常强健、创造力非常丰富的人身上，他们能提出相反的价值判断，能重新估价和颠倒"永恒的价值"；寄托在先驱者身上，寄托在未来人身上，他们目前便勒紧裤腰带，打紧鞋带，迫使太平盛世走上新的……②

对最高价值的仰望与推崇是否有利于人类的精神繁荣？是否有利于人类未来精神的发展？关于这一点，尼采给出否定的答案，但这只是他的一家之言，他的这种思想颠覆并未能真正触动西方文化的核心与价值传统。整个西方文化（基督教文化）的核心似乎都可简单归结为：神性（最高价值）指引下的个体的自由存在，或神性（最高价值）指引下的个体自由的存在主义。信仰—存在—诗意路线，从某个角度看，似乎也可做这种简单的归结，尽管我们这里所说的神性内容及神性显现方式，明显是东西方思想综合后的产物。神性与最高价值观念都是与多种精神原型密切联

---

① ［德］尼采：《尼采文集》，周国平等译，改革出版社1995年版，第425—426页。
② ［德］尼采：《善恶的彼岸》，朱泱译，团结出版社2001年版，第122页。

系在一起。

三　神性—精神原型及精神引领

美国文学与文化批评家萨义德在其生前的最后一部著作《人文主义与民主批评》之《变化中的人文主义研究和实践之基础》一文里，阐述了关于人文主义的三个敌人的观点。在他看来，排在三个敌人第二位的就是人们的宗教激情，即对超人间的精神体的那种向往与激情。他认为宗教激情或许是人文主义事业最危险的敌人。因为它本质上就是公然反世俗、反民主的。①

我们很难同意他的这种肤浅观点。反世俗就算违反人文主义？难道人文主义的本质的核心内涵就在其世俗性方向里？或者人文主义就意味着唯物主义、现实主义、表面的自由主义、享乐主义、个人主义与功利主义？由此可以看出，萨义德的人文内涵更偏重人的感性与知性理性方向（偏重现象之我的方面），但真正的人文应该不会让人的存在内在方面——人的整体精神的显现，也即灵魂方面——缺席。从人的存在的内在方面，即灵魂的角度看，人的整体存在如果真的彻底离开宗教般的热情，那所谓的人文可能就不会存在，那就可能倒退到动物状态，或落入机械的智能机器人状态。所谓的宗教热情其核心就是人作为一个完整的整体存在的渴望与憧憬，也就是内在灵魂的渴望与憧憬。真正意义上的人文恰恰应该培育深沉神圣的灵魂感。所谓的宗教激情实际上就是对深沉神圣的灵魂感的渴望与憧憬。

当我们允许想象力走向深处时，神圣之物就会被发现。……梦：

---

① 参见［美］爱德华・W. 萨义德《人文主义与民主批评》，朱生坚译，中央编译出版社2017年版，第59页。

信仰的诗意及存在的复归

通向灵魂的神圣之路。①

信仰—存在—诗意路线走的就是培育神圣深沉灵魂的路线。这一灵魂路线立足于人被一种根本性的精神所引领。神性—精神原型（精神之最根本性的永恒范本与模型）决定了人的存在精神引领的本质。这种精神被引领的关键是人的存在处在敞开状态，即对最高精神源头的敞开状态，这种敞开可以使人直接体验到存在的核心。在上一小节，我们已经谈到，信仰—存在—诗意路线是内在的超越路线，努力超越的核心就是使神性—精神原型不断显现，在人的心灵中澄明地显现，面向神性—精神原型而在，面向能给人带来完整与统一感的最高价值而在。在敞开中接受基于神性的至高价值系统的指引，在敞开中接受神性—精神原型（具有单纯感、永恒感无限感的精神等）的启示，并让其照亮引领前行之路，或者说接受神性—精神原型（具有单纯感、无限感与永恒感的精神等）的启示、引领，以帮助人类克服现象之我的局限及其惰性，实现存在的不断超越、上升。

在信仰—存在—诗意路线之中，体验的核心处恰恰就是那种基于"一"之价值性情感。本原精神真理的贯穿意味着超验性，并与最高价值体系的感受联系在一起。信仰—存在意味着最高价值体系生动地体现在人的存在诸领域，意味着人的存在深处的统一性根基，意味着人的存在中的多重方向具有了统一感，具有了更为和谐的中心。为了这份整体的和谐，人的存在的内在原则与超然原则常常同时发挥作用。超越的基本原则是：面向一种具有根本意义的神性存在（或神性—精神原型等），这也是最高价值的依据。面向能给人带来统一感的最高价值，接受基于神性的至高价值系统的指引，还意味着神性（单纯感、永恒感、无限感、寂静感、光明感等）的精神在前面引路，或者说单纯之光、无限之光、永恒之光、寂静

---

① ［美］托马斯·摩尔：《关注灵魂》，孙正洁、范瑞波译，华龄出版社1997年版，第298—300页。

之光等精神在前面引路，帮助人类存在不断实现超越，也使存在不断地获得深邃的诗意。

　　　　永恒之女性引领我们向前。（歌德语）

　　这个动人的诗句是歌德对具有最高精神价值女性的礼赞。这里的"永恒"代表着神性与最高价值。对最高价值（神性）之永恒侧面的一种讴歌。历史上真正的大思想家的心灵差不多都面向着无限与永恒，真正的大思想家差不多都是永恒精神之子，包括哲学家、宗教家、艺术家、诗人等都会被基于永恒的精神所激励，也都会受到永恒精神的启发。一个民族或一个人被什么样的精神之光引导，或被什么样的引路的精神星辰所引领，直接决定一种文化或一个人的存在的基本精神面貌。被具有永恒感的精神所照耀，人的存在热情能被最大限度地激发，那些精神天才们的巨大的精神热情常常来自永恒的精神之光，在这种光芒的笼罩下，他们的哲学、艺术、宗教的潜能也会被唤醒，并让他们产生一种献身的热望。

　　信仰—存在意味着神性之光（或神性—精神原型之光）的指引，意味着精神的本原性星辰照耀与引导。人的存在需要神性之光（或神性—精神原型之光）的引导与贯穿；一种文化也需要来自源头的神性—精神原型的渗透与指引。在最高价值系统的建立以及其对人的存在的贯穿与统一方面，中国儒家传统文化具有不容忽视的缺陷。中国儒家文化缺乏对精神本原的热情与执着，缺乏对本原精神的象征性理解、领悟、洞悉与想象，因而就缺乏能够统管文化各个方面的最高最优价值系统。中国儒家文化的主流因此缺少最核心的精神中心、根基与仰望目标、方向，包括缺少与最高最优价值相融在一起的至真、至善与至美等纯全观念。中国儒家文化传统本缺少对最高价值（神性）的仰望与遵从。如果缺少这个稳固的价值中心与根基，那所谓的价值常常就是相对的、有限的。没有对价值中心与根基的领会与领悟，就很容易造成价值观之间的矛盾、对立。真正有价值方向的文化通常都具有统一性精神之光的引领。

> 人是精神（其规定性承载着人的整个在）并有一双开放的耳朵，去倾听任何可能出自永恒者之口的圣言：这是如何从原初把握人的本质的一个命题。①

从信仰—存在—诗意的视角看，更有价值的存在是受神性—精神原型引领的存在。这也是需要虚己忘我的存在，适度忘却自然之我、社会化之我以及表层意识之我，也即需要通过忘却狭隘的自己找到更完整更富有灵魂也更本质的自己。神性—精神原型的引领常常是隐蔽的，常常通过人的深邃的深层的内心发生作用。在神性——精神原型的引领下，人的存在会在有意无意中发生了质的转换：不再被囚禁于眼前的当下的世俗的欲求，内心转向更为深邃更为遥远的精神方向，整个存在也被隐蔽的精神光芒照耀。这种把人从眼前利益引开的本原性关切（常常通过直觉意识无意识形式体现出来），触及存在的灵魂、核心，并贯穿全部信仰—存在—诗意过程。把人从世俗的当下种种利益引开的本原精神是诗意体验中的绝对性根本性的方向，是一种指引精神道路的精神星辰，其能隐蔽地牵引（或者说召唤）人的存在。

神性—精神原型对人的存在的引领常常是在最深邃的文化无意识中进行的，常常被各种文化以最高的象征性方式隐蔽地表达出来，常常具体化为对存在深处的神性关注，即对最初精神性源头或最高价值（始基、或道、上帝、真主、神性、梵性、佛性、上天等）的领悟、想象、理解与洞悉，并常常因为这种触摸与被引领使人体验到诗意韵味，即那份契合内心深处的声音，以及富有灵魂感的氛围。存在的内在方面因此被照亮被扩

---

① ［德］K. 拉纳：《圣言的倾听者》，朱雁冰译，生活·读书·新知三联书店1994年版，第73页。

展。所谓存在的澄明（存在主义哲学的术语）就是这种照亮的果实之一。这是信仰—存在—诗意路线中的内在精神秩序，也是信仰之下的诗意存在的最深根基。人的存在被最初的精神本原，神性—精神原型所引领，在此基础上与之融合融汇并融入之，由此获得了统一性、获得被贯穿沁润感。基于此，所有被诗意地体验到的画面、声音、情境与事物都有一个与精神本原性相关的或明或暗的来源，或者说都和最原初的本原精神具有或隐或现的关联，这种关联具有难以用语言言明说清的神秘特点。关于诗意体验中的那些细微的"划分"与"相异"面都只是相对的，细碎化与局部化造成的差异只是表面。

　　信仰—存在—诗意路线是受最高的神性—精神原型（原型精神，或原意识）引领的路线。这种引领常常转化为人的带有终极色彩的本原精神关切，即对来自人的存在深处的神性关切，或对来自人的无意识的深处的神性关切。在这种深层关切中，现象之我——自然之我、社会化之我、表层意识之我——的世俗性方面减弱，灵魂之我蓦然呈现。神性—精神原型—人对应、感应、顺应与合一的基本信仰存在结构出现。本原精神关切与最高最有力的价值引领是一件事情两个面。人们常常在无法用理性或证据证明的情况下，凭着某种启示与信心接受他在无意识之中获得的价值指引。这种本原精神关切像人类的其他本能一样几乎是不可遏制的，总会在某些时候以其势不可当的趋势（在艺术创造中的灵感就是如此）左右人的存在。在基督教与伊斯兰教中，"与上帝同在"或"受真主指引"等就是在最高精神关切下，存在被引领的一种体现。在基督教中，圣灵的降临让人整个存在发生质的变化，让人的整个存在充满了神圣而神秘的色彩或色调。如果那突然降临的圣灵并未压抑人的感性，也并未使人失去基本的存在理性，那么这时人的存在同时就是诗意存在：多重天赋完整而和谐，多重自我被统一，没有明显的分裂，人被笼罩于难以言说的妙不可言的情境里。这种本原精神关切下的存在被引领在西方文化中体现为对上帝的渴慕与恩典形式。在伊斯兰文化中体现为对真主的渴慕、顺服倾向。上帝或真主的恩典与启示，表现在信徒心中就变成了渴慕与仰望，这种渴慕与仰望照亮并指引人的存在。在我们这里表现为神性—人对应、感应、顺应、合一基本信仰存在结构的蓦然呈现。

信仰—存在—诗意路线是对原初的和谐、整一的信仰路线，在无意识深处希望统一感，希望以"一"之单纯贯穿与指引人的整个存在。存在的和谐、一致、完整常常就来自这种信仰。信仰—诗意是基于完整和谐的一致性，从表现上来看也常常是保守性精神状态。信仰—诗意感常常就存在于这种特别的和谐、一致、不变与保守之中。这些看似缺乏变动的方面恰恰显露了本原性精神对存在的贯穿与指引。存在的一致性、存在的完整性或整体性是信仰—存在—诗意路线所渴求实现的存在。

神性—精神原型作为基于"一"的原型，贯穿引领人的存在。受本原"一"之精神的召唤与引领，这在东方印度教传统、中国的道家哲学与宗教中是基础性的核心原则。在西方哲学史上，在古希腊哲学家巴门尼德思想中本原性原则就已经鲜明地出现，在他这里本原就是一，就是一之"存在"。这个存在是唯一的永恒不变，这个存在也是最完满的，其只有在超验之域中才有可能获得，因其绝对的普遍性和本原性，必然只能是"一"。新柏拉图主义者（普罗提诺等）继承了这一思想。把"一"变成了不断流泻的"太一"。这个基于"一"的本原原则在中国道家的宗教与哲学中被表达得更为鲜明。这个"一"代表着原初的未现差异、未经分裂的完整与和谐。这个关于"一"之思想的表述集中在老子的《道德经》第三十九章里：

> 昔之得一者：天得一以清，地得一以宁，神得一以灵，浴得一以盈，侯王得一以为天下正。其至之也。（《道德经》三十九章）

在中国的传统信仰中，这个"一"也代表了一以贯之，代表整体，同

一、统一、连续、不可分、完满、永恒。天的本质就是未分之和，是未经分裂的未显差异的统一之"天"，也是德之本体，而天之德也就是基于一的和之德。这个"一"就是一种超越的大精神，就是从古至今东西方所说的神性及神性光辉。在我们这里就是神性—精神原型。在信仰—存在—诗意路线下的存在就是神性指引下的和谐的自由存在，或者说是神性指引下的个体的完整、和谐、开放的存在。

四　神性—精神原型及存在尊严

在这里我们需要再次反驳美国学者萨义德的观点。他的人文内涵更偏重人的感性与知性理性方向（现象之我的方面），但真正的人文应该不会让人的存在内在方面——人的整体精神的显现，即灵魂方面——缺席。从人的存在的内在方面，即灵魂的角度看，人的整体存在如果真的彻底离开宗教般的热情，那所谓的人文可能就不会存在。那就可能倒退到动物状态，或落入机械的智能机器人状态。所谓的宗教热情其核心就是人作为一个完整的整体存在的渴望与憧憬，也就是内在灵魂的渴望与憧憬。真正意义上的人文恰恰应该培育深沉神圣的灵魂感。所谓的宗教激情实际上就是对深沉神圣的灵魂感的渴望与憧憬。人的真正的存在尊严就体现于此。人文主义的精神起源点与本质恰恰就是人的存在尊严。

> 当我们允许想象力走向深处时，神圣之物就会被发现。……梦：通向灵魂的神圣之路。①

信仰—存在—诗意路线走的就是培育神圣深沉灵魂的路线。这一灵魂路线让人的整体存在充满了尊严，基于灵魂光辉而来的尊严。从精神信仰

---

① ［美］托马斯·摩尔：《关注灵魂》，孙正洁、范瑞波译，华龄出版社1997年版，第298—300页。

角度看，存在的尊严关乎人的存在的内在精神光辉，或者说真正的存在尊严来自人的存在的整体灵魂。人类各个文化地域的古老精神传统差不多都会关注和人的存在尊严相关的灵魂问题，灵魂在古代人类的精神生活中也占有核心地位。在东方的古印度、埃及等国家灵魂都代表着人的核心存在部分，尤其是在古印度，来世与灵魂转世思想是其宗教与哲学的基石。在古希腊哲学乃至整个西方哲学史中也同样占有重要的地位。古希腊许多哲学家对此也都给以充分的重视。米利都学派的泰勒斯认为，灵魂是作为组成部分存在于宇宙万物中的，万物都充满着灵魂，灵魂就是某种引起物质运动的东西，具有推动物质运动的能力，是物质运动的源泉。毕达哥拉斯认为灵魂本身就具有"一种直接内在的和谐"，具有一种"一致的动力"。他也确信灵魂不死，会发生"灵魂的转移"也就是身体的转换，也就是人们通常说的"灵魂轮回"。柏拉图对灵魂问题最为重视，他从灵魂本身研究灵魂，人的肉体只能得到对于感性世界的虚妄臆见，真正的知识只能来自理念世界，唯一的途径则是"灵魂的回忆"。亚里士多德也专门讨论过灵魂问题。从古希腊的哲学家们对灵魂问题的分析研究中，我们可以发现，不论是自然的，还是理性的，不论是唯物的，还是唯心的，最后都同样得出了灵魂不死的结论，灵魂也是人的存在核心。①

　　柏拉图认为灵魂是纯洁、不变、简单、看不见、连贯和永恒的。简单指它不复杂——不是由许多部分组成。不变是指它保守时间的约束，与永恒同义。连贯指整合为一，不可分成破碎的局部。②

　　对于身体，灵魂是优先的，于是，灵魂变成了这生命中的灵的主要向度。这使我们得以假定一种基本的、位格性存在的"二元性"，

---

　　① 参见［美］撒穆尔·E. 斯通普夫《西方哲学史》，邓晓芒等译，世界图书出版公司2009年版。希腊哲学部分。
　　② ［美］费雷德·艾伦·沃尔夫：《精神的宇宙》，吕捷译，商务印书馆2005年版，第44页。

即，身体代表了生命的物质方面，而魂和灵则代表了生命的非物质方面。①

灵是属于上帝的，是上帝赐予位格人的。因而，灵是不朽的，一旦人死去，它便从其所来之处，回归于上帝。广义而言，灵是上帝在他的造物里的运作。②

人的灵魂核心对应、感应、顺应神性—精神原型（精神之最根本性的永恒范本与模型）。灵魂是人的存在中非物质性的不朽部分，是与神性对应的非物质的不朽的心灵状态。按照东西方古老的传统思想，人的灵魂与纯粹的神性发生感应与交融。神性—人（或神性—人性）对应、感应、顺应与合一的信仰型基本存在结构，强调的就是存在的灵魂性，即灵魂之我的呈现，也即非现象的非物质性的我，即面向神性—精神原型的敞开中的我，即正在接收、领悟、关切本原神性（上帝、天、梵或道所代表神性—精神原型）的我，用柏拉图的话来说就是回忆（接受）天上的中心理念的我。神性—精神原型在人类不同的文化中的呈现形式是不同的。人类不同的文化常常用不同的象征性（或比喻性）词汇对本原神性（神性—精神原型）予以描述，诸如始基，或最高价值，或道、上帝、真主、神性、梵性、佛性、上天等。

信仰—存在—诗意路线意味着灵魂之我面向神性—精神原型而在，面向最高的精神价值，更重视内在价值的光辉，是具有精神尊严的存在。以神性—精神原型为核心的最高价值是人的存在的引导性的精神的星辰，是人的存在，人的内在生活，人的灵魂的组织原则与依据。信仰—诗意中的存在是完整的、和谐的、个人的、创造性的、光亮的、追求圣洁的个体存

---

① ［美］雷·S. 安德森：《论成为人——神学人类学专论》，叶汀译，生活·读书·新知三联书店 2012 年版，第 213 页。
② 同上书，第 211 页。

在，也是具有个体精神光辉的富有尊严的存在。尊严意味着尊贵、庄严（或威严）。尊在中国古代是一种酒器，尊今作樽，是商周时代汉族的一种大中型盛酒器。段玉裁对此加注道："设尊者必竦手以承之。"古代宗庙祭祀也常用到尊，祭祀者双手捧尊，尊因而也成为通神的器具，并因此而染上了象征的精神性色彩，即富有神性的精神氛围与基调。尊严就和神性或神的元素结合起来了。富有神性的生命自然崇高、庄严、富有灵韵，也因此具有高贵的精神气息。可以说存在尊严主要表现在人的面向最高价值的精神性的感觉中。

中西方文化在涉及人的存在尊严的问题上有思路上的分歧。相对来说，西方文化因为信仰最高价值的原因，更重视人的内在的生命的内在光辉，以及由此而来的精神尊严而不是外在的"面子"。面子通常是在现实的社会关系中达成，常常也是借助现实的社会关系实现的，在现实的社会关系中，地位、身份、权势等因素就变得十分重要。而精神性尊严更多的是笼罩在人身上的精神性光辉，或者说灵魂光辉，这种光辉是在人奋力摆脱现象之我的种种束缚，奋力提升存在境界、提升人性的过程中获得的，伴随着某种精神上的不屈，伴随着精神上的动荡与争战，甚至伴随着精神上的苦难。使人的存在更有价值也更有尊严的一个基本方向就是：在尊重人的自然特性的基础上超越自然的种种狭隘的束缚，使自然与超自然的两个方向获得完美的平衡，在尊重人的种种社会特性的基础上超越社会的种种狭隘性的束缚，使个人与社会两个方向获得完美的平衡。人的生命与精神尊严蕴藏在超自然超社会的方向之中。思考人的存在尊严应该是信仰诗意学第一出发点：更有价值的是，人的存在状态（包括内在体验）应该是怎样的，而不是理想的社会状态或社会秩序应该如何。个体人的价值状态是人的存在的第一落脚点。

宗教无论是什么，总是一个人对于人生的整体反应。……整体反应与偶然的反应不同，……要认识整体反应，必须进入生存的前景的后面……无论这些反应有何特性。我们为什么不把它叫做宗教呢。①

存在的价值通过人生的整体显现出来。有价值的存在给人带来尊严感、意义感、充实感、光明感（或澄明感）、美好感与温暖感，与之相反的是：人的自由体验着的内心被分割，被上了枷锁。真正的人文思想家，其思想会给人带来内在的提升。中国传统文化的弊端之一就是缺乏对最高最优价值，以及基于这种价值的人的形象的深刻而完美的理解与领悟，缺乏对人具有想象力及深切领会的具有伟大心灵的大思想家。用现代文明的眼光来看，其整个思想的支点（或出发点）是为了束缚而不是解放提升人的存在。儒家思想对人的理解有很大局限性，其没能深入到人的存在的内核。儒家思想造就了传统中国人缺乏内在的生命尊严及精神尊严意识。在中国几千年的文化现实里，除了皇帝，差不多都是缺乏尊严的，缺乏那种不屈独立的生命姿态。尊严是在最高价值之光的指引下，存在的整体精神性感觉。意大利的皮科·米兰多拉写了《论人的尊严》，这是皮科·米兰多拉在23岁（1486年）时写就的一篇长篇讲演稿。他认为通过人自身的不断努力，人不仅可以超越万物，而且可以进入神的境界，与上帝融于一体。他说你可以堕落到下界，与野兽为伍；也可以升华自己，与有神性的事物平起平坐。②

各种纯自然主义的、被动的、纯肉体的，以及模式化社会人的生活都不会具有灵魂感。灵魂光辉来自对自然及社会性的超越，源于人的以神性为核心的最高价值为目标的向上追求，这种向上的追求在精神生活中经常表现为"不朽""永恒""无限"等。这种追寻"不朽""不屈"的精神，

---

① ［美］威廉·詹姆斯：《宗教经验之种种》，唐钺译，商务印书馆2002年版。第32页。
② 参见［意］皮科·米兰多拉《论人的尊严》，顾超一、樊虹谷译，北京大学出版社2010年版。

用米兰多拉为代表的西方的文化思维来说就是来自人走向上帝的动机与热望，来自你身上的充满光辉的神性元素，用东方的文化思想来看，就是来自人的与天（包括天德）合一的动机里。

> 生命在疾驰着，
>
> 生命在衰败着，
>
> 生命像荷叶上的一颗露珠。
>
> 　　　　　　　　　　　　　　［印度］泰戈尔：《春之循环》

> 在高贵的生命的废墟上，
>
> 依然生存着一些不朽的东西。
>
> 　　　　　　　　　　　　　　［美］朗费罗：《航船的建筑》

从自然角度看，人类生命同动物生命一样是必朽的"废墟"。人类存在的尊严（灵魂光辉）就体现在人类的基于超越的精神性追求里，所谓精神其核心蕴藏在人类的内在返归与超越性的方向中，体现在人类的向内返归与超越性的文化追求里，这种精神核心包含了诗人朗费罗所说的"不朽"的成分与要素（或常在的成分与要素）。正是这种基于内在与超越包含着不朽的（或常在的）富有精神感的方向才把人类生命提升到具有尊严的高度，才使人的内在的灵魂具有了精神的光辉。人类的更有价值的存在蕴藏在他不断超越的倾向里。爱、希望、忧伤与痛苦等深度情感体验都可以是超越性行为，而各种真诚的真实的信仰是人类的最典型的超越行为。对人类而言，精神性信仰常常就意味着精神的不朽、不屈，常常就意味着精神的内在生命与生机。信仰—存在—诗意路线意味着以某种和谐的方式展现"不朽"或分享"不朽"，以及在此基础上，展现某种不屈的内在的生命姿态，展现某种难以达成的精神坚守。信仰—存在—诗意之路能使你的存在具有了内在的灵魂光辉。基于此，真正的一流诗人就是神性的召唤者，诗人的生命姿态如同祈祷。诗人也是大爱的传达者。

相比较而言，东方宗教更注重内在性的自我觉知与觉醒，而在西方的文化情境中，尊严更多地涉及人走向超越的纯粹方向，涉及对神性的理解、想象、领悟与顺服。人的灵魂光辉与精神尊严体现在神性—人或神性—人性的对应、感应、顺应与合一的信仰型基本存在结构中。对于基督徒而言，就是"效法神"、就是分享神的特性。在普遍的东西方的文化情境中，人们差不多都认为：只有通向宗教性的那个方向才能使人产生灵魂光辉与精神尊严，也只有那个方向的神性元素才能使人放射出灵魂光辉，这一灵魂光辉唤起了人的存在的尊贵感、庄严感等。从另一个角度看，这本质上涉及对人的形象与人性的深层特性的理解、领悟与想象，同时也意味着人的形象、人的权利基础不容扭曲与侵犯。

从信仰—诗意的角度看，真正意义上的人的精神尊严体现在神性—人（或神性—人性）的对应、感应、顺应与合一的信仰型存在结构里，换个角度可以说体现在人对神（在东方就是道、梵或佛等）的仰望、感应与相融度上。人的灵魂光辉与尊严与人的各种权利密切相关，并涉及对人的种种权利的尊重。人的生命与精神性尊严意味着人的种种权利是不可剥夺的。人拥有天赋的（神赋的）不可剥夺的权利。人拥有种种不可剥夺的社会与文化权利。这些权利具体体现在几个总的原则之中：自由、独立、平等、爱。人的生命尊严就展现在人的基于此的整体形象的精神光辉之中，为了维护或达成这种尊严的形象，人就必须以种种自由（尤其是否定性自由）的方式存在，没有自由的信仰，任何生命与精神尊严都无从谈起。尊严与独立平等相关，如果不能享有每个人的独立与平等，那尊严也无从谈起。尊严与爱也紧密相关，没有爱（核心内涵是博爱），人不能生存在爱的光辉之中，没有这种光辉人也没有真正意义上的尊严。

中国传统中的尊严意识更多指向现实人际关系，其在具体的现实之中会发生很多的变形，其和人在社会关系中的权力、地位等有了更多的相关性。在这种关系结构中，别人对你的认同度，对你的外在的地位与身份认同度至关重要。这种尊严意识不是向上的，不是内在的，缺乏内在灵魂光辉，也缺乏打动人的内在的精神力量，和人格的自由独立无太大关系。中国社会中的各种物质奴（房奴、车奴等），本质上源自精神上的被奴役。没有最高的来自神性的精神价值观念指引，人的存在常常就缺乏灵魂性，其存在价值常常只能来自外在的方面——比如来自社会关系的定位，来自别人的眼光等。这导致传统中国人爱面子的特点，相对缺乏那种来自内在精神体验（灵魂光辉）的自豪与尊严感。

第二节　神性—精神原型引领与价值直觉体系

　　　　上帝是不知道任何中介的东西的，他也不能容忍任何中介的东西……而只要灵魂还没有摆脱掉所有中介的东西，哪怕是很细小的东西，那么，它就见不到上帝。①

　　以信仰为基础的价值存在是直觉型存在，是由各种以深度价值体验为核心为基础的意义直觉（或价值直觉）构成的存在体系，而深邃的意义直觉（价值直觉）直接来自神性—精神原型引领。神性—精神原型引领，也可以说是神性—精神原型的召唤，这种召唤与指引是隐蔽的，常常是在文化的无意识或人的存在的无意识状态发生的。现代社会的重大变化之一就是人们的以深度价值体验为核心为基础的意义直觉（或价值直觉）的减少。各种抽象性语言——尤其是基于技术理性及中介性知性概念（概念体系等）语言，在某种程度上遮蔽了神性—人的那种直接的关联性，破坏了

---

　　① ［德］埃克哈特：《埃克哈特大师文集》，荣震华译，商务印书馆 2010 年版，第 388 页。

人的存在的纯真，也扭曲了最真纯的真理——人对根基性精神追求所带来的圆满体验。古代东方人（古印度人与中国人）对这点的领悟更为深切。中国禅宗强调"不立文字""默默与天行，默默与天语"也就是为了达到一种浑然圆满的、未被各种概念性语词破坏的存在之境。人的存在的复归包括浑然完整统一体验的恢复。这种对价值直觉——存在浑然性及圆满性的渴望反映在《旧约》伊甸园的故事里，即体现在亚当与夏娃的浑然忘我的生存状态的象征性表达里，这种象征性表达正是指向以深度深刻的直觉为基础的价值存在。人的生命状态直接性与浑然性也是圆满的存在复归的必要条件之一。存在价值在直觉中显现及存在的直接性是反传统理性的现象学的最核心原则之一，也是"体验现象学""存在现象学"等哲学方向的核心议题。圆满的以深度价值体验为基础的现象就是本质的显现。所谓"意向性""面向事情本身""本质被给予性"等名词与命题，说的都是消融各种中介性的直接原则。后来的"观念现象学"（或直觉现象学）就是由此发展起来的。

现象学大师胡塞尔说：

> 我们要接受一切"直观"中的原初性……如其所是地提供的一切……①

德国哲学家谢林哲学体系中的"理性直观""理性对大全的直观"的观念与此相似。这也是和原初根基的一种直接的团聚。但在现代的多中介的社会，这种面对原初的直观——基于原初的深度价值体验——似乎越来越难以实现；这种原初的直观性体验受到越来越多的中介性的干扰，受到各种抽象概括的理论、各种不自然的存在方向的干扰，基于原初的深度价

---

① ［德］吕迪格尔·萨弗兰斯基：《海德格尔传》，靳希平译，商务印书馆1999年版，第131页。

信仰的诗意及存在的复归

值体验尤其和我们这个时代的狭隘的意识形态或利益发展相对立。我们这个时代日益明显地朝着两个方向转变，一个是感性动物的方向，集中体现在感性物欲消费上；另一个是符合僵死程序的机器人方向，我们因为科技理性、因为意识形态等困扰正变得像虚假的木偶，被各式各样的中介物层层包围，难以体验、触及原初性，由此感受不到任何深邃的东西（尤其是和深邃的精神相关的方面）。我们和真实的有价值的精神事物隔着一层又一层花样百出的媒婆式中介物。我们的存在也因此正变得异化、虚假化。信仰—存在—诗意路线就是要打破重重虚假中介物堆砌而成的世界，直接越过各种推介式媒婆，面向存在根基及原初体验，走进更加符合内心的内在的真实世界。

在这里人的灵魂的声音被尊重，感觉的宗教的天赋与潜能被激发，各种概念化、数据化、技术化等抽象分割化原则被怠慢。直接原则意味着更多依靠"本质直观"，或对原初基础、核心的直观、更为相信更为重视心灵的本能式直感。直接原则意味着完整地不经过中间环节的呈现原则（或显现原则），人的整体存在通过经验直接面对，直接领受呈现在心底的现象、事物、经验，人的存在通过经验直接触及，直接洞悉或直接抵达事物的本质与深处，直接与存在基础沟通、交融。直接与间接相对，不经过媒婆式中间事物，包括中间的各种观念、概念知识、实验数据等。我们这个时代中介性的观念——尤其以各种客观知识学、广告宣传式思想为代表——太多太杂，蒙蔽了（或遮蔽了）真正的本质性存在，导致存在的遗忘，或者说导致存在的异化。这也导致了真正意义上的人文危机。真正意义上的人文把人当成完整的具体的丰富的人，也最重视完整地呈现在生命中的直接体验。信仰—存在—诗意路线也是一条人文路线，在这条路线上完整的存在感受不会被分割为越来越抽象的碎片，不会被原子化。在此，重温基于完整性思考的宗教神学家、哲学家（现象学家、生命哲学家等）的思想是必要的。

一　神性—精神原型与直觉经验

孔子提出了"兴于诗，成于乐"的思想，意味着存在之完美境界不是在说教与条规里，而是与直观的、生动的、深邃的体验融合在一起。在古老的东西方信仰型文化的深处到处都流淌着价值直觉主义思想，相比强调客体世界的精确性，以及客观知识中的知性、理性倾向，强调以深度价值体验为核心为基础的直觉经验的本体价值，这对个体获得圆满体验更为有利，直觉经验渗透在信仰型文化精神的最深处，神性—人的对应、感应、顺应与合一的信仰存在结构，就是依靠直觉发挥作用依靠直觉实现的。东方的印度是价值直觉主义的古老的典范，中国的道家与释家也是价值直觉主义的最深刻的拥护者。西方的基督教文化本质上也是建立在价值直觉主义基础上的文化。以东正教为其底蕴的俄罗斯哲学更具有鲜明的价值直觉主义色彩，其哲学家也大多推崇直觉经验。

> 真理应当成为一种完整的东西，包含一切在里面……我们应当从概念领域走到活生生的经验领域。……真理的存在不是被推导出来的，而只是在经验中被表明了的。①

这是俄罗斯哲学家弗洛连斯基的思想观点。人要掌握原初的完整的精神真理（本原真理），就不能简单地依靠知性分析。能够掌握原始原初完整真理的常常是体验中的敏锐深沉的直觉。人——作为一种感应灵敏的精神接收器——接受宇宙之魂的精神中心——神性—精神原型（原意识等）——最原初原始的精神实在——隐蔽流泻（或散发）出的精神潜流，以精神为核心的生命流也由此产生。这种以信仰为核心的直觉经验存在于

---

① ［俄］瓦·瓦·津科夫斯基：《俄罗斯哲学史》下卷，张冰译，人民出版社2013年版，第487—488页。

信仰的诗意及存在的复归

空静寂无之精神原型—人的对应、感应、顺应与合一交融中，存在于光明温暖精神原型—人的对应、感应、顺应与合一交融中，存在于圣洁之精神原型—人的对应、感应、顺应与合一交融中，存在于气韵之精神原型—人的对应、感应、顺应与合一交融中，存在于单纯之精神本体—人的对应、感应、顺应与合一交融中，存在于无限之精神原型—人的对应、感应、顺应与合一交融中，存在于永恒之精神原型—人的对应、感应、顺应与合一交融中，存在于创造之精神原型—人的对应、感应、顺应与合一交融中。神性—人对应、感应、顺应与合一交融都是直接性经验，不需要复杂的间接的中介性、过多的人为性工具。直觉是信仰—存在—诗意路线之基本呈现方式。

> 你们应该知道，灵魂内在地摆脱掉了一切起中介作用的东西，摆脱掉了一切影像。①

直觉主义作为一种体验、感知存在与认识世界的方式，在东西方都有悠久的思想与实践历史。直觉主义（intuitionism）强调直觉或直观在认识中的作用，认为直觉更接近存在的根本，也是比抽象理性更基本、更可靠的感应并认识世界的方式。信仰—存在更多地依靠直觉，而不是逻辑理性与实证。这种学说或思潮通常带有反理性主义、反实证主义和反唯物主义倾向。布莱士·帕斯卡尔强调心灵，并在此基础上建立起的直觉主义对后世产生了深远的影响，对卢梭的影响是更直接的。在这条直觉主义线路上的哲学大家还有叔本华、克尔凯郭尔、尼采、柏格森、海德格尔、萨特等。传统美学中关于审美"非功利"的静观方式也是这种直觉主义的一部分，在这条线路上有康德、叔本华，克罗齐等。直觉主义实质上意味着超越以知性理性为核心、超越中介性头脑的心灵（或灵魂）主义。在法国哲

---

① ［德］埃克哈特：《埃克哈特大师文集》，荣震华译，商务印书馆 2010 年版，第 484 页。

学家柏格森看来，万物与人的意识都在不断地"绵延"，这也就是万物与人的意识的生生不息性，就是持续的流变、发展、运动的过程。柏格森在《创造进化论》"生命与意识"一章中说：

> 所谓的本能就是指共感……知性面向非生物，本能则面向生命。知性创立科学并以科学为手段……至于生命，知性仅仅能把它翻译成无生命的语言，知性围绕着生命运动……不是深入到生命内部而是引向自身。只有直觉才能把我们引向生命深处。这里说的直觉，是指脱离了利害关系的，具有自我意识的本能。①

从信仰—存在—诗意路线角度看，所谓诗意并不存在于各种理性形式中，而是存在于心灵的信仰式直觉里，存在于心灵直觉中那富有生机、富有意义的充实里，存在于心灵直觉中的那份空灵、宁静与旷远里。信仰—存在—诗意路线上的直接直觉原则，不同于动物本能性直觉，也不同于柏格森的直觉含义，其信奉存在的直接的精神性感应，重视完整真实原初的精神性体验，同各种各样经过现代化处理的中介性概念、观念及其体现的技术工具保持距离。信仰—存在—诗意路线行走者通过生命的更为原初更为原始的姿态触摸神秘的存在。在现代社会中流行的效率的观念、便捷的观念、各种符号化的抽象的观念常常撕裂了我们本该完整的存在，也影响我们用原初原始之手触摸存在的奥义。诗意—信仰倡导原貌原味的富有质感的体验。这是人的存在的最具有密度性生动性的存在体验，或者说是最第一手的原初体验。在这种完整原初的经验里，事物保持着富有生命的富有奥秘感的面貌面目，也处在完整与和谐状态，这个完整真实原初的经验是存在本原性的流泻与延伸。

----

① 李文阁、王金宝：《生命冲动——重读柏格森——原著选读》，四川人民出版社 1998 年版，第 299 页。

信仰的诗意及存在的复归

信仰—存在—诗意路线下的存在面向神性并感应神性而在，或者说是对神性—精神原型敞开的存在。在西方的最伟大的宗教经典《圣经·旧约》中，在上帝耶和华管理的伊甸园里，人类的存在只需要直觉，换句话说，在上帝眼里，直觉性存在是人类最好的最完美的存在状态，各种中介性知识的掌握则是次要的，也是被禁止的，因为知识的掌握会破坏神性—人对应、感应、顺应与合一的信仰存在结构，也即会破坏人的信仰—存在—诗意路线。这里的知识包括是非善恶等科学知识与道德知识。伊甸园中的神性—人一体的直觉性存在状态被描述为快乐的无忧无虑的状态，伊甸园也成了快乐的无忧无虑的王国，换句话说，在上帝的眼里，掌握那么多中介性的分辨是非善恶的知识对人类是无益的。在上帝看来，知识破坏了生命最初的完整的直觉，对人类的生命快乐来说不是必要的。后来夏娃被蛇所诱惑偷吃了禁果，即是非善恶之树上的果子。各种知识意识生长了，觉醒了，是非善恶意识有了（包括羞耻感等），但神性—人一体性存在状态——也是完满的浑然的美好生命——也就跟着完结了。神性—人一体化状态被分离后，人类的种种生存的苦恼与麻烦也跟随其而来。所以在《圣经》（也代表最完满的上帝观点）看来，知识让我们远离了单纯的恬淡的浑然的忘我的无忧无虑的生活与生命，让我们远离了与神合为一体的生命状态。

中国的道家（佛家也有这种倾向）更是强调直觉性存在，反对割裂直觉性的各种抽象知识：《道德经·四十八章》"为学日益，为道日损。损之又损，以至于无为。"反对善与恶的区分："绝圣弃智，绝仁弃义"，"见素抱朴"（《道德经·十九章》）。"绝学无忧"（《道德经·二十章》），庄子也是要"通于大道""离形去知"。在道家的老子、庄子看来，让人能区分是非善恶的知识之所以有问题，就是因为其让人丧失了存在的直觉性，让人丧失了朴素的质朴的生命状态，那些复杂抽象的中介性知识反而变成为返璞归真的障碍，换句话说，在中国的道家看来，中介性知识破坏了人的存在的直觉性，破坏了在直觉性中显现的道之特性，让我们远离了质朴自发的单纯的生命与生活状态。

信仰—存在—诗意状态是以和谐直觉的方式与神性—精神原型的连接状态，也是跳过种种人为人造中介的存在状态。人的内在信仰—存在的核心——灵魂——连接着最初的单纯纯粹的本原神性—精神原型，并以直觉的绵延的生动的方式连接着。在此基础上保持着人的存在的完整与和谐。所谓人文的核心路线实际上就是栩栩如生的精神路线，核心就是保持神性—人对应、感应、顺应与合一精神状态。这一路线保持精神性的和谐与完整，保持体验与感受的富有灵动的本来面目。原型精神也只有以直觉的方式才能把握。这可能也是法国哲学家柏格森"一切皆绵延"的核心内涵。但信仰—存在—诗意路线上的直觉不同于他所讲的生命冲动，更不是生物性的，而是精神的一种类本能反应状态。这种精神性直觉不受整体的或局部的生物本能的制约，而是直接启动人的整个存在反应，是人的整体精神存在显露出的生机。神性—人对应、感应、顺应与合一的信仰存在，也强调绵延地完整地富有原貌感地体验、感受、行动、思想。这种行为、思想与体验是连续不断的生生不息的生命状态，也是一种富有生命感的精神状态。存在的内在的绵延之流挟带着一切，我们的整体存在就蕴含在这个活生生的绵延之上。唯一实在的东西是那活生生的、绵延着的发展着的流动着的神秘感应并连接着大我（神性）的自我。

万物都处在一种隐蔽的团聚状态，而不是处在孤立的互不相干的分割后的碎片状态。所谓隐蔽的团聚状态意味着与原型中心精神有着神秘的感应，这种感应状态不是数据（或证据）能够分析的，也不是这种分析结果能够堆砌而成的。对活生生的信仰—存在—诗意者而言，最真实的是神性—人对应、感应、顺应与合一信仰存在结构造成的直接感触与体验，最原始的那份感觉与感触，这常常和本能的无意识反应相联系，是来自无意识深处的精神感应、经验。现代人的生活已经被各种复杂的中介性工具全面遮蔽，并和真正意义上的真实的生动的生活隔着好几层。我们的存在被各种各样的虚假欲望，被各种各样的概念、被各种抽象符号（理性符号、道德符号等），被各种各样的数字数据替代了，失去了存在的来自生命深处的生动性、直接性，由此失去了活生生的色调。人的存在变得越来越间接，越来越抽象，越来越虚假（包括意识的虚假等），缺乏真正意义上的令人悸动的神秘性、真实性。

信仰—存在—诗意路线肯定神性—人对应、感应、顺应与合一的基本信仰存在结构，肯定直接的真实的令人悸动的精神活力，以敞开的自由心灵直觉神性—精神原型及其显现物，体验其中的寂静、神圣、玄妙、虚无、温暖、光明、圣洁、单纯、无限、永恒与创造。从信仰—存在—诗意路线的视角看，那质朴的自然生活也是直觉性存在的体现：对月光的成分分析重要还是月光在我的心中激起的生命感觉重要？同样的问题有：对漫天雪花的科学结构的分析重要还是漫天雪花在我们生命中激发起的充实意义感重要？对爱情的社会的、生理生物的、心理学的分析重要还是爱情对我们的生命激起的神秘的悸动重要？……我们现在存在于对月光、雪花与爱情的分析世界里，而不是存在于对月光、雪花与爱情的真实的直接感触里！

有些认识通过大自然的中介间接地存在于信仰中。人—大自然对应模式是神性—人对应、感应、顺应与合一信仰存在结构的补充。尽管每个具体的人所站的角度不同，答案也会有所不同。变得越来越智性化是人的存在的明显的趋势。对知性或理智（以现代科学技术为代表）而言，月光、雪花、爱情是物理的、化学的、生物的，对之进行科学分析是最重要的。这种分析的分解式研究对人的深度价值体验而言却是虚假的、遮蔽的、不真实的，因为这种研究是切割式的，脱离了整体的存在之流，脱离了存在的完整的绵延性质。科学看重的那些分析数据对我们人之为人的存在并不重要，对人的存在而言，直觉中的浑然状态比分析状态更像生活，更接近以价值体验为基础的生命本质。对人类的活生生的存在而言，月光激起我们的想象与生命感觉却是更重要的，雪花激起的充实的存在意义是最重要的，爱情所激起的神秘的悸动是最重要的。至于对月光、雪花、爱情的数据分析，我们可以不知不管不问，可将之悬置起来。月光、雪花、爱情的形象及其所营造的意境、气氛与氛围，对我们的存在而言才是重要的。

最直接的最原始的存在体验永远是重要的，因为这是我们作为存在整体（通俗地说生命整体）发出的，是整体存在的第一的也是最真实的感受与体验。或许对我们存在的某个局部来说——比如理智分析——并不真实，也不实在。人专一忘我地信仰、完整统一地存在、内在而富有诗意地体验。没有这第一手的神性—人对应、感应、顺应与合一式存在体验，就无所谓存在本身。没有最直接的价值直觉式存在体验与生活感觉，所谓的生活或许只是被干枯的数字、苍白的说教与宣传堆砌起来的死物。

二　神性—精神原型与深邃理性

各种表层理性（包括批判、怀疑、解构等）的最大问题是：有可能摧毁人类赖以存在的价值直觉体系及体验，从而影响人类的深层精神维度。真正意义上的人文性理性属于更为深邃的理性，这是和以物文为基础的理性不同的理性，物文理性指向并把握外在的客观的物质世界，而人文理性则偏重把握人的存在的内在的超验的方面，体现的是人的存在的精神维度。人文理性的实质就是要使人的存在更加符合自己的全面、圆满、和谐的精神本性。人的这一本质不是固定不变的，而是会在对"神性"的开放中发生一些细微的变化。人文理性具有对"神性"开放的特点。就此而言，人文理性和传统意义上的宗教实践、道德实践有关联，这是基于对生命完满性的神圣信仰，是基于对深邃精神的信仰。这种理性的本质是为了完善人的心灵，为了人存在的意义，为了人更加圆满完善的生命，也能促进我们的存在更完善更圆满更和谐，由此也更能使人的存在有意义，并能让人感受到更多的美好，这是人文理性（更有利于人的存在、更有利于生命圆满的理性），这不是狭隘的科学理性——逻辑、实证与概念理性等——而是基于存在直觉的理性，是存在理性与价值理性。对人类而言，也是最崇高最伟大最深邃的理性。这是通过直接的内在心灵实践感悟到的理性，并感悟到真正的来自存在核心的精神启迪，从而达到自觉、自由、自知的境界。宋 严羽《沧浪诗话·诗辨》中说"大抵禅道惟在妙悟"。这种对存在的直接性领悟并不违反现代人喜欢谈论的理性。但理性有许多层次许多种类，仅仅来自大脑某一区域的表层理性不是真正的理性。和人们的习惯性观念相反，存在的直接性妙悟与人类深邃的理性不仅不矛盾，而且从根本上是统一的。只是因为现代人习惯于在非常狭隘的意义上理解"理性"的含义，才造成价值直觉原则与理性原则相矛盾的印象。真正的宽阔的理性与存在的直觉不仅并不矛盾，而且就存在于人的这种与万物根源的直接性的融合里。

理性要求的是大全。这个一必须不遗漏任何事物，不忽略任何事物，不排斥任何事物，它自身是无限开放的……为了能够寻求一，寻找者自身必须是一……理性只有把握住万物的本质，才能变得更强有力……理性使现存和潜存的一切展示出自身，开启了万物的心灵。理性强烈要求自身与尚未开启的大全相连，要求自身不陷入混乱的虚无之中。①

这一无所不包的理性无视一切有限的确定性，直接使自己同大全相联。……②

印度古代典籍《奥义书》之《弥勒奥义书》中说：

---

① ［德］雅斯贝尔斯：《存在与超越》，余灵灵、徐信华译，上海三联书店 1988 年版，第 27—29 页。
② 同上书，第 32 页。

居于意识中的无意识，

不可思议、隐蔽、至高，

应该将意识安置其中，

让微妙生命无所执著。①

信仰—诗意路线是深层的理性路线。所谓的现象学可称为纯粹现象学，而现象学路线也大体属于广义的先验哲学路线，这实质上也是深层理性意识路线。作为一种哲学，现象学延续了传统哲学对本原性的"一"的寻找，现象学的核心任务是"超越"种种表层的杂多现象，寻求永恒不变的"唯一"本质。"现象学是本质研究。"②

现象学的真理乃是超越的真理。③

这种超越本身蕴含着基于无意识的（深层意识）信仰。和我们这里所说的信仰—存在—诗意路线有着本质性的关联。人类传统的深层的灵魂的路线是接受来自神性—精神原型的召唤与指引，无视各种基于知性有限性的规范与确定。但这种包含着深邃理性的传统路线现在正面临着现代技术的挑战。2018年4月2日凤凰网有一则报道——《2050年人类永生计划》，说的是人类通过自身的技术获得身体与意识的永生计划。在严格的精神意义上，这实质上是不可能的。

我们也许可以在世界上任何地方租用一个机器人，就像租车一样。我们可以将我们的意识上传到机器人电脑中，即使原始的身体死

① ［印度］《奥义书》，黄宝生译，商务印书馆2012年版，第376页。

② ［德］胡塞尔：《哲学作为严格的科学》，倪梁康译，商务印书馆1999年版，第45页。

③ ［德］海德格尔：《存在与时间》，陈嘉映等译，生活·读书·新知三联书店1999年版，第45页。

亡，我们仍然可以将数字思维储存在计算机上……我们的思维和意识都储存在一个巨大的世界网络当中……这样一来，我们就完全突破了躯体的束缚，告别了语言，告别了交流，完全生活在只靠意识就可以传递思想的虚拟世界中。……近一两个世纪，科技飞速发展，人们对神灵的依赖也在减弱，最近一项研究表明，21世纪的年轻人中，66%已经没有宗教信仰。如果半机械人真的试验成功，那么宗教、金钱、人权、情感等一切人类属性都将岌岌可危。①

这实际上等于改变了人的概念，等于消灭完整和谐的与神性交感的活生生的人，使人失去真正的深层基础及丰富的深邃意识（也包括深邃的理性意识），并使人变成不再能感受价值与意义的准怪物。从信仰—诗意的视角来看，人的存在意义的基本结构存在于神性—人（或神性—人性）对应、感应、顺应与合一的信仰型存在结构之中，这也是基本的精神性存在结构。这其中"神性""神性—精神原型"所对应的人不是自然化的我，不是社会化的我，不是一般表层意识的我（包括未来技术发展后的技术化、数据化的我），而是富有深层意识的灵魂之我，是深藏并显露出神性—精神原型之我，是受神性—精神原型引领、召唤之我。信仰—存在常常属于深层的无意识式存在，属于基于无意识的特别的直觉体系信仰。信仰—存在—诗意路线在人的无意识领域具有扎实的根基，信仰—诗意中的存在肯定人的无意识式的情感经验反应。无意识理性思考（深邃理性），在古代东西方哲学或宗教中都有所触及。大小宇宙（或大小我之灵魂）的对应、感应、顺应与融合合一本来就是在深层的无意识区域进行的，而不是通过人类的表层意识得到表达的。这其中反而包含着更为深邃的理性。

关于人的存在经验在无意识理性中发生的情形，不少宗教的哲学的心

---

① 参见《2050年人类永生计划》，凤凰网，2018年4月2日。

理的学派都涉及，也都有大量的论述。除了和传统宗教相关的那些哲学传统外，现代精神分析学派几乎也是把深层意识作为其学说的奠基概念，包括个体的与集体的深层无意识。荣格的集体无意识理论包含着对弗洛伊德个体潜意识的发展及自己的创造，用其表示人类心灵中所包含的共同的精神遗传，即人类集体进化过程中整个精神性的遗留。这些遗传与遗留沉淀在我们每个人的内心深处。集体无意识是人的深层精神的一部分，它与个人无意识截然不同，因为它的存在不像后者那样可以归结为个人的经验，不能为个人直接获得。构成个人无意识的主要是一些我们曾经意识到的，但以后由于遗忘或压抑而从意识中消失的内容；集体无意识的内容从来就没有出现在意识之中，也从未为个人所获得过，它们的存在完全得自于遗传。个人无意识主要是由各种情结构成的，集体无意识的内容则主要是原型。

荣格的原型理论实际上是西方传统精神本原论的一种新的翻版与延续。西方宗教与哲学传统中的那些神学家、哲学家经常谈论"原型""上帝形象""理式"（或理念），这也就是我们前面所说的万事万物的精神本原或本体。那是万事万物得以产生的本源的精神世界——万事万物之中蕴含着那个精神本原——"原型"或"理式"。那个精神世界也就成了万事万物的本体、本源或"原型"——最初的精神性原型。只不过在荣格这里这些精神性原型已经沉淀到人的集体无意识深处，并支配着人的存在直觉。支配着包括宗教感在内的人的种种精神性潜能。这些最原始的精神性原型也成了人的存在中的最真实的本我本真的力量。原始意象的同义词就是原型，而原型这个词就是柏拉图哲学中的形式。原型作为一种"种族的记忆"被保留下来，使每一个人作为个体的人先天就获得一系列原始意象和精神模式。荣格的集体潜意识具有心理本体性、普遍性、先验性、无所不包性、超验性、自主性和客观性特性，在原初性、深厚性与真实性等诸多方面都优越于人的知性理性意识，也是人的理性意识的来源与支撑。他的集体潜意识中的原型与东西方宗教文化中的"神""神性"有共通共同之处。人类集体无意识中的精神原型也可视为人类精神的另类"守护神"。

信仰—诗意学所说的原型与荣格不同，信仰—诗意根基是更大更深邃的神性—精神原型。信仰—诗意学重视存在的直觉经验，重视被现代人丢失的最原始的意象和最直接的与直觉相关的心灵功能。那些最原始意象、直觉具有深层的无意识根据。这种深层无意识的表达需要与直觉相关的原始意象的表达形式，包括形象性表达、想象性表达、比喻性表达、通感性表达、象征性表达、多义性表达等。信仰—诗意体验属于特别的直觉性体验。从存在的深层及意义角度讲，人的存在中的直觉具有更高的精神深刻性，更具精神的厚度与深度，也具有更高的精神价值感，其触及的是人的存在整体，因而高于知性分析或理性科学。从整体存在的高度来看，知性分析或理性科学所触及的是人的存在的表层。神性—精神原型只有通过存在直觉—深邃理性才能被领悟，也才能显现于人的灵魂之中。

现代人的生活越来越趋向基于知性的理性意识，但这种理性意识是表层化的理性，其越来越失去深厚精神的依托，或者说越来越缺乏深厚精神的支撑。现代生活看起来复杂多变，实际上大多数停留在感官或一般的理性层面。所谓的后现代生活常常也就意味着表层化生活。表层化的含义之一就是意识化——包括理性化、社会化、客体化、技术化、数字化等。一切深厚的生活都被简约还原为一堆理性化了的、社会化了的、客体化了的、技术化了的、数字化了的东西。作为现代意义上的存在者，他刻意地追求一连串的意识到的生活：意识到自己在做什么，意识到自己想要什么，意识到……生活成为一连串的有目的的计划。换句话说，现代人追求停留在精神分析学说所说的"意识层面"（包括意识形态性的）的生活，却忘记了（或忽视了）超意识（超理性）层面的生活。用存在主义的话来说这就是遗忘了真正的存在。超意识（理性）层面的生活同样重要（暂不说更为重要），超意识（理性）层面是意识层面下面的我们平时意识不到的那个面。这个深层面的生活我们常常是通过模糊的直觉领悟到的，它就像空气一样真切地环绕着我们，但我们平时却未能明确地意识到它。

人类思想史上重视直觉的传统源远流长。一般的审美式艺术式认识状态自不必说，超理性意识状态作为人的一种信仰存在也可以追溯到更为遥远的古代。各种宗教的传统基本上也可归属于存在的心灵的直觉传统。直觉就是超越一般的意识（理性）状态的体察、领悟与感觉；不经过人为的概念分析、判断、推理等中介环节的认知，以来自本能式的感情经验为核心为纽带为支撑，把各种其他的认识或认知融入其中。直觉是人的存在的本能式反应，连接着人的深层的无意识，这不是基于社会功利性的理性思考，而是来自人的存在与精神深处的无意识的本源性反应。通过直觉返回本原的活动也是在深层的无意识中进行的，并由此唤起了人的深层的情感的情绪的反应。直觉具有联结存在本体的意义，从历史上来看，那些长存且最富成效的哲学体系与精神信仰也都是源于直觉的体系，这一直觉体系触及了存在的本原与根基。

信仰—诗意体系及体验是人的存在的和谐式的整体反应，属于存在的内在性、超验性体验，不属于概念判断等知性活动，是对存在直觉与存在绵延性的肯定，更是对内在的生命领悟的肯定。现代式科学分析是一种机械论，用空间的模式来思考时间。所谓空间的模式，是指可以掌握到的长、宽、高的量，这种模式可以分割、比较及代换，因为它是同质的。"同质"是指性质相同，所以可以代换；"异质"是指性质不同，不能互相代换。基于此，柏格森认为基于知性分析的概念是静态与片面的。当我们试着用抽象的概念分析事物时，就同时扭曲并改变了事物的原貌；采取某一个观点，放弃另一个观点；冻结事物的时间却未能理解事物的发展，即事物的"生命"。

人类仅靠自己的知性与客观证据无法领略真正的存在，靠自己发明的得意的认识工具——科学、理性、理智、逻辑、实证等——也无法把握事物的完整本质，这种片面的认识工具会把原貌的事物片面化、静止化、简约化，从而在或多或少的程度上歪曲事物的原本真实性。智慧性的领悟、直觉、想象与洞悉才能真正把握事物。人类只有依靠存在直觉—深邃理性才能认识宇宙的本原与核心，也才能触及存在（或生命）的深邃面与精神性核心。柏格森的哲学思路实际上同西方的基督教直觉信仰体验，同古代东方人（古印度、古代中国等）的直觉体系是一致的。

> 人本身便是一个大难题。……即一种特别有限的存在形式（他身上纯自然的东西）接触到一种普遍的超自然的生活。精神的真理不能吸引我们，除非它作为我们自己的真理来到我们面前，而不是作为与我们格格不入的东西。……它必须植根于我们的本性之中，并帮助这一本性的发展，但同时……它把我们提升到单纯人类世界以外的另一个世界，同时，对于我们来说，它又比任何其它东西所可能成为的更内在更本质。①

中国儒家最大代表孔子也强调生活的超意识超理性，他倡导的"兴于诗、成于乐"的哲学就蕴含这个道理。这和海德格尔倡导的吟唱中的存在相似。在诗之中，在吟唱之乐中，人的总体意识状态是完整绵延的，是深邃的，而不是仅仅停留在意识表面（尤其不会停在未来的技术化、数据化的表面）。在深层的深邃的意识状态中，存在中心的超意识蕴含其中，由于这种超意识的参与，人的整体存在也是流动的绵延的，信仰—诗意存在是完整而和谐的存在状态。这种本能式的精神性反应与人的个体无意识与集体无意识式密切相关。这是和原初根基的一种直接的团聚，是直接使自己同大全相连的最深邃的理性。

---

① ［德］鲁道夫·奥伊肯：《生活的意义与价值》，万以译，上海译文出版社 2005 年版，第62—63 页。

三　神性—精神原型与敞开的完整

真正真实的信仰—存在是心灵对着原初实在的敞开，是以有中心的完整和谐的方式去体验原初，并作出直接的存在反应，在我们这里，原初就代表神性—精神原型。据此，信仰中心来自对神性—精神原型的敞开，及对其召唤的回应，来自对神性—精神原型深邃神秘引领的遵循，以及来自对神性—精神原型的倾听、仰望、依赖。总之，信仰—诗意意味敞开，意味着敞开后拥有心灵的中心、原初与完整。在《诗人何为》一文中，海德格尔说：

> 在形而上学看来，这种东西乃是存在者整体。存在者整体的整体性乃是纯粹牵引的完好无损，乃是敞开者的美妙。……以致我们的存在就是歌唱……歌唱之际已经毁灭自身，从而惟有那被吟唱者本身才成为本质。①

歌唱就是一种敞开，歌唱代表了敞开后的完整；真正的歌唱通向原初敞开。信仰—存在—诗意的路线奉行的是有中心的完整的整体的生命路线。内在的敞开的完整的充实的心灵才是存在真理的标准。对存在本身之纯存在性（神性—精神原型）敞开，能使人的内在存在丰富、深邃、和谐、自由而宽广。能使存在有生机、美好、完整的心灵状态才是真实的，相反的就会导致生命贫乏、浅薄、奴役而狭隘，那些导致心灵失去和谐、生机并丑陋的原则都是虚假的。科学技术倾向本来只是人的某一局部的要求，但现在早已过分发展，其愈益占领了文化的核心位置，并成为文化向前发展的主流范式。好像我们发展文化的目的就是发展、丰富理性，就是

---

① ［德］马丁·海德格尔：《林中路》，孙周兴译，上海译文出版社 2014 年版，第 304—305 页。

为了发展和丰富精确、标准的知识。在当代的科技至上的时代条件下，主流知识观念与美好生命之间的分裂、冲突与对抗也愈加明显。在现代文化现代社会各个方面，人为的因素都越来越多。在现代人的存在中，充斥着、填塞着各种虚假的"装"的生活及存在体验。基于意识形态性的政治宣传的、道德的、法律的、商业的等，再经过各种现代媒介的包装。所以这里"装"包括两层含义：一个是指不是来自本质的，缺乏真正实在性的，假作的现象或假象，这属于故意做作出来的现象；二是经过层层包裹的、包装的修饰的生活与体验，不是纯粹来自本然的。装，这个汉语汉字出自《说文》："装，裹也。"

与对原初敞开的完整性相对的是各种意识化（理性化等）的扭曲，这种扭曲造成了世俗现实中的各种虚假的出现。各种社会文化意识中的对某一点的片面强调造成了洗脑问题。洗脑性行为倾向本质上遵循的就是扭曲作假原则。被各种形式洗脑后，人的存在经验片面化、单面化，通常因此缺乏最真实的核心。所谓洗脑主要就是要用一套貌似正确但却不适合你的片面价值观武装掌握你，要使你的存在失去自己的完整、失去最真实的核心。这个时代的主旋律是洗脑交响曲，你到处都可以听到片面强调的声音，想躲都躲不掉。最典型的表现在政治性意识形态的洗脑，以及充满商业流行气的洗脑，还有学术范式方面的洗脑。这些洗脑还有一个共同目的：营造那种大众纷纷去争夺的场面与情节，并许给你基于流行时尚的流行的成功与幸福。这些成功与幸福是被大声吆喝着的，是怕别人听不到的，而你也一定会以某种方式听到。真正的基于信仰—诗意的幸福洋溢在内心里或内心深处，并充满寂静的自足色彩。流行时尚所描画的那些都不是我们的内心真正寻找的。

信仰—存在—诗意路线中敞开的完整意味着面向存在本身之纯存在性（神性—精神原型），意味着有真实中心，意味着心灵完整性，也意味着一种推翻——推翻覆盖于真实之上的虚假现象，意味着对各种宣传性洗脑的倒空与清理，回归到存在的最真实的核心处，存在于自己的最真实的核心里，并拥有内在的完整，意味着人跟着真实而自由的心而存在，肯定每一个人的存在与别人都不相同。以任何冠冕堂皇的借口——江山社稷、现代科学或效率——使人整齐划一的做法都是粗暴，都是践踏。被宣传洗脑后的经验对完整、有中心、真实个体而言是虚假的，被宣传被洗脑的存在常常是虚假的存在。这种虚假经验和人真实的内心相抵触，也进入不了人的深邃的内心。真正的存在是跟随敞开后的完整的心，跟随自由而有中心的心，跟随自由之心所领略到的真实经验。

这是充满信仰—诗意色彩的精神路线。最闪光最美妙的存在经验都是对原初敞开的经验，也都是直接被我们体验到的，也都是富有诗意的，也肯定是反洗脑的。这个叫遵循敞开的完整性的经验原则。现代人相信精确性知识、客观性的知识，搞学术的迷醉各式各样的缺乏真正内涵的概念，这些概念大多是僵死的木乃伊。实际上，直接的直觉经验——那贯穿着我们整体存在的经验——更为重要。笛卡儿说，我思故我在。实际上，人除了思，他还带着各种欲望与情绪去领会、体验，这里面包含着人的全部存在感受，感性的、理性的、宗教的诸多方面混杂在一起，展现为痛苦与欢乐、希望与绝望、自由与束缚等。信仰—存在—诗意路线上的直接原则要求体验的非外在性、非客观化、非社会化、非形式性，拒绝烦琐的不发生作用的仪式，也反对说教似的教理。如果说在科学不够发达的过去，心灵经验的完整实在性主要指向人的非动物化方向，着眼于强调不同于动物欲望的精神性领悟，而在科学技术几乎渗透到人类生活的一切方面的时候，心灵经验的完整实在性更着眼于人的存在的非机械性。

近代自然科学建立了一个机械论的世界和一个机械论的思维模式，数学及数学化在其中起着至关重要的作用，一切都被数学化、抽象化，现在流行人文数字化，宗教信仰数字化，甚至心灵体验的数字化。一切活生生有深度的事情都要数字化，但被数字处理过的抽象的世界并非完整的真实的世界本身，并不是一个活生生的实在世界，它是被简约的、被虚构的、被假设的。真正的实在完整的世界，是和我们直接经验联系在一起的，并通过我们的直接存在感受（心灵的完整感受）显露出来。机械论思维模式把局部化的东西当作整体，把局部化的试验数据当成了完整的实在本身。真正意义上的精神实在是流动的绵延着的，而基于分割的机械论的则是静止、僵死的，把握的只是实在的局部与断片，是分割了的碎片化的实在，或者说是实在的碎片化，完整的活生生的实在却消失了踪迹。

> 精神不能作为不同级别的生活的一种属性，无论多崇高的属性。它必须有有它自己的自给自足的生活。其次，这一新的生活必须能够作为人的生活和存在本身立刻呈现在人之中。只有通过这样的认识，我们才能为生活提供一个新的直接的中心……因为精神生活在人身上的直接展示必然说明它是最基本的、最直接的、是生活的真正基础。所有至此一直被认为是最直接的东西，如感官世界甚至社会世界，现在都被降到次要的地位，都必须在这个精神的法庭面前证明它的权利。①

存在的敞开意味着进入神性—人或神性—人性对应、感应、顺应与合一的信仰存在结构，这也就意味着心灵的深邃与完整。现代世界的各种理性意识的启蒙摧毁了传统的信仰，也摧毁了基于信仰的心灵完整感。但信仰（及信仰—诗意）不可能是破碎的碎片化式的，也不可能变得完全合乎基于人的那种知性理性。信仰—存在—诗意的直接性包括对直觉中的原初感完整感的尊重。和哲学式的以理性沉思为核心的方式相比，信仰—存在—诗意路线更重视存在直觉中的心灵的完整，重视存在直观中的和谐体

---

① ［德］鲁道夫·奥伊肯：《生活的意义与价值》，万以译，上海译文出版社 2005 年版，第 71—72 页。

验。信仰—诗意体验是人存在中的一种直接呈现的和谐性经验，通过人类的富有意义韵味的直感与直觉显露出来，来自我们存在的总体感受，不是局部的局限的认知，是非理论的非逻辑性，也非证据性，和一切的僵硬的概念、精密的推理无关，也和实际的验证或事件证据无关。

那些真诚地发自内心的祈祷、赞美和吟诵都是信仰—存在—诗意路线上的花朵，这些盛开于存在深处的精神花朵对整个心灵花园的繁盛是必要的。关键是心的那份完整感、有中心感，以及基于此的心处一念。和一般的宗教信仰相比，诗意—信仰没有传统宗教信仰中的各种神圣的客体物件，没有教徒们必须聚会的场所，没有固定不变的仪式，没有复杂的教义，有的只是立足于活生生的存在的直接性，有的只是观看倾听生命深处的多重的和谐之音。信仰—存在—诗意路线上的直觉或直感是一种整体感受，来自我们存在的中心及深处。人的存在的核心是心灵，是灵魂的完整感。一颗完整的心灵经常会发生开豁意识，或顿悟意识，也经常发生被启示的意识，或灵感意识、发现意识，还有自由的个体意识及跳跃意识，以及最重要的坚信意识。

四　神性—精神原型及超人性体验

人的存在价值是要通过真切真实而又深邃的经验得到确认的。一切远离真切真实的深邃经验的所谓价值都具有空洞的性质，都不太值得持久追寻。人的存在价值要通过人的存在的直觉体系去验证。人的存在的价值直觉体系，其真正核心反而不是基于现象之我——自然化之我、社会化之我、表层意识之我——的过于人性化的感受，而是超乎人性的那些体验，包括其标志性体验——被称为"自由"的自由体验。如果是真正的自由体验，就需要上升到超乎人性的神性高度。超乎人性的自由体验是人的存在直觉中的完美的精神性体验，其既是人性的，又是神性的，来自人的整体存在深处的灵魂之我对现象之我的超越。其既真切真实又深邃深远。超乎人性的自由体验也是价值直觉体系的核心部分，也是价值直觉体系追寻的重要目标之一。所以我们这里重点讨论价值直觉体系的核心——超人性的自由体验。这种自由体验和神性—精神原型密切融合在一起。

> 有大师说，意志是完全自由的，除了上帝以外，没有人可以去强制它。而上帝也不去强制这意志，他给予它的自由，就在于它所想要的不外就是上帝自己所说是的，以及自由本身所是的。反过来，灵所能够愿望的，不外就是上帝所愿望的，但这并不是它的不自由，它乃是它原本就固有的自由。①

1985 年，美国哲学家汉斯·昆以"什么是真正的宗教——论普世宗教的标准"为题发表了一次很有影响的演讲，他认为：

> 只要一种宗教为人性服务，只要它在其信条和道德法则、在仪礼和机构方面从人类身份、意义和价值方面培育人，并且帮助他们获得一种有意义的、富有成果的存在，它就是真和善的宗教。这就意味着：凡是在人的身心、个人和社会人性（生活、完整的人格、自由、正义、和平）诸方面明确地保护、治疗和实现人的存在的事物，因而，凡是人性的、真正人道的事物，都有理由称为"神性"。②

超乎人性的自由体验是存在的直接性精神性体验，是价值直觉体系的核心部分，这一价值直觉来自神性—精神原型与人的人性的多层次交融，因此，以超乎人性的自由体验为核心的价值直觉体系，既是人性的又是神性的，是神性对人性的超越。这种自由体验作为一种价值直觉，其是人的存在的本体性体验之一，这种自由体验来自神性—精神原型召唤与引领，

---

① 《埃克哈特大师文集》，荣震华译，商务印书馆 2010 年版，第 316 页。
② 参见《当代哲学经典：宗教哲学卷》，张庆熊、俞吾金编译，北京师范大学出版社 2014年版，第 214—215 页。

来自神性—人的对应、感应、顺应与合一的信仰型存在结构。神性—精神原型召唤（或引领）同人存在深处的人性渴望的交融，形成人的真正的存在的自由及体验。信仰—存在—诗意路线是自由体验的路线，也是追求精神深度与光辉的路线，在这种自由体验中人克服种种异己性、疏离性（或异化）、分裂性，实现存在的完整、超越。《约翰福音》8·32节说：

> 你将知晓真理，真理必将使你得自由。

《约翰福音》8·36节又说：

> 如果天父之子让你们自由，你们就确实自由了。

由此最经典的经文，我们就可看出，自由不是被围困于现实的感性人性，不是在感性之域中的独自舞蹈。自由是在神性之光的引领启示下，实现的对人性的超越。自由体验是以整体直觉的方式确认这种超越。神性—精神原型引领下的自由体验包括以下几层意思。

1. 超乎人性的自由体验显现了人的全部天赋的融通

人的存在的自由和谐体验是人的神性与人性融合之结果，是人的天赋与潜能趋于和谐时实现的。存在的自由和谐体验来自人的宗教天赋、理性天赋与感性天赋的和谐共振，也是人的多重天赋和谐融通的体现，其核心是神性—精神原型（精神之最根本性的永恒范本与模型）的召唤与引领。人的整体存在的深邃的和声，及人的内在的心灵（或灵魂）和声只有在信仰的支撑下才能真正发出，也只有具有这种信仰的支撑，人的内在的生命才会充满盎然的生机。精神生命与信仰不可分：把信仰与生命分开，生命差不多也也就接近动物或智能机器人，差不多也就意味着人的死亡。人的现象之我与本质之我，有限之我与无限之我，世俗之我与神圣之我存在着对立，因而造成人的存在的多重性、多个方向、多个侧面。在现实的经验中经常体验为分裂或支离破碎感。信仰—存在—诗意之路线倡导、高扬人的纯粹的灵魂之我，并以此为基础克服种种破碎与晦暗，使人存在和谐与完整，核心是灵魂的完整和谐。信仰—诗意就是一种内在的面向神性而在的和谐的灵魂。

2. 超乎人性的自由体验显现了神性与人性的统一

作为价值直觉体系的核心部分，真正意义的内在自由体验不可能只是出自在本体上被局限的人自身，真正意义上的内在的自由体验有着最高的精神源泉。被称为"自由的哲学"的代表，倡导自由高于存在的俄罗斯哲学家别尔嘉耶夫说：

> 最高的人性是神性……神是人性的，而人是非人性的。①

人类的一切最完美的体验（或有价值的深度体验或深度价值体验）都是接近神性的，都是超越人性本身（或人的现象之我）获得的。自由体验也不是人自身的内在或外在的任意性，而是神性体验与人性体验的统一。神性—人（或神性—人性）的对应、感应、顺应与合一的基本存在结构，也是自由体验的显现结构。人性的神性基础意味着以不否认作为精神核心的神性—精神原型为基础，没有神性—精神原型的指引与召唤，没有建立在这种基础上的交流、沟通，便没有真正的自由存在体验。真正意义上的精神就是人面向神性而在，感应神性并与之建立起某种难以言明的默契关系。人可以对神性的理解不同于传统宗教。神性—精神原型就体现在生机勃勃的人世间，体现在人的深层的具有价值感的深度经验里，体现在我们的内在的存在之中，其作为一种支持力量帮助我们超越动物性、社会性、世俗性，以及以技术为基础的僵硬性，并表现出来超越性的精神品格（或神性品格）。上帝（或佛或神性）并没有像尼采宣布的那样死去，上帝（或神性）依然以隐蔽的方式在场，并活在人类的感性经验的深处，活在

① 转引自徐凤林《俄罗斯宗教哲学》，北京大学出版社 2006 年版，第 256 页。

人类的灵魂深处，作为深邃的精神存在支撑着我们的内心，或支撑着我们整体的充满勇气地向上存在。

3. 超乎人性的自由体验以神性引导为基础

> 人是对毕竟在的绝对开放，或者用一个词来说，人即精神。对毕竟在的超验性是人的基本质素。①

所谓超验性就是神性（纯存在性）之光引领启示的结果。自然的以物欲为基础的现实及经验不可能给人带来真正的自由体验。真正的自由体验来自人对神性—精神原型的领悟。人是一个复杂的深奥的精神物种，也可以说是具有多重性的精神物种，具有多个方向、多个侧面，也可以说人就是多个方向多个层面的综合体，主要包括自然感性、多重理性以及超越有限的感性与理性的方向与方面（神性向往、宗教性需求，形而上的渴望等）。真正的自由体验不可能是感性的产物，也不可能是基于知性（或基于实践理性）的理性产物，真正自由的体验是建立在超验性经验的基础上的，在这种以超验为核心的存在体验里，人摆脱了种种感性的羁绊，摆脱了种种狭隘理性的羁绊，实现了既超越感性又超越狭隘理性，并与神性—精神原型融合为一的境界，使自己的存在散发出超越性的光辉，获得了深度的精神皈依。人类的感性存在经验，日常生活的经验都是不自由的。人要实现对日常平凡经验的超越性，就必须倾听、仰望、依赖神性—精神原型的召唤，接受其神秘潜在的引领，沿着与此相反的倾向行走，人很容易陷入破碎晦暗的情境里。

---

① ［德］K. 拉纳：《圣言的倾听者》，朱雁冰译，生活·读书·新知三联书店1994年版，第58页。

第三节　神性—精神原型引领及存在的复归

中国古代南朝梁的文论家刘勰在《文心雕龙·情采》中说："贲象穷白，贵乎反本。"这个思想来自中国最古老的经典《易经》之《易·贲》中的卦辞："上九，白贲，无咎。象曰：白贲无咎，上得志也。"在笔者看来，刘勰的这句话不仅是在谈论最具品位的艺术创造，其对人的整体存在的韵味而言依旧具有核心指导作用。要领悟到最具韵味（或意味）的人的整体存在（或艺术），人们常常需要（在有意或无意之中）回归到最初的本源（或本原）明澈里，回归到最初的存在的源头之处。可以说，《易经》的这一思想是在呼唤人的整体存在的复归。这种复归意味着人的存在的"内明"（佛教、印度教等）性，或存在的本真、无蔽与澄明（海德格尔语）。儒家也很懂得回归存在源头的重要性。在《论语·学而》中曾子曰："慎终追远，民德归厚矣。"这个"终"与"远"其实也指向存在源头的明澈之处（或本原）。人应该与存在源头的明澈沟通，并向存在源头的明澈靠近，这种思路（或思想）是各种古老经典及古老真理所要表达的。

人的真正存在就是面向存在本身之纯存在性（神性）而在，并由此产生有价值的深度体验。存在的复归意味面向神性—精神原型而在，意味着由此产生基于单纯的深度体验、基于无限的深度体验、基于永恒的深度体验、基于创造的深度体验，以及基于空静的深度体验、基于光明的深度体验、基于圣洁的深度体验、基于气韵的深度体验。神性—精神原型（精神之最根本性的永恒范本与模型），及其一体多位的呈现是人的存在的最高精神指引，也是人的存在复归的依据与基础。这种来自神性—单纯之精神原型的指引，常常是在文化无意识与人的存在的无意识中发生的。我们也可称之为来自神性—精神原型的隐蔽的召唤。下面我们就依据前面对神性—精神原型的分析，从六个方面阐发神性—精神原型的指引（或召唤）及其存在复归的六个方向。

一　存在的复归与单纯主义

我们认为通过退隐我们将变得单纯。许多圣人、许多导师已经摒弃了这个世界，然而……根本的、真正的单纯只能发生于内在；然后才会有由内而外的表现。于是，如何变得单纯才是问题；因为那种单纯会使人越来越敏锐。……除非一个人的内在是自由的，否则单纯不可能被找到。由此，必须从内在着手，而非从外在开始。"①

人的真正存在就是面向存在本身之纯存在性（神性）而在，并由此产生有价值的深度体验。存在的复归意味面向神性—精神原型而在，存在向着单纯精神原型的复归是寻求真正存在的重要体现之一。信仰—存在—诗意的路线就是存在向着单纯复归的路线，也是由杂多而归一的单纯主义路线，这条路线也更容易使人进入神性—人对应、感应、顺应、合一的基本的信仰存在结构，也就是由此踏上信仰—存在—诗意之路。在信仰—存在—诗意之路上前行意味着祛除种种杂多而归一，即感应、顺应神性—单纯之精神原型的呼唤。信仰—存在—诗意路线实质意味着归一主义。对存在起点的"一"的迷恋与探讨，东西方文化在实质点上是相同的。差别只在于如何理解这个作为存在起点与核心的"一"，即如何理解"一"的核心内涵。晚年的德国哲学家海德格尔住在乡下，并写了《我为什么住在乡下？》一文：

严冬的深夜里，风雪在小屋外肆虐，白雪覆盖了一切，还有什么

---

① ［印度］克里希那穆提：《最初与最终的自由》，于自强、吴毅译，华东师范大学出版社2005年版，第82页。

时刻比此时此景更适合思考的呢？这样的时候，所有的追问必然会变得更加单纯而富有实质性。这样的思想产生的成果只能是原始而犀利的……让我们抛开这些屈尊俯就的熟悉和假冒的对"乡人"的关心，学会严肃地对待那里的原始单纯的生存吧！惟其如此，那种原始单纯的生存才能重新向我们言说它自己。①

我也愿在这里再一次引用《圣经》诗篇25章21节那句：愿纯全、正直保守我。信仰—存在的实质处就是精神的纯全，就是基于"一"的单纯，诗意的实质处也是一种单纯，是一种原始单纯向我们呈现自己言说自己，所谓神性经常显现为单纯，也代表了最高的单纯。原始单纯的获得常常是基于精神性信仰，信仰使人的存在完整、和谐、归一。没有通往神性的信仰常常也就没有精神的单纯，也就意味着很难具有真正动人的单纯的精神力量。所有的精神信仰的实质处也都是充满诗意的，没有诗意的信仰也很难具有持久的动人力量。信仰—诗意情怀最后差不多都落在存在的复归上，复归于婴儿式的存在状态。海德格尔去乡下居住的隐居行为和中国陶渊明、美国的梭罗隐居行为都传达了这种复归精神，都具有同样的精神上的原始的单纯，都同样意味着存在向着信仰—诗意的改变。

> 抱凡守一，与天地同极，乃可知天地之祸福。（马王堆帛书《黄帝十六经·成法》）

信仰—诗意意味着放弃非本质的繁多现象，坚守存在根本。由此，信仰—诗意使人的存在具有方向感、中心感、根基感，并在此基础上发生一种改变——生命与精神由杂向一的改变。这个"一"代表简洁与单纯，代表着宁静与和谐。所谓的返璞归真就是这种复归的粗浅表达，在更深的意

---

① ［德］海德格尔：《人，诗意地栖居：超译海德格尔》，郜元宝译，时代华文书局2017年版，第124页。

义上代表回归存在之母（存在本身之纯存在性），回归代表原初的真、清、静、寂、空、无，回归存在的最清真的本源。世界文化史中的各类文明宗教的本原性信仰，其本质都是为了人类存在发生根本的改变，都是为了让人的生命与精神由杂多而归一。各类高级的文明宗教所说的梵、道、神、上帝等，其代表的是几种"归一"的存在依据及其最高价值体系的体现。这一价值体系的基础恰恰具有"一"的精神特性，具有不变的永恒性、无限性与绝对性，并代表了世界万事万物的存在的本源，指向最原初的本真精神，所有的精神信仰都奠定在"一"的基础上，目的是让精神归于一处，然后在这个方向上坚守、抱朴与保守。信仰—诗意也意味着由多而一，意味着向着原始单纯的保守的方向回溯与改变，意味着向最原初的精神的一种回往。

各种高级的文明宗教（甚至包括类宗教）的目的都是追求超越的价值体系，意在使人朝着更具有"一"的精神性方向改变，区别只在于更加细微的方式、方向：怎样使基于生物性社会性的世俗性日常变得具有"一"之神性色彩，从而让生命变得更为饱满、充实、丰富、有意义。适度忘却局部的被分割的寻求感性刺激之我而成全整体之精神自我（一之自我），是这种改变的目的。对局部的片面之自我的执着是存在复归的最大障碍。据《论语·颜渊》记载：

> 颜渊问仁。子曰："克己复礼为仁。一日克己复礼，天下归仁焉！为仁由己，而由人乎哉？"颜渊曰："请问其目"。子曰："非礼勿视，非礼勿听，非礼勿言，非礼勿动。"颜渊曰："回虽不敏，请事斯语矣。"

孔子倡导克己复礼的本质就是复归存在与精神的由杂而一。己欲代表存在与精神之杂，礼代表可克己的"一"之精神。从精神深处看，所谓礼不是人们想象中的形式化的繁文缛节，而是孔子心目中的神圣精神（和之精神）的客观对应物与象征体，就像诗与乐是这种精神的象征体一样，在人的生命历程中通过对礼的膜拜与遵循可促进人们进入忘我之境界，这和他在齐闻韶乐的体验在本质上是相同的。这都是一种诗意宗教或诗意信仰的表现，或叫诗意人文主义的体现。朱子解克己复礼，曰："克是克去己私。己私既克，天理自复，譬如尘垢既去，则镜自明；瓦砾既扫，则室自清。"

克去局部的片面自我之后的整体单一之自我，其存在体验与感觉就像被擦亮的明镜一样，这种明镜式的存在状态和佛家、道家所说的状态没有什么本质的不同，这种状态也被现代存在主义哲学家称为"存在的澄明"。在现代社会（后人类后文化）的背景下，倡导信仰—存在—诗意路线就是为了人的存在单纯而明净，让人的存在面向神性—单纯之精神原型（单纯之原型）敞开，并使人摒弃各种各样的流行的时髦世俗性。这种与精神中心与精神本源建立联系后的生机勃勃，常常外显为单纯、质朴而明快的生活状态，并和现代文化背景下的繁复、烦琐与形式主义形成鲜明的对照。

其次，单纯主义经常表现为简朴主义。

所谓归一的路线就是进入神性—人的精神性信仰存在结构，也即意味着简单与单纯，意味着信奉单纯主义，或简单主义的生活，其本质就是脱去庞杂的现象之我，回归单纯单一的灵魂之我，也同时意味着从外在的繁多的客体化社会化的生活中抽身向内，在生命实践中向内返归由杂归一，过着基于"一"的简单、单纯、明快的生活。这是回归最本源性的精神的原则。所有的外在化客观化带来的丰富性，所有的感性的觉醒与开放，所有的外在的改变与演进都不如回归本源。简朴主义的激进型是极简主义。建立在信仰—存在—诗意路线基础之上的极简主义，以存在的宁静和谐，心灵的宁静及其和谐为目的。在这条路线上行走着的人看来，自然物质的、社会化的、表层意识的那些都不是存在的关键，这些常常还会成为体验生命的羁绊。存在的简约是存在的根本目的之一。这种极简主义首先体现在物质生活方面的删繁就简方面。极简主义的反面是繁复与烦琐，是各种形式主义、面子主义。所谓的繁文缛节就是和极简主义相对的方面。

伟大的精神性哲学及其高级文明化了的宗教通常都倡导存在的内在化朴素化，这是一种简单的、纯粹的、宁静的存在。西方哲学史上在古代比较著名的倡导者有斯多葛学派，犬儒学派等，其存在要旨就是灵魂的宁静加简单朴素的生存，及其所带来的简单快乐。以孔子为代表的中国儒家所欣赏的颜回之乐事实上就是简朴主义之乐，也就是简单的、单纯的、朴素生活中的快乐。在这一点上和道家、佛家没有什么本质的区别。这种幸福也是基于简朴、单纯的幸福。单纯的内心单纯的生命倾向，这是幸福的最大秘诀。这种简单简朴存在的反面就是复杂主义、心机主义、贪婪主义等。出于现代化（技术理性）世界中的人类有着种种复杂化冲动，总把一些简单的明快的东西弄得越来越复杂。比如教育就是如此。犬儒学派的第欧根尼就是这种简朴主义的哲学家代表。

简朴主义有偏内偏外之别。在传统的宗教圣徒与大哲学家中，大多奉行基于简单的简朴主义。就是奉行外在的由杂归一倾向，或者说有抛弃外在的杂多倾向。这些圣徒与哲学家几乎不被外在的浮华的尘世的喧闹所蔽，保持一种简朴的存在状态。哲学家康德也是简朴主义的代表，他的深居简出也是最著名的例证之一。据一些传记记载，康德的生活十分有规律，每天早上5时起床，然后头戴睡帽、身穿长袍在书桌前工作，下午3时去他所居住的小城外面散步，然后再工作到7时，晚上10时准时就寝。每当他去上课时都要换上庄重的外衣，然后下课回家后就立刻穿上他的长袍继续工作。一日只吃一餐。整个的生活节奏是单调的，近乎刻板。他的生活规律就如同钟摆一样准确无误，无论遇到什么特殊情况，这种生活规律都不会改变。当地的居民都在他每天下午3时半散步经过时，来核对钟表。只有一次，邻居们没有准时看到他出现，都为他担心。当时他沉浸在卢梭的《爱弥儿》中，以至于忘了时间，忘了自己，不过，在数十年间，这是他唯一一次没有准时出现。

偏内的简朴主义是内在的由杂归一倾向，使自身的存在日渐抛弃内在的杂多，不被纷乱浮华的意识潮流所蔽，保持内在的单纯与单一。这也是由一般的表层意识之我向灵魂之我的回归。使人的内在存在日渐抛弃意识中的种种虚幻的假象，回归存在的最根基性的灵魂核心。也就是道家所说的“守一”状态，这是一种自然的宁静的有意义的精神澄明状态。极简主义则是现代化背景下的人的存在日益复杂化之后产生的一种修复性的思想主张，极简主义就是简朴主义的一种越发明显的表现形式，是更加简单更为朴素的简朴主义。极简主义的极端形式之一在传统的古老的各类宗教修行中都有明显的体现。更为极端的是苦行主义、苦修主义或清教主义。世界各派的许多宗教创始人与先知（佛陀、耶稣等）一开始都是以苦修的方式表达虔诚的。

信仰—存在—诗意路线倡导简朴主义，但这不同于各种苦行之路，也不奉行各种刻意的苦行。信仰—存在—诗意路线上的单纯主义或极简主义是以存在的完整、宁静与和谐为其根基的，由此出发，基本以不牺牲的感性生活为前提，更以不无端折磨肉体为底线，以不失去存在的充实、意义、和谐与安宁为其本质特征。信仰—存在—诗意路线上的单纯主义或极简主义不会追求基于刺激与享乐的奢华与铺张，而是追求深远的、简单明快的慢生活，过着直接的质朴的内在生活。这种生活的古代与现代的最典型的代表就是陶渊明与梭罗。信仰—存在—诗意路线上的简朴主义也不同于各种严苛的禁欲主义的路。禁欲主义常常也和精神神秘主义结合在一起。但现象之我——自然欲望之我、社会化欲望之我等——不利于进入神性—人对应、感应、顺应、合一的基本的精神性存在结构，也即不利于人进入深邃的精神体验之域。

二　存在的复归与生机主义

人的真正存在就是面向存在本身之纯存在性（神性）而在，并由此产生有价值的深度体验。存在的复归意味面向神性—气韵与创造之精神原型而在，这也就意味面向创造、气韵原型而在。人类追求存在的生机，这也是人类复归的方向之一。但对人的存在的生机，随着着眼点的不同，不同的思想家会有不同的理解。有的停留在表面的感性活力方面。这些思想家从感性直观理解生机问题。德国哲学家尼采就是一例。他是狂热的肯定感性生命的哲学家，对感性生命的生机勃勃甚为迷恋。为此，他以生命生机的名义给酒神狄奥尼索斯以最高的礼赞。他在《权力意志》《反基督徒》《偶像的黄昏》等一系列著作中，则对基督教予以最大限度的斥责，因为在他看来，基督教使人的感性生命生机呈现萎缩、颓废、萎靡状态，并使人陷入病态。在《权力意志》中，他甚至倡导以感性的性欲、醉意与残暴为核心的生命的丰盈。在《偶像的黄昏》一书"人类的'改善者'"一节中，他说：

> 把驯化一头野兽称作对它的"改善"……教士所"改善"的驯化之人的情形与此毫无二致……他被关在许多十分可怕的观念之间……他躺在那里，有病、虚弱，对自己怀有恶意，充满对生命冲动的仇恨，充满对一切仍然强壮幸福的事物的猜忌，简言之……它削弱人。①

当代文化中的身体至上主义、身体优先论、身体美学甚嚣尘上，这都是感性活力论的体现。内在精神、内在灵魂等和感性激发无直接关系的存在状态似乎被边缘化了。这似乎从某方面印证并顺应了尼采的倡导。但尼

---

① ［德］尼采：《尼采文集》，周国平等译，改革出版社1995年版，第461—462页。

采所倡导的这种感性生机是现象的外在的，本质上这不能算真正的生机，人的存在的真正的生机来自人的存在之整体，来自人的存在整体的深处，而不是来自人的某一局部感性现象，人的存在的生机来自深层而不是来自表面。归根结底人的存在生机来自被叫作"意义""充实""美好"等的存在体验，来自这些体验带来的饱满丰盈的生命状态，这些内在的超越性的饱满丰盈的体验，从最根本的根源上又是源自内在的精神性信仰，换句话说，内在的精神性生机来自存在的信仰状态，即来自神性—人的对应、感应、顺应与合一的信仰型基本的存在结构，更具体地说是来自神性—创造之精神原型、神性—气韵之精神原型的引领、召唤与启示。尼采似乎忽视（或有意看不见）了人的存在基于信仰的精神的专注、饱满与丰盈。其实，人的存在的真正生机来自内部，真正使人的存在富有生机的恰恰是对神性—精神原型的信仰。内在生机与神性—创造之精神原型、神性—气韵之精神原型有着密切的关系。内在的生机主义者拥有内在的精神创造力与创造性，内在的创造性是存在的生机的体现。

信仰型存在结构由于立足于存在的精神性源泉，能给人带来内在的精神性生机，这种信仰会使人对来自神性—精神原型的召唤更为敏感，会使人产生为神性—精神原型（永恒、无限、光明、圣洁等）忘我献身而生的推动力，追寻永恒、无限、光明、圣洁等精神也会带来精神热情，并会产生一种宗教性的仿佛有着无尽的精神源泉的精神感情。那些忘我（感性之我）追寻科学、艺术的人们的存在实践也证明了这一点。牛顿、爱因斯坦等第一流的科学家普遍信仰"宇宙宗教"，这种具有普遍性的宗教感情推动他们去创造。印度泰戈尔的《吉檀迦利》，但丁的《神曲》，歌德的《浮士德》等都属于这种创造热情的产物。具有内在的生机主义者热爱神性—永恒的原型世界，并被那永恒的精神星辰所引领，有着热烈的向其飞升的愿望，并将此视为个人的存在价值的依据。对于思想家（哲学家、艺术家等）而言，真正思想、艺术创造的动机就是融入神性—精神原型的热望，并在基础上创造出给人们带来具有新颖感的思想与精神世界，新颖的感觉与新的心灵发现，而不是让人生活在一个徒有其表的新鲜的表象世界。纯精神动机才能保证思想家（哲学家、艺术家等）创造出被精神性环绕的作品。纯精神的动机推动人类创造出伟大的精神性食粮，并由此显现人类的内在精神生机。

有些民族似乎更愿意生活在一种粗浅的感性常识里。这种缺乏真正的以神性—精神原型为核心的信仰状态使得人们缺乏灵魂的深度，而缺乏灵魂深度的文化很难出现代表着一个民族精神生机的富有创造力的天才，包括思想天才、哲学天才、文学艺术天才、科学天才等。近代以来，我们这个民族很少出现超一流的精神天才，以及超一流的科学天才。天才就是在创造性、创造力方面表现非凡的人，指向那些具有特别天赋的人，这些天生的、天造之才恰恰是非人为的、非机械的、非刻板程序培养出来的。天才的才华仿佛来自神或大自然的深处。这些天才常常具有奇迹般的思考力和创造力。天才源自拉丁语"Genius"，原意是指守护神。天才生活在生命的本质里，生活在那种精神性的陶醉与勇敢里，而不被生命表面的种种现象所迷惑，天才能洞穿存在与精神的本质。天才的创造经常如有神灵相助，仿佛是对神的召唤的回应。

内在的生机最典型地体现在人的存在中的各种灵光乍现的时刻。人的存在价值、存在体验最鲜明地集中于灵光乍现之时。精神性灵感（包括具有精神价值的感受）是突然之间得到的精神性的启发，更多地属于灵魂之我的发现。现象之我的那些表现——性格雷同化、模式化，依赖社会与合群的人——很难有独特的发现。灵魂之我的那些表现——精神独立，摆脱物质羁绊，摆脱社会群体羁绊，独自地面对天空大地，独自聆听神性—精神原型的隐蔽召唤——更容易被神性启发、光顾。那些经常得到灵感的天才常常是孤独的，他们的生活在外人看来是很单调、很枯燥的。天才们大多数时间待在自己愿意待的自由空间里，偶尔外出到有自然背景之地散步。他们大多数时间是在孤独中度过的。表面上看，这种生活是单调、重复、机械、刻板的。天才们都喜欢孤独和宁静，不喜欢做欲望自然人或爱交往的社会人。他们保持孤独和宁静的状态，保持纯洁单纯的存在本质，并尽量避免与无关的人接触和交流，以免分散自己的那颗整一之心。这也是内在的精神生机的显现。

人的内在的生机归根结底来自神性（神性—气韵之精神原型、神性—创造之精神原型），是对这种精神原型的响应与分享。存在的复归意味着内在的生机主义，让内在的精神气韵贯穿自己的存在。西方的思想与文化经典《圣经·旧约》关于上帝造人的故事也说明：人的泥土之形（感性）只是生命的质料而已，真正使人成为人的是上帝的最后吹的那口气，否则人就不能成为人。换句话说，只有人身上的神性气息才能真正给人的存在带来生机。这是富有内在感的生命生机。富有内在感的生机主义不走单一的感性之路，不要激烈、刺激、兴奋，荷尔蒙上升，内在生机甚至可以表现为舒缓、悠然、悠闲。真正意义上的内在生机可以意味着在闲暇时光做着最随性随意的倾听内心的事情。这种悠然、悠闲之中蕴藏着让人获得内在气韵之精神本质。道家倡导的某些生命情境是富有内在的精神生机的，包括道家的忘我、无为、道家的自然观、逍遥观等。以悠然为基础的内在生机主义意味着精神的某种归隐以及伴随着这种归隐的自然田园生活。

让我们把萨必内的田园生活作为仿效的榜样吧！[①]

哲学大师埃克哈特也倡导存在的归隐。这种田园生活背景暗示的是内在的充实的心灵生活。悠然主义的存在方式也是以心灵体验为内核的存在方式。从大的视野来看，这种讲究内在秩序的心灵生活也同舒缓辽阔深远的大自然图景相似。从近处看，则如同一首富有韵味的陶渊明式的田园

---

① ［英］约翰·托兰德：《泛神论要义》，陈启伟译，商务印书馆 1997 年版，第 33 页。

诗：和谐的、舒缓的、不跳跃的、不追求速度的、不匆匆忙忙的、不受现代时钟追赶的、淡远的、寂静的。南北朝晋时期的陶潜《饮酒》诗之五曰："采菊东篱下，悠然见南山。"内在的悠然，可以是内在生机主义的一部分，这种内在生机主义者倡导舒缓的深远的淡泊的存在。这是同大工业、大数据时代追求效率的不同的存在方式。这种悠然的存在恰恰相对于当前社会流行的匆忙主义与纷扰主义。匆匆忙忙、纷纷扰扰地追求效率与速度生活是这些主义的内核。这是以忙碌为核心的存在方式。以悠然为核心的内在生机主义是典型的中国式的，是和陶渊明的诗的意境相吻合的生活，是一种舒缓的淡泊的和谐的具有韵味的讲究生命意境的存在。具有田园性但未必生活在田园里，具有桃花源式的气氛，却充满了内在的精神生机。

内在生机主义意味着存在的深邃性、意境性。在某种意义讲，信仰之路就是追寻存在的超越之路，也是追求存在通向深远广大的意境之路。追求存在的意境性是内在生机主义的存在特点。这是一种完整的静默的、和谐的、无言的存在之境，常常体现为自然的田园牧歌式的情境，就像那些牧歌所表现的辽阔的大草原上自由生活的景象。内在的生机主义意味着人的存在像诗像山水画一样地存在，或者像古典艺术品所表达的充满意境的存在，重在心之所履，重在象外之象、韵外之致、味外之味，重在精神上超然物外。在这个意义上讲，内在生机几乎等同于超然于天地之间。

> 道常无为而无不为，侯王若能守之，万物将自化。化而欲作，吾将镇之以无名之朴。镇之以无名之朴，夫亦将不欲。不欲以静，天下将自定。(《道德经》三十七章)。

进入神性—人对应、感应、顺应与合一的信仰存在基本结构之后，人常常需要等待被启示的时刻。面向自然之大道而在也是一种静的无为的存在呈现，是一种旨趣高远的存在状态，这种存在状态也是灵魂之我的呈现，其具有纯粹的精神性内涵，具有纯粹性的向往，甚至可包含淡淡的忧伤情愫。内在生机主义包含了深邃辽远的一面。这是与道之无限性相连的一面。

三　存在的复归与温暖主义

人的真正存在就是面向存在本身之纯存在性（神性）而在，并由此产生有价值的深度体验。存在的复归意味面向神性—光明之精神原型而在，这也意味面向光明温暖而在。真正意义的精神光亮、温暖是神性—精神原型带来的。与纯粹精神之光相关的光明与温暖之精神原型相对应的是对精神之光亮及心灵温暖的追寻及其形成的温暖主义路线，这是能给人的存在带来温暖与光明的生命方向。东西方文化中都有对与光明、温暖相关的关于光与火的核心想象。在古印度与古代中国文化中，火都是世界的基本构成之一。在古希腊也有世界起源于火的思想与观点（比如古希腊哲学家赫拉克利特就认为火是世界的本原）。关于火的起源神话也更是普遍（比如古印度的火起源神话、南北美洲的火起源神话等）。这和关于神性就是光的思想有一致之处。这些思想背后蕴含着人类最深邃的精神渴求：对光明与温暖的原型式精神向往。神话传说中的为人间盗火者既是人类心目中英雄，也属于精神上的温暖主义者。可以说，这些与光性或火性相关的精神性意象，代表了人类最深切的精神渴望，也是人类最为深邃的精神体现之一（或最深邃的精神象征）。因此，希腊神话中的盗火者普罗米修斯深受人类的崇拜与歌颂，并成为人类心目中的真正的英雄。

精神是什么？最终的回答，在 1953 年：火、火焰、大火、共燃。①

---

① ［法］雅克·德里达：《论精神》，朱刚译，上海译文出版社 2008 年版，第107页。

因为精神之本质在于共燃，所以，精神开辟道路、照亮道路，并且上了路。……作为火焰，精神乃是"通向天空"并且"追逐上帝"的狂飙。精神驱赶灵魂上路。①

作为神性—光明之精神原型的具体显现，在人类社会历史生活中，也有一种值得追求、值得珍视的能给人的存在带来内在光亮的具体显现的光之精神，以及温暖主义的内涵。

首先，真、善、美带来的温暖。真善美能够让人的心灵感受到温暖，能帮人驱除混沌、黑暗、冰冷、奴役与异化、分散与分裂。具有本体意义的神性—光明之精神原型可具体化为精神之光、精神之火，包括真理之光之火、道德良善之光之火、美之光芒之火焰。这些都是能给人类存在带来温暖的核心观念，也是人类深刻精神的重要体现。发现能够让人类获得澄明的真理或智慧，就能给人类心灵带来光亮，带来温暖，这是思想之光思想之火带来的温暖。那些为人类带来思想光明与温暖者就属于普罗米修斯式的英雄人物。基于信仰的那些伟大的真理的发现者差不多都属于此类人物，比如哥白尼、伽利略等科学家。还有那些伟大的美的发现者（一流的艺术家等）也是。俄国思想家普列汉诺夫也曾把普希金称作为"俄罗斯的普罗米修斯"。根据古希腊悲剧作家埃斯库罗斯的《被缚的普罗米修斯》，英国诗人雪莱写了《解放了的普罗米修斯》。

普罗米修斯是精神勇敢、自由、温暖的象征，是对人类友善的象征，也是人类伟大的朋友，为了帮助人类过上温暖的生活，他不惜承受宇宙之父宙斯的残忍惩罚，将火种送给了人类。人类对天神普罗米修斯英雄行为经常表达赞颂、钦佩、感激之情。普罗米修斯将火种带给人类，教会人类学会用火生活而他忍受着宙斯的百般折磨，但他始终坚强不屈，这也是善

---

① ［法］雅克·德里达：《论精神》，朱刚译，上海译文出版社2008年版，第143页。

的温暖与光辉。各种各样的伟大的善最能给人的存在带来温暖感。

　　还有自由、公平、正义带来的温暖。自由、公平与正义能给人类的心灵带来温暖，并远离黑暗、混沌与冰冷。身体的精神的被奴役是混沌、冰冷与黑暗的最重要体现之一。身体与意志自由能给人带来精神的温暖。这些自由可具体化为文化的、社会的、政治的等可视的层面。自由的生命感觉是心灵温暖的重要支撑之一。如果失去了内在的自由，人的存在就将陷入冰冷、混乱与黑暗之中。

> 自由，像黎明
> 照亮我的灵魂，
> 来自上天的一道光芒
> 点燃了我全身的才能
> 充满了喜悦的光辉。

　　　　　　　　　　　　　　　　　　　　　　　［英］柯珀《任务》5

　　公平与正义之光最能给人带来温暖感。温暖主义者属于那些能够坚持公平与正义的人。人类的契约文化孕育了公平观念。人与人之间与生俱来的（自然的方向）天分、禀赋与财富是不平等的，但是可以用道德和法律上的平等，来弥补自然的缺陷，从而让人从自然状态下解脱出来，并给人的存在带来精神性光亮。与之相反的就是缺乏公平与正义精神的势利者。

　　最重要的是，博爱带来的温暖。

　　爱是人类存在的精神之光；温暖主义的核心是爱、广博的深邃之爱。在古希腊也有世界起源于爱之学说。这种具有本体色彩的爱超乎自然物质，超乎物质性的欲望，是一种精神性本体。恩培多克勒就认为爱是那个最原初的"一"，他认为一切事物只是为了友爱的原因才合成为一。① 这种带有本体色彩的爱被俄罗斯哲学界称为"聚合性"，这是和存在的分裂性相对的。这种使万物聚合在一起的力量也最能给人带来精神的光明与温暖感，这种聚合之爱意味着团聚与合一。或许正因为如此，德国哲学家舍勒才专门对爱做了那么深刻的系统的思考。他认为，爱的感情的本质是一种发自神性—精神的原型行为，在《爱的秩序》中，他说：

> 人的爱情只是一种特殊的变种，只是这种在万物内部和身上起作用的无所不在的力量的一个部分。我们一直感觉爱是事物朝着那原型（即那由爱在上帝之中设置的原型）的方向生成、生长和涌升的原动力。所以，为爱所创造的事物的这种内在价值的生长的每个阶段也始终是在世界通向上帝的路上的一个中途站——尽管它还如此遥远。……当人爱这种或那种构造物的本性，当人爱朋友或其他什么人，这始终意味着，他应当在他的位格中心步出作为肉体单位的自己，他应当通过位格中心并在此中心中共同行为。……因此，我们始终感觉爱同时是原一行为。……爱始终是激发认识与意愿的催醒女，是精神与理性之母。可是。这一个（爱），它参与万物，若无它的意愿则没有任何实在的能够是实在的，一切事物通过这爱以某种方式（在精神上）相互分有，相互团聚；这一个（爱），它曾经创造万物，万物则在适合于及指定给他们的界限之内共同趋向它，升向它：因这一个（爱）无所不爱，……因此，爱的秩序是一种上帝秩序。……爱之秩序是人的本己的一部分。②

中国传统中有"民胞万物"之说，也即万物之间的推己及人式的相互

---

① 参见［古希腊］亚里士多德《形而上学》，吴寿彭译，商务印书馆1959年版，第51页。
② ［德］舍勒：《爱的秩序》，林克等译，北京师范大学出版社2014年版，第104—105页。

分有、担待与团聚。这和西方基督教文化精髓是一致的。西方基督教文化的核心就是爱，即让人聚合在一起的精神力量。耶稣基督就是爱的象征与爱的化身。中世纪哲学家奥古斯丁写出了他的著名代表作《上帝之城》。在此书中，奥古斯丁区分了"上帝之城"和"世人之城"。根据基督教文化精神，真正的上帝之城就是光明之城，精神上的光明温暖之城的光源就来自爱，来自上帝为最根本源头的爱，他与人，人与人之间的彼此互爱。上帝之城就是使万物团聚在一起的互爱之城。爱是基督教文化宣传的核心。效法耶稣就是效仿基督之爱，而且彼此相爱。基督教《圣经》中有好几十处提到了爱，也最能代表基督教文化的爱的观念。

博爱的核心是精神之团聚。作为一种超感性的宽阔的爱之情感，其更深一层的内涵就是万物一体感，也就是来自神性—精神原型的使万物团聚在一起的聚合力量，这是具有宇宙意识的爱。这种爱是宽阔深邃通向无限。博爱之反面就是狭窄的爱，非人类的，非万物一体的。这种爱把爱之感情局限于很小很窄的范围，包括集团的、群体的、国家的、民族的、地域性的、血亲的等。这狭隘的爱本质上都和种群血缘相关。中国式的血亲之爱，民族成员那种血缘之爱都属于狭隘的爱。博爱的关键是人要有全人类的视野与意识，甚至有万物一体的宇宙意识，爱自然、爱动植物等。爱整个人类如你自己的兄弟，这也是人类万物一体意识的体现。

人类存在体验中的博爱是温暖主义的集中体现，也是存在美好的秘密。这是信仰—存在—诗意路线的最核心秘密之一。你看看当代的那些真正的博爱主义者做了什么，对远离自己物欲的环境的整体保护。那一场场环保运动（动植物保护等）都是这种爱的体现，每个人（甚至每个物种）的基本权利被尊重的世界才有可能是温暖而美好的世界，而基于精神温暖的美好应该成为人类文化的核心之一。

四 存在的复归与净化主义

哲学家康德说过的一句名言被人一再重复：大海之所以伟大，除了它美丽、壮阔、坦荡外，还有一种自我净化的功能。这里康德所说的自我净化是大自然的新陈代谢的功能之一。我们这里所说的净化更侧重内在的精神意义。人的真正存在就是面向存在本身之纯存在性（神性）而在，并由此产生有价值的深度体验。存在的复归意味面向神性—精神原型而在，这也意味面向圣洁而在。自我净化是人的存在复归方向之一。以自我净化为目的的存在的复归意味着向神性—精神原型所代表的本源靠近，自我净化，就是向存在的本源靠近的体现，即向着神性—精神原型之圣洁之精神原型靠近，这意味着进入神（神性—精神原型）—人对应、感应、顺应与合一的精神性存在结构，这同时意味着一种自我净化的系统的意图及其实现。世界各地的各种文明化的宗教与道德差不多都在强调并追寻人类心灵（或灵魂）净化，差不多都具有净化主义倾向与主张，而且这种倾向与主张背后含有明显的存在复归的动机。

> 宗教的整体代表了自我进化的进步意图，即人的圣洁或者神化。①

在这里，所谓神化就是与神性—精神原型的融合倾向。笔者在前面已经提到，在东西方文化中似乎有一个共同的普遍的精神性的母题：对精神之水（圣水）以及被精神之水（圣水）洗涤清润后的圣洁之渴望。东西方古代思想家差不多有一个共识：人要保持被精神之圣水洗涤清润的存在状态，包括净化纯洁自己的身体与灵魂，这样才能让灵魂处在纯粹状态；灵魂从俗世中脱离，并达到单纯与宁静；宁静能帮助灵魂进入内在的存在状

---

① ［英］R. G. 科林伍德：《精神镜像》，赵志文、朱宁嘉译，广西师范大学出版社2006年版，第133页。

态，灵魂首先要做的是切断与各种物质性（包括身体性）的过于紧密的联系。柏拉图在著名的《斐多篇》中说：

> 总的说来，人要关注的不是身体，而应当尽可能背离身体，转向灵魂吗？我认为人要关注的是灵魂。……简言之，切断与整个身体的联系，因为身体使灵魂混乱，不追随灵魂获取真理与智慧。①

在古印度、古希腊、古代中国的思想家看来，真正让人高贵的是纯粹的灵魂，是与不纯粹的物质及其身体保持距离的人。到后来，这就演变成纯粹的灵魂要与整个世俗世界——以世俗物质世界为代表——保持距离。高贵的灵魂需要做的是与整体世界的共同灵魂（理念）保持着联结、交流与沟通，而不是与物质现象为代表的世俗世界纠缠（因为物质现象不是世界的本质），而整体世界的灵魂中心就是神或神性（或上帝，或梵或道）等。这个灵魂中心有多位一体的体现。在我们这里，中心就变成了神性—精神原型及其多位显现。柏拉图的整个学说的基调就是认为：理想（精神理念）是灵魂中最高贵的因素。在古代的思想家看来，真正纯粹的精神理念都和对神性（上帝、梵、道、天等）的向往追求相关，都以神性（上帝、梵、道、天等）为依托为根基。希腊晚期与罗马帝国时期的一个重要哲学家斐洛，也有人把他归为中期柏拉图主义，他的哲学体系的最核心的根基就是上帝的概念。关于上帝他说：

> 上帝极其高贵，不能接触不纯粹的物质。②

这也就是说，真正意义的精神是远离物质及物质世界的。事实上。在柏拉图那里，所谓理想就是感应、顺应作为精神原型的理念，而这个精神

---

① ［古希腊］柏拉图：《柏拉图全集1》，王晓朝译，人民出版社2015年版，第55—57页。
② ［美］梯利：《西方哲学史》（增补修订版），葛力译，商务印书馆1995年版，第123页。

原型就代表高贵与纯粹，物质世界只是精神原型的不纯粹的影子。在纯粹高贵的上帝与不纯粹的物质中间，有各种中间存在状态。人不可能做到像上帝般的纯粹，只能做到"类神性"（天使等），只能寻求依靠神性的存在状态。温暖主义和神性之光的意象相连，和光、火的精神性意象（或象征）感受相关，净化主义则和神性之水的意象相连，和精神之水的洗涤意象（或象征）与感受相关。温暖主义的本质让混沌、无序的物质性存在被照明、照亮，净化主义的本质则是消除物质的混沌、无序、污染与不纯粹性，实现人的灵魂之我对现象之我种种欲求的超越，或者说寻求灵魂之我的那份圣水（神性之水）洗涤式的满足。古代思想家的生命理想和现代人不同，他们更重视人的生命（尤其是内在生命）与更大更深邃更本体的精神世界的连接与沟通，摆脱自然物质性、功利社会性、表层意识的羁绊。如前所述，在柏拉图那里人类理想的生活就是"与神类似"，在古代印度那里人类理想的生活就"与梵合一"，在古代中国那里，人类理想的生活就是"天人合一"，也就是用神性、梵性与天心洗涤自己的灵魂。在东西方古代人看来，人类的理想生活就是和超越物质的精神原型发生连接并沟通，与之对应、感应、顺应，最后合一与交融，以使自己的灵魂达到洁净、纯净、纯洁。

　　施滕泽尔富有说服力地描述了柏拉图的理念概念在德性思想中的起源……德性也就是灵魂本质的实现。这首先适用于起联结作用的德性。①

世界各地文化精神的历史普遍持有一种看法：以洁净为基础的德性是灵魂的本质显现，最高德性的那些标志差不多都与灵魂的洁净（或离染）相关。洁净主义是圣洁之精神原型的实践性延伸，也是德性的最理想的体

①　[德] 潘能伯格：《神学与哲学》，李秋零译，商务印书馆2013年版，第42—43页。

现方向之一，也是和圣洁之精神原型联结融合之结果，并和前面已经说过的原初之水的意象相关。但这个原初精神之泉的圣水是用来洗心的，为了让内心净化，变得清澄明净。洁净主义者的清澄明净包括身体方面，但更侧重的是内在灵魂的圣洁。净化主义者常常也是那些安贫乐道者，是精神一丝不染的人，是那些关注灵魂的纯粹者。如果说普罗米修斯是温暖主义者的形象代表，那么净化主义形象代表就是那些灵魂纯粹的圣徒与天使。佛教就把莲花看成圣洁之花，并以莲喻佛。莲花在佛教中具有重要的象征意义。因莲花洁白高雅代表着佛教的清净、圣洁，特别是以莲花出淤泥而不染，来比喻诸佛与菩萨出于世间而清净无染，象征佛与菩萨超脱红尘，六根的彻底清静。莲花在污染的环境中保持清白的本性，在人世间洁白的形象差不多都与人的圣洁之心象有关联。

净化主义者仰望神圣精神，仰望神性—精神原型，是与种种世俗倾向——物欲感官倾向、功利经济倾向、权力倾向等——保持距离之人。净化之圣洁是神性—人对应、感应、顺应与合一的信仰存在结构产生的精神结果；圣洁的基础是神圣，是神性—精神原型，这也是神性与人性相融之果实。洁也是由圣而洁的意思，因神圣精神、神圣的存在意向而洁。圣洁之洁源自神圣源头之水的精神洗涤，源自对原初深广深邃的精神源泉的接受。神圣的体验是灵魂之我超越现象之我时产生的深广深邃的感受。净化主义追求的是人的存在的圣洁，而人的存在的圣洁本质在于心灵与精神的离染，即不被各种杂多的朽坏的物质性欲念所侵染。圣洁主义的隐蔽的深刻的精神动力来自神性—精神原型，也即被召唤之后进入了神性—人（或神性—人性）对应、感应、顺应与合一交融的信仰型存在结构中，这就意味着人因深邃大精神的清润变得整一，并成为除去种种存在污秽、污染的圣洁之花。在基督教文化中，上帝之城也就是圣洁之城。

难道你们不知道吗？你们是上帝的殿堂，上帝的灵住在你们里

面。……上帝的殿堂是神圣的，你们自己就是上帝的殿堂。"（《哥林多前书》8章16—17节）

希腊的尼萨的格列高利在《论贞洁》一文中说：

在所有道德努力的结果之中，唯有贞洁才荣冠不朽之名。如果要用颂歌来赞美这一来自伟大的神的恩赐，那么只要有他的使徒的赞美之辞就足够了。他只是称那以贞洁装饰自己者为"贞洁没有瑕疵的"（《以弗所书》5：27——引者注），虽然只有寥寥数语，却使一切溢美之词黯然失色。……正是因为纯洁与不朽，他们才得以与神连在一起。①

五 存在的复归与寂静主义

人的真正存在就是面向存在本身之纯存在性（神性）而在，并由此产生有价值的深度体验。存在的复归意味着面向神性—精神原型而在，这也意味着面向空静而在。存在的复归意味着回归存在的本源之处，回归本源之处的寂静，即向着神性—空静之精神原型靠近，意味着进入神（神性—精神原型）—人对应、感应、顺应与合一的精神性存在结构，这同时也就意味着一种自我寂静的系统的意图及其实现。世界各地的各种文明化的宗教与道德差不多都在强调并追寻人的存在及其心灵（或灵魂）的寂静，差不多都具有寂静主义倾向与主张，这种倾向与主张背后含有明显的存在复归的动机。

圣约翰说道："太初有道，道与上帝同在，道就是上帝"（《约翰

————————

① ［希腊］尼萨的格列高利：《论灵魂与复活》，张新樟译，上海世纪出版集团2006年版，第163—164页。

福音》，1 章，1 节）。

好，谁想要在父里面听取这个道——在那里，这道是完全宁静的——，那谁就必须做到完全的宁静，与一切的影像和一切的形式彻底分手。①

圣奥古斯丁说：凡是对日子感到厌倦的人，应当归顺上帝，在上帝里面，没有什么无聊可言，在上帝里面，万物都归于平静。②

凭着亘古常存的真理，我说，这种光（灵魂之光——引者注）并不满足于那无所给予也无所受取的单一而静止的属神的存在：它倒是想知道这个存在由何处而来，它想要探索到那个单一的根基，探索到那个寂静的荒漠，探索到那个无区别境界……只有在那无人得以进入的最最内里，这光才感到满足，在那里，它觉得比在自己里面还要深入进去。因为这个根基乃是一种单一的平静，是原本就不得而动的：可是，这个不得而动却使得万物得以运动，使得它们都接受到同样的"生命"。③

德文本编者在解释埃克哈特强调的"穿越"的含义时也说：

穿越是指人循着归隐之路得以返回到上帝那里去，也就是说，穿过三位一体的上帝得以返回到神性之根基，即神性之"寂静的荒漠"之中去。④

信仰—存在—诗意路线意味着人经常触摸深邃的神性，经常用心灵感受根本性的精神原型，并常与之对话、相遇、沟通、交流直至融合。进入这种神性—人对应、感应、顺应与合一的基本的信仰存在结构，就能给人

---

① ［德］埃克哈特：《埃克哈特大师文集》，荣震华译，商务印书馆 2010 年版，第 384 页。
② 同上书，第 318 页。
③ 同上书，第 350—351 页。
④ 同上书，第 340 页。

带来特殊的精神价值体验。神性—空静寂无是使万物得以运动的原型精神，也是蕴藏在人的灵魂深处的一个原型精神，是神性—精神原型。这个带有明显东方色彩的静寂空无之精神原型在东方人几千年来的生命实践中发挥了很大的作用，引领了东方人的生命的总体向往，或隐或现地指导了东方人的隐蔽的存在方向，其总能在存在的某些本质时刻，以一种深邃的精神力量引领东方人，打动东方人的深层的心灵，给我们的存在带来难以言说的感受：神圣、丰富、深邃、辽阔而又清澈。

《薄伽梵歌》第六章二十五中唱道：

> 由智慧之坚定兮
>
> 缓缓归于静止
>
> 意安住于"自我"兮
>
> 思心了无所起

西方文化在灵魂深处也同样迷醉寂静，甚至把上帝就理解为存在之宁静本身。空静寂无也是神性—精神原型的重要显现面之一。东西方人在存在的深处是相同的：精神渴望结构及内在心灵的向往是相同的。美国的电影《毕业生》插曲也叫《寂静的声音》，是保罗·西蒙和加芬卡尔于20世纪60年代演唱的一首脍炙人口的歌：

> ……
>
> 我孤独地行走在
>
> 狭窄的布满圆石的路上
>
> 行走在路灯的光晕下
>
> 感到有点寒冷潮湿
>
> 于是我翻竖起衣领
>
> 那盏刺痛我双眼的霓虹灯

划破了夜晚

触到了寂寞的音符

……

寂静的声音是从灵魂之我发出的，或者说是从我们的灵魂深处发出的。这也是我们在日常生活中能够感受到的一份特别的深层渴求。事实上，寂静之声带有精神本体色调，是从人类存在的最遥远精神故乡传来的最神秘的声音。寂静关联着灵魂最向往的遥远的精神故乡。进入神性—人（或神性—人性）对应、感应、顺应与合一的信仰存在结构中，这种深刻的内心之音就会更经常地被领会被听到。基于此，在西方文化的宗教信仰实践中，就曾产生过一个与人的存在归属有关的饶有趣味的词："寂静主义。"实际上，就文化的精神实质来看，东方才是寂静主义的真正故乡，整个古老东方文化的核心部分均可视为坚持了寂静主义。在西方的寂静主义这个灵修流派产生之前，这一思想在东方的印度与中国文化中早就生根了，并已经有几千年的追寻经验。寂静主义的实质是"静"，即倒空来自人的种种嘈杂的躁动的复杂的声音（包括知识、思想等方面），让心彻底归于寂然与安宁。只有这样才能更好地倾听到来自本原（在印度就是神或梵）的声音。寂静主义是为了克服感性人性第一、人性为本之局限性的尝试，是坚持神性优先或回归本原性的精神原则的体现。

我在万物之中寻求安宁。（《便西拉智训》24：11）

信仰—存在—诗意的路线常常就是寂静主义路线。这就意味着在神性—人对应、感应、顺应与合一信仰存在结构中，人试图倾听（常常也听到了）存在最深处的寂静之声，试图倾听存在隐蔽处的空灵之音，也可以说试图倾听存在遥远处的寂然、清澄或澄澈，并在此基础上，获得生命的内在的别样的充实与单纯。这里所谓的内在寂静的充实主要体现在灵魂的那份安宁与单纯之中。这也一直是古代哲人们追求的生命目标。在古希腊与古罗马时期的几个哲学流派哲人中，灵魂的安宁与单纯被突出地强调。灵魂的安宁与单纯和生活的极简主义具有相关性，从犬儒学派的名称就能看出其极简主义的侧面。单纯心灵层面上的极简，就是不复杂、不分裂，保持内心的完整。但作为诗意性宗教的信奉者，其心灵通向宁静而不是通向死灭，宁静之中有丰富，宁静之中有充实，宁静之中有意义感，甚至宁静之中也可有燃烧似的激情。作为一个东方人，始终具有追求空旷宁静的存在状态的心理原型。佛教在东方能流传几千年绵延不绝，那是有文化上的根据的，并有文化上的不断被复制基因。

东方信仰精神（印度教、佛教、道教等）的根本就是对静之精神的推崇，把生命的宁静视为存在的至高境界之一。这和西方某些宗教在实践中追求寂静的精神是完全一致的。所谓寂静主义就是诞生于西方基督教的信仰实践，并形成了一种与神沟通的神秘的灵修方式。寂静主义也是一种灵修神学，"寂静"尤指信徒在灵修中清空来自人的种种杂音，并因此能够感受与体验到的与神性的交通，在那份寂然的宁静之中的伴随着神的启示降临而来的神秘的特别的经验，这种在寂静之中的经验本质是神性主动激发启示下的，并非来自个人主动性的刻意的修为。17世纪的法国，寂静主义者模利诺斯、盖恩夫人、主教非尼伦、米歇尔·莫利诺就是其中的代表。

寂静主义以存在的安宁和谐为宗旨，也可以说寂静主义就是以神性信仰为核心的寂静人文主义。基于此，外在的成功不可能是目的。以肉体自我为主的感性的享乐不可能是目的，虚假的名声也不是目的。信仰—诗意中的寂静主义常常伴随着古朴主义，这是基于原貌自然的和谐主义的一种，所谓的原始原貌常常具有特定的含义，和存在的原初性相关。这里所谓的原始与古朴主要体现在对生命本源性的各个方面的尊重，包括对存在始基、自然原貌的充分尊重，对处在和谐时期的宁静的社会文化面貌的尊重，对个体的具有原貌感的寂静生活的尊重等。

那首蒙古歌曲《雪山》唱道：寂静就是她的天堂，寂静就是她的天堂。人们那么渴望空无与寂静，或许就是宇宙之暗精神在发生作用，人的存在中或许真的有一种暗精神存在。所谓的死亡本能就是暗精神的体现之一。神秘主义与寂静主义常常结伴而行。那种神秘感常常在寂静的氛围中发生。诗意的常常也意味着神秘的，没有神秘感的所谓诗意通常缺少深刻的精神韵味，也缺乏唤起人持久体验的愿望。寂静中的神秘主义更具有灵魂的深远的久远的况味，更值得内心去静静地倾听。"神秘主义"一词是从拉丁文 occultism（意为"隐藏或隐蔽"）派生而来的，其基本含义是指能够使人们获得更高的精神或心灵之力的各种教义和宗教仪式。神秘主义的基本信条就是世上存在着秘密的或隐藏的精神力量。能够理解并操作神秘的精神力量的人，必须接受过神秘知识的教育。

脱离层层现象之我进入灵魂之我的过程就是诗意发生的过程，这一过程常常是在寂静中悄悄发生，常常也充满了神秘色彩。"神秘主义者"（Mystic）一词本来就出自希腊语的一个动词，即"闭上"，尤其是"闭上眼睛"。① 之所以要闭上眼睛，就是为了从现象之我中脱离出来，神秘主义或许是出自一种失望——对通过感官从现象世界获得真理、智慧那种努力的失望。神秘主义试图超越感官进行内在真理的追求，即对灵魂深处真理的追求，主张闭上肉体的眼睛，睁开心灵的眼睛，使心灵的眼睛不再受到现象世界熙熙攘攘的干扰，从而返回到人的整体存在深处的灵魂之我，在心灵的寂静中想象、领悟真理、滋生内在智慧。被誉为"中世纪神秘主义精神核心""德国哲学先祖"的埃克哈特大师说：

　　原本的灵魂，当它超越于形体之上时，乃是如此的纯真与精致，

---

① 参见［美］爱默生《爱默生随笔》，蒲隆译，上海译文出版社 2010 年版，第 298 页。

以致它除了纯真的神性以外，再也不接受其它什么东西。……"一"就意味着什么都不添加，灵魂所接受到的。是已经在自己里面净化了的神性，什么也没有被添加，什么也没有想要添加的。①

埃克哈特有一个著名的讲道段落：在灵魂的中心，没有丁点儿灰尘散落。不论多细小的东西都附着在灵魂上，让你无法见到我。只有那不可见的，能让你见到那可见的。只有你里面的一切都归零，然后你才能见到神。除非盲眼，神不可见；除非无知，神不可知；除非愚者，神不可理解。

神秘主义是通过从外部的嘈杂纷乱的世界返回到内心，从现象之我中返归本质纯粹宁静的灵魂之我，并在这种静观、沉思或者迷狂的心理状态中与神、神性或者某种最高精神原型达到一致、和谐与统一，或者消融于这些精神性原型之中。由此出发，迎接人的最终的死亡也应该是寂静主义的一部分。死亡是个体人（尤其是人的现象肉身部分）的最终极的命运。一个信仰诗意者，一个哲人，或者一个富有诗意的超然者常常提前为此做好了各种准备——做好迎接的准备。哲学就是在活着时单纯地抓住存在的根基，相对忽略那些浮泛的现象；哲学就是渐进地慢慢地练习着进入死亡。换句话说，哲学的最深的根基也就是为了融入，为融入那无边无际辽阔深邃的寂静做好准备。

六　存在的复归与永恒主义

人的真正存在就是面向存在本身之纯存在性（神性）而在，并由此产生有价值的深度体验。存在的复归意味面向神性—精神原型而在，这也就意味面向永恒而在。在不少现代人看来，人类文化的历史似乎永恒向前，

---

① ［德］埃克哈特：《埃克哈特大师文集》，荣震华译，商务印书馆 2010 年版，第259—260 页。

并伴随着人类的理性愿望日臻完善。不过这常常只是人类带有自欺色彩的错觉：似乎通过人类自身的基于理性的进化，人类的存在状态就会向着更高状态演进，越来越符合自己的存在本质。但人类似乎忘记了自己精神的根本，忘记衡量完善、圆满那些最根本的标准，那潜伏在人类历史文化中的真正的精神标准与根基是神性（纯存在性、原在性或太初性）—精神原型，这一原初的本体的神性—精神原型更经常直接地显现为超越时间空间的永恒性，即一道道或隐或显（有时是深藏着的）的永恒之精神光芒。本质上是有限的人类常常需要仰望永恒的存在之光而存在，需要倾听常常是细微的永恒的精神旋律，并据此修复调整存在方式。信靠神性—永恒之精神原型是各种信仰的基础之基础。信仰—存在—诗意路线也是回归永恒主义的路线。

存在的复归从最根本的精神层面说，意味着回归于那种纯粹的存在性（原在性或太初性），并打开种种残缺浮泛的现实的遮蔽，让自己的存在在虚己中敞开，被神性—永恒之精神原型感应与召唤，或者说倾听并接受来自神性—永恒之精神原型的启示，并以此时时与神性—永恒之精神原型发生联结、感应、沟通。神性—永恒之精神原型经常被人类所构造的现实存在所遮蔽，这对人的内在精神而言，就意味着堆积了许多现象之我制造的时刻，这些时刻常常是没有多少精神意义的——凌乱的感受，支离破碎的体验等，一句话，常常意味着内在存在的混沌、分裂、分散、无序与毁灭。

永恒主义与自由的个体主义天然地联结在一起。个体主义常常也就是自由主义者，作为一个觉醒了的人，其存在绝对不能没有自由，即个体的自由，自由是人的真正存在体现之一。做一个觉醒了的人，人也绝对不能没有对永恒的向往，即在永恒之光的指引、照耀之下。代表永恒的象征物在各个文化中有很大的不同。我们需要的是在永恒光芒照耀下的自由的个体主义。

永恒主义视点更具有通向神性的精神根本性，其与狭隘的历史过程主义不同。永恒主义具有超时间性的观念。从人类历史——尤其是精神的历史来看——有两种存在秩序，历史的存在秩序与基于永恒的存在秩序。这两种存在秩序有冲突也有协调。但从神性—精神原型的视点来看，人类文化历史的进化似乎并不太乐观。永远进步的论调（尤其是内在精神的进步）只是一种虚假的幻象，这种进步常常只是外在的表象。人类更要防止的是外在的人类文化历史的表面繁荣背后的精神退化——也就是人类内在心灵（具有中心感的心灵）的退化。黑格尔式的铁一般地进步逻辑及乐观是值得怀疑的。这里所谓的心灵退化同时意味着人类的超越性观念与精神（超历史时间的）的萎缩与衰退，并使人类的文化及其历史与神性—精神原型的沟通、联结越来越少，导致人类的文化历史存在远离了纯粹的精神之光的照耀。人类文化历史的退化——心灵的退化——以多种方式呈现。总的来说就是文化的核心处越来越远离神性—精神原型（理念）。有时这种内在文化（及其内在体验）的退化通过狭隘的意识形态表达出来，有时是通过专制的野蛮的政治制度，有时又是通过人们对经济进步的迷恋流露出来。能克服本来就有局限性的文化历史退化的方式是让存在之基础中的精神之光（永恒之光）照耀历史，让人类的文化历史摆脱外在化，让人类的文化历史摆脱精神上的混沌、冰冷、分散、分裂与黑暗。

> 他还能分有某种永恒的东西，参与那不是短暂、没有自毁性、非悲剧性而却永恒不朽、神圣有福的秩序……历史与永恒的秩序虽永远不可合二为一，却是相互包含的……我们每一个人都是永恒秩序的一分子，因此先知对我们所有人说，抚慰你们自己吧，我的人民。①

永恒主义也超越了狭隘的空间性观念。比之那些局限在某一空间的地

---

① ［美］保罗·蒂里希：《蒂里希选集》，何光沪选编，上海三联书店1999年版，第570页。

方主义，永恒主义者视野更为广大，常常其也是世界主义者，也可算超历史主义在空间方面的体现。世界主义者常常心怀普遍永恒的价值观念，而不是局限在某一处的狭隘的"地方性价值"观念。从这个角度看，永恒主义与各种狭隘的历史主义、狭隘的地方主义以及各种狭隘的种族主义等相矛盾。

永恒主义追求基于神性—永恒之精神原型—永恒的价值体验。那就意味着消解小我的局限，融入到（或扩展到）世界背后的同一性精神行动之中，用比喻性的形象来说，就是成为永恒的精神大海中的一颗宁静的水珠。在《永恒的价值》这本书中，美国哲学家闵斯特伯格说：

> 一旦自我的界限开始消失，我们自身就能在混合的全部价值中找到超我。现在我们必须从自我来看超我，最终我们将最后一次从超我回顾自我……我们已经达到了揭示永恒意义的制高点。由此，我们认识到绝对者最深层的目的。①

最后，基于永恒的价值体验永恒主义与语言的呈现有着直接的关联，这是永恒主义精神的最直接的显现。通向神性的语言是人的存在之家，是人的存在之永恒的直接载体与媒介。在一种文化中，有些语言的功能就是为了捕捉存在的各种变化（包括瞬间的细微的时空中的变化），而有些语言，其功能是为了保留存在的统一性或同一性（这些语言具有超越时空性的诗性性质），这些语言触及了存在的永恒的核心。这些语言保留了存在变化中的延续的与不变的精神部分。每一个富有精神感的民族都会从各个层次上保留延续这种语言。这种具有永恒色彩的语言是不能被遗忘的，是需要时时被民族成员记起的。在一个民族的语言中，有很多语言（包括语

---

① 冯平主编：《现代西方价值哲学经典：先验主义路向》，北京师范大学出版社 2009 年版，第 644 页。

汇、句式等）蕴含着永恒的指称与内涵，包含着永恒的音韵与色彩。这些语言包括各种形象形式（象征等）及形象体系。各种通向永恒之路的语言在多大的程度上被一个民族的人民所接受、所迷恋，这是衡量一个民族是否具有精神性的标志之一，也是他们的心灵与精神能否达到真正安居的标志。

所以我到现在还闹不清楚，我当作语言的本质加以思考的东西，是否也适合于东方语言的本质；最后也是开端——语言的某种本质究竟能不能为思的体验所通达。语言的本质应该提供——种保证，即：欧西的言说和东方人的言说将进入对话，某种从同一源头涌出的东西在此对话中咏唱。①

"人诗意地安居"更毋宁是说：诗首先使安居成其为安居。诗是真正让我们安居的东西。……另一方面，我们将思那作为一种"让一居"（letting dwell），即作为一种——也许甚至就是此种——独特种类的建筑的诗的本质。如果我们循此寻求到诗的本质，也就把握到安居的本质。②

但"在大地上"又意味着"在天空下"。这二者还意味着"面向诸神的驻留"以及"属于人的彼此共在"。大地和苍穹、诸神和凡人，这四者凭源始的一体性交融为一。……③

通向神性—永恒之精神原型的语言将"四重性"的本质带入人的存在之中。具有永恒感的生命情境才真正可以使人的存在得到安慰，这些生命情境通常又是通过语言表达出来的，所以具有永恒感的语言可以使人得到

---

① ［德］海德格尔：《人，诗意地栖居：超译海德格尔》，郜元宝译，时代华文书局2017年版，第118页。
② 同上书，第133页。
③ 同上书，第172页。

"安居"，可以使心灵得到"安顿"。而超一流的伟大诗人的标志就是能创造出能使人心安顿的具有永恒感的语言。他们正如柏拉图所言：是诸神的信使，即传递具有永恒感与永恒生命力的精神韵味（隐蔽的信息）者。诗人的最伟大的诗歌常常就是对神性—精神原型召唤（启示）的回应。在某种意义上，各类诗人的最具有诗性的语言（和真切真实的内在体验融合在一起）恰恰就是对存在本身之纯存在性的微妙展现。

主要参考文献

［古希腊］柏拉图：《柏拉图全集 1》，王晓朝译，人民出版社 2015 年版。

［古希腊］柏拉图：《柏拉图全集 3》，王晓朝译，人民出版社 2015 年版。

［德］海德格尔：《存在与时间》，陈嘉映等译，生活·读书·新知三联书店 1999 年版。

［德］海德格尔：《海德格尔的存在哲学》，孙周兴等译，九州出版社 2004 年版。

［德］海德格尔《海德格尔的存在哲学》，唐译编译，吉林出版集团有限公司 2013 年版。

［德］吕迪格尔·萨弗兰斯基：《海德格尔传》，靳希平译，商务印书馆 1999 年版。

［德］马丁·海德格尔：《林中路》，孙周兴译，上海译文出版社 2014 年版。

熊伟主编：《存在主义资料选辑》，商务印书馆 1997 年版。

［德］海德格尔：《人，诗意地栖居：超译海德格尔》，郜元宝译，时代华文书局 2017 年版。

［美］保罗·蒂里希：《蒂里希选集》，何光沪选编，生活·读书·新

知三联书店1999年版。

［古希腊］亚里士多德：《形而上学》，吴寿彭译，商务印书馆1959年版。

［俄］索洛维也夫：《神人类讲座》，张百春译，华夏出版社1999年版。

［德］卡尔·雅斯贝尔斯等：《哲学与信仰》，鲁路译，人民出版社2010年版。

［印度］室利·阿罗频多：《神圣的人生引论》，秦林译，光明日报出版社2010年版。

［俄］尼古拉·洛斯基：《存在与价值》，张雅平译，华东师范大学出版社2015年版。

［英］安德鲁·洛思：《神学的灵泉》，游冠辉译，中国致公出版社2001年版。

［波兰］耶日·科萨克：《存在主义的大师们》，王念宁译，中央编译出版社2003年版。

［德］胡塞尔：《欧洲科学的危机与超越论的现象学》，王炳文译，商务印书馆2001年版。

［印度］《奥义书》，黄宝生译，商务印书馆2012年版。

［俄］瓦·瓦·津科夫斯基：《俄罗斯哲学史》下卷，张冰译，人民出版社2013年版。

胡景钟、张庆熊主编：《西方宗教哲学文选》，上海人民出版社2002年版。

［俄］别尔嘉耶夫：《自由的哲学》，董友译，广西师范大学出版社2001年版。

［德］黑尔德：《世界现象学》，倪梁康等译，生活·读书·新知三联书店2003年版。

〔法〕登克尔、〔德〕甘德、〔德〕察博罗夫斯基：《海德格尔与其思想的开端》，靳希平等译，商务印书馆2009年版。

〔英〕麦格拉斯：《微调的宇宙》，蔡蓁译，华东师范大学出版社2013年版。

冯平主编：《现代西方价值哲学经典：心灵主义路向》，北京师范大学出版社2009年版。

〔古希腊〕色诺芬：《回忆苏格拉底》，吴永泉译，商务印书馆1984年版。

《柏拉图文艺对话集》，朱光潜译，人民文学出版社1983年版。

〔英〕A. E. 泰勒：《柏拉图——生平及其著作》，谢随知等译，山东人民出版社1990年版。

〔古希腊〕柏拉图：《斐多篇》，杨绛译，生活·读书·新知三联书店2015年版。

〔法〕西蒙娜·薇依：《柏拉图对话中的神》，吴雅凌译，华夏出版社2012年版。

〔古罗马〕西塞罗：《论神性》，石敏敏译，商务印书馆2012年版。

〔德〕埃克哈特：《埃克哈特大师文集》，荣震华译，商务印书馆2010年版。

〔法〕帕斯卡尔：《思想录》，何兆武译，商务印书馆1985年版。

〔德〕汉斯·约阿西姆·施杜里希：《世界哲学史》，吕叔君译，广西师范大学出版社2017年版。

汤用彤：《印度哲学史略》，上海世纪出版集团2006年版。

〔英〕麦克斯·穆勒：《宗教学导论》，陈观胜、李培茱译，上海人民出版社2010年版。

〔德〕潘能伯格：《神学与哲学》，李秋零译，商务印书馆2013年版。

〔美〕威廉·詹姆斯：《宗教经验之种种》，唐钺译，商务印书馆2002

年版。

[瑞士] 斯·昆：《论基督徒》，杨德友译，生活·读书·新知三联书店1995年版。

[德] 舍勒：《舍勒选集》，刘小枫译，生活·读书·新知三联书店1999年版。

[德] 苏索：《论永恒的智慧》，林克译，华夏出版社2004年版。

阿尔法拉比：《柏拉图的哲学》，程志敏译，华东师范大学出版社2010年版。

[印度] 拉宾德拉纳特·泰戈尔：《人生的亲证》，宫静译，商务印书馆2007年版。

[瑞] 荣格：《心理学与文学》，冯川、苏克译，生活·读书·新知三联书店1987年版。

[德] 谢林：《近代哲学史》，先刚译，北京大学出版社2016年版。

[德] 库萨的尼古拉：《论隐蔽的上帝》，李秋零译，商务印书馆2012年版。

[美] 约翰·麦奎利：《二十世纪宗教思想》，高师宁、何光沪译，上海人民出版社1989年版。

[法] 加尔文：《基督教要义》，钱曜诚译，生活·读书·新知三联书店2010年版。

[法] 艾玛纽埃尔·勒维纳斯：《上帝、死亡与时间》，余中先译，生活·读书·新知三联书店1997年版。

[德] 莫尔特曼：《创造中的上帝》，隗仁莲等译，生活·读书·新知三联书店2002年版。

[美] 爱默生：《爱默生随笔》，蒲隆译，上海译文出版社2010年版。

徐凤林：《俄罗斯宗教哲学》，北京大学出版社2006年版。

[美] 埃里希·弗罗姆：《生命之爱》，王大鹏译，国际文化出版公司

2001 年版。

　　［美］桑塔亚那：《人性与价值》，乐爱国、陈海明译，广东人民出版社 2003 年版。

　　［俄］尼古拉·别尔嘉耶夫：《精神与实在》，张百春译，中国城市出版社 2002 年版。

　　［加］查尔斯·泰勒：《世俗时代》，张容南等译，三联书店 2016 年版。

　　［德］舍勒：《爱的秩序》，林克等译，北京师范大学出版社 2014 年版。

　　［美］雷·S. 安德森：《论成为人——神学人类学专论》，叶汀译，生活·读书·新知三联书店 2012 年版。

　　［印度］泰戈尔：《人的宗教》，曾育慧译，湖南人民出版社 2017 年版。

　　［英］A. N. 怀特海：《宗教的形成　符号的意义及效果》，周邦宪译，贵州出版集团 2007 年版。

　　［英］特里·伊格尔顿：《人生的意义》，朱新伟译，译林出版社 2012 年版。

　　［法］雅克·德里达：《论精神》，朱刚译，上海译文出版社 2008 年版。

　　［美］弗兰克尔：《人生的真谛》，桑建平译，中国对外翻译出版公司 1994 年版。

　　［印度］室利·阿罗频多：《薄伽梵歌论》，徐梵澄译，商务印书馆 2003 年版。

　　［丹］索伦·克尔凯郭尔：《非此即彼：一个生命的残片》（上下卷）京不特译，中国社会科学出版社 2009 年版。

　　［美］彼得·贝格尔：《神圣的帷幕：宗教社会学理论之要素》，高师

宁译，上海人民出版社 1991 年版。

[罗] 米尔恰·伊利亚德：《神圣与世俗》，王建光译，华夏出版社 2002 年版。

吕坤：《呻吟集》，珠海出版社 2002 年版。

[美] 赫伯特·马尔库塞：《审美之维》，李小兵译，广西师范大学出版社 2001 年版。

[德] 尼采：《偶像的黄昏》，卫茂平译，华东师范大学出版社 2007 年版。

[德] 尼采：《尼采文集》，周国平等译，改革出版社 1995 年版。

[德] 尼采：《善恶的彼岸》，朱泱译，团结出版社 2001 年版。

[印度] 克里希那穆提：《最初与最终的自由》，于自强、吴毅译，华东师范大学出版社 2005 年版。

[美] 沃·考夫曼：《黑格尔——一种新解说》，张翼星译，北京大学出版社 1989 年版。

[美] 费雷德·艾伦·沃尔夫：《精神的宇宙》，吕捷译，商务印书馆 2005 年版。

[美] 爱德华·W. 萨义德：《人文主义与民主批评》，朱生坚译，中央编译出版社 2017 年版。

[美] 托马斯·摩尔：《关注灵魂》，孙正洁、范瑞波译，华龄出版社 1997 年版。

[德] 胡塞尔：《哲学作为严格的科学》，倪梁康译，商务印书馆 1999 年版。

[德] 鲁道夫·奥伊肯：《生活的意义与价值》，万以译，上海译文出版社 2005 年版。

[英] 约翰·托兰德：《泛神论要义》，陈启伟译，商务印书馆 1997 年版。

［英］哈耶克：《自由秩序原理》，邓正来译，生活·读书·新知三联书店 2003 年版。

［英］R. G. 科林伍德：《精神镜像》，赵志文、朱宁嘉译，广西师范大学出版社 2006 年版。

［美］梯利：《西方哲学史》（增补修订版），葛力译，商务印书馆 1995 年版。

［希腊］尼萨的格列高利：《论灵魂与复活》，张新樟译，上海世纪出版集团 2006 年版。

［德］维尔纳·叔斯勒：《雅斯贝尔斯》，鲁路译，中国人民大学出版社 2008 年版。

［德］K. 拉纳：《圣言的倾听者》，朱雁冰译，生活·读书·新知三联书店 1994 年版。

［奥］菲利普·弗兰克：《科学的哲学》，许良英译，上海人民出版社 1985 年版。

［荷兰］斯宾诺莎：《简论上帝、人及其心灵健康》，顾寿观译，商务印书馆 1999 年版。

［法］皮埃尔·阿多：《古代哲学的智慧》，张宪译，上海译文出版社 2012 年版。

［法］皮埃尔·阿多：《古代哲学研究》，赵灿译，华东师范大学出版社 2016 年版。

孙晶：《印度吠檀多哲学史》上卷，中国社会科学出版社 2013 年版。

丁来先：《自然美的审美人类学研究》，广西师范大学出版社 2005 年版。

丁来先：《文化经验的审美改造》，中国社会科学出版社 2010 年版。

丁来先：《审美静观论》，中国社会科学出版社 2008 年版。

丁来先：《诗人的价值之根》，中国社会科学出版社 2011 年版。

丁来先：《诗意人类学》，中国社会科学出版社 2015 年版。

丁来先：《故事人类学》，中国社会科学出版社 2017 年版。

《中国哲学史》，北京大学哲学系编，商务印书馆，1995 年版。

《中国美学史资料选编》，北京大学哲学系美学教研室编，中华书局 1981 年版。

《论语》张玲、康风琴编，新疆人民出版社 2005 年版。

《老子》张玲、康风琴编，新疆人民出版社 2005 年版。

《庄子》张玲、康风琴编，新疆人民出版社 2005 年版。

《金刚经 坛经》张玲、康风琴编，新疆人民出版社 2005 年版。

［波］瓦迪斯瓦夫·塔塔尔凯维奇：《西方六大美学观念史》，刘文潭译，上海译文出版社 2006 年版。

［美］保罗·韦斯、冯·O. 沃格特：《宗教与艺术》，何其敏、金仲译，四川人民出版社 1999 年版。

［法］雅克·马里坦：《艺术与诗中的创造性直觉》，刘有元、罗选民等译，生活·读书·新知三联书店 1991 年版。

［瑞士］C. G. 荣格：《寻求灵魂的现代人》，苏克译，贵州人民出版社 1987 年版。

［瑞士］汉斯·昆、［德］瓦尔特·延斯：《诗与宗教》，李永平译，生活·读书·新知三联书店 2005 年版。